劍光俠影

論金庸

羅賢淑 ❖ 著

目　次

皮序

　　古今文學作品，若要造成廣受歡迎的轟動，大約必須雅俗共賞、老少咸宜才行。宋代柳永的詞作配曲來唱，在當時竟到達「凡有井水飲處，即能歌柳詞」的地步，原因在此。清代曹雪芹的《紅樓夢》不僅士大夫愛玩鼓掌，老百姓更是喜歡。當年的〈竹枝詞〉甚至稱：「開談不說紅樓夢，讀盡詩書亦枉然！」

　　到了二十一世紀的今天，我們若回顧一下，在過去這一百年中，以小說界來說，誰的作品最暢銷，最受歡迎，士農工商、男女老少都不乏忠實讀者的，我想，金庸的武俠小說恐怕應屬首選吧？我們甚至可以這麼講：在地球上，凡有華人處，皆有金庸迷。

　　在那麼多的金庸迷中，以我認識的人來講，本書作者羅賢淑副教授絕對是大大的一個。長話短說吧，大約八、九年前，我還在擔任文大中文研究所所長的時候，一天博士班的一位女生約好了時間來見我，希望我指導她的論文。開門見山，她說決定了想做的論文題目是「金庸武俠小說研究」。我當時頗有些猶豫：「武俠小說？」她急了，一口氣說了許多理由，結論是：「海峽兩岸有人已在提議要把研究金庸提升為『金學』，好像『紅學』一樣。」

　　我所猶豫的是，廣受歡迎是事實，但中文學術界是否認同？

為此，接下來幾天我打了好多通電話，都是打給各公私立大學中文系所的資深教授朋友們，想聽聽他（她）們的意見。

有趣的是，當對方聽到我的問話：「你認為『金庸武俠小說研究』可不可以作為中文所的博士論文題目？」時，幾乎不約而同都用同一句話回答我：「為什麼不可以？」

賢淑的論文題目就這麼敲定了。她從大學到研究所，一直都非常用功，成績優異。這次找到了她十分喜愛的論題，自然全力以赴，不在話下。記得在她把細心規劃的論文章節子目交給我審核時，我除了全盤同意以外，只給她提了一個小建議：

「博士論文嘛，別說是通俗小說，即使是經史子集、詩詞曲賦，不論甚麼名著、名家，都不能只析述優點，而不講缺失。因此，希望妳寫一章，至少也要有一節『金庸小說的缺點』！」

要去挑剔偶像的毛病，賢淑一定感到很為難、很委屈吧。可是「師命難違」，她最後只好技巧的在「舊版之修訂」章中，加了一節強調是「大醇小疵」的「修訂版未能盡善」。

一九九九年香港《亞洲週刊》舉行「二十世紀中文小說一百強」評選，六月揭曉，刊出了排行榜。十四位評審委員來自台灣、大陸、香港、美國，馬來西亞及新加坡，均為著名作家或學者，其客觀性不容置疑。以作家來說，有兩部作品入選的，僅魯迅《吶喊》、《彷徨》、老舍《駱駝祥子》、《四世同堂》、巴金《家》、《寒夜》、張愛玲《傳奇》、《半生緣》、金庸《射鵰英雄傳》、《鹿鼎記》五人。此外，武俠小說作家有一部作品入選的，亦僅還珠樓主《蜀山劍俠傳》、古龍《楚留香》、梁羽生《白髮魔女傳》三人而已。由此可見金庸在武俠小說界的地位，應屬首屈一指。海內外研究、論析、評述金庸小說者，論文有單篇

的,有一系列單篇的;專著有一本兩本的,更有一系列多本的,這由本書所附參考書目便一目了然。賢淑參考了這麼多著作,難道真的就後出轉精嗎?那倒不見得。但是,採集各家之長,本就是博士論文的基本要求,(當然要註明出處以示尊重)然後才是發揮一己之所見,與前人爭勝;有沒有新招,有沒有創意,文場如武場,雖不見刀光血影,但彼此較勁,總是有的。

前面講過,賢淑是個大大的金迷,數年撰稿期間,她經常廢寢忘食。僅就十五種新舊版小說文本而言,她都讀到滾瓜爛熟,又豈能沒有體會與心得呢?金庸作品中人物、情節之獨特與詭譎動人,清晰反映在她閱讀時心情起伏的記錄中,此地僅舉一例,以見一斑:

> 阿紫在金庸迷的心中是最討厭的人物之一,因為她不但自私蠻橫、不知輕重,而且心狠手辣、行事歹毒。為了希望蕭峰能永遠與她相守,她竟然在蕭峰靠近她時,對蕭峰突然發出毒針。蕭峰在倉促之際,不加思索地對阿紫拍出驚人的掌力……以讀者對阿紫厭惡的程度來看,阿紫的生死,讀者是不甚在意的,那麼讀者心中何以又有緊張之感呢?其實,讀者所擔心的是蕭峰,因為一旦阿紫果真死去,讀者不敢想像蕭峰將如何自處?蕭峰會不會在有違阿朱臨終所託的自責中,做出傷害自己的舉動?當筆者讀到這段情節時,腦海所浮現的是《倚天屠龍記》中的張翠山,因有愧俞岱巖而自刎的情節。這樣的想法便使筆者感到莫大驚懼,唯恐蕭峰也會走上這一條路。更何況一如謝遜的是,在金庸筆下,蕭峰的「命」實在不太好。

　　也因此，我深信此書之出版，不僅可供廣大金迷交換欣賞的樂趣，尤其對讀了部分作品，甚至尚未閱讀金書的讀者，提供不少正面的指引。

　　賢淑的書有機會出版，自然是令人高興的事。她希望我為她的書寫一篇序，我當然一諾無辭。不過，她嘟著嘴有點委屈的對我說，書局願意出版她的書，她很感激，但建議她三點：一，改換書名，二，大量刪去註釋，三，刪去「舊版之修訂」一章。我告訴她，這三點建議絕對正確，因為廣大讀者愛看的必然是趣味盎然的金書全集細析，而非嚴謹的博士論文；更何況，我在序文裡交代一下，不就得了？賢淑的臉上終於有了笑容。

　　金大俠出生於一九二四年二月，算來已七十八歲高齡，如今退出江湖，在西子湖邊頤養逍遙。願與賢淑及廣大金迷，向金先生致以誠摯的敬意與祝福。

皮述民
序於台北陽明山，時年七十有一

第一章

緒論

（第一節）研究動機

　　在二十世紀的通俗文學領域裡，武俠小說與言情小說是其中的兩大宗。有趣的是，由於這兩類小說的題材不同，讀者群便呈現了一種特殊的現象，即武俠小說的讀者多為男性，言情小說的讀者多為女性。但不論是武俠小說或言情小說，都受到了某種程度的質疑，即其是否具有文學性？例如：它的主旨是否正確、是否深刻？它的人物是否真實、是否具有象徵意義，以及形象塑造是否成功？至於它的情節，又是否隨著人物性格發展組織，是否生動……等等。雖然大多數的武俠小說，主旨只是「邪不勝正」而未見深刻，但金庸的武俠小說卻不限於此，例如：《神鵰俠侶》的主旨就是「情為何物」，《天龍八部》的主旨就是「冤孽與超度」，而《笑傲江湖》的主旨則為「政治中的人性卑污」，這就豐富並提昇了武俠小說的思想層次。更何況在文字運用、人物形象塑造，或故事情節設計等方面，也都有突出的表現。所以，金氏之作雖然屬於通俗文學之流，但它的文學性是絕對可登大雅之堂的。事實上，就文學史來看，在通俗文學的範疇中，並不乏佳作，例如：《七俠五義》、《小五義》、《兒女英雄傳》等武俠小

說，均已受到文學史家的肯定。

　　武俠小說雖然廣受一般大眾的喜愛，但不可諱言的是，有不少人對於武俠小說仍是持以排斥態度，原因約略有三，一是除了前述之以文人文學標準衡量，有不少武俠小說確實在文字、人物、主旨上都不出色外，情節更有離奇怪誕，甚至血腥色情者；二是認為「武俠行為是對現代法治社會的一種反抗或諷刺，……所有武俠文學均離不了報復」①；三是認為武俠小說的打鬥廝殺場面會蠱惑讀者，使讀者傾向好勇鬥狠。關於原因之二及三，簡而言之，都是以負面影響社會人心出發，但筆者認為其乃因人而異。且事實上此等情況的發生是少之又少，因為一般正常人對於書中世界與現實環境是區分得非常清楚的。若果真要就負面影響的角度來論，現今社會之其他惡質的暴力書籍或聲光媒介，恐怕更能誘發人們行為的粗暴殘忍。更何況金庸武俠小說非但不贊成快意恩仇，反而有更多的寬恕精神，例如：張無忌為平息明教與中原武林門派的紛爭，非但不向當年逼死他父母的人復仇，反而以大局著想，贏得敬重。至於林平之為了替父母報仇，內心充滿憤恨，未有善終。由此可見，每一類小說都有上駟與下駟之別，一如言情小說就有《紅樓夢》這樣的名著；而在武俠小說中，金庸之作正是其中上選。為了使優秀的武俠小說得到應有的評價，筆者便以金庸武俠小說作為研究對象。

第二節　研究概況

　　關於金庸武俠小說的研究，先是起於一般讀者而非正統學界，其中尤以倪匡最為人知。倪氏在一九八〇年，應臺灣遠景出

版公司負責人沈登恩之請，為文評介金庸作品。《我看金庸小說》甫出版，即獲得金庸迷的熱烈反應後，倪匡言道：

> 「我看金庸小說」出版之後，銷路頗佳。自然，有自知之
> 明，銷路頗佳的原因是「金庸小說」，並非「我看」。「我
> 看」這本書引起了各地金庸迷的興趣，而且還創了「金學
> 研究」一詞，功不可沒，倒也不必妄自菲薄。②

自此，「金學研究」遂成為研究金庸武俠小說的代稱。而沈登恩亦以「金學研究」為名，在港臺兩地的報紙上，以「等待大師」為廣告標題，向各方徵求稿件。於是，除了倪匡又陸續寫下《再看金庸小說》、《三看金庸小說》、《四看金庸小說》，以及與陳沛然合著《五看金庸小說》之外，舒國治也在倪氏的《三看》之後，加入「金學研究」的行列，寫下《讀金庸偶得》，而薛興國、楊興安、溫瑞安、蘇墱基……等臺港人士，也紛紛搖筆為文、寫成專著。至於眾多的各家短篇評論文字，沈登恩則以《諸子百家論金庸》為名，結成五輯。

　　遠景所出版之一系列的「金學研究」叢書，在囊括臺、港兩地的作者發出議論之後，臺灣似乎就沒有出現一人專著的金庸作品研究，當然抒發性或學術性的單篇文字仍時有所見。直到一九九五年，才有楊丕丞《金庸小說《鹿鼎記》之研究》，以及一九九七年許彙敏《金庸武俠小說敘事模式研究》兩篇碩士論文問世。而近幾年在香港，明窗出版社則出版了不少研究金庸小說的專著，有吳靄儀的《金庸小說的女子》、《金庸小說的男子》、《金庸小說的情》、《金庸小說看人生》，潘國森的《總論金庸》、

《雜論金庸》、《武論金庸》，項莊的《金庸小說評彈》等。

金庸作品的研究，在臺灣、香港兩地的起步較早，大陸則較晚，這應該是受到金庸作品普遍進入大陸地區的時間較晚之故。不過，近幾年來，大陸研究金庸作品的風氣，卻有凌駕臺、港之勢。研究者有嚴家炎、曹正文、陳墨、韓云波……等，其中尤以陳墨著述最豐，包括：《金庸小說之謎》、《金庸小說人論》、《金庸小說情愛論》、《金庸小說之武學》、《金庸小說與中國文化》……等十餘種。

此外，就筆者所知，以金庸武俠小說為範圍的學術研討會，在臺灣、大陸以及美國都曾經舉辦過，例如：臺灣在一九九八年十一月四日至六日於國家圖書館舉辦「金庸小說國際學術研討會」③；大陸在一九九七年六月於杭州大學舉辦「金庸學術研討會」④，以及一九九八年四月中旬於雲南大理舉辦「金庸學術研討會」；美國在一九九八年五月十七日至十九日於科羅拉多大學波德校區召開「金庸小說與二十世紀中國文學國際研討會」⑤。

第三節 研究範圍與方法

金庸創作武俠小說的時間，是從一九五五年二月開始，直至一九七二年九月結束，所寫作品凡十五部。而自一九七〇年起，金庸又花費了十年的時間來修改舊作。為了對金庸作品進行全面研究，本論文的文本就包括了舊版與修訂版。

本論文之研究方法，主要依照皮師述民之提示，並參酌前輩學者的研究方法，在確定研究主題之後，即依下列步驟進行：

一、搜集資料

　　舉凡與金庸其人及其作品有關的專著與期刊論文都在搜集之列。此外，因為金庸作品屬於通俗小說，所以有關論述通俗文學與武俠小說以及小說研究的資料，也視需要與否加以搜集。此一工作，除了在擬定論文題目之後，先行一段時期的全面搜集以外，在論文寫作期間，仍不斷網羅新出之資料。

二、草立章節

　　閱讀文本時，即已初步條列出將來在論文寫作時，可行探討析述之問題。而在經搜集資料過程中的初步披閱資料後，則就先前所條列之問題予以分析歸納，評估其是否能成為一章、或章中之一節、或節中之一點，然後增補刪削，草擬出章節。至於某些不能歸入章節中，但仍值得深究的問題，就留待日後以單篇形式討論。（例如：金庸作品中的《紅樓夢》意趣，就是一個饒富興味的論題。）

三、精讀與整理

　　依照草立之章節，將所搜集之資料，加以分類編號，並作成目錄。在經詳細閱讀後，將資料汰蕪存菁。此後，精讀有用之資料，並將閱讀心得分類作成筆記或索引，隨時輸入電腦備用。當然，文本尤須反覆研讀。

四、分章撰寫

　　本論文共分五章，首先完成第二章，接著依序撰寫第三章、

第四章、第五章，最後完成第一章。參考書目則於撰寫期間，隨時輸入電腦。撰寫論文時，所運用之方法乃視實際需求靈活運用，如：演繹與歸納相互並用，分析與比較交叉錯用，欣賞與評鑑間雜運用；論述過程中，則或採用美學、小說等原理來作為分析之輔助。

本論文除了第一章〈緒論〉是在說明研究動機、研究概況，以及研究範圍與方法，第五章〈結論〉是在探討金庸武俠小說對讀者的影響及其在文學史上應有之地位以外；第二、三、四章之研究要點則如下述：

第二章〈金庸生平及其小說創作〉：在本章當中，筆者所欲考察的，包括三方面：第一節是金庸其人其事；第二節則嘗試分析金庸在武俠作品方面的創作動機與理念；第三節則依照創作時間先後，說明金庸作品概況，包括首度發表時間與在何刊物發表，以及流通情形，例如：其他形式的改編，或者翻譯為外國語，而結以故事梗概。

第三章〈人物論〉：共分兩節，第一節是金庸筆下的人物形象，分為主要人物與次要人物進行析述。第二節是金庸刻劃人物所運用的技巧，切入點包括：人物靜態肖像、人物動態行為、人物語言、人物心理。

第四章〈情節藝術〉：筆者認為金庸小說的情節藝術，可以從兩方面進行析述：一是從微觀的角度來看情節設計的技巧，一是從宏觀的角度來看情節結構的安排。在微觀角度方面，主要是以鑑賞的態度，指出情節的佳處，有真摯深刻、詼諧戲謔、緊張、波折、奇異、巧合，嘗試探討讀者何以深受金氏之作的吸引。在宏觀角度方面，主要是以一般小說理論結合中國傳統小說

美學之要求，對情節結構予以析述，以見謹嚴與否。

　　從金庸創作第一部武俠小說的時間算起，至今已逾四十年。他的作品除了在發表當時，便深受廣大讀者的肯定以外；四十年來，讀者更不斷地增加。因此，筆者相信金庸的武俠小說經得起時間的考驗——即具有恆久性，與一般通俗作品總是迅速被下一波同類作品淹沒的情形大不相同。尤其，近年來金氏之作更受到文學界的重視而多予討論，可見其成就愈來愈受到較高層次的肯定。筆者期待透過本篇論文的探討，析述出金庸武俠小說的文學成就。

註　釋

① 何懷碩，〈明日黃花說武俠〉，此文收錄於葉洪生《綺羅堆裡埋神劍》，（臺北：天下圖書公司，未註出版年月），頁一八三。

② 倪匡，《再看金庸小說》，（臺北：遠景出版事業公司，民國七十三年十月），頁一七三。

③ 臺灣舉辦之「金庸小說國際學術研討會」係由遠流出版公司、中國時報人間副刊以及漢學中心共同主辦，為期三天。關於研討會概況，可參見民國八十七年十一月四日至六日，台北：《中國時報》第三十七版之系列報導。

④ 有關杭州大學所舉辦之「金庸學術研討會」概況，可參見鑒春〈金庸：從大眾讀者走進學術講壇——杭州大學金庸學術研討會綜述〉，（浙江：《杭州大學學報》，一九九七年四月），第四期，頁七八～八五。

⑤ 美國科羅拉多大學東亞語言文學系和中國現代文化研究所召開之「金庸小說與二十世紀中國文學國際學術研討會」，為期三天，其概況可參見伍幼威：〈金庸小說進入西方文學殿堂——「金庸與二十世紀中國文學」

國際研討會現場報道〉，（香港：《明報月刊》，一九九八年八月），第三十三卷第八期。

第二章

金庸其人及其小説

　　金庸，本名查良鏞，以「金庸」作為筆名的理由十分簡單，只是將本名的最後一個字「鏞」拆分為二。一九二四年二月，金庸誕生於浙江省海寧縣袁花鎮。浙江海寧查家數百年來名人輩出，是當地的名門望族、書香世家。查家宗祠外，有一副清朝康熙皇帝親筆所題的對聯：「唐宋以來巨族，江南有數人家。」①在查氏歷代家族中，最為人知的，包括：明末史學家查伊璜與康熙年間集詩人與翰林編修於一身的查慎行，以及在清雍正時任禮部侍郎的查嗣庭；金庸曾在《鹿鼎記》第一回中提及前述三位先祖②。直到金庸出生時，查家都還擁有三千六百多畝田地。

　　文學作品出於作家之手，是作家的心血結晶，自然離不開作家的性情、經歷以及個人之種種，因此學界有「文如其人」之語。一九五五年二月，金庸寫下他的第一部武俠小說《書劍恩仇錄》；一九七〇年一月，則創作最後一部武俠小說《越女劍》。《越女劍》雖然是最後才動筆，但由於是短篇之故，所以它的結束遠早於一九六九年十月即已創作。而一直到一九七二年九月才寫完《鹿鼎記》。在這十八年間，金庸共寫下十五部武俠小說。由於他的作品均是以連載的形式問世，因此在每天寫一段的情形下，難免有不周之處。有鑑於此，自一九七〇年起，他便全面修訂所有的作品，直到一九八〇年中才結束，為期長達十年之久。

其中所花費的心力，相信金庸一定點滴在心；至於一般讀者，則
幾乎都不甚了解，因為目前能接觸到舊版原貌的機率太低，在沒
有透過比較的情況下，根本無從得知舊版與經過增刪潤飾的修訂
版有何不同。對於尋找舊版的困難程度，倪匡在《四看金庸小說》
中曾如此形容並嘗試加以解釋：「找尋舊版金庸作品，又難過登
天，金庸似乎有意只讓他改寫過的作品傳世，而讓第一次出現在
讀者面前，迷住了無數讀者的原作淹沒」雖然我們不明白金庸是
否有意讓原作淹沒，但是可以理解的是，為什麼他只想讓修訂本
傳世，畢竟「十年辛苦不尋常」。雖然修訂版仍有缺漏與不足，
但就整體來看，大醇小疵，金氏的修訂功夫值得肯定，其用心程
度，應該可以和曹雪芹在悼紅軒中對《紅樓夢》披閱十載、增刪
五度的勤苦相比並。

　　本章第一節敘寫的是金庸其人其事，第二節則嘗試分析金庸
創作武俠作品之動機與理念，第三節擬依其作品發表先後說明各
部作品概況，包括寫作時間、寫作靈感、出版（含翻印）情形、
改編狀況等等，而結以故事梗概。

〔第一節〕 金庸其人其事

一、見義勇為

　　金庸曾經在《書劍恩仇錄》的〈後記〉中，簡述過他的家鄉
海寧：「海寧在清朝時屬杭州府，是個海濱小縣，只以海潮出
名。近代的著名人物有王國維、蔣百里、徐志摩等，他們的性格
中都有一些憂鬱色調和悲劇意味，也都帶著幾分不合時宜的執

著」。在錢塘江潮的濤聲與濃厚的人文氣息中，他漸漸成長。金庸自幼心性仁慈且富正義感，例如：曾經多次央求小朋友們，不要取笑家中駝相古怪的長工——和生，甚至「有一次還為此哭了起來」。

　　一九三七年七月七日的盧溝橋事件引爆了中日戰爭；那年金庸十三歲，正就讀於浙江省立嘉興中學二年級。對金庸而言，這一年是苦難而悲傷的，因為他除了輾轉地隨著學校逃難，接受軍事訓練，飽嚐艱辛以外，母親和弟弟也不幸死於戰爭之中，至於家裡的住宅也給日軍燒光了。不過，戰爭也給了他一些有益的磨練，金庸說：「我此後一生從來不怕吃苦。戰時的吃不飽飯、又生重病幾乎要死，這樣的困苦都經歷過了，以後還有什麼更可怕的事呢？」

　　金庸考上高中後，中日戰火延至家鄉，他便隨著由杭州、嘉興、湖州等一流中學所組成的浙江省立聯合高中，輾轉遷徙於餘杭、臨安與麗水之間。此時因為無法得到家裡的經濟資助，所以生活較為困苦。一九四一年，他在學校的壁報上，發表了一篇〈阿麗思漫遊記〉，文中以色彩斑斕的眼鏡蛇暗諷學校的訓導主任沈乃昌：到處吐毒舌、毒汁又喜歡出言恫嚇學生。該文雖然贏得同學的掌聲，卻也惹惱了訓導主任。幾天之後，金庸就被校方宣布開除學籍，不但失去了繼續求學的機會，就連吃住也發生問題。還好，最後得到原校長張印通與友人余兆君的幫助，才進入衢州中學就讀，完成高中學業。

　　金庸最早的心願是想出國留學，待學成歸國，成為大學教授；但是對日抗戰的爆發，使得他的想法落空。那時他當然無法預料到日後竟然會到英國牛津大學做訪問學者，還成為北京大學

的名譽教授。「教授夢」沒作成，只得改絃易轍另許心願，計畫做個外交官。抗戰後期，他考進了當時設在重慶的中央政治學校外交系。但是才讀了一年多，又被校方退學了，關於這次被退學的經過，冷夏在《金庸傳》中說得很清楚：

> 事情說來很簡單。當時學校中有不少國民黨的職業學生，橫行校園。一日，這些職業學生又與其他學生發生衝突，人群中打了不夠，又將幾名學生領袖揪到學校操場上打，說他們是「異黨分子」（即共產黨）。這時冷眼旁觀的查良鏞再也看不過眼了，便將此事向學校投訴，責問校方何以容忍那些職業學生的劣行，竟進與領導黨務的訓育長激烈爭辯，態度自然「惡劣」。不聞不問倒也無事，一問一辯便出了大禍。校方給查良鏞投訴的回覆是：勒令退學。③

經由幼年保護長工之舉與這兩次的退學事件來看，我們可以發現，金庸的體內奔騰著正義的血液。

二、文耀香江

一九四五年，長達八年的中日戰爭宣告結束，金庸返回家鄉。不久，便到杭州謀事，成為《東南日報》的記者。不滿一年，他辭去工作，前往上海東吳大學法學院攻讀國際法，並在上海《大公報》兼職。當時的《大公報》立場公正，是國內地位最高且最具影響力的報紙。一九四八年金庸自東吳大學肄業，同年三月十五日，《大公報》香港版復刊，即被調往香港任職。

金庸在香港《大公報》的工作性質，仍然與在上海時一樣，

是擔任國際電訊的翻譯以及編輯國際新聞版。一九四九年，中共取得大陸政權，《大公報》決定依附中共，成為左派報紙。十一月，國共兩方為了爭取先前存放在香港的資產而發生爭執，金庸以攻讀國際法的專業學養，在《大公報》上發表了〈從國際法論中國人民在國外的產權〉。從此，他時常發表有關國際法的文章，曾經受到中國國際法學家梅汝璈的注意。

一九五二年，金庸在《新晚報》擔任副刊編輯，此期間認識了羅孚與梁羽生，並與兩人結為好友。同時，也朝多方面進行嘗試：以生花妙筆撰寫影評、電影劇本、棋話以及武俠小說；甚至學習芭蕾舞，「在一次報館的文藝演出中，他還穿上工人服，獨跳芭蕾舞」④。曾以 Your friend 的譯音「姚馥蘭」做為筆名，在《新晚報》的「下午茶座」中發表影評，由於文筆清新，頗受讀者歡迎。所寫的電影劇本，有《絕代佳人》與《蘭花花》等，其中《絕代佳人》還由長城電影公司拍成電影，女主角正是長城的當家花旦夏夢。而棋話也是篇篇精彩。至於武俠小說的創作，更使他名利雙收。然而彼時所寫的棋話、影評與電影劇本如今都已被讀者遺忘，惟有當年所寫的武俠小說仍然獨領風騷、深受讀者喜愛，當然這至少有兩種原因：一是棋話、影評與電影劇本都見不到了，且影評與電影劇本具有時效性，電影上映當時，自然受到讀者注目，而武俠小說就沒有這樣的限制；二是因為金庸在棋話、影評與電影劇本上的寫作時間比較短，數量自然也比較少，實在不能與花了十八年時間所寫的多部武俠小說相提並論。

一九五六年，金庸從《新晚報》又調回《大公報》編副刊，並與梁羽生、百劍堂主合寫了三個多月的「三劍樓隨筆」，文字輕鬆可喜、內容則隨興所至，無所不包。一九五七年，他離開

《大公報》，進入同屬左派的長城電影公司擔任編導。此時，已寫下以陳家洛與乾隆之間的恩怨情仇為主軸的《書劍恩仇錄》，以及以袁承志與溫青青為主角的《碧血劍》。關於《書劍恩仇錄》連載時所獲得的迴響，冷夏迤及金庸的說法是：

> 《書劍恩仇錄》連載一段時間後，有不少人向他談起這部武俠小說，還有很多讀者寫信來道賀，其中有銀行經理、律師、大學講師，也有拉手車的工人，有七八十歲的老婆婆，也有八九歲的小弟弟、小妹妹。而在南洋很多地方，《書劍恩仇錄》，還被作為電臺廣播和街頭說書的題材。⑤

一九五七年，金庸離開《大公報》，進入當時香港最大的電影製片公司之一，即左派的長城製片公司。在這段期間裡，他除了編寫劇本，仍舊繼續創作武俠小說，寫下一般論者咸認是奠定新派武俠宗師地位的《射鵰英雄傳》，當時閱讀的盛況是：

> 每天報紙出來，人們首先翻到副刊看查良鏞的武俠小說連載；市民們街談巷議的話題，多半與小說的人物、情節有關。一時間，只要是查良鏞的武俠小說，人們便一路追著看下去；看一遍不過癮，又看第二遍、第三遍；看過連載，又看每「回」一本的小冊子，還看最後出版的大部頭全本……。在曼谷，當地的中文報紙每一家都轉載金庸的作品，並在報館門口貼出昨日和今日所載的片段。當時各報是靠每天往來香港至曼谷的班機送來香港報紙轉載的，因而大家彼此共享；但到了小說中的緊要關頭，有的報館

為了搶先，便不再坐等班機到來，而利用地下電臺的設備通過電報來轉載香港當天的作品，以滿足讀者迫不及待的渴望。用電報來拍發武俠小說，這在報業史上恐怕是破天荒的舉動。⑥

除了武俠小說的創作成績斐然之外，金庸亦為長城電影製片公司，寫下《不要離開我》、《三戀》、《有女懷春》、《午夜琴聲》……等劇本。因而文名大噪。

三、艱辛辦報

一九五九年，對金庸而言，是人生中最重要的轉捩點，他不再是隸屬任何公司或機構的人員。根據過去累積的從業經驗，他選擇了辦報，以徹底擺脫與左派的關係，並完成對自由獨立人格的理想追求。金庸拿出港幣八萬元與出資二萬元的中學同窗沈寶新，在香港註冊了一份名為「明報」的報紙，報名頗有深意：

《明報》的「明」字，取意於「明理」、「明辨是非」、「明察秋毫」、「明鏡高懸」、「清明在躬」、「光明正大」、「明人不做暗事」等意念，香港傳媒界有各種不同的政治傾向，在政治取向上，我們既不特別親近共產黨，也不親近國民黨，而是根據事實作正確報道、根據理性作公正判斷和評論。⑦

憑著金庸努力不懈的決心，以及「有容乃大，無欲則剛」的報訓，《明報》確實做到了這一點，也成為香港赫赫有名的大報。

　　但是這份成就得來不易，《明報》草創的前幾年，金庸可說是飽嚐艱辛。當時《明報》的銷售量是靠《神鵰俠侶》與《倚天屠龍記》在苦苦支撐。當時的窘境，可以根據《明報》老職員回憶舊時情景之語得知：「查先生那時候真的很慘，下午工作倦了，叫一杯咖啡，也是跟查太太兩人喝。我們看見報館經濟不好，也不奢望有薪水發，只求渡過難關，便心安理得了。」⑧

　　創辦《明報》的艱難，在一九六二年出現轉機。當時，毛澤東所提倡的「工農業生產大躍進」，使得人民苦不堪言，甚至無法生存。因此，同年二月份開始，廣東居民便紛紛透過合法或不合法的方式渡海前往香港。香港英國政府因鑑於地狹人稠，所以不准大陸人民入境，凡入境者一律遣返。到了五月份，這波逃亡行動達到最高潮，每天都有成千上萬的大陸人民冒死湧入香港，他們被困在邊境上，在沒有糧食的情況下等死。金庸秉持辦報人的良知，不但大幅地報導箇中實情，並且寫下精闢之社評論述此事，更在報上登出啟事，呼籲香港市民捐出物資救助大陸同胞，還負責將物資運送至難民手中。由於《明報》對於逃亡潮進行深入報導，所以銷售量大增，也因此熬過慘淡時期。

　　一九六三年九月，金庸在《明報》寫下第十一部武俠小說《天龍八部》。同年十月，大陸外長陳毅在北京召開的日本記者招待會上，提出「核褲論」，意謂「中國人就算沒有褲子，也要擁有核子彈」。此語傳出，各國媒體多有報導，金庸對於陳毅這種罔顧人民生計的言論極為反感，便以健筆寫下直言的社評猛烈抨擊。此舉引發了以《大公報》為首等左派報系的反擊，也造成了與左派人士的公開決裂。筆戰在陳毅自認言有疏忽的情況下，暗暗授意左派報紙不必再戰而告終了。此時的《明報》已成為中型

報紙，也由於報導的客觀中立，以及社論有獨見之處，而獲得一些政府官員與知識分子的看重。

《明報月刊》的成立是另一項成就。一九六五年，海外學人目睹金庸筆戰的勇氣與才識，認為他抱持的立場客觀且獨立，因此便希望他創辦「一本獨立、沒有任何政治背景的中文刊物，來發表大家的意見，交流朋友們的感想和看法；也希望這本刊物能客觀地報道各地華人社會的真實情況，不要作任何偏袒的或惡意的宣傳。」⑨這項建議，正與金庸心中早有的想法不謀而合，所以在同年年底，《明報月刊》便以標舉著「獨立、自由、寬容」的精神，來刊載與「文化、學術、思想」相關之文章，創刊號日期印的是一九六六年元月。

由於金庸十分重視《明報月刊》，因此親自擔任《明報月刊》的總編輯；一年之後，才請來編雜誌經驗豐富且具新聞敏感度的胡菊人接任。胡菊人不負所託，將《明報月刊》辦得有聲有色，在他的主持下，該刊除了保有原來特色之外，也刊登與政治情勢有關的稿件。因為胡菊人擅長剖析中國政壇的最新發展，故也邀請當時的政論名家撰稿，所以《明報月刊》當時深受讀者重視。直至今日，它仍然是一本具有高水準的雜誌。

自一九六六年五月起，中共發動文化大革命，紅衛兵在大陸各城市暴動，進行長期大整肅造反奪權鬥爭。在文革期間，金庸以獨到之新聞慧眼，在《明報》報導了及時且正確的新聞；也寫下了精闢動人的社論。一九六七年夏天，香港受到大陸文革的影響，也發生了暴動。最初只是單純的勞資糾紛，後來因為左派的介入，造成事端擴大，勞方工人街頭靜坐、張貼大字報等行動愈演愈烈。港英政府為了平息此事，調派大批警力採取強硬手段加

以鎮壓，左派因此組織「鬥委會」與港英政府對抗。金庸在這次事件中，扮演支持港英政府的角色，並在《明報》上抨擊左派作法失當。左派分子對金氏之舉，大表反感，先是以取綽號痛罵他是「豺狼鏞」、「漢奸」……等等；後來，竟採取襲擊的方式要砸燒《明報》。金庸為了《明報》與員工的安全，只好將《明報》的所在標記拆下，並採取一些防範措施。所幸，港警及時阻止了左派分子的行動；但事情並未如此簡單結束，左派又對《明報》進行了其他報復手段，並放出要置金庸於死地的風聲。為了顧及生命安全，金氏選擇離開香港暫避海外。

金庸在《明報》體系下，所創辦的其他雜誌報刊，除了《明報月刊》為他帶來聲譽之外；帶來豐富利潤的，則是以報導娛樂新聞為重點的《明報周刊》，至於其他先後創辦的《武俠與歷史》雜誌、《華人夜報》、《明報晚報》、《財經日報》、星加坡《新明日報》、馬來西亞《新明日報》，或因銷路不佳而停辦，或因其他因素而易手。而《明報》本身則在金庸的「俠筆」與「健筆」經營之下，逐漸成為香港的大報。

四、兩岸相邀

一九七三年身在香港的金庸，撇開武俠小說家的身份不說，既是成功的報人，也是享譽甚隆的社評家。他的社論，並非只重視中共形勢，對於臺灣的情況，也投以關切的目光。由於臺灣的民主程度，一直遠勝於大陸，因此當時金庸對於臺灣政權較有好感。是年四月十八日，他應中國國民黨之邀，以《明報》記者的身份來到臺灣，進行了為期十天的訪問。

期間，金庸分別與當時任職副總統的嚴家淦、任職行政院長

的蔣經國，以及任職國民黨中央黨部秘書長的張寶樹等高層人士
會面。與蔣經國會面時，他以直率的態度，提出攸關時政的重要
問題；與嚴家淦會面時，談論的主題是臺灣在經濟方面的缺點。
金氏對於嚴、蔣兩人的言論印象深刻，曾撰文評述說：「這次我
到臺北，印象最深刻的事，不是經濟繁榮，也不是治安良好，而
臺北領導層正視現實的心理狀態，大多數設計和措施，顯然都著
眼於當前的具體環境。」⑩

　　除了與國民黨高層會面訪談，他也和同屬白領階級的報界同
業、作家人士見面；此外，還到了臺灣的幾個縣市，如：桃園、
新竹、高雄等地，參觀這些地區，使他見識到臺灣工人與農民的
生活水準還不算低。至於隸屬福建省的金門，他也特地前往，並
受到當地防守副司令的禮遇接待。關於當年來臺所造成的轟動情
形，我們可以透過葉洪生似含嘲諷之意的敘述，窺知一二：

　　　在他（金庸）來臺期間，不但新聞界予以熱烈報導，並且
　　臺灣電視公司還在其『時人訪問』節目中專訪他；以至金
　　氏臨去秋波以武壇祭酒、一代宗師之尊，上螢光幕現身說
　　法，為此間武俠小說界未有之殊榮。金庸拔劍四顧，光芒
　　暴射，洵可謂躊躇滿志矣。⑪

　　金庸回香港不久，就從六月七日起，接連在《明報》上發表
長達數萬字的〈在臺所見‧所聞‧所思〉，用以說明到臺灣訪問
的感想，其中有不少是針對臺灣提出的良性建言，並且期許大陸
與臺灣都能走上民主自由之路，然後出現大一統的政府，他曾如
此說道：

希望大陸和臺灣將來終於能和平統一，組成一個獨立、民主、中立，人民享有宗教自由、信仰自由、言論出版自由、企業自由、行動自由、集會結社自由，財產權、人民權利獲得充分保障的民族和睦政府。⑫

訪問臺灣後的第八年，即一九八一年，金庸應中共之邀，攜妻子及兒女回大陸訪問。中共之所以邀請金庸，當然與他的身份有關，「像查良鏞這樣有地位、有名望、有才幹的報人，應該是『統戰』的對象，要好好團結和利用；像明報這樣有相當影響力的報紙，應該把它爭取過來，為我所用。」⑬更何況金庸的反共立場素來鮮明，如果能邀他訪問，便可以表示中共有聆聽不同聲音、容納不同意見的雅量。

一九八一年七月，金庸回到闊別已久的大陸土地。同月的十八日，在人民大會堂福建廳見到當時任職中共中央副主席的鄧小平，對於鄧小平長久以來的作為，他都是抱著肯定的態度，因此這次與鄧小平的會面，是早先就要求而特意安排的。會談的主題雖然是嚴肅的政治問題，但是氣氛卻十分輕鬆，鄧小平對金庸透露了一些內幕消息，金庸對鄧小平則是暢所欲言。關於兩人的會面，大陸與香港的新聞媒體都做了大幅報導。

回到香港，金庸發表了關於大陸行的見聞思，結論重點是對大陸、香港、臺灣三地做出評述，他說：

訪問大陸回來，我心裡很樂觀，對大陸樂觀，對臺灣樂觀，對香港樂觀，也就是對整個中國樂觀。我覺得中國大陸目前發展經濟的基本政策是對的，但應當逐步讓人民有

更多自由，更多的機會。臺灣發展經濟的基本政策也是對
的，但要努力縮小貧富之間的巨大差距。一般說來，我覺
得雙方對人民生活的干預都還太多。尤其中共干預得更
多，雖然比之前幾年已大大的放寬，相差簡直不可以道里
計；文革期間，人民過的真不是人的生活。香港最寶貴的
是生活自由、法治精神、以及發展經濟的效率與靈活性、
廣泛的機會，最糟的是極端自由資本主義下的不公道。⑭

　　大陸行之後，金庸的反共意識似乎不再如同以往強烈，時常
和中共官員接觸。中共為了向他示好，便主動每天提供中國方面
的訊息，讓《明報》刊載。如此一來，《明報》對於大陸情勢的
報導或預估就更有把握。不過，金氏對於中共中新社所提供的訊
息是有所取捨的，所以當外界質疑他改變原有立場而討好中共
時，他寫下了以〈自由客觀　決不改變〉為題的社評來表明立
場。

五、讀書旅行

　　一九八九年四月，北京發生學生民主運動，最初中共政府的
態度頗為寬容，但是到了五月十九日，卻突然決定採取武力鎮
壓。金庸為了表達對中共當局處理學運的反對，便在五月二十日
向外宣布辭去在中共方面所擔任的職務。也就是在這一天，他正
式決定從六月一日起，不再擔任《明報》社長。一九九一年三
月，《明報》公開發行股票；十二月，金庸將《明報》的主要股
權讓給管理智才公司的于品海。一九九三年四月一日，辭去《明
報》企業有限公司董事局主席之職，改任《明報》名譽主席；第

二天,在《明報》發表〈第三個和第四個理想〉,提及一生中的四個理想,並慶幸基本上都能實現。茲將他的四個理想引述如下:

> 第一個理想是,少年和青年時期努力學習,得到相當知識和技能。第二個理想是,進入社會後辛勤發奮,做幾件對自己、對別人、對社會都有利的事。第三個理想是,衰老時不必再工作,能有適當的物質條件、健康、平靜愉快的心情和餘暇來安渡晚年,逍遙自在。第四個理想是,我創辦了明報,確信這事業對社會有益,希望它今後能長期存在,繼續發展,對大眾做出貢獻。⑮

一九九二年金庸赴英國牛津大學做訪問學者,並主持該校近代中國研究中心講座,發表〈香港和中國:一九九七年及其後五年〉之演講。一九九四年八月,北京各大學教授、副教授和博士在其所編輯的《二十世紀中國文學大師文庫》中,不但選編了金庸的武俠小說,還將之名列第四,其前依序為魯迅、沈從文、巴金,其後則有老舍、郁達夫、王蒙等名家。同年十月廿五日,金庸在北京大學獲頒名譽教授;溫哥華的不列顛哥倫比亞大學(British Columbia University)也聘請他到校講學。因為功成名就的金庸對於故鄉浙江懷有深情,所以中共當局特地准許他在西湖風景區中建屋;而他也出資人民幣三百萬成立嘉興圖書館,圖書館在一九九四年四月三日落成;是年,杭州大學更授以名譽教授之銜。一九九五年三月,金庸因心臟病進行手術。次年,獲選為英國劍橋大學兩所學院之榮譽院士。一九九七年二月底,來臺訪

問，他提及近幾年的生活，不是讀書就是旅行，閱讀的層面是雅俗兼具；至於在寫作計畫方面，則是大家期待已久的歷史小說，以及一部中國通史；在面對記者的採訪，也說出往後暮年生活的期許，「想要學圍棋、彈鋼琴，甚至到世界各國小住並學習當地的語言……，年紀愈老愈要學習高難度的事，因為人生只有不斷接受挑戰才不會真的衰老退化」⑯。

一九九八年五月，金庸在美國科羅拉多大學波德校區，所舉行之「金庸小說與二十世紀中國文學」國際學術研討會上表示，「他正將他的作品進行第三次修改，準備出一套線裝本」⑰；並提及他現下的理想是，「研究學問，靜靜讀書。因為學無止境，現在讀書，與年輕時的追求不同」⑱。金庸對於知識的愛好與追求，亦可由在同年十一月，來臺參加國家圖書館所舉辦之「金庸小說國際學術研討會」期間，他於《中國時報》浮世繪版為其舉辦之「夜探金庸茶館」上所言之語得到佐證，例如：「與大學者交往時，常常覺得自己的學問不如人感到自卑，所以也努力研究學問」；當然此語也表現出金庸為人的謙虛。事實上在面對有人問及，對於那麼多學者討論他的小說，感想為何？以及是否有興趣寫回憶？他也都謙虛地分別以「原想好勇鬥狠，不意登堂入室」和「沒有意思寫回憶錄，因為覺得自己沒有什麼偉大」來回答。而在一九九九年，金庸又有了新職，即接受浙江大學潘雲鶴的邀請，出任該校文學院院長。

綜合上述，就可以明白金庸一生已然是豐富多彩。

第二節 創作動機與理念

　　舉凡人之行事皆有動機存在，寫作自然也不能例外，即便是遣興之作，也是緣於心中之情、眼前之景、世間之事；金庸的武俠小說是屬於通俗文學之流，原來就有營利性的基本寫作動機存在，因此每當有人問起金庸最初為什麼會選擇寫武俠小說時，他通常是以「當時報紙的副刊有此需求」簡單作答。但除此之外，尚有其他寫作動機值得深究。

　　一般人搖筆為文，必然有寫作動機，但卻未必懷有創作上的理念；而立志筆耕的作家，則多半有一套屬於自己的創作理念，若能堅定秉持卓越的創作理念並加以貫注、發揚於作品之中，便能成為出色的作家。金庸身為本世紀中國著名作家自然有一套創作理念。在本文當中，筆者所欲討論的即是金庸在武俠小說上的創作動機和創作理念。

一、創作動機

　　金庸在武俠小說方面的創作動機，除了是因應副刊需求、滿足讀者閱讀欲望，以賺取稿費之外，還有其他五點：一是友朋之影響與鼓勵，二是發揮興趣與展現才華，三是刺激明報銷路，四為自我娛樂，五為遣懷寄意。

㈠友朋之影響與鼓勵

　　一九五四年，香港武術界的白鶴派與太極派不知何故產生爭執，最初是君子動口不動手地在報紙上互相謾罵，後來竟然約定

比武。由於當時香港禁止比武，因此白鶴派的掌門陳克夫與太極派的掌門吳公儀，便約定在澳門新花園擺設擂臺。消息傳出，引起民眾的普遍關注。但是比武過程卻遠不如預期來得精彩，據說「只打了幾分鐘便以太極拳掌門人一拳打得白鶴派掌門人鼻子流血而告終」⑲。

此時在《新晚報》負責主編的羅孚，看見香港市民對於比武的熱衷，便興起請人寫武俠小說在報上連載的想法，於是找了《大公報》的副總編輯陳文統來寫。陳文統便以「梁羽生」作為筆名，在《新晚報》上發表處女作──《龍虎鬥京華》。梁作登出後，果然如同羅孚的預期，大受香港市民的歡迎，《新晚報》的銷售數量也因此增加不少。《新晚報》與《大公報》是屬於同一家報社，前者是晚報，後者為日報，因此兩個編輯部是在同一層樓裡。梁羽生既然是《大公報》的職員，自然與當時任職於《新晚報》的副刊編輯金庸，有同事之誼。事實上，梁羽生與金庸的交情匪淺，因為兩人都愛下棋，也都愛看武俠小說，所以平日就時常對奕，也時常閒話武俠。

當梁羽生開創了所謂的「新派武俠小說」，成為新派宗師且聲名日隆時，金庸自然也有幾分心動。所以，當梁羽生無法應付各報請託進行創作時，羅孚認為應該舉薦新人上陣，如此方可滿足讀者的閱讀需求，而梁羽生也才不至於有寫作上的孤軍奮鬥之感。因此，羅孚便找上金庸，對於這段經過，羅孚曾經在〈兩次武俠的因緣〉中提及：

　　金庸的繼起，是因為大公報見梁羽生的武俠小說很受讀者歡迎，要他寫稿；他一時難寫兩篇，他是「大公」的人，

　　自然只能寫「大公」而棄「新晚」。「新晚」怎麼辦？好
　　在還有一個金庸，也是快手、能文。他早就見獵心喜，躍
　　躍欲試，這就正好。他的處女作《書劍恩仇錄》就以更成
　　熟的魅力吸引讀者了。⑳

因此，金庸之所以加入寫作武俠小說的行列，一方面是受了梁羽
生的影響，另一方面則是緣於羅孚的鼓勵。

㈡發揮興趣與展現才華

　　由於家學淵源，金庸可以說是在書堆間成長的。他八、九歲
時，從家裡的藏書中翻讀到顧明道的《荒江女俠》，此書內容主
要是寫「荒江女俠」方玉琴為了替父報仇，跟隨一明禪師學藝有
成，下山後，與師兄岳劍秋共同闖蕩江湖、並得報父仇的傳奇故
事。金庸讀完《荒江女俠》，從此迷上武俠小說，時常四處搜羅
此類書籍，援用金氏的說法是，「中國武俠小說我看得很多，我
想十分之九都看了，而且是從小就開始了」㉑；「第一部看《荒
江女俠》，後來看《江湖奇俠傳》、《近代俠義英雄傳》等等。年
紀大一點，喜歡看白羽的」㉒。武俠書卷醞釀既深，一旦有機會
可以一試身手，豈能拒絕。

　　筆者認為金庸創作武俠小說的動機，有一方面是為了發揮對
武俠小說的興趣，這可以透過前述文字得到證實，至於展現才
華，則可證於在《天龍八部》的〈後記〉中，他所寫的一段文
字：

　　　曾學柏梁臺體而寫了四十句古詩，作為《倚天屠龍記》的

回目，在本書則學填了五首詞作回目。作詩填詞我是完全不會的，但中國傳統小說而沒有詩詞，終究不像樣。這些回目的詩詞只是裝飾而已，藝術價值相等於封面上的題簽、——初學者全無功力的習作。㉓

雖然文中謙稱是「初學者全無功力的習作」，但仔細看看倒也不俗，茲舉《天龍八部》第一冊目錄〈少年遊〉為例：「青衫磊落險峰行，玉壁月華明。馬疾香幽，崖高人遠，微步縠紋生。誰家子弟誰家院，無計悔多情，虎嘯龍吟，換巢鸞鳳，劍氣碧煙橫。」在整闋詞意必須連貫，而每句又必須關照到該回內容的情況下，這闋詞寫來並非容易。若不是有幾分把握，意欲展現個人才華，大可不必如此，因為他的武俠作品本來就被視為「新派武俠」。在觀察過，有如：《俠客行》、《神鵰俠侶》、《笑傲江湖》等以白話文字與自由形式所擬的回目時，筆者認為若就是否緊扣回中內容的程度或創意而言，金庸為了使作品像中國傳統小說而擬下的詩詞回目，似乎略微遜色。但若就是否「像中國傳統小說的樣子」這方面來論，目的則已達成。此外，從金庸自認是善於「說」故事（意即編故事）這點來看，亦可推想出，他對自己的寫作才華具有相當把握。

　　附帶想說的是，金庸在武俠小說的創作中，除了展現個人才華之外，也宣揚了先祖查慎行的詩句，《鹿鼎記》五十回中所用的回目都是查慎行詩中的對句。金庸明白要選五十聯七言句來作為每一回故事內容的標題，是一件不容易的事，「有時上一句對了，下一句無關，或者下一句很合用，上一句卻用不著，只好全部放棄。因此有些回目難免不貼切」㉔，但他還是堅持去做。

六〇年代後期，金庸對於武俠小說的寫作，做了新嘗試，有意為武俠小說開闢出新蹊徑，在《笑傲江湖》中，他表達了對政治的看法，藉著武林人士爭奪武林盟主的描寫，寄寓古今中外政治生活的基本情況。事實上，該書人物原來就是被設想成政治人物而非武林高手。至於《鹿鼎記》更是直寫政治，引發人們熱烈討論的是，金庸塑造的主要人物韋小寶，非但不是武林高手，而且還是個出身妓院、生父不詳的市井小流氓。韋小寶的性格特徵在於講義氣與適應環境，前者無可非議，至於後者在為了求生存之時，就不免使出耍無賴的不入流手段。全書看來已經不像是武俠小說而似歷史小說。對於《鹿鼎記》這部小說，金庸自云：「《鹿鼎記》和我以前的武俠小說完全不同，那是故意的。一個作者不應當總是重覆自己的風格與形式，要儘可能的嘗試一些新的創造。」⑮這種新的創造正足以展現出金氏過人的才華。

此外，透過金庸談及為何封筆，不再寫武俠小說的回答中，我們也可以了解到他的寫作動機，有一部分是為了展現才華，是故當難以創新之時，便也是停筆之時。他曾經說：「如果我的生活沒有太大的改變，可能就不再寫了。一來我不希望自己寫過的風格、人物再重複；過去我寫了相當多，要突破比較難。再者武俠小說出自浪漫想像，年紀大了，心境自然也不同」⑯；「任何事物，皆有一個盡頭，理論上來說，甚至宇宙也有盡頭。小說創作也不能例外，到了盡頭，再想前進，實在非不為也，是不能也。再寫出來，還是在盡頭邊緣徘徊，何如不寫？」⑰；至於在經好友倪匡的數十次調侃後，其所云之「真的寫不出來了」，也是正是此意。

(三)刺激明報銷路

　　一九五五年至一九五九年，金庸已先後寫下《書劍恩仇錄》、《碧血劍》、《射鵰英雄傳》，在名利雙收之際，依常理推斷，此時應該頗為自得，但事實上並非如此。因為他生性崇好獨立與自由，而所服務的左派機構，卻使他受到了政治與思想上的箝制而心生格格不入之感，所以在精神上感到十分地苦悶。在深思熟慮之後，金庸決定辦報。

　　辦報不是一件容易的事，關於這點，敏銳的金庸當然很清楚。因此當他認為自己寫的武俠小說可以對報紙的銷路有所刺激時，便決定從《明報》創刊日起，在報上連載自己作品。情況就如他所預料，武俠迷們果然購買《明報》。對此，冷夏就曾經如此說道：「創業初期的艱難中，使《明報》得以維持下去的，主觀上憑了查良鏞不屈不折的毅力，客觀上則是他武俠小說的功勞。」[28]倪匡也說：「《明報》不倒閉，全靠金庸的武俠小說。」[29]至於金庸在一九六九年八月接受林以亮等人訪問時，就曾表示：

> 明報是我自己辦的，我也只是在明報一份報紙上寫稿，星加坡和馬來西亞那邊的新明日報也是我和當地人士合作創辦的。只是為了寫武俠小說可以幫忙增加銷路，所以每日在自己的報紙上面寫一段，這是有這個必要，非寫不可……假定報紙與我沒有關係，我就一定不寫了。[30]

近年在臺灣接受記者的訪問時，則亦重申：「以前寫武俠小說，

還有為報館吸引讀者的目的。」③

　　為了刺激《明報》銷路，金庸首先寫下以楊過和小龍女為主軸的愛情故事——《神鵰俠侶》，故事情節曲折動人，直到小說連載將告結束之際，《明報》讀者都希望有大團圓場面，後來結局也是如此。此一結局，就文學觀點衡量，自然落入俗套，價值有損。雖然金氏將何以有大團圓結局歸結於主角之「性格」使然，而加以積極解釋：

　　　　武俠小說的故事不免有過份的離奇與巧合。我一直希望做到，武功可以事實上不可能，人的性格總應當是可能的。楊過與小龍女一離一合，其事甚奇，似乎歸於天意和巧合，其實卻須歸因於兩人本身的性格。兩人若非鍾情如此之深，決不會一一躍入谷中；小龍女若非天性淡泊，決難在谷底長時獨居；楊過若不是生具至性，也定然不會十六年如一日，至死不悔。當然，倘若谷底並非水潭而係山石，則兩人躍下後粉身碎骨，終於還是同穴而葬。世事遇合變幻，窮通成敗，雖有關機緣氣運，自有幸與不幸之別，但歸根結底，總是由各人本來性格而定。㉜

但是這段文字，在細思之餘，總讓人覺得難以全然信服。因此，當倪匡為我們提供另一個答案時，就十分引人注意了，倪匡說：「金庸在寫《神鵰》的時候，喜劇收場，絕對可以諒解，因為那時，正是《明報》初創時期，《神鵰》在《明報》上連載。若是小龍女忽然從此不見，楊過淒淒涼涼，鬱鬱獨生，寂寞人世，只怕讀者一怒之下，再也不看《明報》。」㉝

　　這個答案雖然由於具有現實利益性而顯得無奈，但筆者認為極可能是比較接近事實的，因為以金庸的文學造詣來看，不可能不明白「大團圓」與「淒涼以終」的安排，在文學價值上究竟孰優孰劣。事實上，在回答別人問及，寫作時是否考慮讀者的想法時，他就曾經說過：

　　　　比較少。也不是說讀者意見完全不理。大致上讀者意見寫
　　　　來的時候，我的小說已經發表了，所以來不及參考了，不
　　　　過，作者寫小說還是希望接近廣大讀者的興趣，不能完全
　　　　不顧讀者意見。一般讀者意見總希望人生圓滿，總是一個
　　　　圓滿結局。一方面千篇一律，第二方面是不真實；戲劇
　　　　性、衝擊力都薄弱了。㉞

　　仔細分析這段話，就可以發現金庸在寫作時還是會考慮讀者的想法；而且就《神鵰俠侶》而言，小龍女自斷腸崖躍下後，故事還繼續發展了相當時日，在這段期間裡，讀者意見是足以傳達至金庸耳中的。因此，我們更可以理解，倪匡的說法絕對有可能。其實，做為通俗文學之流的武俠小說，在基於營利的考量上，安排通俗結局，實乃勢之所不得不然也；至於文學價值上的尊崇取向，當然只好暫時放在一旁。但必須一提的是，金庸從不承認，楊過與小龍女的重逢是讀者取向，所以筆者就曾親耳聽見他表示：如果楊龍不能結合，他自己都要難過的大哭一場，所以非讓兩人喜劇作結不可。

　　繼《神鵰神侶》之後，《明報》又陸續連載了《倚天屠龍記》、《天龍八部》、《笑傲江湖》與《鹿鼎記》等，每一部作品

都深受讀者喜愛，引起極大的迴響。根據上述，我們便可了解金氏武俠的創作動機，有一部分是為了刺激《明報》的銷售量。

四自我娛樂

陶淵明的〈五柳先生傳〉，描繪了淡泊名利，安貧守志，以讀書、飲酒、著文賦詩而遣懷的自我形象，其中尤以「常著文章自娛，頗示己志」之句，深受筆者喜愛，因為能夠將自己的心志化為文字是一大享受，此一心志不必完全等同於實際、或者切中時弊，它可以是寓言式的寄意，也可以是天馬行空的想像。寫作的人常常是快樂的，當文思泉湧、下筆如有神時；但寫作的人也不免會陷入寫不出來或無法突破故有格局的困境，此時能不能再寫下去，就要看作者是否還有熱忱或其他動力。

如果撇開一九五五年到一九五九年，那段在左派機構服務而感受到精神不自由的時間來看，金庸在寫武俠小說時，我們可以推想他曾經很快樂，因為不但擁有名、擁有利，又發揮興趣、展現出傲人的才華，還寄寓了自己的理念。但十五部作品一路寫下來，快樂恐怕就是漸寫漸少了，因為創意、理念幾乎都已發揮殆盡，而名利畢竟是身外之物，累積到一定程度之後，似乎就無可在意了。金庸寫武俠小說時，曾經屢言：「我寫武俠小說完全是娛樂，是一種娛樂……是覺得可以無中生有，很有興趣」㉟；「我自幼便愛讀武俠小說，寫這種小說，自己當作一種娛樂」㊱；「我現在寫是為了娛樂。但是十幾部寫下來，娛樂性也差了。也許要停寫幾年，才再繼續寫下去也說不定。現在娛樂自己的成分，是越來越少了，主要都是娛樂讀者。」㊲透過這些話，我們可以了解到金庸的創作動機有一方面是在於自我娛樂，一旦

其志不樂，其他外在因素，如經濟等壓力又消除時，停筆不寫，自然不足為奇。

　　此外，在透過金庸回覆眾人不斷追問何以封筆的答案中，也可以窺出他不再視寫小說為樂趣，甚至引以為苦，「有兩種情況，一方面是自己感覺困難，一方面是寫小說的慾望現在很淡了，寫小說本身是相當辛苦的事。」㊳至於寫小說辛苦且痛苦的原因，尤其是：「連載每天都要寫一段不能停的，如果要到國外旅行，不是先寫好幾段留下來，就是帶到國外，晚上不睡覺拚命寫，一大早快信寄回來，心理壓力很大」㊴。困難、沒慾望再加上辛苦、心理壓力大，如果勉強去寫，豈不是將自己推入萬丈深淵。

　　雖然金氏宣告封筆，書迷因此無法再見到他的新作，但是就質而言，十五部作品，應該也足夠讀者終生閱讀，沈君山曾經以宋朝蔣捷的〈虞美人〉詞與「雲門三唱」㊵來說明金庸小說人物創造的演變，而準沈氏之說，讀者自然也可以在不同的年齡中，對金庸小說進行不同的欣賞，獲得不同的感受。

㈤遣懷與寄意

　　金庸小說在臺灣曾經是禁書，金庸認為他的小說被禁之因，可能有兩點：「一是有四部最初是在香港的左派刊物上連載，二是有些人認為他的武俠小說裡面有政治色彩。」關於第一點，那是事實，無可否認；至於第二點，他卻辯駁說：「我的小說只有娛樂性，和實際政治毫無關係」㊶。這種說詞是屬於個人性質，至於旁觀者要如何認定，就不是金庸所能左右的了。楊照曾經說：

金庸的小說之所以那麼晚才登陸臺灣，主要原因是他從來不避諱在作品中放進自己個人的政治關懷。一邊辦報寫社論、一邊觀察大陸政情變化、一邊寫武俠小說，寫一寫就把對世勢時局的種種憂憤情緒全都假借武俠人物、江湖恩怨來發洩了，他的小說因此常常不乏有可以拿中共高層鬥爭來比照「對號入座」的場景出現。像這樣具高度政治性的作品，當然會引來臺灣當局的「另眼相看」，加上他還引用毛澤東的詩句當書名，不禁何待？⑫

即使金氏之作果真如他自己所言，與實際政治無關，但總有對政治的關懷，例如：他在《射鵰英雄傳》中，先是透過曲三之口，道出害死岳飛的罪魁禍首並非是秦檜而是高宗；後又藉著郭靖之口，表達對於南宋百姓遭受蒙古人欺凌的不忍，以及戰爭造成白骨處處的感慨。在前述的《笑傲江湖·後記》裡，也直言該書是反映他對文革的想法，是他對人性卑污與政治齷齪的描寫。

至於《鹿鼎記》更是在不改動清初重要史實不變的前提下，讓韋小寶此人盡情揮灑遊戲色彩，甚至還在書中顛覆地說道，清史中之所以未見韋小寶，是因為史冊漏記了，企圖使讀者思考「歷史中多一個人少一個人到底有沒有差別？」⑬的問題。另外在《書劍恩仇錄·後記》，金庸曾經因為將乾隆寫得不堪而感到抱歉地說：「他（乾隆）的詩作得不好，本來也沒多大相干，只是我小時候在海寧、杭州，到處見到他御製詩的石刻，心中實在很有反感，現在展閱名畫的複印，仍然到處見到他的題字，不諷刺他一番，悶氣難伸。」⑭由此可見，金庸的創作動機之中，就含有遣懷與寄意。

　　據說金庸的書房裡，有一部點校本的二十四史，而透過他的作品，我們也可以見到他有紮實的歷史底子，以及悲天憫人的胸懷。金庸辦報的同時也寫社評，對於世局的種種，自是了然於胸。因此，我們可以想見，金庸在閱讀古史、衡覽世局時，見到無奈之事，必然會有義憤、悲苦、痛心的情緒產生。小說中讓貪官、小人、奸詐之徒死得難看，讓俠士伸張正義、為民除害等，無一不是抒發個人胸中積憤及遣懷。作為愛國愛民的知識份子，金氏的曲筆、深意值得肯定。

二、創作理念

　　有心的作家通常都有屬於自己的創作理念，並且能根據創作理念來進行創作。這種做法，一方面是為了使自己的情志獲得宣洩與抒發；另一方面則是企圖利用已融入自我創作理念的作品來影響讀者。金庸小說雖然屬於「武俠」，但卻不侷限在打殺場面與武林爭鬥等視覺快感與空洞內容上，仍然抱持著與一流文學家相同的創作理念，意欲以文學作品來表現人的世界、探索人存在的意義，並且企圖影響讀者的心靈活動。透過金庸傳達的創作理念與筆者對其作品的剖析，他在武俠作品方面的創作理念，應該可以分為四項來論述，其中包括：創造各色人物、刻畫人性人情、反映人生社會，以及觸動讀者心靈。

㈠創造各色人物

　　每一部小說都有所謂的主題存在，依理而言，作者是不能直接將主題告訴讀者的。主題必須經由故事情節來表達，而故事情節則要仰賴書中人物演出，所以一部小說的主題是否能夠清楚呈

現，就與人物創造的良窳息息相關。更何況根據閱讀者的經驗來觀察，小說中令人深刻難忘的往往是書中人物，至於故事情節或主題恐怕是比較容易遺忘的。看過《紅樓夢》的人，當然不會忘記多情的賈寶玉、憂鬱的林黛玉、精悍的王熙鳳、逗趣的劉姥姥；這就彷彿看過《西遊記》的人不會忘記孫悟空、豬八戒，看過〈阿Q正傳〉的人不會忘記阿Q一樣。在金庸筆下，也有這般令讀者銘心的人物，例如：郭靖、黃蓉、張無忌、楊過、小龍女、令狐沖、任盈盈、岳不群、任我行、韋小寶……等等。

金庸十分重視人物的塑造，認為「小說的主要任務之一是創造人物：好人、壞人、有缺點的好人、有優點的壞人等等，都可以寫」。懷抱著此等創作信念並實踐在作品中，就使得書中人物呈現出豐富多樣的迷人色彩。小說中生動成功的人物，必然與現實環境中的某一個人或一群人有著相似卻又不完全吻合的特性，他可以是完美，也可以是不完美；他可以是頂壞，也可以是帶點優點，最重要的是，無論如何都必須在符合普遍性中帶出獨特性。《鹿鼎記》中的主角——韋小寶之所以會是金庸塑造最成功的人物之一，就是因為具備了這樣的特性，金庸在〈韋小寶這小傢伙〉一文中，曾經說過：「我一定是將觀察到、體驗到的許許多多的人的性格，主要是中國人的性格，融在韋小寶身上了。他性格的主要特徵是適應環境，講義氣。」④此外，韋小寶還具有堅強的賭徒性格，以及對女子見一個愛一個的濫情態度。

十全十美的人物在金氏筆下出現的機會比較少，那是因為在現實的生活裡也不多見，所以他作品中的「完人」，大概只有郭靖一人。郭靖的完整形象必須結合《射鵰英雄傳》與《神鵰俠侶》兩部作品觀之，他以「為國為民，俠之大者」的精神自許，與妻

子黃蓉死守襄陽，不畏犧牲，充份發揮出儒家「死而後已」的神聖形象。至於有缺點的好人就不勝枚舉，例如：令狐沖心地善良、不喜約束，時常胡鬧頑皮；楊過對小龍女雖然至情至性，但由於生性跳脫，動輒對女子調笑，雖無歹意，卻害得對方意亂情迷，陷入痛苦。至於有優點的壞人，則如《書劍恩仇錄》中的張召重，為了權位，不惜殺害師兄馬真，做了不少壞事，但是他也有優點，言而有信且不欺負小輩。完全的壞人，則如《飛狐外傳》中的鳳天南，平日作威作福，開設賭場、欺壓百姓，可說是無惡不作。

　　一部卓越的小說之中，必然有出色的人物塑造，金庸抱持著「小說的主要任務之一，是在於創造人物」的理念，做出多方面的嘗試，也獲得了成功。

㈡刻劃人性人情

　　人性之善惡與人情之冷暖，往往相關。一般的情況是，心地善良者對於周遭之人，總是抱持較多的關注；至於心地醜惡者，對待他人則常是冷漠。金庸在小說中，深深地刻劃出不同的人性與多樣的情感。此地先述的人性描寫，再論人情表現。

1、人性

　　關於人性，古代哲學家談得很多，因為很複雜，一般所熟知的是孟子的性善，但細究孟子之說，並不是主張人性就完全是屬於善的，他所謂的惻隱、羞惡、辭讓、是非，只是仁、義、禮、智之「端」，人性有善端，未必沒有惡端，所以孟子也說：「人之所以異于禽獸者，幾希」。因此，孟子所強調的人性為善，是專指人之所以為人而不與禽獸相同的特質。荀子主張人性為惡，

認為：「人之性惡，其善偽也」，並以人性生而好利，生而疾惡，生而有耳目之欲為證，強調所有的善都是來自人為改造。但是，荀子所謂的「性」是定義在「天之就」與「生之所以然」，著重點在完備，不需假藉後天的學習或擴充。他也承認人有善端存在之可能，故有「塗之人可以為堯舜」之語，只是善端有待擴而充之。就孟、荀兩人的說法，我們就可以明白人性乃是有善有惡，只是每一個人心中所擁有的善惡比例不一。

哲學家費盡心力地去探索人性本質，小說家不必這樣做，他們只要寫出形形色色的人物，就能反映出人性。揭示人性的作品自然是深刻的，金庸深諳箇中道理，所以創作理念就包含了這一點，他說：「我寫武俠小說是想寫人性，就像大多數小說一樣……只有刻畫人性，才有較長期的價值。」。於是在他的作品中，我們就見到了人性，人性的良善與人性的醜惡，以及人性的善惡夾雜。

人性的良善在見到他人危急有難時最顯溫暖，例如：《射鵰英雄傳》中的穆念慈，在年幼時，見到旅店門口有兩個乞丐，全身給人砍得血淋淋地倒在地上，便加以救助。又如《笑傲江湖》裡的儀琳小尼姑，心性善良，即便是重傷的令狐沖，因失血過多需補充水分，央求她從權偷盜一顆西瓜，她也踟躕猶豫半晌，不得已摘了西瓜，也只願菩薩懲罰自己。

人性的醜惡在爭名或奪利之際最能顯現。爭名之例，譬如《笑傲江湖》中有關武林盟主名位的爭奪，左冷禪高舉名門正派的旗幟大肆殺戮，岳不群戴著君子的面具欺瞞妻女和徒弟，任我行明目張膽使出凶狠殘酷的手段，三人皆不惜眾叛親離。奪利之例，譬如在《連城訣》中為了得到寶藏，荊州知府凌退之不惜犧

牲獨生女兒的愛情與生命；而萬震山、言達平與戚長發則在弒師
之後，又互相殘殺。

　　人性中因為混有善惡，所以在情境的影響下，為了某種緣
故，有可能由善轉惡，也有可能由惡轉善。由善轉惡之例，如
《連城訣》中的花鐵幹，原本是江湖大俠，為了奪取虛名，誤殺
義弟劉乘風；為了苟全性命，不但對惡人下跪，還吃掉義弟的屍
體；為了不被正義之士看穿自己的醜惡，又不惜誣陷水笙的清
白，命人追殺善良的狄雲。由惡轉善之例，則如《倚天屠龍記》
中的謝遜，因遭受師父成崑殺妻弒子之變，憎恨一切，濫殺無
辜。張無忌出生時哭聲，使他回歸於善；最後有機會除去仇人成
崑，卻放棄了。

　　金庸對於人性的刻劃十分細膩，在他的作品中，我們可以看
見人性的光明面，也可以看見人性的黑暗面，當然還有人性中善
惡兼具的一面。

2、人情

　　武俠小說的背景是古代，因此若以五倫來觀察情感表現，就
包括有君臣、父子、夫婦、兄弟、朋友之情。男女的情愛可以視
為夫婦之情的前身，師徒之情可以歸在父子之情中，至於同門學
藝的師兄弟、師姊妹，情深意厚的大概可以歸入兄弟之情，情誼
一般者就當是朋友吧！正面的愛是一種情感，負面的恨當然也是
一種情感。在金庸的創作理念裡，「武俠小說只是表現人情的一
種特定形式」，「道德規範、行為準則、風俗習慣等等社會的行
為模式，經常隨著時代而改變，然而人的性格感情，變動卻十分
緩慢。三千年前《詩經》中的歡悅、哀傷、懷念、悲苦，與今日
人們的感情仍是並無重大分別」，至於「父母子女兄弟間的親

情、純真的友誼、愛情、正義感、仁善、勇於助人、為社會獻身等等感情與品德，相信今後還是長期的為人們所讚美。」⑯

　　金庸的每部作品都有不同種類、不同性質，以及不同程度的情感表現，《倚天屠龍記》所要表現的情感重點，「是男子與男子間的情義，武當七俠兄弟般的感情，張三丰對張翠山、謝遜對張無忌父子般的摯愛。」⑰《俠客行》想寫的「主要是石清夫婦愛憐兒子的感情」⑱。《神鵰俠侶》要表現的是男女情愛，至於《鹿鼎記》側重的是君臣之情與朋友之義。上述之例，皆屬正面情感。至於負面情感，金庸也寫得不少，例如：李莫愁與梅芳姑在得不到所愛之人的垂青，所表現的惡劣行徑；為報殺父弒母之仇，林平之的虐敵舉動。

　　對於人類情感的描寫，金庸曾自我期許的說道：「我只希望寫得真實、寫得深刻，把一般人都不常注意到的情感都發掘出來、表現出來。」⑲基於這份理念，他注意到了另一種易為讀者忽略的情感，即反面人物的正常情感。在《飛狐外傳》裡，他寫出了這種情感，並在〈後記〉中直述該書的寫作意圖了：

　　　　武俠小說中，反面人物被正面人物殺死，通常的處理方式
　　　　是認為「該死」，不再多加理會。本書寫商老太這個人
　　　　物，企圖表示：反面人物的被殺，他的親人卻不認為他該
　　　　死，仍然崇拜他，深深的愛他，至老不減，至死不變，對
　　　　他的死亡永遠感到悲傷，對害死他的人永遠強烈憎恨。⑳

　　金庸曾經說：「文學不是用來講道理的，如果能夠深刻而生動地表現出人的感情，那就是好的文學」，更直言：「我認為文

學的功能是用來表達人的感情」[51]。人類是情感的動物，情感帶給人快樂，也帶給人痛苦，金氏寫出了人類的喜、怒、哀、樂、愛、惡、欲，讀者也從書中人物的情緒裡領略了悲喜滋味。

㈢反映人生社會

在真實的世界裡，人人的生命歷程均不相同，人人的命運皆難如預期。這份不同與不可測，正是小說作者汲引的素材之一。而書中角色不可能只有一位，必定與其他人物有涉，即形成所謂之「社會」，既已虛構為「社會」，那麼真實的社會，也必成為小說作者取法的對象。在金庸的作品裡，就反映出真實的人生與社會。

1、人生

好的小說可以具體而微地寫出人生，在金庸的創作理念裡，就有一部分是認為，小說必須要反映真實人生。關於「小說反映人生」的創作理念，我們可以透過他回答各方讀者的問題中，清楚地得知，例如：讀者抱怨為什麼要狠心地安排阿朱死亡時，他說：「當時我想小說反映人生，人生不一定善有善報、惡有惡報——好人壞人分明的，人生其實很複雜，命運跟遭遇千變萬化」；而讀者質疑黃蓉在年輕與中年時的性格不一時，他則說：「黃蓉到了中年也不是不可愛，可是比起年輕時候總是……，但要反映真實，這是沒辦法的，真實就是這樣子的。」[52]。金庸除了在每部作品中不時地傳達流露此一理念之外，更運用這份寫作理念來創作《倚天屠龍記》：

《倚天屠龍記》我要寫的卻的確是我對人生的一種看法，

想表達一個主題，說明這世界上所謂正的邪的，好的壞的，這些觀念，有時很難分……我想寫的跟其他武俠小說有點不同的就是：所謂邪正分明，有時不一定那麼容易分。人生之中，好壞也不一定容易分。㊿

《老子》第五十八章有「禍兮福之所倚，福兮禍之所伏」之語，至於「塞翁失馬」的故事，對中國人而言更是耳熟能詳，它們都可以做為人生無常的註腳。君不見，金庸不就讓黃蓉為了郭靖與華箏的婚約，感嘆地對郭靖說道：「天下的事難說得很。當初你答允那蒙古公主的婚事，何嘗想到日後會要反悔？從前我只知道自己愛怎麼就怎麼，現今才知道……唉！你想得好好的，老天偏偏儘跟你鬧彆扭。」人生際遇委實多變難測，例如：《天龍八部》中的虛竹，原來是一個少林寺的虔誠小和尚，卻屢遭奇遇，先是成為逍遙派掌門人，後又做了靈鷲宮主人，最終竟娶西夏公主為妻。又如：郭靖、楊過、張無忌、令狐沖等人，年少時命運乖舛，幾經波折風險與種種磨練，最終成為人人敬重的大俠。

人生究竟是怎麼一回事，誰也弄不清楚，獨孤求敗在打遍天下無敵手後，終生想求一敗而不可得，只得在荒谷中寂寞死去。如果「得不到的，往往是最好的」，那麼得到之後，又當如何呢？金庸筆下的主角往往在耀眼的光芒中，飄然遠引，楊過是如此，張無忌是如此，令狐沖也是如此，甚至韋小寶也因為困在君臣與朋友之義的窘境中，選擇了歸隱。金庸將真實人生寫入作品，同時也表現了他的人生觀。讀金庸小說是人生的一大享受，從金庸小說中我們見到了人生。

2、社會

　　作家生存於社會之中，社會生活的萬象多彩，自然對作家產生影響，而作家在寫作時，也可能擷取社會的現象做為寫作的素材，因此作品便有機會或多或少地複現出社會的狀況。武俠小說的時代背景雖然是在古代，但是古代社會與現代社會仍有共同之處，這大概是因為人性、人情的基本特質，從古至今並沒有太大的變化。金庸曾說：「小說反映社會」，在他的作品中，我們可以看見這種理念訴諸文字的具體化情形。

　　《笑傲江湖》這一部作品的宗旨，是「企圖刻劃中國三千多年來政治生活中的若干普遍現象」。金庸在寫此部作品時，正值中共文化大革命的奪權鬥爭，當權派與造反派為了奪取權柄，無所不用其極。金庸每天替《明報》寫社評，對於這種政治上的齷齪行徑十分反感，因此便反映到《笑傲江湖》的撰寫中。藉著武林人士對盟主寶位豪奪的醜態描寫，寄寓個人對政治醜惡現象的諷刺。直陳書中諸多的武林高手，主要的設想乃是以政治人物為原型，認為「不顧一切的奪取權力，是古今中外政治生活的基本情況，過去幾千年是這樣，今後幾千年恐怕仍會是這樣」。關於《笑傲江湖》這部書：有人認為是在影射文革，雖然金庸不承認；在南越國會的辯論中，常有議員以書中人物岳不群之名指責他人是偽君子，或以左冷禪之名指責他人企圖建立霸權㉞；乃至今日臺灣在選舉時，也常見人們以書中人物之名形容具有書中人物之實的候選人；由上述三項說明，即可證明金氏之作品反映出社會部分現實。

　　此外，《天龍八部》也凝聚了對現實社會的觀察，例如：星宿派的弟子，皆須學習「馬屁功」、「法螺功」與「厚顏功」，時

時對師父大肆吹捧，即便師父與人比武落敗，依舊照捧不誤。他們認為這三門神功很難修習，因為「尋常人於世俗之沾染甚深，總覺得有些事是好的，有些事是壞的。只要心中存了這種無聊的善惡之念、是非之分，要修習厚顏功便是事倍功半，往往在緊要關頭，功虧一簣」，所以必須牢記「抹殺良心」四字訣。一旦擁有此等神功，保證無往不利。類似的諂媚功夫，在《笑傲江湖》與《鹿鼎記》中皆有之：前者如日月神教，凡教徒參見教主東方不敗，就必須說「教主千秋萬載，一統江湖」；後者如神龍教，教徒一見教主，口必稱「教主永享仙福，壽與天齊」，其他一般對話也得滿口諛詞。只是樹倒猢猻散，一旦門徒見到師父或教主喪失統治能力，便爭相離去。這類情形，在現今社會中仍可見到且多有之。

金庸所刻劃的政治醜態與諂媚技倆都是古今社會存在的實況，那些描寫往往讓人覺得不適意、不美好，更何況社會現實也不是只有這些事情，因此金庸也汲取了中國歷史的資料，為時代背景放在古代的武俠小說，增添當時社會特有的生活層面，其中包括了文人們的書、畫、琴、棋、詩、酒、花……等等，使得讀者在閱書當中，不但能感受到所謂的美，也可以對中國文化多增幾分認識。

㈣觸動讀者心靈

在功利的社會中，人們通常喜歡以價值高低或有用與否來衡量周遭的人、事、物，因此對於文學這等看似「無用」之物，便產生輕忽的情感，殊不知「無用之用」方為大用。在多變的人生際遇中，我們有可能面臨一無所有，因而滿腹怨懟；有可能家財

萬貫卻精神空虛，更多時候所要遭遇的是各方面的不足、以及事
與願違。當我們無法改變這種情形的時候，心靈自由就成為生命
中的渴望，而文學就是提供心靈自由的去處之一。我們可以透過
閱讀不同的作品，使心境得到轉換的契機，關於這點，金庸曾經
交代得很清楚：「讀者閱讀一部小說，是將小說的內容與自己的
心理狀態結合起來。……讀者的個性與感情與小說中所表現的個
性與感情相接觸，產生了『化學反應』」⑮。

　　金庸在武俠小說方面的創作動機，有一項是自我娛樂，在
「自娛」之外，他也希望寫出來的作品能夠「娛人」，使讀者在閱
讀中獲得興味，他曾如此說，「對於小說，我希望讀者們只說喜
歡或不喜歡，只說感動或厭煩。我最高興的是讀者喜愛或憎恨我
小說中的某些人物，如果有了那種感情，表示我小說中的人物已
和讀者的心靈聯繫了。」⑯試問讀過《天龍八部》的人，誰不憐
阿朱，誰不恨阿紫，誰不敬蕭峰，誰不鄙慕容復？試問看了《射
雕英雄傳》的人，誰會忘記「一半冷酷無情，一半情深意重，一
時弱質纖纖，一時鐵石心腸」⑰的黃蓉？至於作品中，時而透露
的儒、道、佛家思想，更常令讀者心有所感。更何況看武俠小說
的人，在閱讀時多半會對書中的主要角色產生移情作用，金庸的
武俠小說有英姿煥發的俠義男主角，有美貌絕倫的柔情女主角，
因此容易使男性讀者將自己代入男主角，女性讀者則將自己視為
女主角。至於未將自己設想為書中角色的讀者，也在果如自己的
預期故事結局裡，獲得了精神上的滿足。

　　此外，我們也可以透過目前臺灣、大陸、香港等地，學界以
及非學界人士的熱烈討論，側面了解到金庸作品對人心的觸動。
根據民國八十六年三月一日，董紀凡在《中國時報》第三十版所

發表的調查，目前在網路上可以查得到的金庸站址，就有一萬多個。而遠流在網路上設立的金庸茶館，也時時有網友暢談有關金庸其人及其書。這一切都足以證明金庸作品深入人心。

關於金庸之創作理念，是創造各色人物、刻畫人性人情、反映人生社會，以及觸動讀者心靈。我們可以經由分析金庸作品的內容得到驗證，更可以經由金庸作品集臺灣版的序言中得到最有力的明示：「我寫武俠小說，只是塑造一些人物，描寫他們在特定的武俠環境（古代的、沒有法治的、以武力來解決爭端的社會）中的遭遇。當時的社會和現代的社會已大不相同，人的性格和感情卻沒有多大變化。古代人的悲歡離合、喜怒哀樂，仍能在現代讀者的心靈中引起相當的情緒。」㊳

第三節　武俠作品概述

金庸的武俠小說共有十五部，他曾以對聯「飛雪連天射白鹿，笑書神俠倚碧鴛」，來涵括十四部，剩下的唯一一部是《越女劍》。有些著書者不察，只看這副聯，便以為金庸作品只有十四部，如曹正文的《金庸小說人物譜》，費勇、鍾曉毅的《金庸傳奇》，都是如此；而臺灣遠流出版公司在一九八七年至一九九六出版的金庸作品集，內容實為十五部，卻在書皮封底，誤刊為共十二部，這些都是不正確的。不過，臺灣遠流出版公司對於這項錯誤，已經在一九九七年二月出版做了更正。

一九六〇年二月中旬，臺北市警察局出動大批警員，至市郊的所有書局查禁武俠小說，其中包括《書劍恩仇錄》、《碧血劍》與《射鵰英雄傳》等，從此金庸之書被禁。直至一九七九年九

月，在遠景出版事業公司沈登恩的努力爭取下，有關單位才對金庸武俠小說解禁。因此金氏的正式版權，最早是屬於遠景；直至一九八六年十一月，因為版權到期、版費談不攏，才改由遠流出版。當年遠景剛取得金庸作品的版權時，《聯合報》與《中國時報》曾經爭相連載。一九七九年九月七日，《聯合報》首先刊出《連城訣》；《中國時報》的副刊主編高信疆見到後，氣極敗壞、軟硬兼施地向沈登恩要求讓《中國時報》也刊載金庸小說，當時的情形，據沈登恩的說法是：

> 《連城訣》在《聯合報》刊出的第一天，上午十點鐘不到，信疆兄就氣息敗壞地出現在遠景的編輯部，他說，輸掉金庸這場仗，余紀忠先生一定會炒他的魷魚，要我把金庸小說全部讓「人間副刊」連載，軟硬兼施，幾乎要綁架我，信疆兄和我一樣，都是好勝心極強的人，我們是老朋友了，我沒有理由拒絕他，何況，能夠使金庸的小說多讓一些讀者看到，正是我爭取解禁金庸作品的最大目的，因此立刻就答應了。⑲

所以《中國時報》的人間副刊便在九月八日，登出《倚天屠龍記》，同時由《工商時報》一併推出《白馬嘯西風》；而《聯合報》後來又在一九八〇年四月八日連載《書劍江山》，即《書劍恩仇錄》。《聯合報》副刊在登載《連城訣》的首日，不但以編者按語推崇金庸武俠小說的成就，同時也刊登兩篇談論金庸作品的文章；而《中國時報》在輸掉頭陣之後，急起直追，在《倚天屠龍記》連載首日，也刊出分別由聞鏞、羅龍治、孟子所寫的三

篇配合文字。在報紙與出版社共同合作下，金庸作品風靡臺灣、大賣特賣，竟把經銷代理的遠景出版社，「抬上了臺灣出版界的龍頭位置」⑩。

　　金庸作品在未解禁、不能正式來臺以前，臺灣已有盜印本出現，盜印者為了避免事端，往往將書名與作者加以改換。盜印者為了使改易書名的金庸作品，能夠受到讀者的注意，通常都會挑選當時的武俠小說名家來頂替金庸，例如：司馬翎、古龍、司馬嵐等。臺灣對金庸作品解禁之後，書商盜印的情形仍然存在。

　　中國大陸的人民，自八〇年代起得以見到金氏之作，不過也跟臺灣的情形一樣，都是靠盜印本打先鋒，唯一獲得正式授權的，只有天津百花文藝出版社出版的《書劍恩仇錄》。直至一九九四年，才由三聯書店正式與金庸簽約，在大陸出版全集的簡體字版。

　　本節擬依照作品發表先後，列出簡表，以明各部最早發表時間，以及在何處發表，並註明在民國七十年以前於臺灣翻印之情形。表後，再敘述各部作品概況，包括寫作靈感、素材來源、臺港早年出版知見概況，改編成電視、或電影、或漫畫、或光碟遊戲……等，而結以故事梗概。

金庸小說首印及臺灣翻印知見簡表

書　名	首次發表時間與發表處	臺灣翻印知見情形（民國七十年以前）
《書劍恩仇錄》	一九五五年發表於香港《新晚報》	南琪出版社易作者為司馬翎，易書名為《劍客書生》。

《碧血劍》	一九五六年發表於《香港商報》	皇鼎出版社易作者為翟迅，易書名為《碧血染黃沙》。
《射鵰英雄傳》	一九五七年發表於《香港商報》	1.慧明出版社易作者為綠文，易書名為《萍蹤俠影錄》。 2.新星出版社易書名為《英雄傳》。 3.華源出版社，作者與書名均未改易。
《神鵰俠侶》	一九五九年發表於香港《明報》	新星出版社，作者與書名均未改易。
《雪山飛狐》	一九五九年發表於香港《新晚報》	皇鼎出版社易作者為司馬翎，易書名為《雪嶺俠蹤》。
《飛狐外傳》	一九六〇年發表於香港《武俠與歷史》	金蘭出版社易作者為司馬嵐，易書名為《玉鳳飛狐》。
《倚天屠龍記》	一九六一年發表於香港《明報》	1.四維出版社易作者為歐陽生，易書名為《至尊刀》。 2.南琪出版社易作者為司馬翎，易書名為《殲情記》。 3.新星出版社易作者為司馬嵐，易書名為《天劍龍刀》。
《鴛鴦刀》	一九六一年發表於香港《明報》	未見翻印。
《白馬嘯西風》	一九六一年發表於香港《明報》	未見翻印。

書　名	首次發表時間與發表處	臺灣翻印知見情形（民國七十年以前）
《連城訣》	一九六三年發表於《東南亞周刊》（此刊由香港《明報》與新加坡《南洋商報》合辦而隨報附贈）	南琪出版社易作者為古龍，易書名為《飄泊英雄傳》。
《天龍八部》	一九六三年同時發表於香港《明報》、《武俠與歷史》，以及新加坡《南洋商報》	1.奔雷出版社，易書名為《天龍之龍》。 2.新星出版社，作者與書名均未改易。
《俠客行》	一九六五年發表於香港《明報》	南琪出版社易作者為司馬翎，易書名為《玄鐵令》。
《笑傲江湖》	一九六七年發表於香港《明報》	1.南琪出版社易作者為司馬翎，分正續集，正集為《一劍光寒四十洲》，續集《獨孤九劍》。 2.南琪出版社易作者為司馬翎，易書名為《獨孤九劍》。
《鹿鼎記》	一九六九年發表於香港《明報》	1.南琪出版社易作者名為司馬翎，易書名為《神武門》。 2.南琪出版社易作者名為司馬翎，易書名為《小白龍》。
《越女劍》	一九七〇年於香港《明報晚報》	未見翻印。

一、《書劍恩仇錄》

　　《書劍恩仇錄》是金庸的武俠處女作,自一九五五年二月八日起在香港《新晚報》天方夜譚版連載,至一九五六年九月八日結束。最初刊載時,並未受到特別的關注,直到一個多月之後,才吸引住讀者的眼光,使得《新晚報》一時間銷量大增。連載結束後,曾出版單行本。筆者所見之《書劍恩仇錄》舊版,係為香港三育圖書文具公司在一九五八年八月至一九五九年出版者,共有八集,書末附有「『書劍恩仇錄』百人表」,頗便讀者檢索書中人物。今之所見,則是已經做了修改潤飾的本子,幾乎每個句子都做了改動。臺灣遠景出版此書時,曾經改名為《書劍江山》;而無版權的南琪出版社,在民國六十八年七月,將之易名為《劍客書生》,作者則改為司馬翎。《書劍恩仇錄》曾經被香港無線電視臺,先後在一九七六年與一九八七年兩度拍成連續劇,而臺灣中華電視臺也曾於七〇年代加以改拍。在電影版本方面,除了在一九五八年有粵語版之外,八〇年代則又分別改拍兩次。一九九六年十月至一九九七年一月,日本德間書店正式將該書分為四卷,每月陸續出版日文版,由岡崎由美翻譯。

　　《書劍恩仇錄》的寫作靈感,來自海寧廣為流傳的乾隆傳說,金庸曾經提及這段寫作因緣:「我是浙江海寧人。乾隆皇帝的傳說,從小就在故鄉聽到了的。小時候做童子軍,曾在海寧乾隆皇帝所造的石塘邊露營,半夜裡瞧著滾滾怒潮洶湧而來。因此第一部小說寫了我印象最深刻的故事,那是很自然的。」⑥其故事大要如下:

　　清康熙時,眾皇子爭奪儲君之位。因康熙擇嫡會考慮皇孫是

否賢能，四皇子允禎便強用初生之女與陳世倌之子掉包。所換之子取名弘曆，即後來的乾隆。雍正允禎擔心弘曆稱帝之後，一旦得知自己的身世會反滿興漢，因此留下若有異心即廢之的密詔。

　　乾隆即位，其生母臨終所託之友人，即以「反滿興漢」為職志的紅花會幫主于萬亭，偕同文泰來入宮，告知乾隆真正身世。于萬亭出宮後，染病身亡，遺命陳世倌之參子陳家洛為幫主，希望陳家洛能以手足之情感動乾隆，重立漢家天下。乾隆擔心身世之秘洩露、皇位不保，便派張召重為首追捕文泰來。文泰來被捕後，陳家洛率領紅花會會眾援救。在四處探聽文泰來的蹤跡時，無意間幫助回人族長木卓倫奪回被清兵所劫之聖物。回女霍青桐為表達謝意與愛意，將傳世寶劍贈予陳家洛。

　　幾經轉折，陳家洛等人終於在杭州救出文泰來，並以美人計將乾隆困於六和塔。乾隆與陳家洛兄弟相認後，答應驅滿復漢，但要陳家洛至回疆取回生母託放於友人處之身世證物。陳家洛因此前往回疆，途中於塔里木河邂逅霍青桐之妹喀麗絲，並得知清兵攻打回疆；為了幫助回族抵禦清兵，便與喀麗絲來到木卓倫所駐之地。此時，張召重奉御命前來回疆，一是為了攔截已獲身世證據的陳家洛，一是為了尋找回部進貢花瓶上所繪之喀麗絲。清兵圍困陳家洛與喀麗絲，未久即被霍青桐率領兵救出。後陳家洛、霍青桐與喀麗絲進入白玉峰古城遺址，陳家洛因此學得絕世武功，將張召重擊入餓狼群中。

　　陳家洛返京後，將證物悉交乾隆，並見到被俘虜的喀麗絲。乾隆得知喀麗絲不肯從己，是因為對陳家洛情深愛重，所以逼迫陳家洛勸說喀麗絲，否則就不恢復漢家天下。陳家洛以國為重，勸服了喀麗絲順從乾隆。乾隆欲反滿之事被太后得知，太后取出

雍正遺詔脅迫乾隆不可生變。喀麗絲察覺乾隆欲殺害紅花會陳家洛等人，便以自殺之舉傳出信息。紅花會會眾與清兵血戰之後，退走回疆，擬日後伺機再起。

二、《碧血劍》

從一九五六年一月一日至一九五六年十二月三十一日，《香港商報》說月版連載金庸的第二部武俠小說《碧血劍》。連載後，香港三民圖書公司、大榮圖書公司，以及武史出版社均有印行，皆分為五冊。全書凡二十五回，其中有雲君所繪之插圖，雖未註明出版年月，但考其文字即可辨明實為舊版。此書行銷甚廣，遠達美國，筆者手邊所持舊本，即昔年加州之松陵書屋舊藏。後來，金庸曾對此書進行兩次頗大的修訂，增加約五分之一的篇幅。

據筆者所見，民國六十九年九月，《碧血劍》由臺灣皇鼎文化出版社及漢牛出版社聯合盜印時，書名曾經改成與夏侯晚濤作品同名的《碧血染黃沙》，並由翟迅做了編寫。翟迅不知何許人也，編寫技巧庸風雅、頗落俗套，試隨意舉一例說明，金庸原著舊版起首開門見山直寫「斜陽將墮，歸鴉陣陣」，翟迅偏要在前引上「枯藤老樹昏鴉，小橋流水人家，古道西風瘦馬，夕陽西下，斷腸人在天涯」，非但與該段描寫之內容及情境不甚相合，更將這首元人馬致遠的〈天淨沙〉誤寫成「天蟬沙」，實在可笑。至於此書之改編情況，香港無線電視臺在一九八五年，曾拍攝成連續劇；此外，分別在八〇與九〇年代，也有電影的拍攝。一九九七年四月至六月，日文版問世，由小島早依翻譯。

依照《碧血劍》所敘，主角應是明朝抗清名將袁崇煥之子袁

承志與死去的金蛇郎君夏雪宜，但金庸在該書的〈後記〉，卻
說：「《碧血劍》的真正主角其實是袁崇煥」。分析金氏之說，原
因大概有二，一是因為他對於袁崇煥十分敬佩：

> 我在閱讀袁崇煥所寫的奏章、所作的詩句、以及與他有關
> 的史料之時，時時覺得似乎是在讀古希臘作家攸里比第
> 斯、沙福克里斯等人的悲劇。袁崇煥真像一個古希臘的悲
> 劇英雄，他有巨大的勇氣，和敵人作戰的勇氣，道德上的
> 勇氣。他沖天的幹勁，執拗的蠻勁，剛烈的狠勁，在當時
> 狠瑣萎靡的明末朝廷中，加倍的顯得突出。⑫

二是因為該書故事乃植基於袁崇煥因遭人誣陷而被明崇禎帝所
殺，所以崇煥舊部既要撫育袁承志，又得為他復仇——除去明帝
崇禎與清酋皇太極。其故事大要如下：

　　袁承志拜華山派掌門穆人清為師，又得鐵劍門木桑道長指
點，更在偶然的機會裡，取得奇俠夏雪宜所遺下的武功秘笈，因
而學成高深武功，下山圖報父仇。袁承志聞知穆人清已至江南為
闖王李自成募集軍餉，便擬前往相會。途中，結識假扮男裝的夏
雪宜之女溫青青。溫青青因盜取闖王軍餉，遭到龍游幫強奪，袁
承志出手助她脫險，並送她返家。青青之母對袁承志、青青說出
昔日與夏雪宜的情緣。

　　袁承志的大師兄黃真為了闖王到溫家索討被奪之軍餉，袁承
志協助黃真打敗溫家五老，奪回軍餉。青青因愛慕袁承志，且見
母親遭溫家殺害，便隨袁承志而行。兩人至南京尋找穆人清，並
根據夏雪宜所留下的藏寶圖尋到數百萬珠寶。袁承志奉師命偕同

青青將珠寶送至北京資助闖王成事，途遇打劫，袁承志以武功降服強人。其後，袁承志在英雄大會上被眾人奉為盟主，並率群豪在錦陽關殲滅清軍千餘人。

袁承志與青青來到北京，時值明太監曹司禮勾結江湖邪派、欲以迎接清兵，邪派中之五毒教教主何鐵手，不知青青係女扮男裝，心生戀慕，叛教而出，幫助袁承志破壞曹司禮之計畫。袁承志率領群豪在京城內接應闖軍成功。崇禎自知難逃一死，自縊前欲殺己女長平，袁承志將長平救出。青青以為承志對長平有情，心中傷痛，決意自行將母親骨灰帶至華山頂與父親骸骨合葬。闖軍入城後，姦淫擄掠，軍紀大壞，袁承志失望極矣，接奉師命返回華山。

曾受夏雪宜情騙之何紅藥為尋找夏雪宜，挾持出走之青青。青青帶何紅藥來到夏雪宜埋骨的山洞，欲讓父母合葬，何紅藥不願之餘，竟焚燒夏雪宜屍骨，因而中毒身亡，青青亦因此暈倒。所幸，袁承志及時趕到。袁承志對闖軍心灰意冷，便與眾人至海外開闢新天地。

三、《射鵰英雄傳》

《射鵰英雄傳》、《神鵰俠侶》、《倚天屠龍記》合稱「射鵰三部曲」，三部之間人物、故事存有或多或少的連繫。一九五七年，《射鵰英雄傳》在《香港商報》上連載，至一九五九年結束。此書在香港曾經被拍成電視連續劇及電影，在泰國則上演過潮州劇的連臺本戲，也曾被改編成漫畫出版。此外，還被譯成印尼文、越南文、馬來文與韓文，流傳很廣。而今所見之本與舊本相較，有不少地方做了更動，除了刪去一些與故事或人物並無必

要連繫的情節外，也加上一些新的情節。

《射鵰英雄傳》最初在臺灣正式出版的情形並不順利，由於某些從政人士將書名與毛澤東之詞「只識彎弓射大鵰」一句。聯想在一起，因而認為此書有為毛澤東宣傳的嫌疑，所以遠景出版社在與孫淡寧商議後，易書名為《大漠英雄傳》，但是出版後仍被警總查扣，所持理由為「與《射鵰英雄傳》雷同」⑥。為此，金庸曾經著文辯解，絕無此意，但在「言者諄諄，聽者藐藐」的情況下，結果自然可想而知。附帶一提的是，雖然早在一九七三年，當時的行政院長蔣經國曾在「國建會」中公開說明，他也很喜歡看《射鵰英雄傳》，但卻未對此書解令。蔣氏此等這般言而未曾這般行的做法，葉洪生將之解讀成「為拉攏高級知識分子」；以及「此書表彰民族大義，的確有其獨特的藝術魅力，深得人心；即令是當政者亦不敢輕攖其鋒，以免招致眾怒。」⑭

至於此書在臺灣盜版的情形，據筆者所見，除了前述在民國四十七年由慧明盜版時，書名與作者皆有改易之外，另外尚有兩種盜本：分別由華源出版社與新星出版社出版。華源所出版的《射鵰英雄傳》，書名與作者皆正確無誤，只是出版日期有問題，因為經過文字比對，此書分明是修訂版，所以出版日期絕不可能早於一九七〇年，但是所印之出版日期竟是在民國五十四年八月。如果不曾見過舊版本，單憑出版日期判斷，就可能誤認該書為舊版，書賈誤人有如此者。而新星所出版者，筆者所見之本為民國六十三年翻印，易名為《英雄傳》。事實上，《射鵰英雄傳》的版本之雜並不限於上述，因為根據葉洪生之說，此書臺港版本的多雜程度，是可以用「奇事」⑮來形容的，關於港版有由九龍光明出版社購得版權出版者，亦有將全書化整為零印成小本，不

書作者名，書名亦不同的。

　　由於受到工作性質的影響，金庸在寫此書的某些情節與場景時，運用了戲劇表現方式。關於這段因緣，金庸曾有所說明：「寫射鵰時，我正在長城電影公司做編劇和導演，這段時期中所讀的書主要是西洋的戲劇和戲劇理論，所以小說中有些情節的處理，不知不覺是戲劇體的，尤其是牛家村密室療傷那一大段，完全是舞臺劇的場面和人物的調度。」⑯至於其他有關寫作《射鵰英雄傳》的素材與靈感，金庸也有說明：

　　　　成吉思汗的事跡，主要取材於一部非常奇怪的書。這部書
　　　本來面目的怪異，遠勝「九陰真經」，書名「忙豁侖紐察
　　　脫必赤顏」，一共九個漢字。全書共十二卷，正集十卷，
　　　續集二卷。十二卷中，從頭至尾完全是這些嘰哩咕嚕的漢
　　　字，你與我每個字都識得，但一句也讀不懂，當真是「有
　　　字天書」……原來此書是以漢字寫蒙古話……九個漢字聯
　　　在一起就是「蒙古秘史」⑰。

金庸不但援用了《蒙古秘史》的資料來寫成吉思汗，也援用了「漢字寫蒙古話」的創意，將書中武學寶典九陰真經的總旨以「漢字寫梵語」寫出。

　　全書故事大要如下：

　　南宋年間，全真教丘處機在臨安府與郭嘯天、楊鐵心結識，分別為兩人尚未出生之子，取名為郭靖、楊康。金國王子完顏洪烈見楊妻包惜弱貌美，便串通南宋官府遣段天德等人以反賊之名捉拿郭、楊二人。郭嘯天力戰而死，楊鐵心重傷後下落不明。丘

處機聞知郭、楊兩人被害，心急之餘受段天德撥弄與江南七怪發生誤會，待誤會澄清，雙方訂下分別尋找楊康與郭靖及對其傳授武藝，於十八年後讓郭靖、楊康比武之約。丘處機在完顏洪烈王府找到包惜弱母子，江南七怪經過多年找尋，也在大漠遇見李萍與郭靖母子。

郭靖生性善良、頭腦駑鈍，縱使江南七怪盡心教導，武藝仍然低微，幸得丘處機師兄馬鈺教以輕功、內功，才逐漸開竅。比武之期將至，郭靖與七怪南歸。郭靖於途中結識黃蓉，兩人彼此心儀。楊康在完顏王府中得丘處機傳授武藝，功夫不俗，卻因貪戀富貴，背叛師門。丘處機因恥於楊康人品之差，向江南七怪認輸。郭靖與黃蓉結伴而行，巧遇丐幫幫主洪七公，黃蓉以佳味美食，誘使洪七公收她為徒，並傳授郭靖降龍十八掌中的十五掌。

黃蓉之父黃藥師因弟子陳玄風被江南七怪所殺，欲殺七怪報仇，郭靖自願代七怪至桃花島向黃藥師領死。在桃花島上，郭靖遇見被困山洞的周伯通，得周伯通傳授空明掌及武功密笈《九陰真經》。此時，歐陽鋒替名為姪子、實為己子的歐陽克向黃藥師求親，洪七公也為郭靖向黃藥師求親。黃藥師出題讓郭靖與歐陽克比試，郭靖得勝後，黃藥師允婚。不料，因周伯通一句戲言，使得黃藥師悔婚，又逐走眾人。

黃蓉因故接掌丐幫，郭靖為保《武穆遺書》被歐陽鋒及歐陽克打成重傷，傷癒後，黃蓉為裘千仞所傷，幸得一燈大師救治，方得保全性命。靖、蓉兩人從此情深愛篤。不料郭靖卻被師父柯鎮惡告知黃藥師已殺了他的另外五位師父，所以不得不與黃蓉分手。黃蓉為了向柯鎮惡證明事實並非如此，落入歐陽鋒之手。郭靖了解事情真相後，懊悔不已，卻尋不到黃蓉。郭靖至蒙古為成

吉思汗效命，功績偉烈。成吉思汗命郭靖攻打南宋，郭靖不允，成吉思汗以其母李萍脅之。李萍自刎，郭靖重回中土，與丘處機至華山尋找洪七公。在華山頂，郭靖與黃蓉重修舊好。歐陽鋒、黃藥師、洪七公三人比武，歐陽鋒以修練錯誤的《九陰真經》功夫意外得勝後，竟變成瘋子。

成吉思汗病重，央請郭靖至大漠訣別，郭靖攜黃蓉同去。南歸路上，郭靖見戰爭造成白骨處處，心想自己與黃蓉鴛盟雖諧，但世人苦難方深，因此感慨不已。

四、《神鵰俠侶》

一九五九年五月二十日《明報》創刊，《神鵰俠侶》亦首度問世，連載時日長達七百七十四日。該書在報上連載後，每滿七天香港鄺拾記報局就會出刊一本普及本，每冊售價港幣三角，行銷之跡已達美國，筆者手邊之本即是昔年三藩市道慶書局（Ore Hing Book Co 723-725 Clay Street, San Francisco. Calif, U S A）經售之本。這種在報上連載數日，即結成小冊印行的情形，應該不限於《神鵰俠侶》，根據冷夏的說法，從《射鵰英雄傳》就已開始。在普及本發行之後，每個月又出版較厚的合訂本。民國六十四年元月至二月，臺灣新星出版社曾有盜印本，書名、作者均未改換，凡二十八集，每本售價臺幣二十元，價格委實不菲。

《神鵰俠侶》在香港、臺灣與新加坡三地都曾拍成電視連續劇，猶記筆者幼時就曾看過臺灣中國電視公司所拍，由潘迎紫與孟飛主演的《神鵰俠侶》，當時收視率頗高。由於筆者是先看過電視劇才接觸原著，所以在閱書時，總是揮不去潘迎紫所飾演的小龍女形象，由此可見電視劇影響之大。新加坡漫畫家黃展鳴曾

將此書畫成漫畫，文字簡省，情節遵照原著，據租書店主表示租出率頗高。而此書除了近年臺灣出有光碟遊戲版之外，在香港亦曾六度改拍成電影。《神鵰俠侶》刊載後，也經過修訂，但改動不大。

關於此書的寫作動機，金庸說是「企圖通過楊過這個角色，抒寫世間禮法習俗對人心靈和行為的拘束。」古代社會之師生分際有如父子，而楊過是小龍女之徒，雖然年齡只比小龍女弱幾歲，但既有師生名分，自然不宜相戀、結婚。其故事梗概如下：

郭靖與黃蓉結為夫婦後，久居海外桃花島，生女郭芙。一日，郭靖攜妻女偕師父柯鎮惡來到嘉興，時值古墓派叛徒李莫愁向陸家尋仇。楊康之子楊過，誤中李莫愁毒針，巧得心神喪失之歐陽鋒認為義子，並傳授驅毒方法。郭、黃夫婦將楊過帶回桃花島養育，黃蓉因楊康奸狡之故不喜楊過，郭芙亦時常欺侮楊過。後因楊過觸怒柯鎮惡，郭靖只得將楊過送往終南山全真教投師學藝。

郭靖與楊過來到終南山，楊過拜趙志敬為師，趙志敬見楊過狡滑，心中不喜，時加苛責虐待。楊過不堪侮辱，逃入古墓派所在地，拜小龍女為師。楊過與小龍女雖為師徒，卻以姑姪相稱。兩人深居古墓，日久情生，小龍女自知深愛楊過，楊過雖也喜歡小龍女，卻因年輕而懵懵懂懂。

歐陽鋒為尋楊過來到終南山，欲對楊過傳授武功口訣，因擔心小龍女偷聽，因此點住她的穴道。不料，小龍女卻因穴道被困，遭全真教尹志平以青布蒙眼後玷污，小龍女不明究竟，誤認係楊過所為，既驚喜又害羞。第二日，小龍女要楊過娶己為妻，楊過意外之餘，加以拒絕，小龍女傷心遠去，從此兩人情路坎

坷，雖偶有相聚，卻又因故分開。

　　楊過為尋找小龍女，四處遊歷：曾與陸無雙、程英等人相識；曾在華山頂見到洪七公與歐陽鋒兩人在臨死之際，一笑泯恩仇；也曾屢救黃蓉與郭芙，可惜郭芙不明事理，在楊過受傷時，一劍砍去他的右臂。幾經轉折，楊過與傷重的小龍女於古墓中結為夫妻，小龍女在療傷時，遭郭芙發中毒針，命在旦夕。小龍女擔心死後楊過會殉情，所以在崖壁上許下十六年後相見的誆語，才跳崖自殺。

　　從此，楊過浪跡天涯，行俠仗義，並得神鵰之助，武功精進，復自創黯然銷魂掌，以待十六年之約。期間與郭靖之幼女郭襄結識，郭襄暗戀楊過，楊過對她則僅限兄妹之情。十六年約期已至，楊過不見小龍女赴約，心傷之際，跳崖自盡，卻在谷底見到跳崖未死的小龍女。華山論英雄後，楊過攜小龍女及神鵰，飄然遠引，不知所終。

五、《雪山飛狐》

　　《雪山飛狐》寫於一九五九年，連載於香港《新晚報》，坊間自行翻印之單行本，據金庸所見共有八種，包括：一冊本、兩冊本、三冊本、七冊本等等。後來《雪山飛狐》經過增刪改寫，在香港《明報晚報》再度發表，出書時又作了修改，根據金庸的說法，「原書十分之六七的句子都已改寫過了。原書的脫漏之處，大致已作了一些改正。」⑧此書在一九七二年，曾經由 Robinlu Wu 翻譯成英文在紐約的《Bridge》雙月刊上分四次連載；一九九四年香港中文大學被正式授予翻譯權，英文譯名為《Fox Volant of Snowy Mountain》。臺灣遠景出版此書時，曾經改名為

《雪寒飛狐刀》；至於盜版，據筆者所見則有民國七十年三月，由育幼圖書有限公司與慈風圖書出版社聯合出版、皇鼎文化出版社經銷之本，書名改為《雪嶺俠蹤》，作者掛名司馬翎，內容頗多改易。昔年香港盧景文曾經花了大半年時間改編、導演《雪山飛狐》為話劇，觀眾口碑頗佳。在一九九八年的香港書展時，當地媒體曾提出「一個金庸，三分天下」，所謂「三分天下」就是指三部由金庸小說改編的漫畫，分別為由李志清所繪之《射鵰英雄傳》、何志文所繪之《雪山飛狐》，以及由馬榮成主編之《倚天屠龍記》。

該書有關李自成軍刀的故事靈感，是來自金庸在古董店中購得的一座陶像，陶像可見於《雪山飛狐》書前所附彩圖。其之故事大要如下：

明崇禎末年，李自成攻破北京，擄掠大批金銀財寶。退出北京時，他命人將財寶藏在隱密處，作為日後捲土重來之資。他將藏寶之處繪成一圖，而看圖尋寶的關鍵，則在一把軍刀的紅寶石上。

闖王李自成有四位結義的忠心衛士，分別姓胡、苗、范、田，其中以胡姓衛士武功最高，人稱「飛天狐狸」。李自成在九宮山被吳三桂及清兵所困，狀況危急，苗、范、田三人突圍求援，胡姓衛士則留守在李自成身邊。等到苗、范、田領來援軍救駕，卻聞闖王已經遇害，而胡姓衛士也失蹤了。

苗、范、田三人憤恨吳三桂引清兵入關，造成闖王身死，因此到昆明行刺吳三桂。三人行刺將得逞之際，胡姓衛士出面攔阻。四人相約見面，苗、范、田三人忌憚胡姓衛士的武功，不待胡姓衛士開口，便將他殺死，並取走他身邊的藏寶圖與軍刀。胡

姓衛士臨死前，悲憤不已，原來李自成並沒有死，當年他為了保全李自成的性命，找了一個身材與李自成相仿的屍首，將屍首臉孔砍爛，換上李自成的衣物，親自將屍首駄至清營，聲稱已將李自成殺死，並假意投降。他在吳三桂手下做官，深受信任，並顛覆吳三桂與清廷的關係，想讓天下大亂，屆時乘機使闖王復國。這番苦心孤詣，後來由胡姓衛士之子在密室中，告訴苗、范、田三人。三人因深感愧疚，走出密室後，一語不發，便在眾人面前自殺。三人子孫不明究裡，便世代向胡姓子孫尋仇。數代之後，軍刀由田家掌管，藏寶圖由苗家世傳。

　　苗家後人苗人鳳之父與田家後人田歸農之父攜手出關，一去不回，江湖謠傳為胡家後人胡一刀所殺。但事實卻非如此，而是兩人尋到闖王昔年所藏珍寶，因財迷心竅，相互殺害而亡。苗人鳳為報父仇與胡一刀比武，胡一刀請閻基帶信至苗人鳳處說明三件事：前代恩仇真相，苗人鳳之父與田歸農之父的死因，以及軍刀的秘密。閻基未見到苗人鳳，就請田歸農轉達，田歸農卻未將訊息轉達苗人鳳。苗人鳳與胡一刀在比武過程中，彼此惺惺相惜，比武至第五天苗人鳳用刀將胡一刀的左臂割傷，胡一刀就此而亡，因為此刀已被田歸農指使閻基塗上劇毒。

　　胡斐乃胡一刀之子，胡一刀死後，胡妻殉夫，胡斐為平阿四所救，平阿四帶胡斐投靠杜希孟。杜希孟為了得到胡家武學秘本，因而搜查胡母遺物，平阿四便帶胡斐逃走。胡斐成人後，欲至杜家要回亡母遺物，杜希孟請閻基與苗人鳳等人前來助拳。閻基在長白山下，遇見田歸農之女等三股勢力，因爭奪闖王寶刀而相互廝殺，閻基出手阻止，並將眾人帶往杜家。苗人鳳因事延宕，無法及時前往杜家，因此派遣不懂武功的女兒苗若蘭先行，

以示其威。胡斐來到杜家，對苗若蘭一見傾心，見杜希孟不在家便離開。

杜家莊上，眾人得知藏寶圖就在苗若蘭所戴之鳳頭珠釵內，便強行奪取，閻基先封住苗若蘭的穴道，田歸農之女更解去她的衣衫，將她置於廂房床上，使她即便在穴道解開後，也無法走動。當閻基等人為尋寶離去，胡斐二度來訪杜希孟，見莊上無人，走進廂房查看，聽見十八名武林高手走近，一時緊急藏身床上，意外地與苗若蘭共枕。此十八人埋伏在房內，欲謀害苗人鳳，胡斐救得苗人鳳，卻被苗人鳳誤認對苗若蘭非禮。胡斐為免眾人見到苗若蘭的胴體，抱起苗女迅速離開；兩人在山洞內互許終身時，忽聞閻基等人為爭奪珠寶而起之廝殺聲，胡斐將他們困在隧洞內。

苗人鳳不知胡斐係胡一刀之子，又誤會胡斐非禮己女，因而與之比武，最後胡斐處在若不劈砍苗人鳳就得自己送命，但若劈死苗人鳳就無法面對愛侶苗若蘭的兩難處境。故事就此戛然而止。

六、《飛狐外傳》

金庸在寫《神鵰俠侶》的同時，也為《明報》附屬之刊物小說雜誌《武俠與歷史》撰寫《飛狐外傳》，刊出時日為一九六〇年至一九六一年間，每期刊載八千字。由於這部作品是在雜誌上連載，因此寫作方式與在報上連載者有所不同，並非是每天寫一段，而是「每十天寫一段，一個通宵寫完」⑩。此書初出，香港至少有胡敏生記書報社、武史出版社與三有出版社印行，胡敏生記與武史皆分為十三集出版，其中插畫十分生動；而三有則分為

七集。民國六十八年九月，臺灣金蘭文化出版社曾經加以盜印，作者掛司馬嵐之名，而書名則易為《玉鳳飛狐》，分為上、下兩冊，是未修訂前的本子。該書在港臺均曾改編拍成電視連續劇；至於電影的幾次攝製，都是出於港人之手。

　　《飛狐外傳》的文字風格，原與中國傳統的舊小說距離較遠，金庸在修訂時並未刻意改回，只在兩種情形下做了更改，「第一，對話中刪除了含有現代氣息的字眼和觀念，人物的內心語言也是如此。第二，改寫了太新文藝腔的、類似外國語文法的句子」⑦。除文字風格外，人物的姓名也有改動，例如：將馬一鳳之名改為馬春花。

　　《飛狐外傳》係《雪山飛狐》之前傳，所寫為胡斐先前事蹟，但由於《雪山飛狐》乃創作在前，因此兩書人物、情節雖有連繫，卻沒有全然統一。在《飛狐外傳》裡，胡斐是一位不為美色、哀懇以及面子所動，並且能急人之難、行俠仗義的俠士，其故事大要如下：

　　清乾隆間，某日，商家堡內擠滿避雨之人，包括：飛馬鏢局總鏢頭馬行空與女馬春花及徒兒徐錚和眾鏢師；十三歲上的小胡斐與救命恩人平阿四；偷取兩頁胡家拳經練成怪異功夫的閻基及夥同前往的盜賊；跟隨田歸農私奔拋卻夫婿苗人鳳及其女若蘭的南蘭；以及攜同兩歲愛女前來尋妻的苗人鳳。年幼的若蘭對著母親聲聲哭叫，但是南蘭仍不肯重回苗人鳳身邊；平阿四乘機向閻基要回兩頁胡家拳經；閻基打敗馬行空欲劫鏢，卻被商老太逐離。

　　眾人散去後，馬行空與女及徒，胡斐與平阿四，應商家之邀，在商家堡住下。商老太留下馬行空是為了替夫報仇，因其夫

商劍鳴是與馬行空打鬥受傷未癒，才會死於胡一刀之手。留下胡
斐則是不明其身分，憐其年幼飄泊。胡斐在商家堡練就胡家刀
法。商老太得知道胡斐身分後，欲殺之。乾隆之私生子福康安途
經商家堡與馬春花結下孽緣，商老太設下毒計，困住胡斐、福康
安與紅花會趙半山等人，胡斐以智脫困，並與趙半山結為忘年兄
弟。馬行空被商老太殺害，馬春花在懷有福康安之子的情況下，
嫁給師兄徐錚。

　　胡斐四處遨遊，武功與年歲俱增。一日，行至廣東佛山鎮，
在酒樓中胡斐聽人談起五虎門掌門人鳳天南，武功高強、作惡多
端，近日為了替新娶的七姨太起造七鳳樓，要買鍾阿四家傳的菜
園地皮。因鍾阿四不肯，鳳天南便栽贓鍾阿四之子小二、小三偷
鵝，又請衙門差役逮捕鍾阿四。鍾四嫂情急之下，取刀至北帝廟
中剖開小三之腹以明冤屈。不料鳳天南卻道，若非是小三所食，
即是被小二吃掉，命家丁帶惡犬追拿鍾小二。胡斐見鍾小二與鍾
四嫂被惡犬咬傷，出手相救，而後捉住鳳天南之獨子，逼迫鳳天
南在鍾阿四面前自殺。鳳天南舉刀自刎之際，袁紫衣彈指環相
救。鳳天南之爪牙又設計引開胡斐，鍾家三口因此慘遭殺害。胡
斐決心要替鍾家報仇，便追蹤在逃的鳳天南一家，途中遇見與紅
花會關係密切的袁紫衣，兩人互生情愫。

　　胡斐和袁紫衣在湘妃廟中避雨，巧遇鳳天南一家，胡斐欲殺
鳳天南，袁紫衣為鳳天南求情，胡斐不為袁紫衣之美色與情感所
動，兩人因此交手，鳳天南等則乘機逃走，袁紫衣留下玉鳳離
去。胡斐無意中聞知田歸農欲暗害苗人鳳，前往苗家相助，苗人
鳳雙眼已被毒瞎。胡斐為使苗人鳳復明，前往洞庭湖找尋毒手藥
王，藥王弟子程靈素醫好苗人鳳之眼。程靈素心儀胡斐，胡斐卻

愛上袁紫衣。

胡斐預知鳳天南與袁紫衣將在福康安所召開之天下掌門人大會中現身，便與程靈素前往北京與會。途中，有人贈胡斐田宅厚禮，至京後，又有人贈胡斐豪宅，原來是鳳天南想向胡斐求饒，但胡斐始終不動心，堅持要為鍾阿四一家報仇。胡斐第三次向鳳天南出手，袁紫衣再度救下鳳天南。袁紫衣對胡斐說出：她乃鳳天南之女，係其母銀姑被鳳天南姦污後所生。其母遭受迫害離開佛山鎮，投至南昌素有「甘霖惠七省」之湯沛家中，不料湯沛見色起意，將銀姑姦污逼死，自己則為峨嵋派神尼所救。此次東來，她要為母報仇，親手除去湯沛與鳳天南。她三次援救鳳天南，只為了卻父女之情。

胡斐在掌門人大會上，見到袁紫衣身著緇衣、頭戴圓帽，方知她已出家。袁紫衣在大會上揭穿湯沛惡行時，湯沛以暗殺鳳天南，乘亂逃走。會後，胡斐獨力擊敗大內十八高手，並與紅花會眾人相見。其後，胡斐在藥王廟中，遭人暗算，身中劇毒，程靈素捨命吮出胡斐體內之毒。胡斐攜程靈素骨灰來至滄州父母墓前，手仞湯沛而受重傷之袁紫衣亦隨後而至，兩人同陷田歸農之手。南蘭撤開田歸農，告訴胡斐：苗人鳳將冷月寶刀埋於胡一刀墓碑三尺處。胡斐取出寶刀殺退田歸農等人，又將程靈素的骨灰埋在父母墓邊。最後胡斐與袁紫衣分手而行。

七、《倚天屠龍記》

《倚天屠龍記》自一九六一年七月六日起，在《明報》連載，直至一九六三年才告結束，是「射鵰三部曲」的第三部，但在此書中，除了出現《神鵰俠侶》裡的郭襄與張君寶，以及屠龍

刀、倚天劍為郭靖與黃蓉所製外，並無其它明顯連繫之處。筆者所見之舊本，係香港武史出版社出版、鄺拾記報局發行的二十八冊本，出版日期根據第一集是在一九六一年八月四日，其它二十七集則未註明，推測應是報上連載每滿二十八天後陸續出版者；而透過香港胡敏生記書報社在《飛狐外傳》最後一集所刊登的廣告，則可知道此書也曾在胡敏生記書報社出版，廣告內容不但簡述了故事情節，也介紹了冊數、售價、插畫等：「本書共分二十八集，每集零售港幣八角。封面彩色，裝璜華貴，印刷精良。雲君先生精心配圖，紅花綠葉，相得益彰。」由此可見，當時至少有兩家出版社在印行金氏之作，至於是否都有正式授權則不可知。附帶一提的是，臺灣遠景出版公司在《諸子百家看金庸》的附頁中，所刊出之《倚天屠龍記》舊本封面，係為香港武史出版社出版、鄺拾記報局發行之本，所以應該有正式版權。《倚天屠龍記》早年在臺灣的盜版情形，就筆者所見有三種：一是新星出版社在民國六十六年，易書名為《天劍龍刀》者；二是四維出版社在民國七十年七月以歐陽生之名，所出版之《至尊刀》，此一版本不但改換書中人物之名，在內容上也多所竄改；三是由南琪出版社在民國六十八年所出版者，書名改為《殲情記》，作者則掛名司馬翎。前兩種為舊版，後一種為修訂版。

一九九八年香港書展，《倚天屠龍記》所改編成的漫畫（馬榮成主編），被香港媒體譽為「九八書展漫畫天書」。另，此書在港臺兩地，均曾屢次拍成電視連續劇。據筆者印象所及，在臺灣就曾拍攝過兩次；兩次都是在臺灣電視公司播出：第一次約在民國七十年初期；第二次則在民國八十三年。每次播出，收視率總是掛帥。至於電影的改拍，則有多次，均為港片。其故事大要如

下：

　　郭襄浪遊江湖，意欲探聽楊過行蹤。一日，來到少林寺，遇見寺中小和尚張君寶因自練少林武功觸犯寺規將受嚴刑。覺遠出手救出張君寶，與郭襄逃離少林寺。覺遠圓寂前，口中喃喃唸著《九陽真經》，郭襄與張君寶在旁默記。後來，兩人武學有成，郭襄創立峨嵋派，張君寶則自號三丰創立武當派。

　　張三丰九十歲壽辰將至，七位弟子（人稱武當七俠）為了替他祝壽，便以在各地行俠仗義當做壽禮。三弟子俞岱巖仗義救人得到武林至寶屠龍刀，卻也因此被天鷹教殷野王、殷素素兄妹所傷。天鷹教奪刀後，殷素素重金委託龍門鏢局總鏢頭都大錦護送俞岱巖回武當山，如有差池就要殺害龍門鏢局上下。都大錦一時不慎，在武當山下將俞岱巖交給了冒名武當諸俠的奸人，使得俞岱巖的四肢骨節慘遭折斷，終生殘廢。殷素素聞知此事，改扮成武當弟子張翠山，血洗龍門鏢局；前來相助龍門鏢局的少林弟子，因此誤認張翠山為兇手。為查明真象，張翠山結識殷素素，兩人互有好感。

　　天鷹教得到屠龍刀後，在王盤山島上揚刀立威，金毛獅王謝遜在大會中以「獅子吼」使眾人非死即瘋，獨留張翠山與殷素素，伴己同往海外。海上忽起海嘯，三人只得棄船登上冰山。謝遜狂病發作，殷素素在危急中，以銀針射瞎謝遜雙眼。此後，三人先後飄流至冰火島，張翠山與殷素素結成夫妻，生下張無忌，謝遜收張無忌為義子。

　　十年後，謝遜獨留島上，張翠山夫婦則攜子返回中土。時值張三丰百歲壽辰，各門派以祝壽之名上武當山，逼迫張翠山夫婦說出謝遜與屠龍刀下落，張氏夫婦因不願吐露而自殺。張無忌被

玄冥二老打傷，命在旦夕。張三丰為替張無忌治傷，向少林、峨嵋求助，卻遭拒絕。漢水之上，張三丰偶然救得周芷若與常遇春，常遇春帶張無忌至神醫胡青牛處求醫，胡青牛原以張無忌不願入明教而不肯醫治；後見張無忌之病頗具挑戰性，技癢之餘，打算先治好再置之死地。兩年時光已過，胡青牛尚未治好張無忌，金花婆婆卻帶著殷離前來為夫報仇，胡青牛夫婦因此喪命，殷離則對張無忌情根深種。張無忌為躲避惡人，跌入懸崖，在猿腹內取得《九陰真經》，因此練成高深武功，傷病也告痊癒。

光明頂上，張無忌得小昭之助，修練乾坤大挪移，並在六大門派與明教眾人面前，揭穿成崑欲顛覆武林的陰謀。明教推舉張無忌為教主，因此張無忌率領明教與元朝對抗。元朝郡主趙敏心儀張無忌，跟隨張無忌和金花婆婆、殷離以及已成峨嵋派掌門人的周芷若來到靈蛇島，張無忌在此與謝遜重逢。適值波斯明教遣人來捕金花婆婆，此時眾人方知金花婆婆原為波斯明教聖女，因與銀葉先生結為夫婦生下小昭而觸犯教規；小昭為顧全母親性命，接掌波斯明教，飄然遠去。周芷若盜取倚天劍與屠龍刀後，以刀砍劍，取出倚天劍中所藏《九陰真經》，與屠龍刀內之《武穆全書》，卻誣陷趙敏偷盜；並暗地修練《九陰真經》成就高深武功，又與張無忌訂下婚約。

張無忌與周芷若在濠州明教軍營內成親，遭趙敏蓄意破壞；周芷若失婚羞憤之餘，與明教形成對立。少林寺內，張無忌為營救謝遜與高僧苦戰，後得周芷若相助方才成功。謝遜散去仇人成崑武功之後，亦自毀武功，在少林寺出家。張無忌在周芷若的逼迫下，說出最愛乃是趙敏。明教朱元璋為使張無忌自行引退，設下騙局，張無忌攜趙敏遠走；後朱元璋建立明朝、登基為帝。

八、《鴛鴦刀》

《鴛鴦刀》創作於一九六一年，發表於香港《明報》。在金庸小說中，其篇幅之短僅次於《越女劍》，根據一九六四年十月五日香港武史出版社在《天龍八部》第五十六集中所刊登的廣告，可以得知此書早年曾由星洲遠東文化公司與香港胡敏生書報社出版發行，廣告內容為：

> 金庸先生之武俠小說，風格清新，文字壯美，故事奇情曲折，打鬥緊張激烈，久已蜚聲海外，馳譽星、港、泰、台，遠及歐美各洲。所有著作，均經拍攝電影，並由各地僑報轉載，各地廣播電台廣播，聲譽之隆，一時無兩。「鴛鴦刀」為金庸先生精心撰作之武俠中篇小說，情節緊張，故事滑稽。在金庸先生作品中，別創一格。業經拍成電影，有目共睹，無待介紹。單行本業經出版發行，彩色封面，精美插圖，每冊定價八角。愛讀金庸先生著作諸君，幸祈留意。

其中所云之「業經拍成電影」，係指在香港粵語武俠片興盛時期所攝者，時間就在一九六一年。故事大要如下：

清朝年間，蕭義之父與七位結義弟兄因反滿被殺，蕭義為報父仇，淨身為太監至清宮伺機而動，十多年中竟不得報仇機會。一日，聽宮中侍衛談起：清帝得知世上有一對「鴛鴦寶刀」，得之者可無敵於天下，因此遣人捉拿擁有此刀的袁、楊兩家，逼迫他們交出寶刀。袁、楊兩人不屈而死，其家眷則被囚入天牢。蕭

義救出袁、楊家眷，在倉皇的逃亡途中，袁夫人之子冠南不幸失落。

蕭義為避人耳目，改名為蕭半和，並請袁、楊兩位夫人做名義上的蕭夫人，以逃過朝廷的追捕。十六年來，蕭半和因屢行俠義擁有美名；而鴛鴦刀也有了消息。川陝總督得到鴛鴦刀，委託周威信押送至京呈給清帝。蕭義聞知此事，以五十歲壽辰之名撒下英雄帖，附言各路英雄為己奪刀。楊夫人之女中慧聽得蕭半和說起鴛鴦刀，欲得之獻予蕭半和做為壽禮，因此離家尋刀，途中遇見武功已成、四處尋母的袁夫人之子冠南。

林玉龍與任飛燕是一對吵鬧不休的夫妻，一位高僧為了使兩人長相廝守，因此傳授他倆「夫妻刀法」。夫妻刀法攻守進退之威力十分驚人，要訣在相互配合，林、任兩人雖已各自練成，卻因性情暴躁而不能共同施展。蕭中慧與林、任夫妻三人欲奪取鴛鴦刀，但被暗中支援周威信的卓天雄點住穴道。袁冠南適時出現，卻也不敵卓天雄，緊急中袁冠南撒謊嚇走卓天雄。袁冠南以飛石替林、任夫妻與蕭中慧解穴，蕭中慧假意中石昏倒，待袁冠南近身來看，乘機搶走短刃的鴦刀。林玉龍、任飛燕、袁冠南為追趕蕭中慧先後來到尼庵，卓天雄也隨之將至。緊急之中，林、任二人將夫妻刀法傳給袁冠南與蕭中慧以對抗卓天雄，雖只學得十二招，卻也將卓天雄打得落荒而逃。

時值蕭半和五十壽辰，林玉龍、任飛燕、袁冠南獻上長刃的鴦刀做為賀禮，林、任二人將七十二路夫妻刀法盡數傳予袁冠南、蕭中慧。蕭半和做主讓袁冠南、蕭中慧訂親，袁冠南在接受袁夫人的見面禮時，認出袁夫人是生母；蕭中慧不明過去，以為袁冠南是同胞兄長，因此帶著鴦刀傷心離家，而被卓天雄擒為人

質。卓天雄、周威信帶著官軍，押著蕭中慧來到蕭府，逼迫蕭半
和交出鴛刀。蕭半和不肯，清宮侍衛認出蕭半和即蕭義，一場廝
拼就此展開，袁冠南助蕭中慧脫困，兩人使出夫妻刀法擊退敵
人。蕭半和與眾人退往中條山，說出事情原委，袁冠南、蕭中慧
結為夫妻。原來鴛鴦刀無敵於天下秘密，只在雙刀分刻「仁者」
與「無敵」四字，意即能行仁道者無敵於天下。

九、《白馬嘯西風》

《白馬嘯西風》發表於一九六一年，當時同在《明報》上連
載的，還有《倚天屠龍記》。在金庸作品中，《白馬嘯西風》篇
幅之短，排名第三。早年曾由武史出版社出版，凡二集。其故事
大要如下：

傳說唐代年間，西域高昌國因為不願漢化，遭到唐太宗派遣
大將侯君集討伐。高昌國王鞠文泰擔心都城不保，因此在隱密處
造下曲折奇幻的迷宮，又將國內珍奇寶物盡藏宮中。侯君集打敗
高昌國，帶走迷宮寶物。唐太宗將漢人書籍、衣物、用具、樂器
等賜給高昌國，高昌人不願使用，便將諸物放在迷宮內。千餘年
後，沙漠變遷，迷宮更為隱密，若無地圖指引，誰也找不著。中
原武林盛傳迷宮藏有珍寶，而地圖則輾轉落入白馬李三之手。

李三帶著地圖偕妻及幼女文秀，在甘涼道上遇見呂梁三傑。
呂梁三傑霍元龍、史仲俊、陳達海為搶奪地圖殺了李三，李妻因
此殉夫，李文秀則帶著地圖騎白馬逃走。昏暈的李文秀被白馬馱
至哈薩克族所居部落後，被計老人所救。從此，李文秀與計老人
如親祖孫般共住。

李文秀在偶然中認識哈薩克男孩蘇普，蘇普之父蘇魯克因妻

子和長子被四處尋找李文秀的霍元龍、陳達海殺害，所以痛恨漢人，故而禁止蘇普和李文秀來往。蘇普偷偷送給李文秀一張狼皮以示愛意，卻遭到父親毒打，李文秀見到後，便將狼皮轉送給車爾庫之女阿曼。時光漸逝，李文秀已經成年，當她見到蘇普與阿曼彼此相愛，心中十分苦悶，便騎著白馬漫遊沙漠。途中，她遇見霍元龍與陳達海的下屬，為了躲避追趕，逃進山谷。隱居谷中的華輝助她擊退敵人，並授其武功。

某夜，蘇普、阿曼與陳達海以及蘇魯克、車爾庫先後來到計老人家避雪，陳達海在對計老人詢問李文秀下落時，與蘇普發生爭鬥，李文秀適時救下蘇普，地圖卻被陳達海乘機偷走。蘇魯克、車爾庫召集族人追蹤陳達海，欲一舉殲滅為禍草原的漢人強盜，李文秀亦隨之前往。眾人循著陳達海的足跡，追蹤至高昌迷宮。在迷宮內，遇見假扮惡鬼的華輝，華輝以毒針刺死人馬，又搶走阿曼。蘇普與眾人為救阿曼，與華輝廝殺，李文秀亦加入，只是仍落下風。此時，計老人突然出手相助。

最後華輝與計老人在兩敗俱傷的情況下，對李文秀說出兩人之真實身分及過去種種恩怨。華輝本名瓦耳拉齊與假扮計老人的馬家駿原是師徒，瓦耳拉齊昔年愛上阿曼之母，阿曼之母卻選擇嫁給阿曼之父。瓦耳拉齊被族人驅逐後，至中原學藝，收馬家駿為徒。瓦耳拉齊帶著馬家駿重回哈薩克，希望阿曼之母能和他一起逃走，阿曼之母因不允其請而被毒殺。瓦耳拉齊命馬家駿在水井中下毒，毒害全族，馬家駿於心不忍，因此和瓦耳拉齊發生衝突，危急中馬家駿對瓦耳拉齊射出毒針。

瓦耳拉齊與馬家駿死後，李文秀騎著白馬獨自踏上中原歸路，心中卻始終不能忘懷初戀情人——蘇魯克。

十、《連城訣》

《連城訣》原名《素心劍》，寫於一九六三年。當時香港《明報》與新加坡的《南洋商報》正合辦一本隨報附贈的《東南亞週刊》，金庸便為此刊寫下這篇作品。早年曾由香港武史出版社出版、鄺拾記報局發行，凡六集。臺灣南琪出版社在民國六十七年十月盜版時，將書名改為《飄泊英雄傳》，作者掛上古龍之名，書中主角狄雲之名被改為陳偉，內容亦有改易；據筆者所見，這種盜印本，直到民國七十五年，皇鼎文化出版社仍然繼續印行。附帶說明的是，盜印之本是金庸尚未修訂以前的舊版。《素心劍》改名為《連城訣》之因，據筆者推斷應是書中原來的「素心劍譜」並未伏出其中牽涉有價值連城之寶藏的含意，因此在修訂版中便改為「連城劍譜」，在考慮到要尋出寶藏所在，必須藉著具體揭示秘密的數碼「連城訣」，因此書名便改成《連城訣》。此書於八〇年代，在港曾分別改拍成電視劇與電影。

《連城訣》是在真人真事的基礎上發展而成，金庸自云是為了紀念幼時對他很親切的一個老人和生。有一回，和生病得很屬害，金庸拿了點心到和生所住的小房間裡探病，和生自認性命難保，於是吐露了身世，金庸將這段話記了下來：

> 他是江蘇丹陽人，家裡開一家小豆腐店，父母替他跟鄰居一個美貌的姑娘對了親。家裡積蓄了幾年，就要給他完婚了。這年十二月，一家財主叫他去磨做年糕的米粉。這家財主又開當鋪，又開醬園，家裡有座大花園。磨豆腐和磨米粉，工作是差不多的。財主家過年要磨好幾石糯米，磨

粉的功夫在財主家後廳做。……因為要趕時候，磨米粉的功夫往往做到晚上十點、十一點鐘。這天他收了工，已經很晚了，正要回家，財主家裡許多人叫了起來：「有賊！」有人叫他到花園裡去幫同捉賊。他一奔進花園，就給人幾棍子打倒，說他是「賊骨頭」，好幾個人用棍子打得他遍體鱗傷，還打斷了幾根肋骨，他的半邊駝就是這樣造成的。他頭上吃了幾棍，昏暈了過去，醒轉來時，身邊有許多金銀首飾，說是從他身上搜出來的。又有人在他竹籮的米粉底下搜出一些金銀和銅錢，於是將他送進知縣衙門。賊贓俱在，他也分辯不來，給打了幾十板，收進了監牢。本來就算是作賊，也不是甚麼大不了的罪名，但他給關了兩年多才放出來。在這段時期中，他父親、母親都氣死了，他的未婚妻給財主少爺娶了去做繼室。⑪

　　和生出獄後，明白遭到財主少爺的誣陷，一怒之下，便拿刀將財主少爺刺成重傷，因此再度入獄。財主家擔心和生刑期一滿會再度尋仇，千方百計賄賂縣官、師爺和獄卒，企圖將和生害死。所幸，金庸的祖父查文清來到此處做縣官，才救了和生一命；辭官時，又將和生帶回海寧故居安養。

　　《連城訣》的主角狄雲一開始的經歷與和生相仿，只是此書在人物與情節上更為豐富，故事梗概如下：

　　戚長發應大師兄萬震山之邀，帶著女兒戚芳與弟子狄雲前往荊州為萬震山祝壽。萬震山之子萬圭貪圖戚芳美色，設計誣陷狄雲強姦未遂、偷盜錢財，狄雲因此入獄。戚芳則與萬圭成親，並生下一女。狄雲在獄中結識丁典，丁典除了傳授狄雲武功外，還

告訴狄雲有關萬震山、戚長發與言達平為了寶藏不惜弒師的行徑；並說明寶藏原為梁元帝所藏，指引寶藏所在的秘密，是藏在一本《唐詩選輯》之內，其中有一套「連城劍譜」，而具體揭示秘密的數碼則稱為「連城訣」。由於丁典知道這個祕密，因此在未入獄以前，他總是麻煩不斷，因為凌知府、武林豪強以及血刀門門人都想得知寶藏所在。

凌知府之女霜華是丁典的愛侶，凌知府為了奪取寶藏，先是誣陷丁典使之入獄，最後甚至將己女活埋，在棺木塗滿毒藥，使越獄的丁典在撫棺而泣時中毒。丁典臨死前，將「連城訣」告訴狄雲。狄雲誤打誤撞與女俠水笙落入血刀老祖之手，水笙之父央請中原豪傑援救水笙。狄雲、水笙與外表俠義、內心奸狡的花鐵幹因雪崩被困谷中。水笙因先前誤認狄雲與血刀老祖是同黨，所以對狄雲十分厭惡，待相處漸久，才知狄雲心地善良。冬去春來，積雪消融，愛戀水笙的汪嘯風率群豪入谷營救水笙，花鐵幹誣指狄雲與水笙做下不可告人之事，汪嘯風因此對水笙冷淡。

狄雲為了替丁典與凌霜華復仇，在江陵南門旁寫下「連城訣」，引來貪心的眾人，其中包括其師戚長發、凌知府、萬震山、汪嘯風……等人。眾人在搶奪珍寶後，紛紛發狂，原來當年梁元帝怕人劫寶，事先在珠寶上塗了毒藥。狄雲將丁典與凌霜華合葬後，回到雪谷內，意外地發現水笙正在那兒等著他。

十一、《天龍八部》

《天龍八部》於一九六三年九月三日起，同時在香港《明報》與新加坡《南洋商報》連載，全書分九百六十四次刊出，前後歷時四年之久；此外，並由《武俠與歷史小說》雜誌長篇連載。此

書在報上連載一星期之後，香港鄺拾記報記就會發行一本約二十
頁左右的單回本，名為普及本，集次正與回次數字相同，例如：
普及本第五十一集正是該書的第五十一回登門求治；連載滿二十
八天，鄺拾記報記再發行約八十頁左右的四回本，名為合訂本。
例如：合訂本的第三十五集，就是該書的第一三七回至一四〇
回。此書早年在臺之翻印本有二：一為奔雷出版社在民國五十三
年易書名為《天龍之龍》者；一為新星出版社在民國六十四年盜
印者。《天龍八部》在一九九七年香港書展中，曾以漫畫版問
世，繪者為黃玉郎；而早在一九八六年臺灣的宇有福也曾繪製
過。另，此書曾多次改拍成港劇與港片；一九九〇年，臺灣中國
電視台亦曾進行連續劇之改拍；而有聲書與電腦光碟遊戲，亦皆
有之。

　　附帶一提的是，一九六五年五月至六月，金庸到歐洲旅遊。
在這段時間裡，為了不使報上連載的《天龍八部》斷稿，影響讀
者的閱讀權益，金庸央請倪匡代寫了四萬多字。後來金庸在重新
修訂作品時，經倪匡同意已經刪去代寫的文字。

　　「天龍八部」一詞出於佛經，係八種神道精怪，各自具有奇
特的個性和神通，他們「雖是人間之外的眾生，卻也有塵世的歡
喜與悲苦」，故金庸以此來象徵一些現世的人物。此書是金庸作
品中字數最多的一部，人物與情節也最為龐雜。書中的時代背景
是在北宋哲宗元祐、紹聖年間，故事大要如下：

　　段譽為雲南大理國保定帝之姪、鎮南王段正淳之子，生性喜
文厭武，為避練武離家出走。離家期間，先後結識其父在外私生
之女鍾靈與木婉清，並心生好感；又意外地在無量山的洞穴裡，
習得輕功凌波微步與吸人內力以為己用的北冥神功。段譽意外吸

取眾多高手的內力後，因不知如何導引而痛苦不堪。保定帝將段譽送往天龍寺，求寺內高僧治療，卻碰上吐魯蕃國大輪明王鳩摩智來寺搶奪鎮寺之寶「六脈神劍經圖譜」。寺內高僧與保定帝急忙分學六脈神劍，卻因新學甫用而不敵鳩摩智，無奈之餘只好毀去六脈神劍經圖譜。段譽因內力深厚在旁觀看，所以學會六脈神劍，打敗鳩摩智，但終因不善運用，被鳩摩智施計擒走。

　　段譽被鳩摩智帶往江南慕容家，慕容氏素以「以彼之道，還施彼身」聞名武林，其為燕國後裔，世代以復燕為志。慕容復的丫鬟阿朱、阿碧從鳩摩智手中救出段譽，段譽在曼陀山莊見到苦戀慕容復的王語嫣，從此情根深種。王語嫣不會武功，卻熟知天下各派武學，因為擔心慕容復久出未回，所以離家尋找慕容復，段譽自願尾隨。王語嫣找到慕容復，對段譽不再理會，段譽氣惱離開，在無錫松鶴樓與丐幫幫主喬峰結義。

　　喬峰為查明丐幫副幫主馬大元死因來到姑蘇，卻被馬大元之妻聯合幫內弟兄，取出丐幫前幫主遺書指證喬峰是契丹人，也是殺死馬大元的兇手。原來三十年前，有人假傳訊息，說契丹武士欲至少林寺奪取武功圖譜，因此武林中的「帶頭大哥」召集中原豪傑，在雁門關伏擊，無辜的一行契丹人因此被殺。契丹武士蕭遠山抱著氣閉的兒子（即今之喬峰）跳入山谷，在發現兒子未死後，又自山谷中將子拋出。蕭峰因此離開丐幫，為了明白自己的身世，他欲向養父母、恩師及其他知道線索的人詢問，但這些人總是在他尚未到達前被殺。武林人士不明究裡，認為是他為掩飾身分而殺人滅口。為了救治少女阿朱的傷，蕭峰前往聚賢莊向薛神醫求助，同時參加為了擒殺他而舉辦的英雄宴。英雄宴上，蕭峰力戰群雄，先是大開殺戒，後覺不忍，便束手待死，此時神祕

客出現，將他救走。

蕭峰前往雁門關查看其父當年留在山壁上的遺筆，不料字跡已被人削去。蕭峰因此悲憤不已，此時傷癒的阿朱前來撫慰，兩人因此心心相印。為了調查「帶頭大哥」的真實身分，阿朱易容去拜訪馬大元之妻，馬妻將計就計，騙稱「帶頭大哥」即是段正淳。當阿朱明白自己是段正淳的私生女時，決心再度易容代父受死，蕭峰因此失手打死阿朱。阿朱臨死前，拜託蕭峰照顧其妹阿紫。阿紫是星宿派老怪的弟子，心地惡毒，但鍾情於蕭峰。蕭峰帶著阿紫來到遼國，與遼帝結為兄弟。阿紫居遼日久，因無聊出走，途中被星宿老怪毒瞎雙眼，聚賢莊少莊主游坦之因愛慕阿紫，對其百般照料。

相貌醜陋、心地良善、武功低微的少林弟子虛竹，因在無意中解開消遙派無崖子所佈棋局珍瓏，被無崖子強行灌入七十年功力，成為消遙派掌門人。此後，又得到靈鷲宮主天山童姥與西夏皇妃李秋水兩人畢生功力，學成絕世武功。虛竹與段譽結為兄弟後，回到少林寺，替少林打敗前來挑釁的鳩摩智，卻因學了消遙派武功，被逐出少林寺。此時，丐幫前來少林寺挑戰，蕭峰因聽聞阿紫被丐幫擄去，隨後趕到。中原武林人士，一見蕭峰，皆欲殺之，段譽與虛竹暨靈鷲宮眾人同助蕭峰。蕭峰打敗學會《易筋經》功夫的游坦之，虛竹制服星宿老怪丁春秋，而段譽則戰勝慕容復。慕容復羞愧之餘，欲舉刀自盡，此時其父慕容博突然出現，當年跳崖未死之蕭遠山亦出現，真相因此大白。當年假傳訊息者為慕容博；「帶頭大哥」是少林寺方丈玄慈；而殺死蕭峰養父母及恩師者，則是蕭遠山。

西夏公主對外徵婚，慕容復為了匡復燕國，亟欲成就此樁姻

緣；而段譽亦奉父命前往應選，蕭峰、虛竹同行。未料西夏公主
竟是昔日天山童姥為使虛竹破色戒，在黑窖中背來與虛竹歡好的
夢姑，虛竹亦因此與西夏公主成親。而王語嫣則終於被段譽的深
情感動而允諾終身。

蕭峰回到遼國，遼帝命其攻打宋朝，蕭峰因不允而被下毒。
段譽、虛竹與中原豪傑紛紛來救，遼帝被迫答應在有生之年不犯
宋。蕭峰自愧威迫遼帝成為契丹罪人，持斷箭自殺，阿紫亦以身
殉。

一日，段譽偕王語嫣出遊，見慕容復頭戴紙冠，坐在土墳之
上，以帝王身分，接受七八名鄉下小兒的跪拜，身旁正站著淒楚
憔悴的阿碧。

十二、《俠客行》

《俠客行》寫於一九六五年，連載於《明報》。金庸企圖以此
書來發揮「各種牽強附會的注釋，往往會損害原作者的本意，反
而造成嚴重的障礙」的意義。此書在臺灣翻版時，曾改名為《玄
鐵令》，分上、下兩冊，作者掛上司馬翎之名，由南琪出版社於
民國六十八年元月出版。在香港曾拍成電視連續劇與電影，而臺
灣中華電視台也曾攝製。日文版之《俠客行》已於一九九七年十
月、十一月分兩次兩卷問世，譯者為土屋文子。

該書之故事大要如下：

玄鐵令主人謝煙客武功蓋世、言出必踐，曾經允諾絕不傷害
得玄鐵令之人，並且會應其之請辦妥一件事。得謝煙客相贈玄鐵
令之人死後，玄鐵令輾轉落入名叫「狗雜種」的小丐手中。小丐
自幼被母親教導，絕不求人；謝煙客擔心武林人士欺騙小丐前來

求懇，只得帶著小丐登上摩天崖頂隱居，並惡意傳他武功，只盼他能走火入魔而自斃。小丐練功多年後的某天，果真走火入魔，所幸被長樂幫幫眾誤認為是幫主石破天，帶回幫中救治；此外，又被少女丁璫誤認為是石破天而喝下「玄冰碧火酒」，是故非但未死，反倒成就深厚內功。

長樂幫幫主石破天，原名石中玉，為石清與閔柔之子。石清將石中玉送往雪山派學藝，不料，石中玉竟欲強暴掌門人白自在之孫女阿繡。阿繡羞憤之餘，跳下萬丈深谷。石中玉自知闖下大禍，便匆匆逃走並化名為石破天。長樂幫知道南海俠客島島主又將遣出持著賞善罰惡令牌的兩名使者，邀請各門派掌門赴十年一度的臘八粥之宴。根據慣例，不肯受邀的門派，必定慘遭滅門滅派；而應邀參加的掌門人，則從無一人返回。因此，長樂幫亟欲尋人擔任幫主，所以找來石中玉。後來石中玉逃走，長樂幫幫眾四處尋找不得，就將相貌與石中玉相同之「狗雜種」奉為幫主。「狗雜種」礙於名字太過難聽，就援用了「石破天」之名。由於石破天的外貌與石中玉幾無分別，因此被雪山派門徒追殺；也受到丁璫追求；甚至後來還被石清夫婦當成愛子。

石破天在江中意外地和跳崖未死的阿繡相遇，又得阿繡之祖母傳授武功，還與俠客島派來的兩位賞善罰惡使張三、李四義結金蘭。當眾人均知石破天並非石中玉後，石破天為了講義氣，仍以長樂幫幫主身分，前往俠客島赴宴。俠客島上，龍、木兩位島主請眾門派掌門人飲用臘八粥，眾人聞味觀色認為必然有毒，因此大多不敢飲用，惟有石破天因肚中飢餓連喝數碗。在經過龍、木兩位島主的解說後，眾人才明白此粥乃是精心配藥調製而成，對於學武者甚有補益；而請他們前來俠客島，則是為了集思廣益

以解開深奧的武功祕笈。至於以前受邀未回的各門派掌門人，都是因為不能了解祕笈而不肯離去。這份武功祕笈是古詩圖譜，詩是李白所寫的〈俠客行〉。眾人或討論詩句之真確意義，或比劃圖譜之動作，但始終無人能悟解。石破天不識字，將圖譜筆法與體內經脈相合，竟參破祕笈，練成絕世武功。

石破天返回中土後，與石清夫婦等人來到自幼生長之地，他的母親被閔柔認出是曾經迷戀石清的梅芳姑。十八年前，梅芳姑因為氣憤石清娶閔柔為妻，劫走閔柔所生的雙胞胎之一，不久送回一具臉上血肉模糊的童屍，所以石清夫婦都認為愛子已死。梅芳姑未說明當年之事便自行了斷，眾人望著面貌與石中玉如此相似的石破天，心中不禁充滿疑竇。

十三、《笑傲江湖》

金庸自一九六七年六月，開始寫作《笑傲江湖》，至一九六九年結束。此書昔年在《明報》連載時，越南有二十多家中文、越文和法文報紙也同步連載。據筆者所見，香港大華書店和武史出版社以及武功出版社當時都曾出版；而臺灣的南琪出版社在民國六十七年九月亦曾翻印，當時改名為《獨孤九劍》，分正集與續集，正、續集又分上、中、下，共六冊，作者易名為司馬翎；根據溫瑞安的說法，他所見到的盜印本，是分上下兩輯，書名為《一劍光寒四十洲》、《獨孤九劍》⑦。《笑傲江湖》在香港曾多次被拍成電視連續劇與電影。日文版之《笑傲江湖》分為七卷，由小島瑞紀翻譯，自一九九八年四月起，每月出版一卷。

由於金庸在寫作《笑傲江湖》期間，正值中國大陸的文化大革命，因此不免受到影響，他曾經說：

寫「笑傲江湖」那幾年，中共的文化大革命奪權鬥爭正進
行得如火如荼，當權派和造反派為了爭權奪利，無所不用
其極，人性的卑污集中地顯現。我每天為明報寫社評，對
政治中齷齪行徑的強烈反感，自然而然反映在每天撰寫一
段的武俠小說之中。⑦

　　許多讀者主張整部書的內容，不但是在影射文革，甚至書中
角色也可以對號入座。但是，金庸認為《笑傲江湖》只是反映了
他對文革的想法，並非有意影射，因為「影射的小說並無多大意
義，政治情況很快就會改變」⑦；至於他所想表達的意圖只是
「一種沖淡、不太注重爭權奪利的人生觀」⑦。故事梗概如下：

　　青城派松風觀觀主余滄海，為了搶奪福威鏢局總鏢頭林震南
家中祖傳之辟邪劍譜，竟將鏢局滿門殺害。唯有林震南之子林平
之僥倖逃出，並在衡山派劉正風金盆洗手大會上，投入華山派岳
不群門下。劉正風正欲洗手之際，嵩山派掌門人左冷禪派人阻
止，說出劉正風結交魔教即日月神教長老曲洋之事，並且逼殺劉
正風全家。此時，曲洋忽然出現，救走劉正風，但最後兩人仍不
敵嵩山派高手的追殺，臨死前兩人以琴簫合奏「笑傲江湖曲」，
同時將此譜交給令狐沖。

　　令狐沖係華山派大弟子，為人放任不羈，行事不拘小節，恆
山派小尼姑儀琳因曾被他所救而傾心，但他深戀的對象卻是自己
的小師妹岳靈珊。令狐沖因行事不慎，損害華山派聲譽，被師父
處罰在思過崖上面壁一年。面壁期間，令狐沖無意中發現當年魔
教十長老大破華山、嵩山、泰山、衡山、恆山等五嶽劍派後，被
困死在山洞內的秘密，還學得石壁上所繪之古怪招式；而在他與

田伯光相鬥時，又得到華山派劍宗前輩風清揚傳授「獨孤九劍」，因此成為劍術高手。不料，岳靈珊卻在此期間愛上林平之，使他傷心不已。

華山派劍宗棄徒夥同嵩山、泰山、衡山三派之人，來向岳不群要回掌門之位。令狐沖為抵禦敵人而身受重傷，桃谷六仙與不戒和尚各憑想法，以內力為他療傷，結果反使他內力全失、傷重難治。岳不群擔心劍宗棄徒捲土重來，因此率領徒眾離開華山，途中受到左冷禪所派之十五位高手圍困，令狐沖以高超劍術，刺瞎十五位高手。岳不群追問令狐沖於何處學會高超劍術，令狐沖礙於風清揚之叮囑，不肯吐露，因此使得眾人對他心生疑忌。一行人來至洛陽林平之的外公王元霸家，令狐沖所持之笑傲江湖曲譜，被王家疑為是辟邪劍譜，於是攜去給精通音律的綠竹翁鑑定。綠竹翁當場演奏未果，便請姑姑隔簾演奏，眾人聞得演奏，方才相信此書並非辟邪劍譜。令狐沖不知綠竹翁之姑乃是日月教前任教主任我行之女任盈盈，更因未見其年輕美貌之容，而誤認其為老嫗，故以「婆婆」稱之，不但從其學琴，並對其道出失戀等悲苦心事，盈盈感動之餘，對令狐沖傾心。

日月教教徒為討好盈盈，共同為令狐沖治病，卻都束手無策。令狐沖與盈盈再度相遇，終於見到了盈盈的美貌面目。為了救治令狐沖，任盈盈背著昏迷的令狐沖來到少林寺，以自願被囚於少林寺，向方證大師求救。令狐沖不願改投少林派，因此失去以學習《易筋經》內功來療傷的機會；在不知盈盈被囚的情況下，離寺而去。途遇日月教光明右使向問天被正邪兩派圍困，令狐沖見向問天氣度不凡便出手相助。兩人脫困後，來到杭州梅莊，向問天利用令狐沖救出日月教前教主任我行。令狐沖雖然因

此被囚，卻也意外學得吸星大法，使得病情緩解，且擁有深厚功力。逃出梅莊後，數次幫助恆山派脫難，又巧遇岳不群一行人，他不敢向前會合，因為先前岳不群已向武林昭告將他逐出華山派，所以只能暗中跟隨。

林平之與岳靈珊在林家老宅內尋找避邪劍譜，令狐沖躲在一旁觀看，此時左冷禪派來的兩位高手出面搶走避邪劍譜，令狐沖急忙攔截，奪回避邪劍譜，後因體力不支而昏倒。岳不群乘令狐沖人事不知之際，偷走劍譜，秘密苦練。其妻發現後苦口勸說，岳不群佯裝悔過，將早已默記在心的劍譜丟入山谷；不料，卻落入林平之手中。

令狐沖聞知任盈盈被少林寺所囚，率領群豪前往援救，但無功而返；直至與任我行、向問天聯手對抗少林派等正派人士，方才救出盈盈。岳不群暗殺恆山派掌門定閒與定逸，定閒臨死前命令狐沖繼任恆山派掌門。為了幫助任我行奪回日月教主之位，令狐沖、任盈盈與向問天合力剷除現任教主東方不敗。

為了爭奪五嶽劍派掌門之位，岳不群以避邪劍法刺瞎左冷禪雙眼。林平之習練避邪劍譜，雖然為父母報了仇，卻在廝殺中，被敵人以毒液毒瞎雙眼；並且性情大變，對新婚妻子岳靈珊屢出惡言，甚至出劍使她因傷重而亡。林平之與左冷禪等聯手計劃將岳不群與五嶽劍派門人一網打盡，結果左冷禪命喪令狐沖之手，而岳不群被儀琳從背後刺死，林平之則被囚入梅莊密室。

任我行威逼令狐沖投入日月教，令狐沖不肯答應，任我行企圖用大肆屠戮來洩憤，卻因強行化除體內異氣而死，教主之職由盈盈接替。方證大師為救令狐沖，將《易筋經》功夫，以風清揚內功心法之名傳授，令狐沖因此病癒。最後，令狐沖將恆山派掌

門之職傳給儀琳，任盈盈將教主之位讓予向問天。兩人在梅莊締結良緣，合奏「笑傲江湖曲」。

十四、《鹿鼎記》

一九六九年十月，金庸寫下《鹿鼎記》，開創了武俠小說中男主角雖講義氣，卻武功低微、愛耍無賴的新境界。在《鹿鼎記》中，我們可以看見現實對金庸在寫作上的觸發，金氏自云：「本書的寫作時日是一九六九年十月廿三日到一九七二年九月廿二日。開始寫作之時，中共文化大革命的文字獄高潮雖已過去，但慘傷憤懣之情，兀自縈繞心頭，因此在構思新作之初，自然而然的想到了文字獄。」⑯而不學無術卻能飛黃騰達的主人翁，當然就有沈痛諷喻之意。

《鹿鼎記》最早是在香港《明報》連載；而經過增刪潤飾、改寫修訂之後，曾在新加坡《南洋商報》上連載。此書早年曾被畫成漫畫；在香港曾經多次被拍成電視連續劇與電影。臺灣在未正式獲准對金庸作品解禁時，南琪出版社曾先後以兩種不同之書名翻印此書，一在民國六十二年以《神武門》之名，凡十集；一在民國六十八年分別以《小白龍》（分上、中、下三冊）與《小白龍續集》（分上、中、下三冊）之名出版，作者則由司馬翎掛名；兩者均為舊版。至於後者會易名為「小白龍」，是因為書中人物茅十八曾經為韋小寶杜撰名號為小白龍；此外，要說明的是韋小寶之名在盜版中為任大同。由於《鹿鼎記》十分風行，所以在一九八四年《明報》就曾連載過由區晴編繪之漫畫。一九九八年，國際知名譯者關福德（John Minford）英譯之《鹿鼎記》，由牛津大學出版，英譯名為《The Deer and the Cauldron》。

以下敘述故事大要：

揚州城麗春院妓女韋春花之子韋小寶，自幼生長於妓院，是個市井小流氓，重視江湖義氣、善於適應環境。一日，他在妓院中，出手相助身陷險境的好漢茅十八，並隨之同往北京。韋小寶與茅十八來到北京城後，被太監海老公抓入清宮，在情急之下，殺死服侍海老公的小太監小桂子。時值海老公因服藥過度而失明，因此韋小寶便佯裝成小桂子跟在海老公身邊。在偶然的機會裡，韋小寶跟年少的康熙皇帝比武並結成好友，又助康熙擒住鰲拜。康熙示意韋小寶除去鰲拜，韋小寶在天地會青木堂亦來行刺鰲拜的混亂中，殺死鰲拜。因青木堂前堂主死於鰲拜之手，所以青木堂眾人便立韋小寶為香主。天地會是抗清復明的組織，總舵主為鄭成功之生前軍師陳近南。陳近南為大局著想，收韋小寶為徒，命其再度入宮打探消息。從此，韋小寶便周旋於清廷與天地會之間。

康熙得知其父順治皇帝在五台山清涼寺出家，便遣韋小寶前往探視。韋小寶至清涼寺後，西藏喇嘛前來劫持順治，在韋小寶的巧計與少林寺十八羅漢的保護下，化險為夷。韋小寶回京覆命後，康熙先派他到少林寺出家，再轉往清涼寺擔任住持，以便就近保護順治；順治再度遇難，韋小寶亦再度護駕成功。康熙親往清涼寺探望順治，已出家為尼的明朝長平公主，突然現身行刺康熙，韋小寶冒死救下康熙。

建寧公主奉康熙御旨與吳三桂之子成婚，韋小寶奉命送建寧至雲南平西王府完婚。韋小寶明白吳三桂不但是康熙的心腹大患，也是天地會亟欲除去之敵。因此，用心搜集了吳三桂勾結蒙古、西藏和羅剎國企圖造反的證據，使康熙決心削藩。

　　韋小寶奉御旨掃平海外神龍教，雖然獲得勝利，自己和侍女雙兒卻不慎被神龍教教主挾持。兩人僥倖逃脫後，在雅克薩城遇見羅剎國公主蘇菲亞，因而被帶往莫斯科。時值沙皇過世，皇子伊凡與彼得爭帝，韋小寶勸蘇菲亞發動兵變，蘇菲亞因此成為**攝政王**，並封韋小寶為伯爵。韋小寶返回中國後，康熙為了籠絡漢人，又派他去揚州建造忠烈祠。韋小寶在揚州與蒙古王子葛爾丹、西藏活佛大護法桑結，結為兄弟，並說服他們不與清廷為敵。

　　康熙透過在天地會臥底的風際中，得知韋小寶為青木堂堂主，但念在韋小寶曾屢次立功，又對自己十分忠心，因此不加追究，只要求韋小寶施計將天地會眾人一網打盡。韋小寶基於道義不肯出賣天地會，因此帶著先後娶得的七位夫人，到海外小島居住，生下二男一女。

　　鄭克塽殺害陳近南後，投降清廷；而吳三桂起兵作亂多年，最終也被康熙弭平。康熙命人找回韋小寶，封其為鹿鼎公兼撫遠大將軍，並對羅剎國宣戰。韋小寶運用智計獲得勝利，又使羅剎國欽差與己簽訂有利於中國的尼布楚條約。韋小寶長年處在康熙與天地會之間，在忠義不能兩全的情況下，最後決定領著七位夫人和子女，到揚州接了母親，共至雲南，過著隱姓埋名的快樂歲月。只是偶爾會想起昔年從八部四十二章經中拼湊出的藏寶圖尚未去發掘，不過因為惟恐挖了**寶藏會斷**了康熙的龍脈，因此只得作罷。

十五、《越女劍》

　　《越女劍》是金庸最後動筆寫作的一部小說，也是金庸作品

中最短的一部，字數不超過兩萬字，寫作時間是在一九七〇年一月，當時連載於《明報晚報》。其故事大要如下：

吳王夫差派遣八名劍士來到越國，越王勾踐為試探吳國軍力，命令本國衛士與八名劍士比武，八名劍士憑著利劍與精技大敗吳國衛士。勾踐有鑑於此，便請來薛燭督導良工打鑄利劍。至於劍技的問題，也由范蠡請來少女阿青傳授。

阿青是位牧羊女，因為羊隻被吳國劍士以利劍一分為二，心下氣憤，便以手中竹棒，迅速地將八名吳國劍士的眼睛戳瞎。范蠡在驚異之餘，計畫請阿青指點衛士武藝，於是先邀阿青至家用餐，又問起師承。阿青說是在牧羊時，與白公公對打時學會的，並沒有人教她。范蠡因此和阿青一起去牧羊，數日後，白公公果然出現，並和阿青對打，只是白公公並非是人，而是一頭白猿。阿青應范蠡之請，與越國劍士對打，但三日之後，阿青卻失蹤了。越國劍士將勉強捉摸到的劍法影子傳授給旁人，從此越國劍士的劍法便天下無敵。三年之後，越國以利劍和劍術打敗吳國。

范蠡親自前往吳宮尋找昔日愛侶西施，兩人互訴情愫之際，阿青突然出現，並企圖殺死西施，因為她愛上了范蠡。但是當她見到西施是如此美麗動人時，殺氣漸漸轉為崇敬，竹棒就在西施胸前停住，只是棒端的勁氣仍然傷及西施的胸口，西子捧心的故事便流傳後世。

根據前述，我們可以了解金庸小說時常被改編成其他形式來面對人們，例如：漫畫、電視連續劇、電影、說書、有聲書，甚至最新的電腦光碟遊戲，至於情節是否忠於原著，則有待商榷。若就電視與電影而言，金庸的每部小說幾乎都拍成了電視連續劇

與電影，但兩者都不能使金庸與讀者滿意，早年金庸曾對其作品
之拍攝表示過意見：

> 電影拍了很多，但因為只有一百分鐘，又想表達整個故
> 事，交代了半天故事都交代不清，細節更沒法描寫，我總
> 是勸他們取其中一小段，情節短、人物少，就能拍得好。
> 電視時間長，倒是好點，不過也有先天的限制。……看小
> 說是作者與讀者的結合，不是一個人的創造……看小說和
> 讀者的欣賞能力絕對有關，小說中描寫的一個人，讀者如
> 何去看他，和他個人的經歷、想法、理解能力都有關係，
> 其間彈性很大。像楊過，雖然大家說他是小人，可是個人
> 的看法出入卻很大。電視、電影一拍就把它固定，就是這
> 個樣子了，楊過這樣、誰那樣，每個讀者的感覺卻不是那
> 樣。⑰

電視、電影是如此，光碟遊戲也是同理可證，因此受到傳媒吸引
才去接觸原著的讀者，往往會覺得傳媒的表現遠不如原著；至於
先讀過原著的讀者，在看傳媒的表現時，就不免要邊看邊斥責，
甚至憤而不看了。金庸在一九九八年十一月來臺時，對於電視連
續劇隨意加入新情節，更痛心的表示：作品就像是他自己的兒
女，所以當他看見作品被人東加西加、東改西改時，他的感覺就
像是兒女寄養在別人家而慘遭虐待。由此亦可明瞭，金庸對作品
的珍視。提到金庸珍視己作，亦可從另外二方面得到證實，一是
他除了在一九七〇年至一九八〇年，對作品進行修訂外，如今又
繼續針對疏漏做更改，以求更為完美；二是根據出版金氏之作的

王榮文表示，他總是逐字逐句地親自校稿，希望正確無誤。

　　由於金庸小說十分暢銷，因此盜印紀錄「輝煌」；遠流出版公司為了杜絕盜版，邀請美術設計名家霍松齡重新設計新封面，霍松齡將元代黃公望的「富春山居圖」，運用現代科技電腦繪圖加以處理，完成新封面。換了新封面的金庸作品集已在民國八十六年二月出版。

註　釋

① 冷夏，《金庸傳》，（香港：明報出版社，一九九五年二月），頁一○。

② 金庸，《鹿鼎記》，（臺北：遠流出版事業有限公司，民國八十四年十二月），第一冊，查伊橫之事跡見於頁二七～三八；查慎行與查嗣庭之事跡見於頁四一～四四。

③ 同註①，頁三○。

④ 同註①，頁四九。

⑤ 同註①，頁五六。

⑥ 同註①，頁七一。

⑦ 金庸、池田大作，《探求一個燦爛的世紀》，（臺北：遠流出版事業有限公司，民國八十七年十月）頁一七三。

⑧ 費勇、鍾曉毅編著，《金庸傳奇》，（廣東：人民出版社，一九九五年一月），頁三一。

⑨ 同註①，頁一四○。

⑩ 同註①，頁二一八。

⑪ 葉洪生，《綺羅堆裡埋神劍》，（臺北：天下圖書公司，未註明出版年月，國家圖書館注明為民國六十三年十月繳交），頁一七○。

⑫ 同註①，頁二二三。

⑬ 同註①，頁二二八。

⑭ 同註①，頁二六〇。

⑮ 同註①，頁四六八。

⑯ 徐淑卿採訪報導，〈金庸出巡轟動武林〉，（臺北：《中國時報》，民國八十六年三月六日），第三十五版。

⑰ 曾慧燕採訪報導，〈金庸準備改寫越女劍〉，（臺北：《聯合報》，民國八十七年五月二十二日），第十四版。

⑱ 同前註。

⑲ 同註①，頁五二。

⑳ 羅孚，〈兩次武俠的因緣〉，此文係羅立群所著《開創新派的宗師——梁羽生藝術談》一書之「代序」，（上海：學林出版社，一九九六年一月），頁三。

㉑ 鄭旭玲紀錄整理，〈誰與爭鋒？縱橫書海訪金庸〉，（臺北：《聯合文學》，民國八十三年六月，第十卷八期），頁一八。

㉒ 陸離紀錄，〈金庸訪問記〉，收錄於《諸子百家看金庸》第三輯。該書由沈登恩主編、翁靈文等著，（臺北：遠景出版事業有限公司，民國七十四年五月），頁三三～三四。

㉓ 金庸，《天龍八部》，（臺北：遠流出版事業有限公司，民國八十五年一月），第五冊，頁二一二六。

㉔ 同註②，頁四四。

㉕ 金庸，《鹿鼎記》，（臺北：遠流出版事業有限公司，民國八十五年一月），第五冊，頁一一一九。

㉖ 于礬紀錄整理，〈赤子衷腸俠客行〉，此文收錄於《諸子百家看金庸》第四輯。該書由沈登恩主編、杜南發等著，（臺北：遠景出版事業公司出版，民國七十四年四月），頁五〇。

㉗ 倪匡，《我看金庸小說》，（臺北：遠流出版事業股份有限公司，民國
　八十六年七月），頁七六。

㉘ 同註①，頁八九。

㉙ 同註①，頁八九。

㉚ 同註㉒，頁四六～四七。

㉛ 同註⑯。

㉜ 金庸，《神鵰俠侶》，（臺北：遠流出版事業有限公司，民國八十五年
　二月），第四冊，頁一六六二。

㉝ 同註㉗，頁四三。

㉞ 丘彥明紀錄，〈棋劍三俠——金庸、林海峰、沈君山清華夜談錄〉，此
　文收錄於《諸子百家看金庸》第四輯。同註㉖，頁一二五。

㉟ 盧玉瑩，〈訪問金庸〉，同註㉒，頁三一。

㊱ 林以亮，〈金庸的武俠世界〉，同註㉒，頁一四。

㊲ 同註㉒，頁四七。

㊳ 同註㉖，頁六〇。

㊴ 盧美杏記錄整理，〈大俠金庸答客問〉，（臺北：《中國時報》，民國八
　十六年三月六日），第三十一版。

㊵ 同註㉖，頁一二七。蔣捷〈虞美人〉：「少年聽雨歌樓上，紅燭昏羅
　帳；中年聽雨客舟中，江闊雲低斷雁叫西風；而今聽雨僧廬下，鬢已星
　星也；悲歡離合總無情，一任階前點滴到天明」。雲門三唱：一是涵蓋
　乾坤，二是截斷眾流，三是隨波逐浪。

㊶ 王健壯，〈武俠小說泰斗・金庸妙筆生花〉，同註㉒，頁一〇二、一〇
　三。

㊷ 楊照，《文學、社會與歷史想像：戰後文學史散論》，（臺北：聯合文
　學出版社，民國八十四年十月），頁六一。

㊸ 同前註，頁六四。

㊹ 金庸，《書劍恩仇錄》，（臺北：遠流出版事業有限公司，民國八十五年二月），下冊，頁八七〇。

㊺ 金庸，〈韋小寶這小傢伙〉，此文收錄於倪匡《三看金庸小說》之附錄，（臺北：遠景出版事業公司，民國七十三年十月），頁一八〇。

㊻ 同註㉜，頁一六六一、一六六二。

㊼ 金庸，《倚天屠龍記》，（臺北遠流出版事業有限公司，民國八十五年二月），第四冊，頁一六六二。

㊽ 金庸，《俠客行》，（臺北遠流出版事業有限公司，民國八十四年十二月），下冊，頁六五八。

㊾ 杜南發紀錄，〈長風萬里撼江湖——與金庸一席談〉，此文收錄於《諸子百家看金庸》第四輯。同註㉖，頁一五。

㊿ 金庸，《飛狐外傳》，（臺北：遠流出版事業有限公司，民國八十四年十二月），下冊，頁七九二。

(51) 同註㉖，頁一一。

(52) 同註㉖，頁七六、一二三。

(53) 同註㉒，頁四〇。

(54) 同註㊺，頁一六八二～一六八三。

(55) 金庸，《笑傲江湖》，（臺北：遠流出版事業有限公司，民國八十五年一月），第四冊，頁一六八二。

(56) 金庸，《書劍恩仇錄》，《臺北：遠流出版事業有限公司，民國八十五年二月），上冊，〈金庸作品集臺灣版序〉，頁二。

(57) 項莊，《金庸小說評彈》，（香港：明窗出版社，一九九五年八月），頁八八。

(58) 同註(56)。

(59) 沈登恩，〈出版緣起〉，收錄於《諸子百家看金庸》。該書由沈登恩主編、三毛等著，（臺北：遠景出版事業公司出版，民國七十五年六月），頁三～四。

(60) 同註㊶。

(61) 同註㊹，頁八六九。

(62) 金庸，《碧血劍》，（臺北：遠流出版事業有限公司，民國八十五年一月），下冊，頁八六四。

(63) 同註(59)，頁五。

(64) 葉洪生，《葉洪生論劍——武俠小說談藝錄》，（臺北：聯經出版事業公司，民國八十三年十一月），頁三三四。

(65) 同註⑪，頁一四七。

(66) 金庸，《射鵰英雄傳》，（臺北：遠流出版事業十有限公司，民國八十四年十二月），第四冊，〈後記〉，頁一六二一。

(67) 同前註(53)，頁一六二〇。

(68) 金庸，《雪山飛狐》，（臺北：遠流出版事業有限公司，民國八十五年二月），頁二四七。

(69) 同註㊿，頁七九一。

(70) 同註㊿，頁七九一。

(71) 金庸，《連城訣》，（臺北：遠流出版事業有限公司，民國八十五年一月），頁四一七～四二〇。

(72) 溫瑞安，《談笑傲江湖》，（臺北：遠景出版事業公司出版，民國七十五年六月），頁四七。

(73) 同註(55)，頁一六八二。

(74) 同註(55)，頁一六八二。。

(75) 林翠芬記錄整理，〈金庸談武俠小說〉，（香港：《明報月刊》，一九五

　　五年一月），第三十卷一期，頁五二。

⑯ 同註②，頁四〇。

⑰ 同註㉖，頁七四。

第三章

人物論

　　一般而言，人們在初次接觸某部小說時，心中會有繼續閱讀的欲望，多半是因為受到了書中某一人物的吸引，而企圖去明白有關此一人物之種種。例如：初閱《紅樓夢》的讀者，莫不是或對楚楚可憐的林黛玉、或對逸出常軌的賈寶玉、或對其他人物發生興趣，而產生閱讀的欲望；又如：初閱《天龍八部》的讀者，也必是先受到段譽的吸引，而在想知道段譽又做了什麼、說了什麼、想了什麼，而心生閱讀之渴求。因此，我們可以了解人物在作品中是佔有重要份量的。

　　事實上，人物就是小說的靈魂，因為故事情節與思想精神均是依附人物來推動或反映；所以我們幾乎可以說，人物創造的成功與否，就代表小說寫作的成功與否。小說的故事情節、思想精神易被讀者遺忘，但是成功的人物形象，卻總是深植人心。金庸〈「金庸作品集」台灣版序〉，曾云：「小說的內容是人」、「我寫武俠小說，只是塑造一些人物」，又說：「我最高興的是讀者喜愛或憎恨我小說中的某些人物，如果有了那種感情，表示我小說中的人物已和讀者的心靈發生聯繫了。小說作者最大的企求，莫過於創造一些人物，使得他們在讀者心中變成活生生的、有血有肉的人。」①這樣的說法，便足以證明金庸在寫作小說時，不但重視人物的創造，也深刻理解到成功的人物形象，將在讀者內心

掀起各種情緒的波瀾。

　　由於金庸小說的情節一向比較複雜，因此所牽涉的人物也相對增多；是故，他的小說雖然只有十五部，但其中有名有姓者，即有「數千個」②之多。筆鋒除了涉及武林俠客、綠林強匪、平民百姓、和尚尼姑、道士道姑、妓女龜公之外，甚至還有帝王將相、公主后妃、富戶與乞丐……等等。由於涵蓋階層廣泛，便使得人物的身分，不只是侷限在「江湖」上，而有更大的發揮空間。在如此眾多的人物當中，有個性鮮明、栩栩如生，令讀者印象深刻的；當然也有較為平庸乏味、缺乏光彩，讓讀者隨讀隨忘的。此乃正常現象，因作者面對的是大批人物，不可都精雕細琢。本章以金庸小說中的人物為探討對象，共分兩節，第一節論述人物形象；第二節探討刻劃技巧。

第一節　人 物 形 象

　　因為金庸每部小說中的最重要人物——即男、女主要人物，都具有類似形象，所以本節首先以之為探討對象。而既有主要人物之分項在前，接著要析述的就是令人印象深刻的次要人物。

一、主要人物

㈠男性類似形象

　　丁永強〈新派武俠小說的敘事模式〉，曾經指出一般武俠小說的常規模式是屬於「羅曼斯」，並進而分析道：

這類小說的主人公一般是孤兒，聰明、善良、身負大仇或奇冤。在歷經重重磨難之後，由於種種奇遇，如世外高人的指點，武功密笈的發現，仙果神藥的吞服，從而最終成為武林高手，和全書中最美麗可愛的女性結為伴侶，幸福而美滿。這種模式也就是一般所說的「成長型」模式。這種模式在金庸手中達到登峰造極的地步。諸如著名的《射鵰英雄傳》、《神鵰俠侶》、《倚天屠龍記》、《笑傲江湖》都是這個模式。古龍的《金劍寒梅》、《絕代雙驕》，梁羽生的《萍蹤俠影》、《雲海玉弓緣》等，也都是這種模式的佳作。③

觀察丁氏之說，乃是針對一般武俠小說而發；至於陳墨則更進一步地在《金庸小說之謎》中，指明金氏之作有固定的人物模式：

金庸筆下的故事，大多是一些年輕俠士主人翁們的一段離奇而又悲壯的經歷，從而似乎形成了一定的主人翁模式。諸如年輕、不幸的經歷、不懈的努力、不少的奇遇，武功上的集大成、轟轟烈烈的事業、悲悲切切的愛情，初出道時的奮勇進取、最終的隱退或逃避……等等這些，似乎就是金庸筆下的人物的共性，或者乾脆說是一種人物模式。④

根據筆者考察，金庸小說的男性主要人物經歷，除了唯一的異數——韋小寶，未必如此外，至於其他則都符合這樣的模式。事實上，金庸小說的男性主要人物，得以讓人印象深刻的原因之一，

就在於他們具備類似遭遇，因為這使得讀者在一部又一部作品的閱讀當中，不斷重溫起印象所及的男性主要人物。此等安排雖然少了創意，卻能使讀者在閱書時，獲得「期待視野」或「角色代入」的心理滿足；而人物個性有異與類似經歷不同的表現，則為同中有異的安排，目的應在區隔不同人物的形象。在此，筆者擬以遭挫折屢經艱難、習武藝終成高手、懷仁義生死以之、為理想不求回報四方面，析述金庸如何架構出筆下男性主要人物的形象。但要說明的是，除了最後「為理想不求回報」是結局之外，其他三項的次序並非是按人物經歷先後而擬，例如：張無忌是先歷苦難、習武藝，再行俠仗義，而令狐沖則是一出場便有仁義之舉，此後方從風清揚學藝，再是功力全失的困頓……。

1. 遭挫折屢經艱難

金氏筆下的男性主要人物，從《書劍恩仇錄》的陳家洛、《碧血劍》的袁承志、《射鵰英雄傳》的郭靖、《神鵰俠侶》的楊過、《雪山飛狐》與《飛狐外傳》的胡斐、《倚天屠龍記》的張無忌、《連城訣》的狄雲、《天龍八部》的段譽、喬峰與虛竹、《俠客行》的石破天、《笑傲江湖》的令狐沖，乃至《鹿鼎記》的韋小寶，其人生路途皆有坎坷不平之處。有的甚至在出身背景上，即有不明與不良的情形，例如：狄雲、令狐沖自幼即被師父收養，根本不知親生父母是誰；石破天至終仍弄不清自己的真實身分；楊過之父是貪慕虛榮、認賊作父的楊康；張無忌是邪教妖女殷素素之子；韋小寶之母為妓女、父則不詳；蕭峰是契丹胡種、虛竹是和尚的私生子；陳家洛在舊版中，原是母親與舊情人私通所生。不論是出身不明、來歷非正，或者是出身忠良、源自名門，在命運的播弄下，他們或多或少均有艱難困苦的遭遇，

試一一析述之。

　　陳家洛為當朝大臣之子，十五歲中舉。如果沒有意外，一生應是富貴可期。但在母親與義父的安排下，他離家十年遠至回疆學藝，日處大漠窮荒之中。母親死時，他未能盡人子之孝，隨侍在側；後來接掌紅花會總舵主之職，擔負反滿興漢的重任，卻因年輕識淺、感情用事，輕易地相信自己的兄長乾隆，不但使心愛的香香公主喪命，甚至差點沒能保全會中眾兄弟，而成為失敗的人物。

　　袁承志被虛構成袁崇煥之子，由於父親是含冤而死，所以他自幼便背負血海深仇。因復仇的對象是「明帝」、「清酋」，所以格外艱辛。為了替父報仇，他辛苦學藝，藝成之後，曾兩度行刺皇太極，第一次被俘，第二次則親見皇太極為多爾袞所殺；明亡之時，有機會手刃崇禎，卻因阿九之請而放棄。奉師命助闖王成事，卻沒想到闖軍一入北京，即大肆姦淫擄掠；他以為李自成得了天下，百姓就能安居樂業的想法，頓時化為泡影。

　　胡斐是大俠胡一刀之子，出生沒幾天就成了孤兒，差點還遭閻基用棉被悶死。他被平阿四抱著逃命，中途遭人踢進河裡；投靠表舅，卻在表舅覬覦亡母遺物的情況下匆促離開，四處飄泊、居無定所。成長後，他心儀的女子又分別是仇人之女苗若蘭，以及早已出家的袁紫衣；至於愛他的程靈素，卻又因他而死。

　　在「射鵰三部曲」的三位男性主要人物郭靖、楊過與張無忌之中，郭靖的童年生活過得比楊過、張無忌都好得多，主因是郭靖雖為遺腹子，但仍有母親李萍在旁細心照顧。雖然他資質駑鈍、獃頭獃腦、家境清貧，四歲才會說話，六歲就得在草原上放牧，但由於性格誠樸質實，所以不以為意。楊過就沒有如此幸

運，雖同為遺腹子，但穆念慈死後，他流落於嘉興，居住在破窯，偷雞摸狗的混沌度日。突然有人示好，卻是惡人歐陽鋒；眼見郭靖、黃蓉帶他回桃花島，日後應是安定無憂，豈料黃蓉竟因楊康之故，對他心有疑忌；在武氏兄弟的挑釁下，他意外地以歐陽鋒所授的蛤蟆功打傷武修文，惹惱了柯鎮惡，只得離開桃花島；郭靖送他到全真教習藝，誰知只因郭靖上終南山時，曾陰錯陽差地將眾道士打得一敗塗地，致使不少人遷怒楊過；再加上負責傳授他武藝的，又是心胸不廣的趙志敬，師徒初見便是一場口角與扭打。此後，趙志敬為了整治他，便故意只教他武功口訣而不教修練之法。如此不幸遭遇的形成，他的偏激性格自然要負一部分責任，但是另一部分則要歸咎事件中的其他人。假設他的性格如同金庸筆下的任何一位男性主要人物，而不是如此細微敏感、自傲自卑，生命旅途一定平坦得多。而後來的斷臂事件，以及與小龍女的十六年契闊，都是生命中痛苦且沈重的磨難。

　　張無忌的童年生活是在十歲上，隨父母從冰火島回到中土時，劃出分水嶺的。在冰火島上，他深受父母、義父的疼愛，過著平凡幸福的生活；回到中土，則是遭人綁架、身中玄冥神掌，親睹父母自殺。身上的寒毒苦苦地折磨著他，張三丰不能治好他，胡青牛也只能延他幾年之壽。在送楊不悔至崑崙山的途中，差點被曾經讓他以醫術救過性命的饑餓武人殺來吃；救活了何太沖的小妾，卻惹惱了元配，何太沖因而受迫要毒死他。將楊不悔送到楊逍手中，獨行於崑崙山，卻又被朱九真所飼獵犬咬成重傷。當他因此來到朱家，卻又被朱長齡欺騙，墜入山谷；一出谷，又跌斷雙腿。所幸他心地善良、仁慈純厚，才不致心生憤恨，甚至能及時放下正要揮打的禪杖，不與出言辱及亡父母的圓

音計較。

　　《連城訣》的狄雲，也是命運悲慘的人物，先是拜了一位故意教錯武功的師父，不過在沒有武強高強的自我期許下，所以算不得什麼。不幸的是，由於萬圭看上他心愛的師妹戚芳，因此設下圈套，陷他入獄；並賄賂官吏，以酷刑使他成為廢人。就在他入獄三年後，戚芳嫁給了萬圭。越獄後，他又因為誤穿惡僧寶象之衣，被水笙視為惡人，縱馬踢斷一腿。他曾經為自己的遭遇憤恨過，但終被善良淳厚的天性解救。

　　《天龍八部》的喬峰，原是人人敬重的大俠，卻因為不曾對馬副幫主的夫人康敏投注愛慕眼神，故而被揭開自己也不知道的真實身世。一夕之間，竟由「英雄豪傑」淪為「契丹賤種」，再也無法立足中原。為了替父母報仇，他誤殺了愛侶阿朱；為了平息宋、遼將起的戰爭，他威逼遼帝耶律洪基立誓終生不得出兵攻宋，最後則因自認有愧於遼而持斷箭自殺，成為悲劇英雄。吳靄儀認為命運跟喬峰開了一個極大的玩笑：

> 原來，愚昧的、衝動的、軟弱的、心懷歹意、與他作對的群眾竟是對的，喬峰反而是錯了。他真的是契丹人，不是漢人。更殘酷的是，根據他所信奉的原則，冤枉他殺義父母、弒師、殺害一連串武林義士的人其實沒冤枉他，原來這的確是他的罪過，因為這些人是他父親所害。喬峰用了無比堅定的意志用他超人的頭腦及武功去找尋真相，為自己洗脫冤情，所得的結果卻是，原來罪人正是他自己。⑤

書中的另外兩位男性主要人物段譽與虛竹，跟喬峰比起來則幸運

得多：段譽只有意外地跌入山谷、被木婉清騎馬拖在地上、被鳩摩智俘虜而遭受皮肉之苦，因為追求王語嫣而在愛中受罪；虛竹只是懵懂地被騙破了葷戒、色戒與殺戒，並受童姥挾持，前者當還俗之後，即不足道，後者則因為得到童姥傳授高深武功而轉禍為福。

《俠客行》中，有關石破天的坎坷，是在童年時代。石破天原是大俠石清與閔柔之子，出生不久就被梅芳姑抱走。梅芳姑抱走石破天的原因，是在報復石清當年不愛她、且娶閔柔為妻。從梅芳姑叫他「狗雜種」，若有求懇便要挨打，以及小小年紀便會作飯菜，並習於與人相對無言的情形來看，他的童年生活並不愉快。

令狐沖也是孤兒出身，但師父與師娘都十分愛護他。他的不幸是發生在成年之後，在書中的大部分時間裡，他都是處在身受重傷、功力全失的狀況下。由於意外得到風清揚傳授武功，使他被師父誤會是偷竊了「避邪劍譜」，因而遭到同門的懷疑；因為向問天的設計，他被囚入地牢；最令他感到痛苦的，則是岳靈珊的移情別戀。

《鹿鼎記》的韋小寶是比較幸運的，雖然自幼身處妓院，但有母親呵護，除了偶而因為偷吃、偷看挨打之外，並沒有什麼波折。離開妓院後，也只因愛上不愛自己的阿珂而受了點氣，至於其他種種難得一見的大幸運都降臨在他身上，正是金庸筆下主要男性人物中的異數。不過，在韋小寶的「頑童歷險記」中，仍然常有驚險或艱難，例如：他曾經被桑結一干大喇嘛圍困，曾經被變態公主凌虐，曾經差點死於洪安通之手，但總是能迅速地化險為夷。

　　這些不幸的坎坷身世或艱難遭遇，不但使得人物性格逐漸改變而臻於成熟，不致淪為「扁平型」人物之外，也帶給讀者閱讀的興味與真實感。如果撇開韋小寶不看，還啟發讀者以「不怨天、不尤人」的堅毅精神，或「有為者亦若是」的鼓舞。孟子在〈告子〉下篇中曾經說：

> 舜發於畎畝之中，傅說舉於版築之間，膠鬲舉於魚鹽之中，管夷吾舉於士，孫叔敖舉於海，百里奚舉於市。故天將降大任於斯人也，必先苦其心志，勞其筋骨，餓其體膚，空乏其身，行拂亂其所為；所以動心忍性，曾益其所不能。人恆過，然後能改；困於心，衡於慮，而後作；徵於色，發於聲，而後喻。

雖然金庸小說的男性主要人物，未必全然承擔了安邦興國的大任，但在仁人與盡義兩方面，卻都有突出表現。因此，或許我們可以揣測如此的境遇安排，正是取意於「天將降大任於斯人」。此外，陳曉林認為，由於這種受難的「極限情境」（limit situations），可以使人物獲得在平常狀態中，無法想像的「自我啟悟」（self-illumination），因此人性的脆弱與高貴就得以彰顯，並弔詭地展現出更具體親切的寫實魅力⑥。筆者認為陳氏所謂的「更具體親切的寫實魅力」，是來自於讀者在欣賞小說的過程中，總是帶有主觀情感的反應活動。如果讀者不是先在男性主要人物經歷艱難的過程中，感受到同情、不平、擔憂等情緒；那麼，一旦面對他們姍姍來遲的幸福與成就時，反應就可能會因為缺乏了「苦盡甘來」的強烈對比、或說服性而淡然觀之，這便失去了好小說

必須帶給讀者以欣賞時之鼓盪的愉悅情緒。金庸深諳此理,因此他所要盡力去做的,是設想不同性格的主角所經歷之艱難困頓各自不同而已。

2.習武藝終成高手

武藝精湛,對於武俠小說的主要人物而言,是必備的條件,否則一旦遇上武功高強的惡徒時,就無法藉武行義。描寫俠義人物具有高強武功,應是從唐傳奇開始,例如:裴鉶〈崑崙奴〉的磨勒能擊斃猛犬,背負少主與歌姬飛出十餘重高牆;袁郊〈紅線傳〉的紅線能在三個更次中,往返七百里,得金盒於嚴密的看守下;杜光庭〈虯髯客傳〉的虯髯客「乘驢而去,其行也若飛」……等等。而金庸筆下的男性主要人物因為必須以武行義,所以也都身懷絕世武藝,但除了喬峰一出場便是武功奇高之外,其他人物都經過兩次以上的學藝過程,方能成為高手;另外,他們所學的武功有時還和個性、背景,甚至未來遭遇有關係。

陳家洛最初是從袁士霄習武,所學之最深奧武功,乃是袁士霄自創的「百花錯拳」,而「這拳法不但無所不包,其妙處尤在於一個『錯』字,每一招均和各派祖傳正宗手法相似而實非,……其精微要旨在於『似是而非,出其不意』八字。」。為此,陳墨曾說:「陳家洛的一生遭遇,亦全部體現在一個『錯』字上。辜負了霍青桐已是錯,而再度辜負霍青桐的妹妹香香公主喀麗絲就更是錯上加錯;認乾隆皇帝為兄長已是錯,盲目信任乾隆皇帝並以愛侶交換更是錯得一場胡塗。」⑦此外,筆者認為陳家洛不夠鮮明的模糊性格,也正伏有「百花」的撩亂之意,例如:陳家洛在人前是一副堅強的總舵主之姿,私底下卻會因為想念亡母而暗自飲泣。至於第二次學藝,是緣於陳家洛意外地在古城中拾獲

《莊子‧養生主》有關「庖丁解牛」的一段文字時，受到霍青桐「臨陣殺敵也能這樣就好啦」的啟發，而創造出來的武功，此即與他的書生背景相合，否則若是讓袁承志、郭靖或石破天這般學問淺薄者拾去，文義即不能解，又如何能從中領悟到武學精義？經過兩次學藝，他才能打敗張召重，成為一代高手。

袁承志陸續跟過倪浩、崔秋山、穆人清、木桑道人學武，也曾經苦練金蛇郎君所遺下的《金蛇密笈》；其中影響他最深的，一是穆人清正氣浩然的拳法、劍術，一是金蛇郎君邪味甚濃的招式。也許就因為袁承志的武藝是游走於兩者之間，所以他時有急公好義的表現，時有卑躬屈膝的行為；而當他見到陳圓圓時，心中竟也不由得一動。至如浮滑自負的行為，譬如挾著雞腿表演兩儀劍法、寫書法表演手上力道。他的武功極高，可說是打遍惡徒無敵手。

胡斐的武功主要是來自祖傳的「胡家拳經刀譜」，但趙半山與苗人鳳也都指點過他。趙半山是在他十一歲時，透過講解太極門「亂環訣」指點他拳理，在「經此一番指點，胡斐日後始得成為一代武學高手」；苗人鳳則是在他成年後，對他道出「胡家刀法的要旨端在招數精奇，不在以力碰力」，並根據實戰經驗，親自示範胡一刀的刀法。胡斐的武功既是專主一家，他的性格所呈現出的，就是全然的剛毅正氣，所以一旦面對誘惑，始終是不心動。

郭靖曾先後向江南六怪、洪七公、周伯通三人學藝，而全真教的馬鈺則曾教過他內功。細考郭靖所學，全是正派功夫，其中最具代表性的，乃是「降龍十八掌」，此套功夫招式簡明、勁力精深，正與郭靖誠樸質實的個性相符，經過一番苦練，他成為當

代高手。

　　楊過先是從小龍女學藝，由於古墓派功夫「柔靈有餘，沉厚不足」，因此正合乎他年少浮躁輕動的性格；其間他又曾學過全真教玄門正宗內功的口訣，見過《九陰真經》，得過歐陽鋒傳授蛤蟆功及逆轉經脈之法，至於黃藥師、洪七公、黃蓉也都教過他武功；在獲得神鵰之助與劍魔獨孤求敗劍塚題詞的啟發後，經過六年置身海潮中的苦練，終因亟思小龍女而創出取意於江淹〈別賦〉中「黯然銷魂者，唯別而已矣」的「黯然銷魂掌」，側寫出楊過深情狂放的性格。此掌威力驚人，連周伯通都艷羨不已。

　　金庸《倚天屠龍記・後記》，分析張無忌的個性是「比較複雜」。因此，他所學的武功也比較複雜。依學習之序，有正宗的武當心法，有謝遜的「武功文教」，有達摩祖師傳下的「九陽神功」，有魔教的「乾坤大挪移」，有張三丰圓轉如意的「太極拳」、「太極劍」，更有奇幻詭異的波斯功夫。取法多端，又能得其精髓，武功當然驚人。另外，這種複雜也表現出他和周芷若、小昭、趙敏的情感糾葛。至於《連城訣》中的狄雲，曾隨戚長發、丁典習練武藝，也學過血刀門的功夫，因所學非專主一家，因此他的個性就與張無忌相仿，都屬於隨和。至於狄雲的功力，也是武林翹楚。

　　段譽先是學逍遙派的「凌波微步」及「北冥神功」，後是學大理段家的「六脈神劍」；由於段譽的「六脈神劍」是時靈時不靈，因此用以保命的是「凌波微步」。虛竹原在少林寺學藝，後來則意外成為逍遙派的傳人。由此可見，段譽、虛竹都與逍遙派有相當深的淵源，他們都是隨和並肯讓步的人，並不在意世俗的眼光，故得自在逍遙。當然，在經過習練之後，兩人也成為高

手。

　　石破天曾學過大悲老人遺下的功夫，丁璫與史小翠多少也都教過他武功，但他最高的武藝是在俠客島上所學的「俠客行」功夫。由於此書的寫作，意在發揮「各種牽強附會的注釋，往往會損害作者的本意，反而造成嚴重障礙」，所以石破天便是以不識字的背景，學會這套以李白二十四句古詩〈俠客行〉的筆劃繪成之高深武功。

　　令狐沖先是從岳不群習武，中得風清揚授以獨孤求敗所創之「獨孤九劍」，後在囚牢內修得任我行的「吸星大法」。岳不群的教法是中規中矩，一招一式都必須合乎尺寸法度，自與令狐沖崇尚自由解放的飛揚跳脫個性不合；而任我行的邪派功夫是易於使人入迷，愈練愈傷身；唯有一切順乎自然，「行乎其不得不行，止乎其不得不止」的「獨孤九劍」才合乎令狐沖的本性。所以當令狐沖以「順乎自然」的態度練劍時，「心中暢美難言，只覺比之痛飲數十年的美酒還要滋味無窮」。既已學成「獨孤九劍」，自是一代高手。至於章小寶，雖然曾經先後得到海大富、陳近南、澄觀、洪教主夫婦的教導，但卻只將合乎他無賴個性的「神行百變」學得好一些，因其為特例，所以武功極差。

　　由於金庸小說的男性主要人物，除了喬峰一出場便是三十來歲，其他多在二十歲以下，既是如此年輕，武功便不可能臻於一流，因此必須在故事當中，安排繼續學藝。至於師法對象的不限一家，則是取意於有容乃大。更何況若是在學武過程有艱難之感，便寓有磨練心志之意義存在。金庸對於自己如此安排的解釋，則是：

　　一般寫武俠小說，總習慣寫得很長，而作者又假定讀者對
於男主角作為一個人的成長，會比較感覺興趣。如果我們
希望男主角的成長過程，多彩多姿，他的武功要是一學就
學會，這就未免太簡單了。而且我又覺得，即使是在實際
的生活之中，一個人的成長，那過程總是很長的。一個人
能夠做成功一個hero，也絕不簡單。⑧

3.懷仁義生死以之

龔鵬程在《二十四史俠客資料匯編》之序中說：

　　秦漢時的俠，多是活賊匿姦、收納包庇雞鳴狗盜者⋯⋯。
這樣的俠，到唐朝中葉以後，才逐漸產生分化的現象。一
部份承繼了傳統的俠客型態，眥睚殺人，亡命作姦，甚或
走向神祕化，成為劍俠；一部份與知識份子結合，士風和
俠行相互潤澤，俠的精神乃由原始盲昧之意氣私利，轉而
漸開公義理性之塗。以迄於近代，文人意識及文學作品中
的俠，即以表現後面這種類型為主。⑨

龔氏所說之後者，即與唐李德裕〈豪俠論〉所云相合，即「夫俠
者，蓋非常人也。雖然以諾許人，必以節義為本，義非俠不立，
俠非義不成。」俠與義既已成為不可分離的共同體，那麼名為武
俠小說者，含有「俠」之一字，其中人物就必須有義行。所以，
金庸也曾說：「談到武俠，我認為『武俠小說』應該正名，改為
『俠義小說』。雖然其中有武功有打鬥，但我自己真正喜歡的武俠
小說，最重要的不在武功，而在俠氣──人物中的俠義之氣，有
俠有義。」⑩並進一步說道：「在武俠世界中，男子的責任和感

情是『仁義為先』。仁是對大眾的疾苦怨屈充分關懷，義是竭盡全力做份所當為之事」⑪，做為金庸筆下的主要男性人物自然必須透過具體行為，將「仁義」二字發揮至極致。

陳家洛所行之義舉，包括：率領紅花會救出文泰來；將殺害同門師兄的張召重置於死地；曉行夜宿千里通知霍青桐，關東三魔欲向她尋仇；協助回部應付清軍；為了興復漢家山河，先是用智計將乾隆困於六和塔，後則不惜將愛侶香香公主獻給乾隆。

袁承志自幼即有俠義心，例如：企圖保護受傷的崔秋山；攔阻胡老三奪走安小慧；埋葬金蛇郎君骸骨。二十歲藝成下山後，所行義舉更多：幫助師兄黃真、師侄崔希敏以及安小慧奪回闖王軍餉；化解焦公禮與閔子華之間的仇怨；以尋到之財寶助闖王謀大事；率領群豪殲滅千餘清兵；行刺清酋皇太極；幫助焦宛兒找出殺父真兇；開啟城門接應闖軍入北京，企圖濟民於水深火熱之中。

胡斐的俠義心腸，最早見於十歲時膽敢指責南蘭不憐幼女，且曾不顧危險地衝入火場救出與他並無交情的王劍傑。待年紀略長，四海為家，更是處處行俠仗義，扶危濟困，偶然在酒樓上聞見鍾阿四一家慘遭當地惡霸鳳天南欺壓，便挺身而出，為了替素不相識的鍾阿四一家報仇，不為美色、哀懇以及面子所動，堅持要殺鳳天南。他也曾幫助眼睛中毒的苗人鳳，以及早年對他有恩的馬春花，並擾亂福康安為挑起武林糾紛所舉辦的天下掌門人大會。

年僅六歲的郭靖，由於欽佩哲別在戰陣中的英勇行徑，因此寧可挨尤赤的鞭子，也不肯吐露哲別躲在乾草堆裡；稍長，為了與他結為安答的拖雷，則曾與七八個年紀比他大的孩子打架；也

曾奮不顧身地援救豹爪下的華箏。十八歲初履中土，見到楊康戲
侮穆念慈，明知自己不敵楊康，仍然不肯罷休；在桃花島上，巧
遇周伯通無法抵禦黃藥師的簫聲，便急忙向前相助；偶然聞知完
顏洪烈邀集歐陽鋒等高手欲偷盜武穆遺書，心想此事一旦成功，
大宋百姓必定受害，不惜捨身努力阻止。為了報答鐵木真，他領
兵攻破撒麻爾罕城；因不忍見成吉思汗屠戮撒麻爾罕城城民，寧
可放棄原先與黃蓉說好要向成吉思汗辭婚的約定，更不理會諸將
因無法屠城的不滿。當成吉思汗以榮華富貴引誘他攻打南宋，他
堅持不肯而返回中土；最後則助宋室苦守襄陽十六年，死而後
已。由此看來，郭靖確是金庸筆下成仁取義的第一大俠。

　　楊過對陸無雙、完顏萍的救助，是因小龍女而起；至於被郭
靖或武三通感動而所做的事情，也不是全然的自動自發，所以並
不適合用以說明他的俠義，只能說他內心有這樣的種子。楊過仁
義觀念的成熟，是緣於竊聽了郭靖與黃蓉以「國事為重」的對
談；但具體的實踐，則是經過海畔練劍六年，「某一日風雨如
晦，楊過心有所感，當下腰懸木劍，身披敝袍，一人一鵰，悄然
西去」才開始，例如：因為憐憫盡忠報國的王惟忠將軍被奸臣陷
害，所以四日四夜、目不交睫地由江西趕至臨安相救，雖然沒來
得及趕上行刑之日，後來也殺了陷害王惟忠的奸臣陳大方；聞知
當朝宰相丁大全營私舞弊，屈殺忠良，殘害百姓，通敵誤國，便
捉來拷打逼供；並幫助郭靖擊退蒙古大軍……。如果仔細查考楊
過的行為，便可以發現最初只是「血氣」，待生命遂漸成熟之後
才與「仁義」相合。

　　張無忌的仁義表現，主要是在平息明教與中原武林六大門派
的紛爭，救出被趙敏困於萬安寺內的中原武林人士，以及率領明

教與群豪反抗元朝蒙古王室。狄雲是金庸書中的悲劇人物，他的義行包括：出手相救不知閃避暗器的老者，儘量不讓血刀老祖非禮水笙，取解藥相救過曾害過他的萬圭。

　　段譽初出場時，並沒有武功，但是當他聽見有人要找木婉清麻煩，他便急著去報訊；見保定帝為鳩摩智挾持，不及多想即向前阻止。後來學了一點功夫，也有助人的表現，但並不是憑藉武力，例如：替風波惡吸蛇毒；阻止心思已被丁春秋混亂的慕容復自殺；至於屢救王語嫣，則是因為心中愛慕之故，又當別論。他的助人之舉，常是不顧自身安危、拚命而為。喬峰一出場便已是廣受武林人士敬重的大俠，據此推想也是多行仁義之人，具體表現於書中者，則如：曾經先後出手援救阿朱與段正淳；幫助遼帝耶律洪基平息政變，並為叛變者求饒；釋放所屬部隊擄獲的宋朝百姓；最後逼迫遼帝不對宋室出兵征戰，以免兩國無辜生靈塗炭。虛竹則曾在段延慶自殺之際，以混亂棋局的方式相救；曾背負遇險的童姥四處逃命；並替群豪拔除生死符；以及打敗前來少林寺糾纏的鳩摩智……。

　　關於石破天的仁心義舉，首見於對大悲老人的挺身相助；其後則有投身入江以援救史小翠與阿綉；應丁璫之請頂替石中玉赴雪山派領罰；為長樂幫接下賞善罰惡令……等舉動。至於令狐沖則曾幫助儀琳免於淫賊田伯光的非禮；幫助向問天對抗正邪兩派人士；幫助恆山派脫離危難……等等。而武功極差的韋小寶雖然沒有什麼仁心可言，但卻是個講義氣的小傢伙，在茅十八遇難時，他適時丟出石灰包；且始終不肯答應康熙傷害天地會的弟兄，也始終不肯為天地會弟兄背棄康熙。

　　一般咸認金庸之作係成熟於《射鵰英雄傳》，而其前之《書

劍恩仇錄》與《碧血劍》都算處於嘗試階段。因此,《射鵰》的郭靖是大俠典型,關於他仁心義舉的筆墨也最多。自郭靖、胡斐、楊過、張無忌之後,男性主要人物所行之義舉似乎著墨較少,而更重視的是闡發人物性格。這就說明了金庸小說的主要男性人物,不但繼承了文學傳統俠客具有的俠義精神,同時也富有追求個性自由的現代精神。且依照小說寫作先後加以考察,其傳統與現代的精神有消長情形,即愈早創作者愈側重俠義精神的宣揚,愈晚創作者愈側重自由性格的發揮。關於自由現代精神的追求,亦可證之於男性主要人物對愛情等一切符合人性的嚮往與追求。但由於對金庸小說的男性主要人物而言,除了楊過與段譽兩個癡情者以外,愛情在他們內心所佔的重要性遠不如女性,是故在此不談他們的愛情,而留置女性主要人物項下論述。

4.為理想不求回報

人生有結束的時候,故事也必須有結尾。金庸筆性男性主要人物的結局,可分兩種:一是鞠躬盡瘁、死而後已;一是避世遠遁,飄然物外。不論是哪一種,就主要人物對歸向之無怨悔來看,洵可謂「為理想不求回報」。至於何以安排這兩種結局,金氏的解釋是:

> 我在三十歲稍過後開始寫武俠小說,所描寫的男主角為數眾多,個性與遭遇頗為繁複。但寫到最後男主角的結局通常不出於兩途:或鞠躬盡瘁,死而後已;或飄然遠去,遁世隱居。大概由於我從小就對范蠡、張良一類高人十分欽仰,而少年時代的顛沛流離使我一直渴望恬淡安泰的生活,所以不知不覺之間,我筆下郭靖、喬峰、康熙一類的

人物寫得較少，多數以另一類的歸宿為結局。從《書劍》的陳家洛、《碧血劍》的袁承志，以至《射鵰》的王重陽、《倚天》的張無忌、《神鵰》的楊過、《笑傲》的令狐沖、《天龍》的虛竹、段譽（他雖然做了大理國的皇帝，後來還是出家為僧），直到最後一部《鹿鼎記》仍是如此。韋小寶貴為公爵，深得皇帝寵幸，還是選擇了逃避隱居。結局如何，主要是根據人物的基本個性而發展出來。重視責任和社會規範之人，大致走的是第一條路；追求個性解放之人多半會走第二條路，其間外界環境也會介入而發生重大影響。⑫

陳家洛、袁承志、郭靖與蕭峰四人，雖然都抱持儒家「積極、入世」的精神，但由於性格不同，因此一旦遇見勢不可行時，選擇即有所不同。陳家洛與袁承志的性格比較溫厚隨和，所以決定離開，前者退走回疆，後者則至海外開闢新天地，此乃「道不行，乘桴浮於海」之寫照。而郭靖與蕭峰的性格是屬於剛毅執著，所以堅守理念、不移不易，郭靖明知襄陽城不能保全，仍然死守不離，最後與襄陽共亡；蕭峰則是在信奉的理念不能和諧時（應該忠於遼國，卻又不能無視於教養他成長的宋室有難），選擇死亡，這就是「知其不可而為之」、「死而後已」的寫照。

胡斐、楊過、令狐沖都是至情至性之人，他們重視個人情感氣質的發揮，追求人格獨立與個性自由。對於胡斐的性格創造，金庸的企圖是，「寫一個急人之難、行俠仗義的俠士」，不但能做到孟子所說：「富貴不能淫，貧賤不能移，威武不能屈」的大

丈夫標準,而且必須「不為美色所動,不為哀懇所動,不為面子所動。」⑬細察楊過的所作所為,更是典型自由主義的追求者;至於令狐沖則是「最自然而不掩飾自己的人」、「是天生的『隱士』,對權力沒有興趣」。因此,楊過與令狐沖順應著自己的希望,選擇了歸隱。雖然金庸並沒有在《雪山飛狐》或《飛狐外傳》中,為胡斐安排結局,但從胡斐可以對素不相識的鍾阿四一家矢志討回公道的行為裡,我們便可以推斷出胡斐會選擇終生行俠仗義;事實上,金庸也曾說過,從個性來看,胡斐是個「熱腸人」,因此結局是與「鞠躬盡瘁,死而後已」的郭靖、蕭峰相同⑭。

張無忌、狄雲、段譽、虛竹都是屬於比較隨和而缺乏主見者,所以總是順其自然,可為即為,不可為即放棄。張無忌不圖名位,見勢不可行,即潔身遠引;狄雲看不慣江湖險惡,返回藏邊雪谷;段譽與虛竹則依順命運,前者在大理為王,日後依照傳統出家,後者則因娶了夢姑,就待在西夏國當駙馬,不再涉足中原武林,所以也算是飄然遠引者。至於石破天的性格也類似張無忌等人,因此在飽經江湖風波多險惡的滋味後,可以想見的是,終究也會踏上歸隱之途。

至於「不才」的韋小寶,則是純然迫於時勢而做出隱退的抉擇:

> 韋小寶大聲道:「皇帝逼我去打天地會,天地會逼我去打皇帝。老子腳踏兩頭船,兩面不討好。一邊要砍我腦袋,一邊要挖我眼珠子。一個人有幾顆腦袋,幾隻眼睛?你來砍,我來挖,老子自己還有得剩麼?不幹了,老子說什麼

也不幹了！」⑮

崔奉源在《中國古典短篇俠義小說》中歸納出四種俠的結局模式，殉命、飄然遠行、發跡變泰、贏得善報結局，並分析道：

> 其中「殉命」結局，雖在各時代的小說裡都有出現，但數量上極少；「飄然遠行」的結局，不見歷史而見於小說，而其數量在各代作品裡居多，顯然成為作者慣用的主要形式；「發跡變泰」的結局，比之古代，實為難以想像，此乃小說作者的獨特的創見；「贏得善報」的結局，缺乏俠士慷慨的味道，因此在唐偶見，經宋至明，則不為作者喜用。⑯

金庸筆下男性主要人物的結局，沒有贏得善報結局的，也沒有發跡變泰的；所有人物的結局均屬於「殉命」與「飄然遠引」。可以推敲的是，不論人物的結局是「鞠躬盡瘁，死而後已」，或「飄然遠去，遁世隱居」，都帶給讀者落寞悵然之思。讀者的感受，金氏心知肚明，那麼為何還要如此安排呢？筆者認為原因至少有二：一是可能是緣於金庸原本就偏好筆下人物具有「憂鬱色調和悲劇意味，也都帶著幾分不合時宜的執拗。」而這樣的結局正可以使人物呈現這樣的色彩；二是受到中國歷史人物與文學作品角色等文化氛圍影響，歷史人物可證於前引金庸自言，他最崇拜的歷史人物是范蠡與張良，文學角色之證，則如崔奉源所指之俠義小說結局，或明清才子佳人小說之結局（皆是男主角偕女主角歸隱林下），乃至於《紅樓夢》賈寶玉之遠引也是一例。

雖然金庸筆下的男性主要人物都經歷成長的過程，但由於他們的性格不同，具體遭遇不同，因此每一個人物的心理，到了最後均有轉變，例如：郭靖原是個傻小子，楊過原是個利己者，段譽原是善良不諳世事，在經過現世不斷的錘煉之後，他們都變得成熟和勇於承擔。這樣的安排，就使得讀者在披閱過程中，隨著人物的成長轉變而有所體悟。林芳玫在《解讀瓊瑤愛情王國》中，曾說：「外行人看言情小說覺得都大同小異，……小說迷卻可體會出每個不同的故事之間微妙的區別，如男主角個性的塑造、故事發生地點的風景描述……，這些細節上的區別在言情小說迷看來就是很重要的差別。」[17]筆者認為金庸筆下男性主要人物的形象之異，主要也就在於個性塑造的不同與具體遭遇之細節的相異。

吳宏一曾經稱許王度盧的作品，「應是俠情小說中的極品」，因為王氏筆下的英雄，「都是有血有淚，活生生地呈現在我們面前，不像有些作家所塑造的俠義人物，雖然完美無比，極像聖賢，但是，卻祇能讓我們敬，不能讓我們愛。」[18]而金庸筆下的人物亦復如此，他們身上或多或少都存有缺點，例如：陳家洛的優柔寡斷、不喜霍青桐比他精幹，袁承志的時而浮滑自大，胡斐的少時頑皮，郭靖的道德專制，楊過的主觀情緒，張無忌的拖泥帶水，令狐沖的浮滑口吻，韋小寶的不學無術……等等，這就使得人物具有真實性、形象亦更為豐滿，讀者也因此更加認同他們。

㈡女性類似形象

在金庸小說中，有一個必須提及的現象，即是部分作品似乎

沒有女主角，而只有重要女配角，例如：《天龍八部》、《鹿鼎記》、《連城訣》等，既然沒有，自不必勉強選擇。在此擬由外貌之傾國傾城、性格行事之明快聰慧以及愛情之至高無上三方面、來論述女性主要人物。

1.傾國傾城

金庸筆下的女性人物，不論是正面人物或反面人物，幾乎個個都具麗色，而主要女性人物則多屬該書中最美者。由於在第二節內，筆者將論述金庸在人物肖像方面的描寫技巧，其中引用之例述及香香公主、黃蓉、任盈盈三人之貌，為免重覆，在此就不再引述，而僅先以「絕世麗顏」予以交代。

溫青青甫出場時為女扮男裝，由於聲音「清脆悅耳」，因此引起袁承志注意。袁承志「抬頭看時，不禁一呆，心想：『世上竟有如此美貌少年？』這人十八九歲年紀，穿一件石青色長衫，頭頂青巾上鑲著一塊白玉，衣履精雅，背負包裹，皮色白膩，一張臉白裡透紅，俊秀異常」。後來，溫青青換回女裝，「秀眉鳳目，玉頰櫻唇，竟是一個美貌佳人」，此外還有一雙「白玉般的手」。

苗若蘭的出場與溫青青相仿，均是先描其聲再寫其貌，她的聲音不響，但卻是「嬌柔無倫，聽在耳裡，人人覺得真是說不出的受用」；至於外貌，則是「膚光勝雪，雙目猶似一泓清水……容貌秀麗之極，當真如明珠生暈、美玉瑩光，眉目之間隱然有一股書卷的清氣。」當胡斐見到苗若蘭時，認為她「嬌美艷麗」的程度，乃是「難描難畫」；一旦靠近，則覺「她吹氣如蘭，蕩人心魄」，惟恐自己如戟般的鬍子，「刺到她吹彈得破的臉頰」。

《神鵰俠侶》的小龍女是不食世間煙火的天仙人物，她正式

出場於第五回。當時楊過正因滿腹委屈，在孫婆婆面前大哭：

> 忽聽帷幕外一個嬌柔的聲音說道：「孫婆婆，這孩子哭個
> 不停，幹甚麼啊？」楊過抬起頭來，只見一隻白玉般的纖
> 手掀開帷幕，走進一個少女來。那少女披著一襲輕紗般的
> 白衣，猶似身在煙中霧裡，看來約莫十六七年紀，除了一
> 頭黑髮之外，全身雪白，面容秀美絕俗，只是肌膚間少了
> 一層血色，顯得蒼白異常。……只覺這少女清麗秀雅，莫
> 可逼視，神色間卻是冰冷淡漠，當真是潔若冰霜，也是冷
> 若冰雪，實不知她是喜是怒，是愁是樂，竟不自禁感到恐
> 怖：「這姑娘是水晶做的，還是個雪人兒？到底是人是
> 鬼，還是神道仙女？」⑲

楊過初見小龍女時，心中是做此想，而看在眾人眼裡，又是如何
呢？其為「那白衣少女一進來，眾人不由自主的都向她望去。但
見她臉色蒼白，若有病容，雖然燭光如霞，照在她臉上仍無半點
血色，更顯得清雅絕俗，姿容秀麗無比。……各人心頭都不自禁
湧出『美若天仙』四字來」。「皮膚特別嬌嫩」的小龍女有著
「淡紅色嘴唇」，當淡淡的陽光照在她蒼白的臉上時，竟是一片清
清冷冷，「陽光似乎也變成了月光」；而在輕盈腳步的帶動下，
她的身子猶如在水面上飄浮。這樣的美麗，使得具有情敵身分的
陸無雙與程英，「不由得自慚形穢，均想：『我怎能和她相
比？』」；也使得自負美貌的洪凌波，在突然見到她時，大吃一
驚的感歎：「世上居然有這等絕色美女！」。

關於李文秀的美，金庸刻劃得很少，只說她在小時候是「玉

雪可愛」，令人見之生憐；至於長大之後，金庸也只以「會走路
的花更加嫋娜美麗」一語帶過。另外一位形貌著墨也不多的女性
主要人物是《越女劍》裡的阿青，「一張瓜子臉，睫長眼大，皮
膚白晰，容貌甚是秀麗，身材苗條，弱質纖纖」。雖然李文秀與
阿青的相貌都只有短短的描寫，但至少顯見是個美人，程靈素就
不是如此了。程靈素是金庸筆下僅有的一位相貌平凡的女性主要
人物，金庸對於她整體形貌的描寫是通過胡斐所見來進行：

> 一個身穿青布衫的村女彎著腰在整理花草……那村女抬起
> 頭來，向著胡斐一瞧，一雙眼睛明亮之極，眼珠黑得像
> 漆，這麼一抬頭，登時精光四射。胡斐心中一怔：「這個
> 鄉下姑娘的眼睛，怎麼亮得如此異乎尋常？」見她除了一
> 雙眼睛之外，容貌卻是平平，肌膚枯黃，臉有菜色，似乎
> 終年吃不飽飯似的，頭髮也是又黃又稀，雙肩如削，身材
> 瘦小，顯是窮村貧女，自幼便少了滋養。她相貌似乎已有
> 十六七歲，身形卻如是個十四五歲的幼女。⑳

雖然程靈素唯一動人之處只在於睛如點漆，不過言笑之間，「卻
自有一股嫵媚的風致」、且「神采煥發，猶如春花初綻」，那應是
智慧美的呈現。

關於趙敏的美貌，倪匡認為金庸似乎是用了特別多的筆墨去
描寫；而推測原因，是為了打破人們對於典型蒙古女性外貌的既
有印象，即「圓臉、扁鼻、膚色特黃，眼睛小」㉑。一如溫青青
與黃蓉，趙敏也是以男裝出場，其時她身穿寶藍綢衫、輕搖摺
扇，是位雍容華貴的年輕公子；張無忌向他（她）瞥了一眼，

「只見他相貌俊美異常,雙目黑白分明,炯炯有神,手中摺扇白玉為柄,握著扇柄的手,白得和扇柄竟無分別」。周顛見之,便對楊道:「楊兄,令嬡本來也算得是個美女,可是和那位男裝女扮的小姐一比,相形之下,那就比下去啦。」趙敏扮了男裝,卻難掩麗色的描寫,又如:張無忌「見她眼中滿是笑意,臉上暈紅霞,麗色生春,雖然口上黏著兩撇假鬚,仍是不掩嬌美」。金庸對於她整體風采的評述是:

> 自來美人,不是溫雅秀美,便是嬌艷姿媚,這位趙小姐卻是十分美麗之中,更帶三分英氣,三分豪態,同時雍容華貴,自有一副端嚴之致,令人肅然起敬,不敢逼視。㉒

此外,趙敏的「秀髮蓬鬆」,「面瑩如玉、眼似澄水」,雙手「柔滑」,「腳掌纖美,踝骨渾圓」;身材婀娜苗條;至於神情是時而又嬌又媚、時而狡獪頑皮,時而淒然欲絕、時而淺笑盈盈。

白阿繡是個溫雅秀美、弱質纖纖的女子,她與石破天的相遇十分偶然,當時她與祖母史小翠因練功走火困在舟中,而石破天則意外地被丁璫丟入她所乘之舟內:

> 石破天聽她說話柔和,垂眼向她瞧去。這時朝陽初昇,只見她一張瓜子臉,清麗文秀,一雙明亮清澈的大眼睛也正在瞧著他。兩人目光相接,阿繡登時羞得滿臉通紅,她無法轉頭避開,便即閉上了眼睛。石破天衝口而出:「姑娘,原來你也是這樣好看。」阿繡臉上更加紅了,兩人相距這麼近,生怕說話時將口氣噴到他臉上,將小嘴緊緊閉

住。㉓

　　她有「白玉般的臉頰」、「透明如瑪瑙」的纖纖素手，「烏黑的
頭髮上發出點點閃光」，「笑靨生春，說不出的嬌美動人」。

　　　仔細觀察金庸筆下美人的要件是不脫古典標準的，此可證之
於《詩經‧衛風‧碩人》所云：「碩人其頎……手如柔荑，膚如
凝脂，領如蝤蠐，齒如瓠犀，螓首蛾眉。巧笑倩兮，美目盼
兮。」附帶一提的是，因為沒有那麼多美麗的形容詞可用，所以
金庸用以形容美人之貌的詞彙不免常有重覆，例如：「麗色生
春」、「秀美絕倫」、「嬌美艷麗」、「美若天仙」……等等。

　　　值得注意的問題是，為什麼金氏筆下的主要女性人物都必須
是美的化身呢？酈健行的想法是：

　　　　武俠小說中的正面女角都是絕色佳人，這點容易理解。因
　　　為一般人認為：美貌應該是構成完美女性的基本條件之
　　　一。古代要求婦女三從四德，四德中有一項便是『婦
　　　容』，可見女子以色事人本是正理；『色』之不具，總覺
　　　大有欠缺的。㉔

而鄭樹森則認為武俠小說中，女性人物的美貌，是為了滿足「男
性沙文主義豬玀」的心理而設，而心狠手辣的美貌女魔頭，則是
遙遙呼應中國文化傳統裡的「紅顏禍水」㉕；劉經瑤也認為，這
種對於女性極度美化的形象塑造，實源於男性潛意識的心理需
求，正是傳統男尊女卑之魔障的若隱若現㉖。但筆者並不作如是
想，而企圖從人情之常來思索此一問題，即人之感官對「美」的

需求,試問有人喜見醜陋、愛聞惡音、悅嗅臭氣否?如果沒有,那麼作者既可以利用呈現美感以娛人時,又何必塑出醜態來惱人呢?更何況金庸並沒有刻意醜化男性人物的形貌,來特意彰顯女性人物美貌的重要性。除了人情之常以外,在中國小說中,女性主要人物的相貌一旦被細寫,就是絕世麗人,原本也是一貫筆法。不過必須一提的是,在今被視為武俠小說之源的唐傳奇俠義類中的女主角相貌,若不是以簡筆帶過(例如:薛調《無雙傳》中的劉無雙是「端麗聰穎」,皇甫氏〈車中女子〉中的女子是「容色甚佳」),就是隻字不提(例如:裴鉶筆下的聶隱娘,袁郊筆下的紅線),比起同時期愛情類的〈李娃傳〉、〈霍小玉傳〉、〈鶯鶯傳〉那樣極寫其貌妍麗的情況有所不同。何以如此?想來應是作者所關注的重點各異之故。

金庸竭盡筆力描寫書中的女主角,若只是前述分析之「愛美是人情使然」與「繼承中國文學作品之一貫筆法」,原本也無可非議,但令人關注的是,金庸筆下外貌不如同書女性的女主角都未能獲得男主角的青睞,例如:《白馬嘯西風》的李文秀不如阿曼,《越女劍》的阿青不如西施,而唯一長相平凡、聰慧解人的女主角程靈素,也未能得到男主人翁胡斐的鍾愛。這是否受到她們相貌的影響就成了問題,筆者認為答案也許可以通過胡斐與程靈素的一段對話來考察:

> 程靈素道:「我這藍花是新試出來的品種,總算承蒙不棄,沒有在半路上丟掉。」胡斐微笑道:「這花顏色嬌艷,很是好看。」程靈素道:「幸虧這花好看,倘若不美,你便把它拋了,是不是?」胡斐一時不知所對,只

　　說：「唔……唔……」心中在想：「倘若這藍花果真十分
　　醜陋，我會不會仍然藏在身邊？……」㉗

　　事實上，胡斐心中的疑問可以在書中找到答案，因為先前鍾兆文
曾緣於戒慎恐懼之故，請胡斐丟掉藍花。其時，「胡斐從懷中取
出藍花，只見花光嬌艷，倒是不忍便此丟棄……於是仍舊放回懷
中」。據此推想，如果程靈素比袁紫衣貌美，胡斐極可能就會移
情於程靈素，一如陳家洛將感情從霍青桐身上轉至香香公主身
上。吳靄儀認為程靈素的愛情失敗，正反映出金庸的大男人傾
向：「認為女子必須美貌，不美貌的女子，再聰明能幹，心腸再
好也只落得悲劇收場。」㉘其語自然有幾分道理；不過話說回
來，如果楊過長得像左思，也很難讓人相信陸無雙、程英、公孫
綠萼、郭芙、郭襄會愛上他。如果不會，那又反映出什麼？「大
女人」傾向嗎？恐怕也還只適合用「愛美是人的天性」來解釋
吧！

2.明快聰慧

　　金庸小說女性主要人物的個性，大致可以分為兩類，一是溫
柔型，如：香香公主、苗若蘭、小龍女、李文秀、程靈素、白阿
繡；一是刁鑽型，如溫青青、黃蓉、趙敏、任盈盈、阿青。溫柔
型人物的行事多合情理；刁鑽型人物的行事則多蠻橫，甚至流於
毒辣。但不論是溫柔或毒辣，她們都是明快聰慧的人物。以下先
述溫柔型，後述刁鑽型。

⑴溫柔型

　　香香公主純真得像個孩子，並且充滿愛心，當她看見清兵在
剝切一匹母鹿之後，又彎弓搭箭準備傷害小鹿時，便連忙擋在小

鹿面前阻止，並俯身抱起小鹿親吻。她看似嬌柔，卻十分勇敢，例如：為了全族，她願意以特使身分冒險送信給清將兆惠；為了保全清白，她膽敢用短劍行刺乾隆。也許是因為金庸將她塑造得太完美了，因此在筆者看來，香香公主缺乏真實感。

苗若蘭甫出場時，完全是被嬌縱慣了的千金小姐模樣，一是帶了一大堆古怪瑣碎的物事登上絕頂，二是出手大方地送給兩名僮子珍貴的玉馬，三是聽人說故事還得換衣、點香。但在眾豪因懾於胡斐之名而紛紛躲避時，她卻能冷靜的出面與胡斐酬答，甚至撫琴低唱助胡斐酒興。當平阿四因為擔心冒犯寶樹，而無法將當年所知所見說明清楚時，苗若蘭先是央人取下刻有其父苗人鳳之名的木聯，叫平阿四抱在手裡、放膽而言，後來更乘亂相救平阿四。

小龍女的個性是冰冷淡漠，神色、語調都是如此，當她見到楊過為自小撫養她長大的孫婆婆傷重將死而淚水盈眶時，竟對楊過說：「人人都要死，那也算不了甚麼。」金庸對小龍女會有如此反應的解釋是，「小龍女十八年來過的都是止水不波的日子，兼之自幼修習內功，竟修得胸中沒了半點喜怒哀樂之情，見孫婆婆傷重難癒，自不免難過，但哀戚之感在心頭一閃即過，臉上竟是不動聲色。」從小龍女「自不免難過」的情形看來，就可以明白她還是有情緒的，所以當她接觸到熱烈的楊過時，就註定要「破功」，痛苦自此源源不絕。小龍女的武功高強，命運則頗為坎坷，曾經失貞、曾經中情花毒、曾經在絕情谷底獨居十六年。雖自認不幸，卻不因此怨恨別人，足見心地善良、性情溫和且有智慧，她曾對楊過嘆道：「咱們不幸，那是命苦，讓別人快快樂樂的，不是很好嗎？」

李文秀最初的善良表現，與香香公主愛憐失母小鹿的表現相仿，即當她看見蘇普設下陷阱捉住天鈴鳥，天鈴鳥因此發生痛苦的聲音時，她竟用母親留下的玉鐲，向蘇普換回天鈴鳥的自由。當她被強人追逐至綠洲，遇見兇惡的瓦耳拉齊時，還伸手拉住瓦耳拉齊，要他一起騎馬逃命；甚至在強人射出箭時，跳下馬背決心與強人同歸於盡，好讓瓦耳拉齊逃走。當她看見瓦耳拉齊因背中毒針痛苦不堪，卻又因為不肯信任自己而讓自己替其拔針時，便拿了一枚毒針給瓦耳拉齊，明快地說道：「讓我瞧瞧你背上的傷痕。若是你見我存心不良，你便用毒針刺我吧！」這種願意以自家性命擔保絕無惡意的善舉，實在難得。

程靈素之名是取合中國兩大醫經《靈樞》與《素問》而來，名字有深度，人也不簡單。她冷靜聰明且有智慧，為了明白問路的胡斐究竟是什麼樣的人，她叫胡斐擔糞澆花；為了讓王鐵匠消除田地被搶、被迫鑄屋，以及肋骨被打斷的氣憤，她安排王鐵匠痛毆姜鐵山；為了使失和的大師兄、二師兄重歸於好，她設計化解兩人嫌隙。當苗人鳳料想程靈素醫治自己的雙眼，有違其師毒手藥王一嗔的本意而拒絕時，程靈素則聰明地先以其師之名，由「大嗔」、「一嗔」、「微嗔」、「無嗔」的改易，道出其師晚年心境，然後才俐落地替苗人鳳醫好雙眼。胡斐的心中曾有，「這位靈姑娘聰明才智，勝我十倍」的想法。

關於白阿繡的性格，吳靄儀分析得很清楚，她說：「阿繡姑娘卻是柔中帶剛，充分表現了中國傳統婦女的堅定節烈。受辱跳崖，殉情跳海，『我要這樣做』說得低聲，但甚為斬釘截鐵，而且要死便死，言出必行，毫不猶豫。」白阿繡溫柔害羞，善於體諒別人且聰明理性，此可證之於她在祖母史小翠生氣時的溫言勸

慰,以及她不但要石破天在與人動手時,記得「得饒人處且饒人」,又教石破天要「旁敲側擊」:

> 阿綉微微一笑,道:「這叫做『旁敲側擊』。大哥,武林人士大都甚是好名。一個成名的人物給你打傷了,倒也沒甚麼,但如敗在你的手下,他往往比死還要難過。因此比武較量之時,最好給人留有餘地。如果你已經勝了,不妨便使這一招,這般東砍西斫,旁人不免眼花繚亂,你到後來又退後兩步,再收回兵刃,就算旁邊有人瞧著,也不知誰勝誰敗。給敵人留了面子,就少結了冤家。要是你再說上一兩句場面話,比如說:『閣下劍法精妙,在下佩服得緊。今日難分勝敗,就此罷手,大家交個朋友如何?』這麼一來,對方知道你故意容讓,卻又不傷他面子,多半就會和你做朋友了。」⑳

⑵刁鑽型

溫青青十分任性,有時甚至不顧大局,例如:當袁承志與焦宛兒為探知何鐵手何以入宮,一起躲在床下時,她大吃飛醋、不分輕重地猛搥床板,企圖逼出兩人。又如:她隨袁承志押送珍寶,明知有群盜覬覦,還邀袁承志一塊出去玩。不過,撇開任性不談,她又是聰明機警的,譬如:當她知道難逃溫氏五老之手,為了保全性命以便完成亡母心願,先是故作姿態的求饒,後則佯稱曾與袁承志約好要去尋寶,使得五老因貪圖財寶而未立即取她性命。又如:當袁承志為眾盜覬覦財寶而擔心時,她提議「擒賊先擒王」;當齊雲璈不願歸還冰蟾給袁承志時,她以騙計逼得齊

雲璈奉還冰蟾。

　　黃蓉行事的準則是，「但求心中平安舒服，那去管別人死活」，例如：為了貪圖與郭靖多玩一會兒，不顧王處一身中劇毒，當郭靖對她說，王處一若不能及時服藥便會殘廢時，她的回答竟是：「那就讓他殘廢好了，又不是你殘廢，我殘廢。」以此推之，為了達成個人目的，黃蓉是會不擇手段的，例如：為了逼迫不知情的簡管家說出解藥所在，她三兩下便扭斷簡管家的臂骨；為了幫助郭靖療傷，她打算殺了與曲靈風有淵源的傻姑。黃蓉既冷靜且聰明，例如：她曾經以「虛者實之，實者虛之」的計策，欺騙歐陽鋒吃下髒烤羊；也曾循著南西仁臨終前所寫的小小「十」字，以及朱聰懷中遺留的翡翠小鞋，推斷出歐陽鋒是殺害江南五怪的兇手。此外，黃蓉也屢以聰明機智幫助郭靖，例如：千方百計的讓洪七公教郭靖武功；以妙法幫助郭靖攻破撒麻爾城。

　　為了誤導張無忌偷取假的「黑玉斷續膏」，趙敏可以在阿二、阿三的斷骨上，塗抹含有劇毒的「七蟲七花膏」，全然不顧兩人性命；為了逼迫被囚於萬安寺內的中原武林人士投降蒙古王室，她可以用斬斷手指的方式加以威脅。她曾對張無忌說：「有些人我不喜歡，便即殺了，難道定要得罪了我才殺？有些人不斷得罪我，我卻偏偏不殺，比如是你得罪我還不夠多麼？」根據上述，即可見出趙敏行事，不但是全憑喜惡，且是奸狡惡毒。因此思緒縝密的楊道曾說，她具有「番邦女子的兇蠻野性」；而張松溪則說，她有「豺狼之性」。至於聰明得緊的表現，則如：能因為聽了謝遜提及紫衫龍王黛綺絲的故事後，在小昭因靈蛇島火光燭天而暈倒時，聯想到范遙初見小昭所說之不清不楚的片語，進

而推斷出小昭為黛綺絲之女。

任盈盈是正派人士眼中的「魔教妖女」，她對自己的手下並不留情，例如：令狐沖對她說，想掩埋草棚內平一指的遺體時；任盈盈則表示已經用藥將平一指的屍體化了，並言道：「在那草棚之中，難道叫我整晚對著一具屍首？平一指活著的時候已沒有甚麼好看，變了屍首，這副模樣，你自己想想罷。」當她的下屬意外撞見，她與令狐沖在一起時，其中三人為了保命，立即自行刺瞎雙眼。幸得令狐沖在旁說情，任盈盈才命他們到東海蟠龍島終老，永遠不得返回中原。眾人聞言非但不惱，反而面露喜色齊聲答應。觀其所為，即可明白任盈盈也是個狠心人物。她曾以智計幫助令狐沖，例如：令狐沖去當恒山派眾女子的掌門，她便找群豪加入恒山派。最後還因令狐沖之故，使日月神教與名門正派和諧相處。

阿青行事的手段十分明快，也有些殘忍。當一名醉酒的吳士將她所養的一頭山羊劈成兩半時，她憤怒地質問對方何以如此？在對方非但不肯道歉，並揚言也要將她劈成兩半後，阿青以手中竹棒刺瞎了該名吳士的一隻眼睛。其他七名持劍的吳士見狀後，向前助陣，阿青在劍網中飄忽來去，只聽見眾吳士紛紛哀嚎，長劍柄柄落地，最後每位吳士都被刺瞎一隻眼睛。至此，阿青仍然不肯罷休，定要吳士賠她羊兒，否則還要刺瞎他們的另一隻眼睛。

附帶一提的是，刁鑽聰明的溫青青、黃蓉、趙敏、任盈盈，雖然行為時而流於兇狠，但最後也都在男主角正義凜然的影響下漸趨於善。由於行事殘忍的女性主要人物，可以對照出男性主要人物的正義，因此兩者在相處時，往往能使故事情節更具張力。

此外，男女主要人物的性格對比，也呈現出較佳的文學興味，例如：郭靖的憨厚、誠樸，黃蓉的機靈、任性；楊過的熱情，小龍女的冷漠；張無忌的軟弱，趙敏的明快……等等，都是如此。

根據上述，便知金庸筆下的女性主要人物均非泛泛之輩。溫柔型的香香公主與苗若蘭，雖然都不會武功，但她們並不因此怯懦，該勇敢的時候，都能挺身而出，做出明快的選擇；小龍女、李文秀與白阿綉則不但武功不凡，且都懂得為人著想，可見其資質不俗；至於程靈素，除了善於用毒用藥之外，更是個溫柔有智慧的女子。而溫青青、黃蓉、趙敏、任盈盈，就其行事來看，更是顯而易見的明快聰慧之人。

3.愛情至上

對於金庸小說中的女性而言，愛情是生命的全部，得到愛情的女人是幸福的，得不到愛情的女人則是痛苦的。既然身為女主角，因此多半是幸福者，例外的只有李文秀、程靈素與阿青。在此，欲析述的是這些人物在愛情中的相似表現。

香香公主對陳家洛的愛情，是源於陳家洛為她登險崖採雪蓮，以及驅逐清兵救出小鹿。當她看著陳家洛時，眼中所流露的是千般的仰慕與萬般的柔情。而在陳家洛帶著她赴敵營、出狼群、進玉峰後，在香香公主的心裡，武功高強的陳家洛更成了無所不能的「神」。因此，當香香公主被乾隆俘進宮中之後，始終相信陳家洛一定會來援救。陳家洛確實是來了，但卻要她順從乾隆，在經過一番虔誠的禱告以後，她對陳家洛說：「你要我做甚麼，我總是依你。」並表示因為自己愛陳家洛，所以也愛陳家洛的同胞。最後，香香公主為了讓陳家洛明白乾隆的奸計，選擇以死傳遞訊息，她心底的聲音是，「除了用我身上的鮮血之外，沒

有別的法子可以教他逃避危難。」

　　溫青青因為深愛袁承志之故，時常莫名其妙地亂吃醋，她的醋意曾使焦宛兒草率下嫁給斷臂的羅立如；也曾使亡國公主阿九出家為尼。為了袁承志，她願意改變自己，例如：當她根據亡父金蛇郎君的遺圖，與袁承志掘出價值連城的財寶時，出身於大盜之家的她，雖然想據為己有，卻因為明白袁承志的心意，知道只要自己稍生貪念，就會遭到輕視，所以只得提議要以財寶幫助闖王謀幹大事。她是如此在意袁承志，因此當她誤會袁承志不愛自己時，心中傷痛之餘，決意在完成亡母遺命後，即圖自盡。

　　黃蓉對郭靖一往情深，當黃藥師因陳玄風之故要殺郭靖，為了保住郭靖的性命，她不惜與黃藥師絕裂，並以性命為誓：「黃蓉哭道：『爹，你殺他罷，我永不再見你了。』急步奔向太湖，波的一聲，躍入了湖中」。也曾兩度以死表明深愛郭靖之志，一是在黃藥師迫她嫁給歐陽克時，她用匕首抵住胸口，說道：「爹，你若是硬要我跟臭小子（歐陽克）上西域去，女兒今日就死給你看罷」；一是在得知郭靖搭上死亡之船後，心無別念：「我要去救靖哥哥，若是救他不得，就陪他死了」。黃蓉對於愛情是採取主動的態度，例如：她以武力逼迫穆念慈退讓，明知郭靖與華箏有婚約，卻奮力爭取。

　　苗若蘭自幼對父親口中的胡斐懷有憐惜悲憫之情，因此一旦見到胡斐，心中自然產生莫名的親切感。當她歌罷〈善哉行〉，胡斐也以〈善哉行〉的歌辭相答時，這份好感就更增幾分。在目送胡斐離開後，她獨自望著滿山白雪，靜靜出神。此後，胡斐意外地鑽進她的被窩，她雖然覺得不妥，「心中殊無惱怒怨怪之意，反而不由自主的微微有些歡喜」。至於她對胡斐主動而婉轉

的表態,則在她對胡斐說,她會待胡斐很好,就當是自己的親哥哥;而胡斐也答以「終生不敢相負」。苗若蘭曾對胡斐說:「我一定學你媽媽,不學我媽。」金庸對於此話的解讀為,「她這兩句話說得天真,可是語意之中,充滿了決心,那是把自己一生的命運,全盤交託給了他,不管是好是壞,不管將來是禍是福,總之是與他共同擔當。」

小龍女與楊過原為師徒,在愛上楊過之後,一切均以楊過為重。當她聽黃蓉說,楊過將因師徒戀,終身受世人輕視唾罵,便毅然離開楊過;楊過好不容易在絕情谷找到了她,她卻佯裝不識,只盼楊過會因此大怒離去,並終身怨恨她,如此即可免得楊過日後受相思之苦,至於自己傷心一世也無所謂。當她知道自己傷重難癒,一旦死去,楊過必然不肯獨活,便在石壁留下十六年後相見之語,再縱身躍下深谷。小龍女是具有「從夫」觀念的女子,她曾對楊過說:「你說怎麼,便怎麼好。以前我老是要你聽話,從今兒起,我只聽你的話。」

李文秀是一個寧可犧牲自己,而不願心愛之人受苦的女子,當她看見蘇普之父蘇魯克,因為見到蘇普喜歡她,而狠狠地鞭打蘇普時,她對蘇普表示:從此不要見他。為了讓蘇普有發展新戀情的機會,她故意把蘇普送給她的定情物轉送給美麗的阿曼。李文秀曾經對她的師父說:「師父,你得不到心愛的人,就將他殺死;我得不到心愛的人,卻不忍心讓他給人殺了。」事實是,不但不忍心讓他給人殺了,甚至傷心都不行,因為阿曼被人俘虜時,她曾用武功搶回阿曼,並將阿曼推進蘇普的懷裡,說道:「蘇普喜歡你,我……我不會讓他傷心的。你是蘇普的人!」

程靈素對胡斐一往情深,胡斐要她替苗人鳳醫治眼睛,她便

醫治；當胡斐發現苗人鳳是害死雙親的仇人而悲痛萬分時，程靈素便表示要替胡斐報仇。她全心全意地護著胡斐，但胡斐喜歡的卻是袁紫衣；因此，當胡斐提議與程靈素義結金蘭時，她身子一顫地難過答應。程靈素對胡斐瞭若指掌，為了避免胡斐涉險至福府中搶奪馬春花之子，她對胡斐提出警告；她知道胡斐不會聽從，便又駕了馬車，在福府外等候接應。她原本可以用砍斷胡斐右手，再讓胡斐服食解藥的方式，使中毒的胡斐多活九年，但她捨不得胡斐只能再活九年，所以寧可捨命相救。反正得不到胡斐的愛，她一生都不可能快樂。她料到胡斐會因為愧疚自己，心生短見，因此她不毒死仇人，而讓胡斐因須代她報仇而活下去。

趙敏原是蒙古郡主，為了跟隨所愛的對象，她的內心頗有轉折：先是黯然自恨，何以生在蒙古王家；後來則是索性以情郎為主，她對張無忌說：「你心中捨不得我，我甚麼都夠了。管他甚麼元人漢人，我才不在乎呢？你是漢人，我也是漢人；你是蒙古人，我也是蒙古人。」為了保住受傷情郎的性命，她對哥哥王保保道出，「不見張無忌就不想活」的想法；在父親汝陽王仍不肯罷手的情況下，她用匕首刺進胸口半寸相脅，並言：「爹爹，事已如此，女兒嫁雞隨雞、嫁犬隨犬，是死是活，我都跟定張公子了。……眼下只有兩條路，你肯饒女兒一命，就此罷休。你要女兒死，原來也不費吹灰之力。」趙敏對愛情是積極且主動的，她曾在張無忌與周芷若的婚禮上，要求張無忌停止婚禮，張無忌不允，她便取出金毛獅王的頭髮脅迫，使得張無忌終於棄新婦出走。

白阿繡是謹守傳統的女子，例如：在與石破天意外地同舟共枕，又了解石破天是個好人之後，便認定自己的一生是要與石破

天共渡；當她請求忠厚老實的石破天少結冤家時，石破天點頭答
應必定聽話時，她說：「以後你別淨說必定聽我的話。你說的
話，我也一定依從。沒的叫人笑話於你，說你沒了男子氣概。」
對於白阿繡而言，石破天就是她的一切，當她與將赴俠客島的石
破天話別時：

> 阿繡道：「大哥，……我在這裡等你三個月。你如不回
> 來，我就…也跟著奶奶跳海。」石破天心中又是甜蜜，又
> 是淒苦，忙道：「你不用這樣。」阿繡道：「我要這樣。」
> 這四個字說得聲音甚低，卻是充滿一往無悔的堅決之意。
> ㉚

三月之期一至，她果真跳海殉情，所幸被及時趕回的石破天安全
救回船中。

　　任盈盈是魔教中地位尊崇的聖姑，但是為了保住令狐沖的性
命，她願意放棄尊嚴與自由，背著令狐沖上少林寺求醫。因為深
愛令狐沖，所以只要是令狐沖想做的，她都願意成全，例如：岳
靈珊被人圍攻，令狐沖因傷重無法出手，她立即報出自己的名號
向前相助；岳靈珊臨終前，令狐沖又哭又叫，她也陪著流淚；令
狐沖因傷痛暈了過去，她便親手埋了岳靈珊，並細心的將墓上石
塊堆得錯落有致，又將墳前墳後放滿鮮花。

　　阿青之所以會對范蠡有情，最初是源於誤認范蠡也和她同樣
愛護她所養的羊，卻不知范蠡是因為看上她高超的劍術，所以才
對她友善。為了知道阿青的師父是誰，以便延來指導越國武士擊
劍，一連數日，范蠡手執竹棒跟著阿青去牧羊，並和阿青在山野

中唱歌。范蠡之舉,連范府中的椽吏都誤以為范蠡迷戀阿青,那麼天真爛漫的阿青又怎能不誤會呢?為了救范蠡,阿青不惜將與己嬉戲多年的白猿打折兩條手臂,只緣白猿企圖刺死范蠡。當她知道范蠡愛的是西施時,曾經企圖殺死西施,但當她看到西施是如此美時,只得傷心地轉身離去。

根據上述,我們可以得知,在金庸筆下女性主要人物的心中,愛情是至高無上,是足以死生以之的,吳靄儀曾經因此評道:

> 金庸的女子大多數不是完整的人物,起碼就絕大多部分的金庸女子而言,她們的生活集中於一個片面:愛情。「愛情是男人生命的一部分,但卻是女子生命的全部」——這句話想必是某位男士說的,而金庸的女子似乎極力在印證這句話,她們的生命,除了愛情之外,並沒有甚麼別的東西。當然,世上是有很多這樣的女子的,但是做為小說的角色,尤其是女主角,她們顯然不夠豐富。㉛

金庸的回應是:「這段話大致上不錯。……但中國古代的女子,生活中除了愛情之外,實在很少甚麼別的東西。我的小說既然寫的都是古代的人,很難設想中國古代女子的生活不是以愛情作為單一的主題。」㉜因為金庸筆下的女子是屬於中國古代,所以她們的思想就屬於傳統的「嫁夫從夫」、「夫唱婦隨」、「從一而終」、「良人者,所仰望而終身也」。至於在愛情中所體現的現代精神,一是對愛情的主動追求,例如:香香公主的自動偎郎,溫青青、苗若蘭、白阿繡的坦言心曲,黃蓉、趙敏、任盈盈的不畏

艱難與積極追求；二是在愛情中的自由，她們選擇自己喜歡的對象。此外，除了《鹿鼎記》的韋小寶是七女配一男外，金庸書中一男對一女的愛情模式，也是突破當時社會而寓有現代精神的安排。但平情而論，金氏愛情觀對男女雙方是確然有別的，男方失去了愛侶，最高標準是終生不娶（楊過的意圖尋死是唯一例外），而女子則是以身相殉。此外，女子為了愛情還可以背棄家庭，乃至於朝廷，卻不必接受外界或自我的批判（趙敏即為明證）；而男子則必須注重民族大義，例如：郭靖雖生於蒙古，長於蒙古，終究得回到宋室；蕭峰雖稟受漢人教養，亦要歸返契丹，在不能二擇一的情況下，就必須捨生。

　　總之，金庸筆下的女性主要人物是吸引讀者的，或是因為她們的美貌、或是因為她們的善良勇敢、或是因為她們的溫柔婉約、或是因為她們的活潑可愛、或是因為她們的聰明有智計，不同的讀者自可各取所愛，但最重要的更是她們的深情款款。是故，我們也許就可以用八個字形容她們多是「才貌雙全、深情不移」，這便又與明清才子佳人小說中的佳人形象相仿。因此，她們的精神層次或生活目標確實是傾向單一而非多方位的。

二、次要人物

　　次要人物之分項與主要人物相同，皆分男女，先述男性次要人物，再論女性次要人物。至於揀擇人物的標準，則為刻劃成功或有特色者。

㈠男性次要人物

1. 洪七公

洪七公應該是金庸刻劃最成功的俠義人物，他堅守俠義原則，不因人而取捨偏廢。最足以表出此種精神特質之例，在《射鵰英雄傳》第二十二回，其時他由於先前遭到歐陽鋒偷襲而功力盡失，但當他聽見歐陽鋒的呼救聲時：

> 洪七公忽道：「救他！」黃蓉急道：「不，不，我怕。」……洪七公道：「濟人之急，是咱們丐幫的幫規。你我是兩代幫主，不能壞了歷代相傳的規矩。」黃蓉道：「丐幫這條規矩就不對了，歐陽鋒明明是個大壞蛋……」洪七公道：「幫規如此，更改不得。」黃蓉心下憤憤不平。只聽歐陽鋒遠遠叫道：「七兄，你當真見死不救嗎？」黃蓉說：「有了，靖哥哥，待會兒見到歐陽鋒，你先一棍子打死了他。你不是丐幫的，不用守這條不通的規矩。」洪七公怒道：「乘人之危，豈是我輩俠義道的行逕？」㉝

後來洪七公因為急於救助歐陽鋒，竟忘了自己武功已失而伸手相援，一不留神就被歐陽鋒在借力時，撲通一聲甩入海中。由此足見，助人於厄的俠義道，已使得洪七公達到忘我境界。洪七公的俠義，還可以從自責貪吃誤事，發狠將食指剁下的情形窺出；以及他面對裘千仞發出「是否從來不曾做過壞事」的質疑時，豪氣萬千地說道：「老叫化一生殺過二百三十一人，這二百三十一人個個都是惡徒」得知。附帶一提的是，除了可敬之外，洪七公還

是個直率可愛、富有智慧的老人，試看他面對黃藥師欲在歐陽克與郭靖之間擇一為婿大吐客套話時，所言之語：「快說，快說。老叫化不愛聽你文謅謅的鬧虛文。」後來揣度出黃藥師有文考之意，便搶先道：「咱們都是學武之人，不比武難道還比吃飯拉屎？」至於對郭靖、黃蓉兩人的因材施教，更顯出名師風範。

2.岳不群

　　外號「君子劍」的岳不群，幾乎已經成為「偽君子」的代稱，可說是名門正派中的偽善典型。說起話來頭頭是道，不但正義凜然，且充滿悲天憫人之意；喜愛結交朋友，不論是藉藉無名之輩或名聲不甚清白之徒，只要跟他交談，他必定以親和的態度回應，絕不擺架子。但那都是刻意做出來的表面功夫，實則他是個十足奸險狡詐的小人。為了謀取《辟邪劍譜》，他先是派勞德諾與岳靈珊到福州開設小酒店以便於至林家偵測；後是陸續將林平之收入華山派，再將獨生女岳靈珊嫁給林平之；更在令狐沖由嵩山派門人手中搶回《辟邪劍譜》暈倒之際，乘機搜出《辟邪劍譜》，私下秘密苦練。他得到《辟邪劍譜》後，決意要殺林平之，就在砍出第一劍時，卻被門下弟子英白羅發現。為了掩飾惡行，他將英白羅滅口，並誣陷為令狐沖所殺。他得知恒山派掌門定閒與其師妹定逸反對併派，便在少林寺加以暗殺；他明白令狐沖記恩深重，就在併派之日，以溫和的態度拉攏。他不加偽飾之陰狠性格透過語言表出者，例如：為了逼迫令狐沖現身而對任盈盈說道：「任大小姐，令尊是日月教教主，我對你本來不會為難，但為了逼迫令狐沖出來，說不得只好在你身上加一點兒小刑罰。我要先斬去你的左手手掌，然後斬去你右手手掌，再斬去你的右腳。」後來令狐沖現身與岳不群比武，岳不群在認輸之後，

卻又乘令狐沖轉身時，出手偷襲，真是無恥至極。

3.任我行

　　任我行甫出場時的身分，是日月神教的前教主。他因過於信任東方不敗而失去教主之位，並被囚禁在湖底黑牢長達十二年。曾是下屬的黃鍾公曾批評他，「性子暴躁，威福自用」；此等獨斷獨行的性格特質，亦可經由任我行對方證自釋己名窺出：「在下姓得不好，名字也取得不好。我既姓了個『任』，又叫作『我行』……只好任著我自己的性子，喜歡走到那裡，就走到那裡。」他的見識不凡，例如：當眾人均未察覺岳不群是偽君子時，他早就在與岳不群對話時，說過：「明槍易躲，暗箭難防。真小人容易對付，偽君子可叫人頭痛得很。」至於他既富智計且殘忍的性格表現，則如當左冷禪以殺任盈盈相脅時：

> 　　任我行道：「那妙得很啊。左大掌門有個兒子，聽說武功差勁，殺起來挺容易。岳君子有個女兒。余觀主好像有幾個愛妾，還有三個小兒子。天門道人沒兒子女兒，心愛徒弟卻不少。莫大先生有老父、老母在堂。崑崙派乾坤一劍震山子有個一脈單傳的孫子。還有這位丐幫的解大幫主呢，向左使，解幫主世上有甚麼捨不得的人啊？」……向問天道：「聽說丐幫中的青蓮使者、白蓮使者兩位，雖然不姓解，卻都是解幫主的私生兒子。」任我行道：「你沒弄錯罷？咱們可別殺錯了好人？」向問天道：「錯不了，屬下已查問清楚。」任我行點頭道：「就算殺錯了，那也沒有法子，咱們殺他丐幫中三四十人，總有幾個殺對了的。」……沖虛道人道：「那些人沒甚麼武功，殺之不算

英雄。」任我行道：「雖然不算英雄，卻可教我的對頭一
輩子傷心，老夫就開心得很了。」㉞

透過這段引文，我們可以了解到，任我行是為達目的不擇手段之
人。他的不擇手段，又如：深知方證大師心地慈悲，見人有難必
定出手相救，所以在與方證比武漸落下風時，他便轉手攻擊余滄
海，引得方證因欲救余滄海而反遭他的毒手。由於性格使然，任
我行快意恩仇，當東方不敗臨死之際，懇求任我行看在自己這些
年來善待任盈盈的份上，饒楊蓮亭不死時；任我行的回答竟是：
「我要將他千刀萬剮，分一百天凌遲處死，今天割一根手指，明
天割半根腳趾。」曹正文以為任我行的豪邁、專橫、識見、謀
略、毅力、用人與三國的亂世梟雄曹操「形似神合」㉟，綜其在
全書中的表現觀之，實不無道理。

4.哈合台

　　哈合台是《書劍恩仇錄》的反派人物「關東六魔」之一，他
雖是做盜賊生涯，但道德表現卻不亞於俠義中人。因此，陳墨說
他是「壞人群中的好人」，許其為《書劍恩仇錄》人物創造的
「真正成就」㊱。當他聽見清兵殘殺百姓、強暴婦女，顧不得同
伴滕一雷的勸阻，將清兵紛紛踢入河中；他認為余魚同是個救援
婦孺的好漢，因此當言伯乾屢次意欲傷害余魚同，均及時出手攔
住，余魚同表現得愈強項，他則愈是敬佩；當滕一雷為此質疑他
坦護余魚同，不肯為結義兄弟報仇時，哈合台說：「我怎麼護著
仇家？我不過見他是條漢子，不許別人胡亂作賤。倘若查明他真
是仇家，我首先取他性命」。此正足見哈合台心存正義，故不肯
濫傷無辜。而余魚同也因見他意氣豪邁、性情耿直，所以視之為

友。

當他與同伴滕一雷、顧金標,以及張召重、陳家洛、香香公主、霍青桐等人同陷狼群,顧金鏢欲乘機強吻重病的霍青桐時,他抓住顧金標的背心,提起來往地下摜;一旦顧金標與餓狼搏鬥得精疲力竭時,他又搶出火圈去救。當眾人決定以拈鬮方式,拈出誰人去引開狼群時:

> 陳家洛……說道:「那麼咱們五人拈吧,兩位姑娘可以免了。」顧金標道:「大家都是人,幹麼免了?」哈合台道:「男子漢大丈夫,不能保護兩個姑娘,已是萬分羞愧,怎能還讓姑娘們救咱們出險?我寧可死在餓狼口裡,否則就是留下了性命,終身也教江湖上朋友們瞧不起。」滕一雷卻道:「雖然男女有別,但男的是一條命,女的也是一條命。除非不拈鬮,要拈大家都拈。」㉚

除了鋤強扶弱之外,哈合台也是有恩必報。面對袁士霄的叫陣,他說:「袁大俠於我三兄弟有救命大恩,我們萬萬不敢接你的招。」觀其行徑,即知哈合台實為「壞人群中的好人」。

5.黃藥師

綽號「東邪」的黃藥師,「形象清癯,丰姿雋爽,蕭疏軒舉,湛然若神」,「文才武學,書畫琴棋,算數韜略,以至醫卜星相,奇門五行,無一不會,無一不精!」,再加上居住在與世隔絕的桃花島上,因此他似乎便是一位瀟灑脫俗的智者。當柯鎮惡因誤會江南五怪為他所害,而將一口濃痰吐在他的鼻樑上時,他大怒之餘,原想殺了柯鎮惡,但終又停手,而說道:「我其黃

藥師是何等樣人，豈能跟你一般見識？」當歐陽鋒贈其以在書院中講述忠孝之儒的項上人頭時：

> 黃藥師臉上色變，說道：「我生平最敬的是忠臣孝子。」
> 俯身抓土成坑，將那人頭埋下，恭恭敬敬的作了三個揖。
> 歐陽鋒討了個沒趣，哈哈笑道：「黃老邪徒有虛名，原來
> 也是個為禮法所拘之人。」黃藥師凜然道：「忠孝乃大節
> 所在，並非禮法。」⑱

第二次華山論劍，洪七公在打敗歐陽鋒之後，向他宣戰。他搖頭說道：「你適才跟老毒物打了這麼久，雖然說不上筋疲力盡，卻也是大累了一場，黃某豈能撿這這個便宜？咱們還是等到正午再比，你好好養力罷。」

　　根據前述之例，黃藥師應該是個正派人物，但在朱聰與韓寶駒的口中，他卻又是「殺人不貶眼的大魔頭」、「惡盡惡絕」；甚至洪七公也要當著黃蓉之面批評他：「這老妖怪，真是邪門」，並認為他「鬼心眼兒」很多；尹志平則曾當面指責他是「妖魔邪道」。對於這些批評，他坦然接受。關於黃藥師的不含情理行為，例如：他可以因為陳玄風與梅超風偷了《九陰真經》，遷怒門下其餘弟子，而將他們的腳筋震斷後逐出桃花島；當他知道郭靖因必須遵守與華箏的婚約而不能娶黃蓉時，便出手要打死華箏；當靈智上人佯稱黃蓉已死，在無法對郭靖出氣之餘，他便計劃殺了江南六怪。

　　如此看來，他確實是一個亦邪亦正的人物，至於他的行邪或為正，則完全是根據自我標準而定，即隨己心之所欲、任己意而

施為。所以，儘管陳玄風與梅超風是桃花島的叛徒，然一旦梅超風有難，他又出手相救，在聞知陳玄風被殺後，他亦為之復仇，理由無它，只因他心中有一套「桃花島弟子不容他人相欺」的標準。

(二)女性次要人物

1.郭襄

由於金庸小說的女主角多不及男主角來得重要，因此多半都被安排在少女時代與行走江湖的男主角相遇，很少有從一出生就被正式著墨的，如果有頂多是採人物追憶的手法簡單交代。女性主要人物已是如此，女性次要人物自然更被忽略，所以當金庸對剛出生的郭襄採取精心且驚險的處理時，讀者自不免要對她投注重視的眼神。即便撇開郭襄嬰兒期的種種奇遇不看，當她以十五六歲的亭亭玉立之姿、清雅秀麗之態出現時，亦負有交代楊過已成大俠的重任。事實上，如果依照倪匡對《神鵰俠侶》一書是「分成正、續兩部分」③[0]來觀察郭襄在第三十三回至四十回中的表現，她的戲份與光采顯然已經超越小龍女。而因為此八回中，不論是楊過與其他人物都在前三十二回中出現、形象已成，怪不得倪匡要說：「《神鵰》續集，寫的其實只是郭襄一人。」④[0]且郭襄還又是連接《神鵰》與《倚天》的人物，由此可見，她的重要性。

郭襄在金庸筆下是怎樣的一個人物呢？以她生為大俠郭靖與黃蓉之女卻毫不驕矜這點來看，即已難得，她甚至還曾對楊過表示：「（我）姊姊常對人自稱是郭大俠、郭夫人的女兒，我有時聽著真為她害羞。爹爹媽媽名望大，咱們可也不能一天到晚掛在

嘴角上啊。」而以其文秀氣質，卻又能在客店中，與素不相識的江湖粗豪相處融洽，更見其瀟灑隨和。至於因為愛聽神鵰俠傳說而拔釵沽酒央人講述，以及貿然隨人去見神鵰俠，則又表出她天真浪漫的一面。在面對瑛姑的極度留難與尖刻辱詞，她微笑並向友人伸伸舌頭的不以為意，則顯出豁然大量。

　　除了天真浪漫、隨和瀟灑、豁然大量之外，郭襄的情懷也令讀者動容。她雖然對楊過心存愛慕，後來甚至因「曾經滄海難為水，除卻巫山不是雲」之故，果真「取次花叢懶回顧，半緣修道半緣君」。但對於楊過與小龍女，她自始至終是抱持著無限祝福：在楊過未見小龍女之前，她曾流著清淚，握著楊過的手，真心誠意地柔聲道：「老天爺保祐，你終能再和她相見」；楊、龍相聚之後，她則對小龍女說：「也真只有你，才配得上他（楊過）」。此等無私之愛情態度，委實難能可貴。因為郭襄的個性是如此寬容豁達，故終成一代女俠，開創了峨嵋派。

2.滅絕師太

　　滅絕師太是峨嵋派掌門，但比起開山祖師婆郭襄，則遜色多矣。由於自認是名門正派、是俠義道，因此她墨守名義上的正邪之防，是個自負而顢頇的人物。對於邪派人物是絕不容情，在她的觀念裡，只要是出身邪派，便是邪惡之徒，此可證之於她對張無忌的斷語：「張無忌這孽種，早死了倒好，否則一定是為害人間的禍胎。」口出此言時，她根本不識張無忌，那麼憑什麼說張無忌是「孽種」、「禍胎」呢？原來只是根據張無忌之母為天鷹教教主殷天正之女殷素素來斷定。她曾對弟子訓示道：「咱們平素學武，所為何事？還不是要鋤強扶弱，撲滅妖邪，」職是之故，一旦遇上魔教中人，她便像砍瓜切菜般的大肆屠戮。為了逼

迫被俘之明教銳金旗徒眾出聲投降，她不惜讓門下弟子靜玄砍去他們的手臂。在明教教眾仍不屈服，甚至靜玄也心有不忍地出言意示求情時，她仍不為所動地說：「先把每個人的右臂斬了，若是倔強到底，再斬左臂。」如此殘忍兇狠，實與至邪至惡之徒無異，但她卻以為理直氣壯。對付邪教中人是如此，對待自己的愛徒紀曉芙、周芷若亦復相同：她以峨嵋派未來掌門的身分，來引誘紀曉芙暗殺楊道未果，便一掌劈死紀曉芙；她明知張無忌與周芷若互有好感，竟為周芷若擬下誓詞：

> 滅絕師太道：「你這樣說：小女子周芷若對天盟誓，日後我若對魔教教主張無忌這淫徒心存愛慕，倘若和他結成夫婦，我親生父母死在地下，屍骨不得安穩；我師父滅絕師太必成厲鬼，令我一生日夜不安，我若和他生下兒女，男子代代為奴，女子世世為娼。」④

這種誓詞，若不是心地毒惡，如何構思得出。此後，她又要周芷若接下掌門之職，並以美色引誘張無忌，以便取得屠龍刀、倚天劍，還大言不慚地以此舉雖「原非俠義之人份所當為。但成大事者不顧小節」之語，期勉周芷若日後有成。真是令人聞之齒冷，果然與其「滅絕」之名相符，正是已經「滅絕」了人性。最後，在不肯接受張無忌的協助下，毅然就死，總算是完成了她迂腐且自以為是的嫉惡如仇形象。

3.李莫愁

在現實生活中，不得所愛者之愛的人不少；而在金庸小說裡，此等女子尤其多。這些與愛無緣的女子，因為個性各異，所

以反應也有所不同，其中因愛生恨幾近瘋狂，而最令讀者印象深刻的，就是李莫愁。其實，一如岳不群的情況是，在臺灣社會中，岳不群之名已成為「偽君子」的代稱；而李莫愁之名，則是復仇的失愛女子之代稱，此可證之於報章雜誌在報導女子殺害負心郎或情敵之社會事件時，就有以「現代李莫愁」為標題者。

李莫愁在未經情變之前，究竟是怎樣的一名女子呢？試看武三娘如何描述：「那魔頭赤練仙子李莫愁現下武林中人聞名喪膽，可是十多年前卻是個美貌溫柔的好女子，那時也並未出家。」但在情變之後出現的她，舉止就不再溫柔，而成了可怕的報復者，其報復對象並不限於不愛她的陸展元與情敵何沅君，更多的情況是殃及無辜，例如：手刃素不相識的何老拳師一家，只緣都是姓「何」；又如：在沅江上連毀六十三家貨棧行，只因貨棧行的招牌上寫有「沅」字。歷經情變後的李莫愁，唯一做過的一件好事，就是善待甫出生的郭襄，此舉大概是在說明她在面對赤子時，心中仍有晶亮之光吧！

像李莫愁這種對現實遭遇之變異反應過度的性格，王東升名之以「滅裂組合」，並認為是武俠小說中才有的人物性格⑫。筆者卻不作如此觀，因為世上什麼人都有。值得注意的，反倒是金庸對於這類人物所安排的悲慘結局頗值深思，因為它透露出金庸不贊成快意恩仇的態度，而是認為惟有寬恕才能使仇恨的心靈獲得真正的解放而得到平靜。試想，以李莫愁「話聲輕柔婉轉，神態嬌媚，加之明眸皓齒，膚色白膩，實是個出色的美人」的條件，若肯原諒陸展元，為自己尋找另一個春天，絕非難事，但她卻要將自我喪失在無窮怨毒之中以日夜含恨，最後在淒絕的「問世間，情為何物」歌聲裡，葬身火窟。如此作為，豈不是很傻

嗎？

4.康敏

一個女子對於自己的美貌感到驕傲，當然無可厚非；但如果認為世間男兒都必須傾慕自己的絕世容色，就不近情理了。至於因不得傾慕而採報復手段，那便是心理出了問題，馬夫人康敏就是這樣的變態人物，此可由她與蕭峰的對答中得證：

> 馬夫人惡狠狠的道：「你難道沒有生眼珠子麼？恁他是多出名的英雄好漢，都要從頭至腳的向我細細打量。有些德高望重之人，就算不敢向我正視，乘旁人不覺，總還是向我偷偷的瞧上幾眼。只有你，只有你……哼，百花會中一千多個男人，就只你自始自終沒瞧我。你是丐幫的大頭腦，天下聞名的英雄好漢。洛陽百花會中，男子漢以你居首，女子自然以我為第一。你竟不向我好好的瞧上幾眼，我再自負美貌，又有甚麼用？那一千多人便再為我神魂顛倒，我心裡又怎能舒服？」㊸

就因為蕭峰沒有注意到她的容貌，她便要求馬大元揭開蕭峰契丹人的身份，而在馬大元不肯答應的情況下，她難消心中憤恨，於是私通白世鏡殺害馬大元，又勾引了全冠清，終於將蕭峰身世公諸於世，使得蕭峰無法立足於丐幫及中原武林。此刻，康敏方才吁出胸臆鬱積已久的被蔑視之氣；這等女子，委實是蛇蠍美人，令人生畏。艷媚入骨加上蛇蠍心腸，原本就足以為惡，偏偏她還又有幾分頭腦，為惡能力又更深一層，所以在杏子林中，誣指蕭峰為殺馬大元的兇手時，便是句句影射蕭峰，但字字不提蕭峰，

而純以「未亡人」的淒楚姿態懇求眾人為她追查真象。

康敏既能因為蕭峰的眼神不曾在她身上停留半刻，而採取狠毒的報復手段，對於曾與她有一段情，卻不肯留在身邊的段正淳，當然也就不能輕易原諒了。先是在段正淳的酒中摻入毒藥，再細訴一段兒時往事，表明自己想得到卻得不到的物事，若讓別人得到了，自己非得毀了那樣物事不可。繼之，一口咬下段正淳的肩頭肉，再用匕首插進段正淳的胸膛。在進行這樣殘忍的行為時，她的聲調仍然保持一貫地膩中帶澀、纏綿宛轉，實在不簡單。至於她的死，安排得極妙：竟是被自己的醜貌嚇死，一生自負的美色，就此劃上句點。

5.雙兒

《鹿鼎記》是一本以男性人物為重的小說，韋小寶是第一男主角，康熙居其後，至於韋小寶的七位妻子，都只能算是配角，而其中較具份量者，應該是秀麗可愛、溫柔體貼、武藝高強的雙兒。在韋小寶追求七位妻子的過程中，絕世美人阿珂耗費他最多的時間與精力，但是在韋小寶的心裡，雙兒除了在平時就被他視為履險如夷的四寶之一以外；在久違重逢的剎那，他也終於掂量出雙兒才是自己的「命根子」，「一顆心歡喜得猶似要炸開來一般，剎時之間，連阿珂都忘在腦後了。」

雙兒是莊家三少奶奶送給韋小寶的小丫頭，她不但習慣自己的卑微，並總是盡心盡力的服從主子，而且十分認命。此可證之於當韋小寶詢問她，是否願意跟著自己離開莊家三少奶奶時，她的回答：「夫人待我恩德深重，相公對我莊家又有大恩，夫人叫我服侍相公，我一定盡心。相公待我好，是我命好，待我不好，是我……命苦罷了。」由於雙兒對自己的身份與人生是抱持這樣

的態度，因此她將自己完全奉獻給韋小寶，與韋小寶站在同一陣線。吳六奇識得雙兒為人的難能可貴，便與之結義，想藉此提高她的身份以增加她的自信，更對韋小寶交代道：「韋兄弟，從今而後，你對我這義妹可得另眼相看，倘若得罪了她，我可要跟你過不去。」韋小寶則笑著回道：「有你這麼一位大哥撐腰，玉皇大帝、閻羅老子也不敢得罪她了。」在侍奉韋小寶之後的雙兒，心中仍不忘對舊主盡義：當她看見昔年害死莊家老爺、少爺的惡官吳之榮時，便流著眼淚、跪倒在地懇求韋小寶殺了吳之榮。沒想到狡猾的韋小寶明明已經打算置吳之榮於死地，聽雙兒這麼一說，卻還故作為難地答應，好讓雙兒對他萬分感激。此舉，真讓讀者為雙兒的忠心感到不值。

倪匡曾經說，他最喜歡雙兒。綜合雙兒在書中的表現觀之，她確實是一個讓人疼愛的小丫頭。

透過次要人物之分析，可以發現金庸筆下的正派、邪道人物並不能用絕對的善或惡來一分為二，更多的情況是，正中有邪，邪中有正，這就好比張三丰對張翠山的開導訓示：「翠山，為人第一不可胸襟太窄，千萬別自居名門正派，把旁人都瞧得小了。這正邪二字，原本難分。正派弟子若是心術不正，便是邪徒，邪派中人只要一心向善，便是正人君子。」例如：洪七公、郭襄是正派中的好人，岳不群、滅絕師太卻是正派中的惡人，任我行、阿紫是邪派中的惡人，而哈合台、曲洋卻是邪派中的好人。這樣的理念，並非金庸首創，而是前有所承，早在三〇年代武俠小說家白羽即已運用於《十二金錢鏢》中，而在白氏《話柄》中，更明確地提到這種創作態度：

一般小說把他心愛的人物都寫成聖人，把對手卻陷入罪惡
淵藪。於是設下批判：此為「正派」，彼為「反派」；我
以為這不近人情。我願意把小說（雖然是傳奇小說）中的
人物還他一個真面目，也跟我們平常人一樣；好人也許做
壞事，壞人也許做好事。㊹

　　由於金庸小說中的正邪人物，呈現出難以一分為二的混雜情
形，是故以佟碩之為筆名的梁羽生就曾在〈金庸梁羽生合論〉
中，提醒金庸：「人性雖然複雜，正邪的界限總還有的，搞到正
邪不分，那就有失武俠小說的宗旨了」㊺；對此，葉洪生也曾有
所批判：「中晚期作品過份強調人性自私的一面，以致混淆大是
大非，造成正邪不分」㊻。筆者認為金庸對此等正邪人物的安
排，除了寓有「人性複雜」之旨的揭露外，更有藉此突破讀者善
惡二元化之慣性思惟的深層立意，因此儘管梁羽生在一九六六年
一月，對金氏正邪模糊的觀念提出針砭，但金庸仍然陸續寫出岳
不群、左冷禪這樣的人物，甚至顛覆男性主要人物之正義形象的
韋小寶。所以在金庸筆下次要人物中，名門正派未必就是善人，
就是俠義的旗幟；邪魔外道也未必就是惡人，就是醜惡的化身。
「名門正派中也有卑鄙小人，邪魔外道也有向善之徒」的安排，
正符合大千世界的樣態，不再是正者純然為正，邪者純然為邪，
所謂的是非善惡，並不能就名義來斷定，而必須通過實質來考
察。

第二節　刻劃技巧

在與某人初識時，首先見到的是此人之貌，而後透過彼此相處間的交談，以及對於此人行為舉止的觀察，便可逐漸了解此人之種種，如：身家背景、個性品格、思想感情，甚至嗜好……等等。唯「人心隔肚皮」、「知人知面不知心」，是故難以明瞭的是此人的心態，不過對於小說人物，讀者並沒有這層顧慮，因為只要作家覺得有需要，便會以人物的內心獨白，或者其他方式，讓讀者明白有關他們的心理。因此，如果作家要刻劃人物形象，就必須藉由肖像、行為、語言、心理等四方面來凝聚。而鮮明的人物形象，也正是來自此四方面之刻劃得以充分展示；試看金庸是如何刻劃人物。

一、靜態肖像

所謂肖像描寫，包括了人物的面貌、身體、姿態、服飾，以及神情等等。肖像描寫可以使理性的讀者對人物產生親近感，可以使感性的讀者在遨遊想像世界時，擁有更真實的基礎憑藉。倘若金庸不曾寫出任盈盈乃是「睫毛甚長……容貌秀麗絕倫，不過十七八歲年紀」，臉頰肌膚「白得便如透明一般，隱隱透出來一層暈紅」，「嬌羞之態，美麗不可方物」，「生得像天仙一般」的模樣，理性的讀者要如何揣摩出心中的任盈盈？在無法揣摩的情況下，又如何對任盈盈產生真切鮮明的感受？而感性的男女讀者在分別想像自己是令狐沖或任盈盈時，又如何以主觀的情意設想任盈盈之貌？由此看來，人物形貌的描寫在小說中確有其重要

性。

傅騰霄在《小說技巧》中，曾將中外小說家對於人物肖像描寫之法加以歸納，認為所用之描繪技法不外是，整體式、局部性、以及烘雲托月式三種，並且分別加以定義道：

> 所謂整體式的描繪，是作家對所寫人物的全面介紹。即並不偏限於對人物一眼一眉的描摹，而是寫出人物的全貌，包括人物的衣著、手腳神態等等。……所謂局部性的描繪，是作家對所寫人物的肖像的最有特徵性部位的著意描摹。……所謂烘雲托月式的描繪，是作家不直接描繪人物，而是透過別人的口述或是言論、行動來曲折地加以表現。㊵

筆者根據傅騰霄的歸納，檢視金庸小說中有關人物肖像之描寫時，發現每部作品中，最美貌的女性人物之肖像描寫（通常是書中女主角），絕不只是運用其中一種技法，而是三者並用，更常見的情況是兩種方式同時交叉運用，茲舉香香公主、黃蓉與阿珂為例加以說明。在《書劍恩仇錄》中，關於香香公主一出場的肖像描寫為：

> （陳家洛）呆望湖面，忽見湖水中微微激起了一點漣漪，一隻潔白如玉的手臂從湖中伸了上來，接著一個濕淋淋的頭從水中鑽出，一轉頭，看見了他，一聲驚叫，又鑽入了水中。就在這一剎那，陳家洛已看清楚是個明艷絕倫的少女，心中一驚：「難道真有山精水怪不成？」摸出三粒圍

棋子扣在手中。只見湖面一條水線向東伸去，忽喇一聲，那少女的頭在花樹叢中鑽了起來，青翠的樹木空隙之間，露出皓如白雪的肌膚，漆黑的長髮散在湖面，一雙像天上星星那麼亮的眼睛凝望過來。這時他那裡還當她是妖精，心想凡人必無如此之美，不是水神，便是天仙了，只聽一個清脆的聲音說道：「你是誰？到這裡來幹麼？」說的是回語，陳家洛雖然聽見，卻似乎不懂，怔怔的沒作聲，一時縹緲恍惚，如夢如醉。⑱

在這段文字當中，金庸採用了局部性以及烘雲托月式的描寫：前者依序是潔白如玉的手、漆黑的長髮、星星般的雙眼；後者則是以陳家洛的反應表現。而若把局部描寫加以組合就成了整體式的描寫。當香香公主支開陳家洛、穿上衣服之後，金庸再度透過陳家洛之眼及其反應細寫香香公主之貌：

只見湖邊紅花樹下，坐著一個全身白衣如雪的少女，長髮垂肩，正拿了一把梳子慢慢梳理。她赤了雙腳，臉上都是水珠。陳家洛一見她的臉，一顆心又是怦怦而跳，暗想：「天下那有這般美女？」只見她舒雅自在的坐在湖邊，明艷聖潔，儀態不可方物，白衣倒映在水中，落花一瓣一瓣掉在她的頭上、衣上、影子上。他平時瀟灑自如，這時竟吶吶的說不出話來。⑲

透過陳家洛如醉如痴的行動來表現香香公主之美，而使人印象最為深刻者，是「採蓮事件」。陳家洛與香香公主初遇的那天

傍晚，陳家洛察覺香香公主愛極了山腰峭壁上的兩朵雪蓮，便不顧危險地採蓮，待採下雪蓮送給香香公主之後：

> 陳家洛心想：「我今日真如傻了一般，也不知為甚麼，她想要那花，我就不顧性命的去給她取來。」回頭瞧那峭壁，但見峨然聳立，氣象森嚴，自己也不禁心驚。忽覺全身一片冰涼，原來攀上峭壁時大汗淋漓，濕透衣衫，這時汗水冷了，手足也隱隱酸軟。那少女的至美之中，似乎蘊蓄著一股極大的力量，教人為她粉身碎骨，死而無悔。⑤

不可忽略的是，陳家洛的個性在書中是屬於比較理性的，因此在理性與衝動的對比中，愈發突顯出香香公主的美貌。此後，香香公主屢以絕世之美解決問題的事件，都是屬於烘雲托月式的描寫，例如：陳家洛與香香公主陷入兆惠所領之數萬清兵陣內，陳家洛自忖難逃一死，那裡想到清軍官兵竟因沉醉於香香公主的麗色，手中長矛紛紛落下，呆望兩人背影遠去。又如：天山雙鷹陳正德與關明梅因為見到愛徒霍青桐，為了陳家洛與香香公主的相戀而傷心，所以特地外出尋找陳家洛與香香公主，打算殺了他們，替霍青桐出氣。但是當雙鷹見到玉雪可愛的香香公主時，卻又不忍心下手。在金庸小說中，能夠憑藉美貌來化解危機的女子，大概也獨獨有香香公主一人而已；也許是因為這樣的描寫過於誇張而流於失真，因此金氏筆下的其他美女，在遭遇危險時，就必須仰賴男主角的相助，若男主角不能及時前來救援，就得憑藉一己之智或武功了。

《射鵰英雄傳》的黃蓉初出場時，雖然扮成骯髒窮樣的小丐

模樣，但是卻有局部性的肖像刻劃，「露出兩排晶晶發亮的雪白細牙……眼珠漆黑，甚是靈動」；當郭靖握住她的手、看著她時，只覺她「手掌溫暖嫩滑，柔弱無骨……臉上滿是煤黑，但頸後膚色卻是白膩如脂、肌光勝雪」，而「媒黑」與「白膩」則又有對比的效果。至於整體式與烘雲托月式的穿插描繪，則出現在第八回：

> 郭靖轉頭過去，水聲響動，一葉扁舟從樹叢中飄了出來。只見船尾一個女子持槳盪舟，長髮披背，全身白衣，頭髮上束了條金帶，白雪一映，更是燦然生光。郭靖見這少女一身裝束猶如仙女一般，不禁看得呆了。那船慢慢靠近，只見那女子，方當韶齡，不過十五六歲年紀，肌膚勝雪，嬌美無比，容色絕麗，不可逼視。郭靖只覺耀眼生花，不敢再看，轉開了頭，緩緩退開幾步。……只見那少女笑靨生春，衣襟在風中輕輕飄動。郭靖如痴似夢，雙手揉了揉眼睛。(51)

而局部性與烘雲托月式的穿插表現，則有如第三十五回所云：

> 柯鎮惡躺在地下，拿個蒲團當作枕頭，忽聽她（黃蓉）啐道：「你瞧我的腳幹麼？我的腳你也瞧得的？挖了你一對眼珠子！」那官軍嚇得魂不附體，咚咚咚的直磕響頭。黃蓉道：「你說，你幹麼眼睜睜的瞧我洗腳？」那官軍不敢說謊，磕頭道：「小的該死，小的見姑娘一雙腳生得……生得好看……」(52)

　　至於其他有關黃蓉肖像之烘雲托月式描繪，則如：歐陽克的美貌姬妾一見黃蓉的反應，「二十四名姬人都是目不轉睛的瞧著黃蓉，有的自慚形穢，有的便生妒心，料知這樣的美貌姑娘既入『公子師父』之眼，非成為他的女弟子不可，此後自己再也休想得他寵愛了」；又如：瑛姑暗想在「自己當年容貌最盛之時，也遠不及」黃蓉，此等透過美女眼中還出美女的描繪，就更顯出朱聰對於黃蓉「明艷無儔，生平未見」的形容確實貼切。附帶一提的是，金庸筆下的幾個重要女性人物，如：香香公主、黃蓉、小龍女、水笙都是穿著白衣，這種安排應該是有意藉白色來突顯她們「純潔出塵」的氣質吧！

　　阿珂之美在《鹿鼎記》中僅次於其母陳圓圓，金庸在阿珂出場時，只說她身著綠衫、年約十六七，並未寫出具體形貌，而是以韋小寶的反應來曲折表現，文字十分精彩，茲引述如下：

> 韋小寶一見這少女，不由得心中突的一跳，胸中宛如被一個無形的鐵錘重重擊了一記，霎時之間唇燥舌乾，目瞪口呆，心道：「我死了，我死了！那裡來的這樣美女？這美女倘若給了我做老婆，小皇帝跟我換位我也不幹。韋小寶死皮賴活，上天下地，槍林箭雨，刀山油鍋，不管怎樣，非娶了這姑娘做老婆不可。」……心道：「她為甚麼轉了頭去？她臉上這麼微微一紅，麗春院一百個小娘站在一起，也沒她一根眉毛好看。她每笑一笑，我就給她一萬兩銀子，那也抵得很。」又想：「方姑娘、小郡主、洪夫人、建寧公主、雙兒丫頭，還有那個會擲骰子的曾姑娘，這許多人加起來，都沒跟前這位天仙的美貌。我韋小寶不

要做皇帝、不做神龍教主、不做天地會總舵主、甚麼黃馬褂三眼花翎、一品二品的大官,更加不放在心上,我……我非做這小姑娘的老公不可。」頃刻之間,心中轉過了無數念頭,立下了赴湯蹈火、萬死不辭的大決心,臉上神色古怪之極。四僧二女見他忽爾眉開眼笑,忽爾咬牙切齒,便似顛狂了一般。淨濟和淨清連叫數次:「師叔祖,師叔祖!」韋小寶只是不覺。過了好一會,才似從夢中醒來,舒了一口長氣。⑤

綜觀韋小寶遇見其他美女時,總是不脫與麗春院的妓女比並,而均都只是以比較「俊俏」、「標緻」簡單帶過,唯獨對阿珂採取「生死以之」的追求念頭。這段文字不但誇張而且生動有趣,試想人的一根眉毛會有什麼不同,但金庸卻安排韋小寶說道:「麗春院一百個小娘站在一起,也沒她一根眉毛好看」。此後,韋小寶果然實踐了心中想法,對阿珂做了許多「赴湯蹈火、萬死不辭」之事,例如:阿諛白衣尼、為難鄭克塽、發瘋似的營救阿珂……等等。至於特意運用局部性描繪刻劃阿珂之手並帶出韋小寶反應之例,則如:

（韋小寶）只見那綠衫少女橫臥榻上,雙目緊閉,臉色白得猶如透明一般,頭頸中用棉花和白布包住,右手放在被外,五根手指細長嬌嫩,真如用白玉雕成,手背上手指盡處,有五個小小的圓渦。韋小寶心中大動,忍不住要去摸摸這隻美麗可愛已極的小手,說道:「她還有脈搏沒有?」伸手假意要去把脈。⑤

　　由於金庸對某些女性人物的美麗形貌，不時並適切地採用不同的描繪技巧來彰顯，因此她們的絕色便深植於讀者心中。至於其他人物肖像的描繪技法，雖然仍不出整體式、局部性及烘雲托月式三種技法之單一或交叉並用，但往往都作一兩次的交代。人物形貌之所以不做一次詳細交待，是為了避免造成呆板，因此通常是透過書中其他不同人物之眼來勾勒，例如：閻基的肖像，看在馬行空眼裡，是「身穿寶藍色緞袍，衣服甚是華麗，但面貌委瑣，縮頭縮腦，與一身衣服極不相稱」；看在商寶震眼裡，是「只見那盜魁手戴碧玉戒指，長袍上閃耀著幾粒黃金扣子，左手拿著一個翡翠鼻煙壺，不帶兵器，神情打扮，就如是個暴發戶富商。」

　　中國古代小說理論講究「以形寫神」，認為「好的肖像描寫應該在寫形逼真的同時傳達出人物的神情、氣質、心境和性格等。甚至暗示出人物的經歷、命運，總之是要通過外形顯示內在特徵。」㉟此點金庸也有注意，例如：楊過的首次出場，便是「一個衣衫襤褸的少年左手提著公雞，口唱著俚曲，跳跳躍躍的過來……臉上賊忒兮兮，說話油腔滑調。」筆墨雖然簡省，卻十分傳神。中年的楊過在飽經磨難之後，神態有所不同，看在郭襄的眼裡，是「一張清癯俊秀的臉孔，劍眉入鬢，只是臉色蒼白，頗形憔悴」；而在苦等小龍女六日六夜，仍未見到小龍女的蹤影時，他心如寒冰，行經溪畔，掬水而飲，猛然看見水中的自己，竟是「兩鬢如霜，滿面塵土，幾乎不識得自己的面貌」，讀者閱及此等形貌之描繪，自能深刻感受到楊過內心的滄桑與絕望。

　　形神兼備之例，又如：改名穆易的楊鐵心，為了探聽己妻與

郭嘯天之妻的下落，十餘年來東奔西走，浪跡江湖。因此，「腰粗膀闊，甚是魁梧，但背脊微駝，兩鬢花白，滿臉皺紋，神色間甚是愁苦，身穿一套粗布棉襖，衣褲上都打了補釘。」又如：阿九在《碧血劍》中的出場，是「神態天真，雙頰暈紅，年紀雖幼，卻是容色清麗，氣度高雅，當真比畫兒裡摘下的人還好看」，其氣度之高雅正足以表出貴為皇家公主的身分；但在明朝滅亡、情場失意的情況下，她出家為尼十餘年，形貌自然大有不同，「雪白的瓜子臉上，雙眉彎彎，鳳目含愁」，卻仍然保有「高華貴重的氣象」。至於朱聰形貌的刻劃也是神靈活現：

> 顏烈跨出房門，只見過道中一個中年士人拖著鞋皮，踢躂踢躂的直響，一路打著哈欠迎面過來。那士人似笑非笑，擠眉弄眼，一副慵懶神氣，全身油膩，衣冠不整，滿面污垢，看來少說也有十多天沒洗澡了，拿著一柄破爛的油紙黑扇，邊搖邊行。⑯

筆者在分析金庸小說之人物形貌時，發現其中有關人物形貌的描繪，仍然不脫傳統俠義小說的方式，即所謂「男重氣骨、女重相貌」⑰。甚至我們可以說，在金庸小說中，單一女性主要人物的外貌描寫所佔之篇幅，就超過所有男性主要人物的外貌描寫。試看前述香香公主之貌，金庸花費了多少筆墨；而陳家洛卻只是「身穿白色長衫，臉如冠玉，似個貴介子弟」；試看前述黃蓉與阿珂之貌，說有多美就有多美，至於郭靖只是「濃眉大眼」，而韋小寶之形貌則似乎是無從獲知。

金庸筆下的女性人物雖說幾乎是無一不美，但其具體長相究

是如何，卻又不可知。因此，同一人物在讀者心中就有不同的模樣。君不見，每當金氏之作搬上影像媒體，具有讀者身分的觀眾多數不免要對扮演劇中角色的演員外貌持有異議。關於這種具體長相並不可知的寫法，自然是高明的，因為作者原本就不必對角色外貌一五一十地寫出，只須在恰當時刻對重要人物做斷續描寫並道出其氣質神韻，賦予讀者想像的空間。

二、動態行為

所謂「行為」指的是，人物在受到外界刺激或內心影響下，所採取之舉，包括做什麼與怎麼做，大者可以是去做一件事，小者只是舉手投足的肢體動作。行為的發動是緣於心有所感，因此與人物內心的想法分不開。至於人物的一舉一動，為什麼會如此行而不那般做，則與人物的性格有關。所以劉世劍說：「出色的行動描寫既能活劃出人物在一定情境下的動態，又能暗示人物內在的感情和動機，並且染上人物性格的色彩。」㊳而金聖嘆在《水滸傳》第二回，就曾以魯達與李忠在濟助金老、金翠蓮父女的掏錢快慢做評：「（李忠）雖與魯達同是一個『摸字』，而一個摸得快，一個摸得慢，須知之」，藉以提醒讀者可以透過人物行為來觀察人物性格；換言之，作者亦可藉此刻劃。

考察金庸為其筆下人物所安排的行為，大抵可以分為二類：正常情況下之行為、特殊環境中之行為，此即由這兩方面析述金庸對人物行為的描繪，以便了解金庸是如何利用行為描繪來刻劃或反映人物的性格、感情或心理等等。

㈠正常

作者因須著意人物性格的呈現，是故人物行為的描繪，就顯得非常重要。由於人物之行為與言語均屬性格本質的外顯，所以根據他們的行為，讀者不但可以了解他們的性格；同時，也可以觀察出作者是否清楚地呈現了並掌握了人物性格的特質。試舉例明之。

陸菲青與張召重同門學藝，陸菲青生性善良、富同情心，而張召重則是奸狡毒惡。兩人性格經由行為舉止之對比來刻劃者，譬如：當陳家洛等好不容易制住作惡多端的張召重而將之推入狼城領死時，陸菲青眼見群狼朝張召重一擁而上：

> （陸菲青）湧身一躍，跳入了狼城。眾人大吃一驚，只見他腳未著地，白龍劍已舞成一團劍花，群狼紛紛倒退，他站到張召重身旁，說道：「師弟，別怕。」張召重眼中如要噴出火來，忽地將手中兩狼猛力擲入狼群，和身撲上，雙手抱住了他，叫道：「反正是死了，多一個人陪陪也好。」陸菲青出其不意，白龍劍落地，雙臂被他緊緊抱住，猶如一個鋼圈套住了一般，忙運力掙扎，但張召重獸性大發，決意和他同歸於盡，拚死抱住，那裡掙扎得開？㊾

所謂「人之將死，其言也善」，依理而言，其行亦應趨於善，但張召重卻是至死不悔其過，反倒想要找人同行於黃泉路上，他的舉動正將他的惡毒表出；而陸菲青之舉，則表出他的善良面。

　　筆者初看《碧血劍》時，便覺得溫青青這位生性敏感、多疑、愛耍小性子、說話刻薄的女主角與《紅樓夢》的林黛玉是同類型人物，後來讀到吳靄儀對溫青青的評論，方知她也有同感。有關呈現溫青青性格特質的行為描繪，例如：當她看見袁承志向安小慧借用髮簪來應付溫氏五老時，心中已滿不是滋味；此後又見到兩人在分離之際，不住地揮手招呼的景況時，就再也無法按捺心中妒意，在「哼了一聲」之後，開始質問袁承志為何對安小慧如此熱絡，當袁承志答以幼年遇危曾蒙安大娘相救，當時就與安小慧在一起玩時：

> 青青更加氣了，拿了一塊石頭，在石階上亂砸，只打得火星直迸，冷冷的道：「那就叫青梅竹馬了。」又道：「你要破五行陣，幹麼不用旁的兵刃，定要用她頭上的玉簪？難道我就沒有簪子嗎？」說著拔下自己頭上玉簪，折成兩段，摔在地下，踹了幾腳。⑩

　　又如：當袁承志冒充多爾袞密使領著焦宛兒進宮去見曹化淳，意外發現被何鐵手俘走的溫青青也在宮中時，袁承志因想得知何鐵手為什麼會在宮中出現，便與焦宛兒躲進青青床下，靜待何鐵手到來。溫青青眼見袁、焦狀似親密，心下不忿，也不管何鐵手、何紅藥已在眼前，「哼了一聲，握拳在床板上蓬蓬亂敲，灰塵紛紛落下。袁承志險些打出噴嚏，努力調勻呼吸，這才忍住。」袁承志在明亡時，救出被崇禎帝斬斷手臂的阿九，溫青青在留下「既有金枝玉葉，何必要我尋常百姓？」的字條後，獨自遠走。舉凡「砸石頭」、「折玉簪」、「敲床板」、「留字出走」等行

為，都是為了表現溫青青個性所進行之描繪。

《倚天屠龍記》的范遙身為明教光明右使，是個剛毅激烈、不慕名利、忠心明教、富於智計且能忍辱負重的不凡人物。試看金庸是如何描繪范遙的行動，而使讀者感受到他的性格特質：明教教主陽頂天猝死密洞，全體教眾皆茫然不知，教內高手則因爭奪教主之位互不相讓，唯有范遙獨行江湖、四處尋訪陽頂天下落，多年不輟。當他想到陽頂天可能遭丐幫殺害時，更在暗中拷打丐幫重要人物。後來聽說教中部分兄弟有心推舉他做教主，即改扮成老年書生漫游江湖、刻意迴避。

他聞見成崑與玄冥二老發出毀滅明教之語，旋即跟蹤三人直至汝陽王府；得知汝陽王決意剿滅各門派幫會，而第一步就是滅除明教時，為了能伺機挽救，他不惜先在自己英俊的臉孔上砍下十七八刀，再將頭髮染成紅棕色，從此不發一語，扮成帶髮的啞頭陀，遠投至西域花剌子模國，然後經由當地王公的推薦進入汝陽王府。為了堅汝陽王之信，他甚至殺害明教的三名香主，臥底期間長達十餘年。當他看見張無忌的臉上流露出不贊同自己過去作為的神情時，便採取激烈之舉：

> 范遙……一伸手，拔出楊逍腰間長劍，左手一揮，已割下右手兩根手指。張無忌大吃一驚，挾手搶過他的長劍，說道：「范右使，你……你……這是為何？」范遙道：「殘殺本教無辜兄弟，乃是重罪。范某大事未了，不能自盡。先斷兩指，日後再斷項上這顆人頭。」⑪

當時若不是張無忌跪倒在他面前，半威脅半商求地請他不可自

殺，范遙在他所謂的大事一了之後，必定會實踐謝罪的諾言。

　　倪匡在《我看金庸小說》中，將《神鵰俠侶》的郭芙評為「下下人物」，所持理由大致是緣於郭芙的蠢笨⑫。在此，筆者不願評述郭芙的為人，只想觀察金庸是如何透過郭芙的行為動作，來刻劃她的任性蠻橫、莽撞自大以及缺乏愛心。原來五歲的郭芙一學武功，桃花島上的鳥獸就全部遭殃，不是被拔光羽毛，便是被剪去尾巴；九歲的郭芙因為不甘於蟋蟀被楊過的小黑蟀打敗，小嘴一撇之後，「拿起瓦盆一抖，將小黑蟀倒在地上，右腳踹落，登時踏死。」這些行為看來似乎都是小事，但卻已反映出她的性格特質。郭芙驕縱莽撞的性格，在成年後，透過行為來深刻反映，並使人印象最深刻者，自然是她在一怒之下，斬斷楊過的右臂；以及在誤判棺中所藏之人為李莫愁時，用冰魄銀針射中正在療傷的小龍女，將小龍女置於死地。

　　至若石破天的心慈仁善，則表現在他年幼未曾學武之時，他見到從未謀面的大悲老人因遭人圍攻而口噴鮮血，便連忙擋在大悲老人身前相護。為了救大悲老人，石破天勇敢的挺直身子，接受對方三十六刀的砍斫，儘管頭髮、衣袖及褲管都被削下，仍然屹立不動。成長後，明知長樂幫幫主另有其人，自己只是被長樂幫的貝海石找來頂替的，但為了答謝貝海石的救命之恩，為了避免長樂幫全幫被殺，仍然願意接下俠客島賞善罰惡使送來的「絕命」銅牌。他的所做所為，正表露出淳樸善良以及重仁講義的性格特質。

　　何紅藥是金庸筆下第一位因不得所愛而幾近半瘋狂狀態的女子，她對夏雪宜所採取的行動，充分展現出愛恨強烈的個性。為了夏雪宜，她不顧五毒教的教規，帶著夏雪宜進入毒龍洞偷取教

中之寶，並獻身給夏雪宜。因為違反教規，她被罰入蛇窟受萬蛇咬囓，不但容貌被毀，還被罰討飯三十年。當她得知夏雪宜另有所愛時，為了逼迫夏雪宜說出那女子的姓名，一連三天，一天三次，狠狠地用刺荊鞭打夏雪宜。數十年間，心中充滿怨恨，當她來到夏雪宜葬身的山洞時：

> 何紅藥陷入沈思……忽然伸手在地下如痴如狂般挖了起來……一隻右掌猶如一把鐵鍬，不住在泥土中掏挖，挖了好一陣，坑中已露出一堆骨殖……再挖一陣，倏地在土坑中捧起一個骷髏頭來，抱在懷裡，又哭又親，叫道：「夏郎，夏郎，我來瞧你啦！」一會又低低的唱歌，唱的是擺夷小曲……鬧了一陣，把骷髏頭湊到嘴邊狂吻；突然驚呼，只覺面頰被尖利之物刺了一下。⑧

這尖利之物是一根小金釵，而上面正刻有溫儀之名，何紅藥意會到夏雪宜此舉含有對溫儀的無限深情，因此她「突然把釵子放入口裡，亂咬亂嚼，只刺得滿口都是鮮血。」若不是性格激烈、情根深種，怎麼會有這種舉動？

陸無雙與程英都是與楊過無緣的女子，當她們看見楊過寫在沙上的告別語時，「陸無雙……發足奔到山巔，四下遙望，程英隨後跟至。兩人極目遠眺，惟見雲山茫茫」，因陸、程兩人對於楊過都是一往情深，所以才都會有山巔極目遠眺的動作，但是由於陸無雙個性激烈急躁，因此發足先奔，而程英則因個性溫和冷靜，故隨後方至。

《倚天屠龍記》裡的張三丰十分感性，但是更為理性，這可

以由對待門下弟子的行為中看出，例如：張翠山自冰火島歸來，張三丰在欣喜之餘，可以將張翠山緊緊摟住，歡喜得流下淚來；卻也可以在中原眾門派面前，坐視張翠山自殺，只因唯有張翠山一死，方能阻絕日後眾門派前來武當派逼問張翠山有關謝遜下落所造成的紛擾。又如：張三丰可以不理會自己開宗立派的身份，帶著受傷的張無忌上少林寺求助；也可以毫不遲疑地一掌打死重傷的宋青書；只因張無忌乃是無辜受害，而宋青書則犯下背叛師門的大錯。

㈡反常

人性原本就是十分複雜而非單一，因此人物的行為動作在正常的情境中是呈現常態反應；但在特殊的情境中，就可能出現反常，這是人性的自然反應。傅騰霄認為這種反常動作的安排，對於刻劃人物非常重要，「因為這是多層次、多角度地描繪人物，讓人物具有立體感的重要一環。」⑭大作家金庸當然明白此等創作原則，因此筆下的人物，在特殊情境就有反常行動的表現。試舉例明之。

李沅芷是位官家千金，她聰明美麗，遇事順遂。因此，當她愛上余魚同，余魚同非但不領情反而苦戀有夫之婦的駱冰時，她的心裡自然產生挫折感，而有反常行為，即不斷地捉弄關東三魔滕一雷、顧金鏢與哈合台。她將大包巴豆煎成濃汁後盛入酒瓶，再混入關東三魔所住的客店，乘三魔外出時，將巴豆汁倒進三魔房中的茶壺內，讓三魔瀉肚子。待店中夥計替三魔煎藥時，她先是找機會放入巴豆，使三魔的病情更加嚴重；後又在半夜裡，到藥材店抓了數十味藥放入三魔的藥罐內，讓不知情的店夥熬給三

魔吃，把三魔折騰得不成樣子。關東三魔察覺有異、搬至另一客店，李沉芷又叫十餘人送貨給三魔、並向他們收錢，就在三魔不肯付錢而與眾人吵嚷時，三具棺材抬進客店，一名忤作指名要替三魔收屍，一個小廝還送來輓聯。此後，李沉芷又在顧金標偷東西時，故意大喊捉賊；三魔沒錢付住宿費想半夜偷溜，她則搖醒店中掌櫃去收錢；又以調虎離山之計引開三魔，在三魔住的客房中，倒滿青蛇和癩蝦蟆。

花鐵幹原是江湖上人人敬重的大俠，和陸天抒、劉乘風、水岱四人並稱「南四奇」。但在失手殺死結義兄弟劉乘風，又目睹血刀僧砍下陸天抒的頭顱、斬斷水岱的雙腿之後，他不再有英雄氣概，當筋疲力盡的血刀僧向他宣戰時：

> 花鐵幹見到水岱在雪地裡痛得滾來滾去的慘狀，只嚇得心膽俱裂，那敢上前相鬥，挺著短槍護在身前，一步步倒退，槍上紅纓不住抖動，顯得內心害怕已極。血刀僧一聲猛喝，衝上兩步。花鐵幹急退兩步，手臂發抖，竟將短槍掉在地下，急速拾起，又退了兩步。㊺

他的行動完全反常了，從此之後，花鐵幹竟變成一個卑鄙無恥的人物。當他看見狄雲意外扼死血刀僧後，滿口諛詞地加以奉承；當他誤認狄雲貪圖水笙的美貌時，自告奮勇地要當現成媒人。至於生性善良的狄雲，在多年來事事受人冤枉的情況下，聽見花鐵幹誣衊自己，不禁「如一頭瘋虎般撲了出去，拳掌亂擊亂拍，奮力向他狂打過去」；之後，又一把抓起攻擊自己的活兀鷹，「哈哈大笑，一口咬在鷹腹……鷹血不斷流入嘴中……忍不住手舞足

蹈」。文武全才的謝遜，也是因為父母妻兒在一夕之間，被素來敬重的親師成崑所殺，才陷入瘋狂。這種不合於人物原有性格而表現出的瘋狂動作，都是緣自人物的精神無法承受非常壓力而引發的。

　　此類之例，又如：武諸葛徐天宏一見仇人，想起父母兄妹的慘死，也不免有「衝進來」的反常動作；而袁承志在獲悉愛侶溫青青被五毒教俘走，匆忙來到五毒教所在，卻遍尋不著青青時，也不免有「把缸甕亂翻亂踢」之舉。說到歐陽鋒這個老毒物，雖然極為奸惡狠毒，但對於楊過也有憐愛表現，為了尋找楊過，他費盡了苦心：

　　　　弄了一隻小船，駛到桃花島來，白天不敢近島，直到黑
　　　　夜，方始在後山登岸。他自知非郭靖、黃蓉之敵，又不知
　　　　黃藥師不在島上，就算自己本領再大一倍，也打這三人不
　　　　過，是以白日躲在極荒僻的山洞之中，每晚悄悄巡遊。島
　　　　上布置奇妙，他也不敢亂走。如此一年有餘，總算他謹慎
　　　　萬分，白天不敢出洞一步，蹤跡始終未被發覺，直到一日
　　　　晚上聽到武修文兄弟談話，才知郭靖送楊過到全真教學藝
　　　　之事。歐陽峰大喜，當即偷船離島，趕到重陽宮來。……
　　　　這些時日中，他踏遍了終南山周圍數百里之地。[66]

　　至於俞岱巖的重傷，則使無論遇到什麼疑難大事都泰然自若的張三丰，非但不及除蠟開瓶取出丹丸，就直接以指捏碎丹瓶，且雙手更是微微發顫。而蕭峰在聚賢莊內，初與眾豪拼鬥時，手上始終留有餘地，對於昔日丐幫兄弟，更是碰也不碰地避開，但

在無法抽身退走的情況下，又加酒意上湧、怒氣漸發，殺戒既
開，他的行為便也失去了常態：

> 陡然間猶似變成了一頭猛獸……出手如狂，單刀飛舞，右
> 手忽拳忽掌，左手鋼刀橫砍直劈，威勢直不可當，但見白
> 牆上點點滴滴的濺滿鮮血，大廳中倒下了不少屍骸，有的
> 身首異處，有的膛破肢斷。這時他已顧不得對丐幫舊人留
> 情，更無餘暇分辨對手面目，紅了眼睛，逢人便殺。奚長
> 老竟也死在他的刀下。⑰

當他在青石橋上，失手打死愛侶阿朱之後，更是陷入瘋狂，先是
提起手掌，猛擊石欄；後又抱著阿朱，在傾盆大雨中，向荒野直
奔，一會兒奔上山峰，一會兒又奔入山谷，一直狂奔了兩個多時
辰。對於蕭峰此等深具英雄特質的人物而言，這樣的描繪便透露
出人性的脆弱與可悲。

附帶一提的是，由於金庸小說是屬於武俠類，因此書中人物
的動作描繪有相當份量是武功的展現。而不同人物所運用的不同
武功招式，與人物性格有暗合之處，例如：韋小寶生性浮動跳
脫，對於什麼功夫都懶得學，唯一願意學且學得像樣的只有「神
行百變」，這門武功的動作是「東跑西竄」。又如：黃蓉聰明靈
動，因此她的功夫也是以靈動為主，所以她學的是「逍遙遊」，
動作是「迴旋往復」，宛如玉燕。至於人物的打法，也有展示人
物性格的作用，例如：溫南揚與崔希敏疏於防禦，勇於進攻，正
是兩人皆為性急莽夫的最佳寫照。年輕的莫聲谷與前輩殷天正比
武時，第一招使的是彬彬有禮的「百鳥朝鳳」，此後是沈著輕靈

的穩紮穩打攻勢，正足以表出莫聲谷的個性是不浮躁的。

三、語言

　　小說的語言，是以敘述者的語言與人物的語言組成，作家固然可以利用人物的語言來交代情節、說明事由、介紹書中其他人物，更可以透過人物語言來刻劃人物的身分、性格以及思想感情。金聖嘆在評點《水滸傳》時，曾經提出「聲口」之說，他認為《水滸傳》的人物雖多，但是因為施耐庵精心安排了書中人物的語言，所以讀者便能夠根據個性化的語言，觀察出書中人物的身分、個性。因此，我們可以了解到，恰切的人物語言與人物形象的塑成有非常密切的關係，今即按照切合人物身分、表現人物性格、反映人物思想三方面來考察金氏之作的人物語言表現。

㈠切合身分

　　在《書劍恩仇錄》裡，陸菲青與李沅芷的關係是師徒，陸菲青原是武當派大俠，壯年時走遍大江南北，四處行俠仗義，江湖閱歷豐富；而李沅芷則是不經世事的官家小姐，在未蒙指點的情形下，那裡懂得江湖規矩。因此，當陸菲青發現李沅芷不但偷聽江湖人士談論陰私，還在對方射出袖箭警告時意欲叫陣：

> 　　陸菲青……莊容道：「沅芷，你知那是甚麼人？幹麼要跟他們動手？」這一下可把李沅芷問得張口結舌，答不上來，呆了半晌，才扭怩道：「他們幹麼打我一袖箭？」她自是只怪別人，殊不知自己偷聽旁人陰私，已犯了江湖大忌。陸菲青道：「這兩人如不是綠林道，就是幫會中的。

> 內中一人我知道，武功決不在你師父之下。他們定有急
> 事，是以連夜趕路。這枝袖箭也不是存心傷人，只不過叫
> 你別管閒事。真要射你，怕就未必接得住。快去睡吧。」
> ⑱

從陸菲青對人與事的準確推測中，我們可以看出陸菲青確實是老
於江湖，而李沅芷則是一派稚嫩；至於陸菲青慎重其事的大篇解
說與一句「快去睡吧」的叮嚀，則流露出師父對徒弟的用心指益
與無限關愛。

《碧血劍》裡的黃真係商賈出身，因此三句不離本行，即便
在臨敵時，也是如此。試看當他見到徒弟打不過榮彩時的說詞：

> 搶上來抱拳笑道：「恭喜發財！掌櫃的寶號是甚麼字號？
> 大老闆一向做甚麼生意？想必是生意興隆通四海，財源茂
> 盛達三江。」……榮彩怒道：「誰跟你開玩笑？在下姓榮
> 名彩，忝任龍游幫的幫主。還沒請教閣下的萬兒。」黃真
> 道：「賤姓黃，便是『黃金萬兩』之黃，彩頭甚好。草字
> 單名一個真字，取其真不二價、貨真價實的意思。一兩銀
> 子的東西，小號決不敢要一兩另一文，那真是老幼咸宜，
> 童叟無欺。大老闆有甚麼生意，請你幫襯幫襯。」⑲

黃真打躬作揖陪笑臉的姿態本已是典型的「和氣生財」，至若口
吐之「掌櫃」、「大老闆」、「小號」以及滿口不倫不類的生意
經，正暗示出曾為商賈的來歷。

《笑傲江湖》第三十二回，岳不群被左冷禪詢以是否贊同華

山、衡山、嵩山、泰山、恆山五派合併時，

> 岳不群說道：「我華山派創派二百餘年，中間曾有氣宗、
> 劍宗之爭。眾位武林前輩都知道的。在下念及當日兩宗自
> 相殘殺的慘狀，至今兀自不寒而慄……因此在下深覺武林
> 中的宗派門戶，分不如合。千百年來，江湖上仇殺鬥毆，
> 不知有多少武林同道死於非命，推源溯因，泰半是因門戶
> 之見而起。在下常想，倘若武林之中並無門戶宗派之別，
> 天下一家，人人皆如同胞手足，那麼種種流血慘劇，十成
> 中至少可以減去九成。英雄豪傑不致盛年喪命，世上也少
> 了許許多多無依無靠的孤兒寡婦。」⑩

這番有關門戶派別之見的析論，正與岳不群的外號「君子劍」，以及飽讀詩書並身為華山派掌門的背景相合，因為其中不但提到華山派過去的歷史，措辭內容更是咬文嚼字、滿腹經綸。此外，話中還充滿悲天憫人的情懷。

《天龍八部》的枯榮長老，在天龍寺中輩份最高，面壁已達數十年，當他見到本因等人應保定帝之請，花費功力為段譽療病，而忽略鳩摩智即將來寺一事時，他在喝出有攝敵警友之效的「獅子吼」後，對本因等人威嚴地說道：「強敵日內便至，天龍寺百年威名，搖搖欲墜，這黃口乳子中毒也罷，著邪也罷，這當口值得為他白損功力嗎？」這正表出枯榮長老的身分，一是修禪境界最高，故眾人皆醉，唯其獨醒；二是輩分最長，所以他可以直斥本因等人。至於木婉清因為自幼長於山野，不懂宮廷禮數，所以見到保定帝時，非但不行跪拜之禮，反而直問保定帝：「你

就是皇帝麼？」；當保定帝提議讓段譽在第二天陪她四處參觀時，她則道：「很好，你陪我們去嗎？」；此後，又當面誇獎皇后長得十分美麗。

《鹿鼎記》的韋小寶奉康熙之命至揚州為史可法修廟，揚州知府吳之榮設宴請來眾官為韋小寶洗塵，席間延有歌妓獻唱。當韋小寶見到獻唱的歌妓鬢邊已有白髮時，心中大為不滿，那裡管她歌聲清雅，字字中節。待一曲唱畢：

> 慕天顏道：「詩好，曲子好，琵琶也好。當真是荊釵布裙，不掩天香國色。不論做詩唱曲，從淡雅中見天照，那是第一等的功夫了。」韋小寶哼了一聲，問那歌妓：「你會唱『十八摸』罷？唱一曲來聽聽。」眾官一聽，盡皆失色。那歌妓更是臉色大變，突然間淚水涔涔而下，轉身奔出，拍的一聲，琵琶掉在地下。那歌妓也不拾起，逕自奔出。韋小寶哈哈大笑，說道：「你不會唱，我又不會罰你，何必嚇成這個樣子？」⑦

慕天顏官居布政司，所讀之書應該不少，他有能力欣賞上流名妓的歌聲、演奏以及曲中歌詞，評語自也是有所斟酌宛如行文；而不學無術，大字不識幾個，又是在妓院中長大的韋小寶，則那裡懂得「詩好，曲子好，琵琶也好」，他所想聽的只是他所聽得懂的「十八摸」。所以，他不能理解為何此名歌妓耳聞「十八摸」之名，會有流淚奔出的舉動，反而誤會名妓是因為不會唱、怕受罰才如此。

至如韋小寶時而掛在口邊的揚州俚語「辣塊媽媽」，鍾兆文

說話時所夾雜的湖北土腔「你家」……等方言的運用，也是運用語言來表現人物的背景。在金庸小說中，以《天龍八部》的阿朱與阿碧之語最帶地域色彩，茲舉兩人對話說明：

> ……阿碧輕輕一笑，低聲道：「阿朱姊姊，你過來？」阿朱也低聲道：「做啥介？」阿碧道：「你過來，我同你講。……你同我想個法子，耐末醜煞人哉。」阿朱笑道：「啥事體介？」阿碧道：「講輕點。段公子阿睏著？」阿朱道：「勿曉得，你問俚看。」阿碧道：「問勿得，阿朱姊姊，我……我……要解手。」……阿朱低聲笑道：「段公子睏著哉。你解手好了。」阿碧忸怩道：「勿來事格。倘若我解到仔一半，段公子醒仔轉來，耐末勿得了。」⑫

關於兩人的吳儂軟語，倪匡自言是他對金庸在修訂作品時所做的建議⑬，但筆者認為此等安排只適合懂得吳語的讀者，至於對其他讀者而言，只是徒增閱讀障礙耳。

㈡表現性格

《書劍恩仇錄》的周綺性急坦率，因此心裡擱不下事情、也藏不住話，她的個性透過語言刻劃之例，譬如：當她看見香香公主緊靠著陳家洛時，

> （周綺）板起臉說道：「總舵主，你到底心中愛的是霍青桐姊姊呢，還是愛她（香香公主）？」陳家洛臉紅不答。徐天宏扯扯她衣角，叫她別胡鬧。周綺急道：「你扯我幹

甚麼？霍姊姊人很好，不能讓她給人欺侮。」陳家洛心
想：「我幾時欺負過她了？」知道周綺是直性人，不說清
楚下不了台，便道：「霍青桐姑娘為人很好，咱們都是很
敬佩的……」周綺搶著道：「那麼為甚麼你見她妹妹好
看，就撇開了她？」陳家洛被她問得滿臉通紅。駱冰出來
打圓場：「總舵主跟咱們大家一樣，和她見過一次面，只
說過幾句話，也不過是尋常朋友罷了，說不上愛不愛
的。」周綺更急了，道：「冰姊姊，你怎麼也幫他？霍青
桐姊姊送了一把古劍給他，總舵主瞧著她的神氣，又是那
麼含情脈脈的，我雖然蠢，可也知道這是一見鍾情……」
駱冰笑道：「誰說你蠢了？又是含情脈脈，又是一見鍾情
的？」周綺怒道：「你別打岔，成不成？冰姊姊，咱們背
地裡都說他兩個是天生一對。怎麼忽然又不算數了？他雖
是總舵主，我可要問清楚。」……陳家洛無奈，說了出
來：「霍青桐姑娘在見到我之前，就早有意中人了，就算
我心中對她好，那又何必自討沒趣？」周綺一呆，道：
「真的麼？」陳家洛道：「我怎會騙你？」周綺登時釋
然，說道：「那就是了。你很好，我錯怪你啦。害我白生
了半天氣。對不起，你別見怪。⑭」

在這段對話中，我們除了可以深刻感受到周綺雖然脾氣火爆，內
心卻是正直而善良。至於她無視於陳家洛的總舵主身分所採取的
直諫，以及在弄清楚狀況後，願意當下認錯的表現，更是她深具
勇氣的最佳寫照，正與她「俏李逵」的外號相合。而透過駱冰之
語，我們也可以看出駱冰的圓融，因為當周綺質疑她偏坦陳家洛

時，她仍然是語笑嫣然地溫言排解。

　　朱聰與韓寶駒都是郭靖的師父，但兩人個性卻不同，透過語言來表現之例，譬如：當郭靖表示他喜歡黃蓉時，

> 柯鎮惡喃喃的道：「你想娶梅超風的師妹？」朱聰問道：「她父親將她許配給你麼？」郭靖道：「我沒見過他爹爹，也不知他爹爹是誰。」朱聰又問：「那麼你們是私訂終身的了？」郭靖不懂「私訂終身」是什麼意思，睜大了眼不答。朱聰道：「你對她說過一定要娶她，她也說要嫁你，是不是？」郭靖道：「沒說過。」……韓寶駒……喝道：「那成甚麼話？」朱聰溫言道：「她爹爹是個殺人不貶眼的大魔頭，你知道麼？要是他知道你偷偷跟他女兒相好，你還有命麼？梅超風學不到他十分之一的本事，已這般厲害。那桃花島主要殺你時，誰救得了你？」郭靖低聲道：「蓉兒這樣好，我想……我想她爹也不會是惡人。」韓寶駒罵道：「放屁！黃藥師惡盡惡絕，怎會不是惡人？你快發一個誓，以後永遠不再和這小妖女見面。」⑮

從朱聰先問清楚郭靖與黃蓉的關係究竟是如何，以及婉言黃藥師的為人之中，我們可以發現朱聰是理性冷靜且溫和的；而從韓寶駒的發怒與措辭，我們則可以感受出韓寶駒是比較暴躁衝動，甚至是比較不講理的。事實上，觀諸兩人在全書中的形象表現，也的確是如此。

　　郭芙、郭襄與郭破虜雖是姊弟，個性卻有所不同，透過三人的交談來展現之例，譬如：在安渡老店內，當郭芙在沒見過神鵰

的情況下，便斷言神鵰比不上自己家中所養的雙鵰時；郭襄便以郭靖常有「天外有天，人上有人」之言，來提醒郭芙不該輕易論斷；郭芙聞言，無詞可辯，只好倚老賣老並端出父母親的大帽子，對郭襄說道：「你小小年紀，懂得甚麼。咱們出來之時，爹媽叫你聽我的話，你不記得了麼？」郭襄則笑著回答說，那必須視郭芙的話是否正確而定，並問郭破虜有何看法？郭破虜不置可否，只說應該遵守父母叮嚀。郭芙因此面有得色，郭襄卻依舊笑道，郭破虜什麼都不懂。後來，郭襄為了聽店中客人講述神鵰俠的故事，不顧郭芙反對，堅持拔下頭上金釵買酒肉請客時，郭芙為此氣憤地閉上眼睛，並用手塞住耳朵：

> 那少女（郭襄）笑道：「宋大叔，我姊姊睡著了，你大聲說也不妨，吵不醒她的。」那少婦（郭芙）睜開眼來，怒道：「我幾時睡著了？」那少女道：「那更好啦，越發不會吵著你啦。」那少婦大聲道：「襄兒，我跟你說，你再跟我抬槓，明兒我不要你跟我一塊走。」那少女道：「我也不怕，我自和三弟同行便是。」那少婦道：「三弟跟著我。」那少女道：「三弟，你說跟誰一起走？」那少年（郭破虜）左右做人難……囁嚅著道：「媽媽說的，咱們三人一塊兒走，不可失散了。」⑯

從上述三人兩次的對話中，我們可以看出郭襄是天真活潑、頑皮機智、脾氣溫和的人物；郭芙是驕傲自大、識見淺薄、性情暴躁的人物；而郭破虜則是性情敦厚、恪守原則的人物。

讀者在書中人物面對同一事件的不同反應中，最能觀察出人

物間性格的差異，《俠客行》的史小翠是阿繡的祖母，她倆在練功走火、功力未復的情況下，聽見石破天表示害怕遇見丁不三後：

> 那老婦怒道：「我若不是練功走火，區區丁不三何足道哉！你去叫他來，瞧他敢不敢動你一根毫毛。」阿繡勸道：「奶奶，此刻你老人家功力未復，暫且避一避丁氏兄弟的鋒頭，等你身子大好了，再去找他們的晦氣不遲。」那老婦氣忿忿的道：「這一次你奶奶也真倒足了大霉，說來說去，都是那小畜生、老不死這個鬼傢伙不好。」阿繡柔聲道：「奶奶，過去的事情，又提它幹麼？咱二人同時走火，須得平心靜氣的休養，那才能好得快。你心中不快，只有於身子有損。」那老婦怒道：「身子有損就有損，怕甚麼了？今日喝了這許多江水，史小翠一世英名，那是半點也不膹了。」越說越是大聲。⑦

金庸通過史小翠不衡量自身情況便欲向丁不三挑戰，以及將自己的災禍推諉給他人的話語安排，就刻劃出史小翠性急不理智的形象；而阿繡的暫避風頭以及逝者已矣的溫言勸慰，則顯出阿繡理性寬大、溫柔善良的形象。

段譽的痴心，通過語言來刻劃之例，譬如：他在大雨滂沱中，要扶王語嫣下馬，因貪看王語嫣的笑容，不小心將左腳踏在溝中：

> 王語嫣忙叫：「小心！」卻已不及，段譽「啊」的一聲，

> 人已摔了出去，撲在泥濘之中，掙扎著爬了起來，臉上、
> 手上、身上全是爛泥，連聲道：「對不起。對不起。你
> ……沒事麼？」王語嫣道：「唉，你自己沒事麼？可摔痛
> 了沒有？」段譽聽她關懷自己，歡喜得靈魂兒飛上了半
> 天，忙道：「沒有，沒有。就算摔痛了，也不打緊。」⑱

段譽這一跤跌得不輕，想必一定挺痛的，但是他完全沒想到自
己，慮及的只是沒能將王語嫣順利地攙扶下馬，因此連忙向王語
嫣道歉。待王語嫣問他是否摔痛時，段譽因為樂昏了頭，故而不
僅連稱「沒有」，還附上但書，「就算摔痛了，也不打緊」，這番
言語正刻劃出段譽的痴情模樣。

讀過《天龍八部》而不討厭阿紫的讀者，大概十分少見，阿
紫的歹毒程度已近乎變態，通過語言表現之例，譬如：她命人以
鞭子抽打游坦之，游坦之吃痛不過而大叫，

> 阿紫道：「鐵丑，我跟你說，我叫人打你，是瞧得起你。
> 你這麼大叫，是不喜歡我打你嗎？」游坦之道：「我喜
> 歡，多謝姑娘恩典！」阿紫道：「好，打罷！」室裡刷刷
> 刷連抽十鞭……阿紫聽他無聲抵受，又覺無味了，道：
> 「鐵丑，你說喜歡我叫人打你，是不是？」游坦之道：
> 「是！」阿紫道：「你這話是真是假？是不是胡謅騙我？」
> 游坦之道：「是真的，不敢欺騙姑娘。」阿紫道：「你既
> 喜歡，為甚麼不笑？為甚麼不說打得痛快？」游坦之給她
> 折磨得膽顫心驚，連憤怒也都忘記了，只得說道：「姑娘
> 待我很好，叫人打我，很是痛快。」阿紫道：「這才像

話，咱們試試！」⑦

打人而不准人叫痛，待人不叫痛卻又覺得無味，進而要求挨打之人要向自己致謝，是什麼心腸、什麼心態？只在乎個人感受，完全不理會別人的心情，這就是阿紫。

在金庸小說中，有一類人物是屬於詼諧角色，其形象通常是透過語言來表現，例如：《射鵰英雄傳》的侯通海、周伯通，《笑傲江湖》的桃谷六仙，《天龍八部》的包不同……等等，他們多半性情直率、愛逞口舌。例如：包不同在段譽問及，慕容復的長相如何時，他說：「我們公子的相貌英氣勃勃，雖然俊美，跟段兄的膿包之美可大不相同，大不相同。至於在下，則是英而不俊，一般的英氣勃勃，卻是醜陋異常，可稱為英醜。」包不同所提出的「膿包之美」與「英醜」，不但能新讀者耳目，帶來趣味，也透露出坦率好辯的個性；當段譽肯定包不同所言倒也有理時，包不同搖頭表示不贊同，並好辯地說：「並不是我的話說得有理，而是實情如此。段兄只說我的話有理，倒似實情未必如此，只不過我能言善道，說得有理而已。你這話可就大大不對了。」又如：岳不群等在楊將軍廟內耳聞，桃谷六仙中的五人對於楊將軍廟究竟是供奉何人的爭吵，也十分有趣：

> 忽聽得廟外有人說道：「我說楊將軍廟供的一定是楊再興。」……卻聽另一人道：「天下姓楊的將軍甚多，怎麼一定是楊再興？說不定是後山金刀楊老令公，又說不定是楊六郎、楊七郎？」又有一人道：「單是楊家將，也未必是楊令公、楊六郎、楊七郎，或許是楊宗保、楊文廣

呢？」另一人道：「為什麼不能是楊四郎？」先一人道：「楊四郎投降番邦，決不會起一座廟來供他。」另一人道：「你譏刺我排行第四，就會投降番邦是不是？」先一人道：「你排行第四，跟楊四郎有甚麼相干？」另一人道：「你排行第五，楊五郎在五台山出家，你又為甚麼不去當和尚？」先一人道：「如我做和尚，你便得投降番邦。」⑳

這種纏七夾八的不合理對話，就刻劃出五人思維之特異。此後，五人入廟看見匾額上寫著「楊公再興之神」，理應結束的爭論，卻又因為桃幹仙堅持所供奉的是「楊公再」而非「楊再興」，再度引起荒謬可笑的爭論。

(三)反映思想

金庸筆下人物的思想，一般都是藉由人物的作為來表現，但偶而也有通過語言來刻劃者，例如：《書劍恩仇錄》的白振對乾隆之忠與對紅花會之義的形象塑成，即有藉語言表現的，當他打不過武功突然精進的陳家洛時：

乾隆忽道：「他是你的救命恩人，又何必再打？」白振知皇帝已有疑他之意，從侍衛手裡接過一柄刀來，說道：「陳總舵主，我不是你的對手。」陳家洛道：「我敬重你是一條漢子，只要你不再給皇帝賣命，那就去吧！」趙半山守在東面窗口，往側旁一讓。白振悽然一笑，道：「多謝兩位美意。在下不能保護皇上，那是不忠；不能報答閣

下救命之恩，那是不義；不忠不義，有何面目生於天地之
間？」回刀往自己的項頸中猛力砍落……⑧

　　白振「不能盡忠，不能全義」的語言，正是思想的發乎於外，語
言加上舉動，便使得他的形象頓時高大、鮮明起來。若不是金庸
安排白振有此語，以白振在《書劍恩仇錄》的角色之小、情節之
少，讀者是不可能對他存有印象的。
　　《碧血劍》的李岩明知李自成聽信牛金星的讒言，懷疑自己
不忠，卻仍然願意留在李自成身邊，為其效命：

李岩道：「兄弟，大王雖然已有疑我之意，但為臣盡忠，
為友盡義。我終不能眼見大王大業敗壞，閉口不言。你卻
不用在朝中受氣了。」袁承志道：「正是。兄弟是做不來
官的。大哥當日曾說，大功告成之後，你我隱居山林，飲
酒長談為樂。何不就此辭官告退，也免得成了旁人眼中之
釘？」李岩道：「大王眼前尚有許多大事要辦，總須平了
江南，一統天下之後，我才能歸隱。大王昔年待我甚厚，
眼見他前途危難重重，正是我盡心竭力、以死相報之時。
小人流言，我也不放在心上。」⑧

　　在袁承志所言之「道不行，乘桴浮於海」的理念襯托下，李岩所
言之「任重道遠，死而後已」的理念更加鮮明，如果李岩不說這
番話，他的忠君形象恐怕不免要小打折扣。
　　另一個在金庸筆下以「為國為民，俠之大者」形象著稱的人
物──郭靖，也曾透過語言，道出自己的想法，當楊過問他，襄

陽城是否能守住時:

> 郭靖沈吟良久,手指西方鬱鬱蒼蒼的丘陵樹木,說道:
> 「襄陽古往今來最了不起的人物,自然是諸葛亮。此去以
> 西二十里的隆中,便是他當年耕田隱居的地方。諸葛亮治
> 國安民的才略,我們粗人也懂不了。他曾說只知道『鞠躬
> 盡瘁,死而後已』,至於成功失敗,他也看不透了。我與
> 你郭伯母談論襄陽守得住、守不住,談到後來,也總只是
> 『鞠躬盡瘁,死而後已』這八個字。」⑱

後來,甫出生的郭襄失蹤,黃蓉要求郭靖出襄陽城尋找,郭靖說
道:「蓉兒,你平素極識大體,何以一牽涉到兒女之事,便這般
瞧不破?現下軍務緊急,我怎能為了一個小女兒而離開襄陽?」
其實他當時只是以布衣客卿的身分協助安撫使呂文德守護襄陽,
但在「以天下為己任」的理念驅使下,卻不肯為私。當襄陽城在
他的助守下,久攻不破時,金輪法王曾以郭襄性命迫其投降,深
明大義的郭靖在心痛之餘,堅持不肯讓步,只對郭襄叫道:「襄
兒聽著,你是大宋的好女兒,慷慨就義,不可害怕。爹娘今日救
你不得,日後定當殺了這萬惡奸僧,為你報仇。」郭靖的為國為
民形象,就因為通過了這幾番語言而使人印象更為深刻。
　　在《鹿鼎記》中,有關陳近南的忠義形象是訴諸言語刻劃
者,可見於當他被鄭克塽偷襲、行將斷氣,與韋小寶的對話:

> 韋小寶咬牙切齒的道:「鄭克塽這惡賊害你,嗚嗚,嗚
> 嗚,師父,我已制住了他,一定將他斬成肉醬,替你報

仇，嗚嗚，嗚嗚……」邊哭邊說，淚水直流。陳近南身子
一顫，忙道：「不，不！我是鄭王爺的部屬。國姓爺待我
恩重如山，咱們無論如何，不能殺害國姓爺的骨肉……寧
可他無情，不能我無義，小寶，我就要死了，你不可敗壞
我忠義之名。你……你千萬要聽我的話……」……陳近南
登時安心，吁了口長氣，緩緩的道：「小寶，天地會……
反清復明大業，你好好幹，咱們漢人齊心合力，終能恢復
江山，只可惜……可惜我見……見不著了……」⑭

陳近南因鄭成功以國士待己之故，不允許韋小寶報復偷襲鄭克
塽，更期勉韋小寶繼續為反清復明的事業努力，這就表現出他對
忠義二字的看重，也反映了他「漢夷不能兩立」的情結。透過陳
近南之語，我們可以深刻地了解到，他是一個懷抱著「鞠躬盡
瘁，死而後已」以及「寧可人負我，不可我負人」的人物。

四、心理

　　金健人曾經在《小說結構美學》中，將人物形象的塑成要素
分為內、外兩部，主張肖像、行為舉止以及語言是形象的外部構
成，而心理的描述則為形象的內部構成。所謂心理的描寫，就是
「寫人物心理活動的狀態及其變化的過程」⑮。至於它的功能，
吳功正說得很清楚：

　　　心理描寫的審美功能是最大限度地開拓人物內心世界的廣
　　度和深度，其立足點依然是為著展現和豐富人物的性格。
　　這就提出了從橫、縱兩方面來開拓心靈，擴大心態的空間

> 領域的審美命題。橫的方面，常常表現為人物因某一事件
> 的觸發而引起諸端心理、情緒的湧動。……縱的方面，就
> 是多層次地披瀝心理的波瀾餘漾。這是增強人物心態的豐
> 富性和深度感的有力手段。⑧

由此可見，如果想要深化人物形象，就不能忽略人物心理的描
寫。金庸對於人物形象的塑造，也運用了心理描寫，試舉例說明
之。

《書劍恩仇錄》之例，譬如：張召重在追蹤陳家洛與香香公
主時遇見狼群，為了躲避狼群的追趕，他在大漠中奔馳了一天一
夜，在精疲力盡之際，意外地被困在狼群中的陳家洛與香香公主
所救。張召重在休息後，精神稍有恢復，心中所想竟是：「天幸
這兩人又撞在我手裡。三人都被群狼吃了，那沒有話說。如能脫
卻危難，須當先發制人，殺了這陳公子，再把這美娃娃擄去。今
後數十年的功名富貴是拿穩的了。」這種受人救命大恩，非但不
思圖報，反而意欲傷人以圖利己的想法，便揭露出他貪圖富貴、
卑鄙低劣的性格。

又如：陳家洛在面對香香公主與復國大業的選擇時，其直覺
反應和幾經思考而產生的想法是不同的：

> 「我該為了喀麗絲而和皇帝決裂，還是為了圖謀大事而勸
> 她順從？」這念頭如閃電般在腦子裡幌了兩幌，這是個痛
> 苦之極的決定，實在不願去想，可是終於不得不想：「她
> 對我如此深情，拼死為我保持清白之軀，深信我定能救
> 她，難道我忍心離棄她、背叛她？但要是顧全了喀麗絲和

我兩人，一定得和哥哥決裂。這百世難遇的復國良機就此放過，我二人豈非成了千古罪人？」腦中一片混亂，直不知如何是好。香香公主忽然睜開眼來，說道：「咱們走吧，我怕再見那壞蛋皇帝。」陳家洛道：「好，咱們就走。」接過她手中短劍，牙齒一咬，心想：「千古罪人就是千古罪人！我們衝不出去，兩人就一齊死在這裡。要是僥倖衝出，我和她在深山裡隱居一世，也總比讓她受這儈夫欺辱的好。」走到窗邊，遊目四望，要察看有無侍衛太監阻擋，只見近處寂靜無聲，遠方卻是一片燈火。凝神眺望，看清楚燈火都是工匠所點，他們為了要造一塊假沙漠，正在拆許多民房，定是乾隆旨意峻急，是以成千成萬的人正在連夜動工。一見之下，怒火直冒上來，心道：「這一來，不知有多少百姓要無家可歸？」隨即想到：「這皇帝好大喜功，不卹民困，如任由他為胡虜之長，如此欺壓漢人，天下千千萬萬百姓不知要吃多少苦頭。要是上天當真注定非如此不可，這些苦楚就讓我和喀麗絲兩人來擔當吧。」⑧

透過陳家洛時而決意與喀麗絲終生相守而放棄復國良機，時而選擇復國良機而割捨與喀麗絲終生相守之紆迴轉折的內心獨白，讀者便可深刻感受到陳家洛對喀麗絲的深情，而在他最後的抉擇中，更可理解出他抱持著為解民於倒懸而不惜犧牲一己幸福的儒家精神。遺憾的是，他既已明白乾隆好大喜功，又怎能去寄望漢家天下恢復之後，乾隆會善待百姓，所謂「興，百姓苦；亡，百姓苦」，陳家洛何以不知？

《碧血劍》之例，譬如：溫青青見到袁承志將阿九抱回家裡，

> 越想越是不對，阿九容貌美麗，己所不及，何況她是公主，自己卻是一個來歷不明的私生女，跟她天差地遠，袁承志自是非移情別愛不可。若不是愛上了她，怎會緊緊的抱住了，回到了家裡，在眾人之前兀自捨不得放手？後來聽人說道，李自成將阿九賜了給袁承志，權將軍劉宗敏喝醋，兩個人險些兒便在金殿上爭風打架，說到動武打架，又有誰打得過他？自然是他爭贏了。崇禎是他的殺父大仇，他念念不忘的要報仇，可是阿九只說得一句要他別殺她爹爹，他立刻就乖乖的聽話。我的言語，他幾時這麼聽從了？只有他來罵我，那才是常事。㊱

通過溫青青的心理描寫，讀者所見到的溫青青是一個有自卑感、疑心甚重的人，她的缺乏自信是可以理解的，因為她是私生女。她的疑心甚重，表現在她對袁承志的不信任，雖然袁承志先前不止一次地對她剖明，「任憑弱水三千只取一瓢飲」，但她仍然有所疑忌。她的疑心蒙蔽了她對事情真相的了解，因為袁承志並沒有抱著阿九不放，而袁承志之所以不殺崇禎，是因為料到城破時，崇禎亦難逃一死。

《射鵰英雄傳》之例，譬如：愛武如狂、好奇成痴的老頑童周伯通，因為礙於師兄王重陽遺命，而不能修習《九陰真經》。在亟欲知道卻又無法獲悉練成經中功夫究竟是怎樣厲害的情況下，周伯通唉聲嘆氣不已，但突然之間，卻又歡聲大叫起來：

> 原來他忽然想到一個主意：「郭兄弟並非我全真派門人，
> 我把經中武功教他，讓他全數學會，然後一一演給我瞧，
> 豈非過了這心癢難搔之癮？這可沒違了師哥遺訓。」正要
> 對郭靖說知，轉念一想：「他口氣中對九陰真經頗為憎
> 惡，說道那是陰毒的邪惡武功。……我且不跟他說知，待
> 他練成之後，再讓他大吃一驚。那時他功夫上身，就算沒
> 大發脾氣，可再也甩不脫、揮不去，豈非有趣之極？」⑳

金庸曾對周伯通的個性進行概念化說明，說是「天生的胡鬧頑
皮。人家罵他氣他，他並不著惱，愛他寵他，他也不放在心上，
只要能幹些作弄旁人的惡作劇玩意，那就再也開心不過。」而上
述有關周伯通的心理描寫，鑽王重陽遺命的漏洞，以及不管郭靖
在學成武功後，不論是吃驚或生氣都大為有趣的想法，正是周伯
通性格的具體塑造。

　　歐陽鋒是金庸筆下的反面角色，其性格特質透過內心語言來
刻劃者，譬如：對洪七公、郭靖、黃蓉三人所擬的毒計，「洪七
公必須先行除去，以免自己以怨報德的劣行被他張揚開來；郭靖
則要先問出他經書上怪文的含義，再行處死；至於黃蓉……是極
大禍根，但若自己下手，黃藥師知道了豈肯干休，須得想個借刀
殺人之計」。在這段心語之中，我們可以看出歐陽鋒的陰鷙狡
詐、兇狠毒辣與愛好武功，否則他不會不思己過而只企圖以殺了
洪七公來掩飾自己的惡行；也不會想要留下郭靖的小命，好讓郭
靖默出《九陰真經》之文；更不可能慮及殺害黃蓉將引來難纏的
黃藥師，所以必須借刀殺人。像歐陽鋒這般人物，如何可能無條

件地答應為完顏洪烈至臨安盜取武穆遺書，原來是心中另有打算：

> 我歐陽鋒是何等樣人，豈能供你驅策？但向聞岳飛不僅用
> 兵如神，武功也極為了得，他傳下的岳家散手確是武學中
> 的一絕，這遺書中除了韜略兵學之外，說不定另行錄下武
> 功。我且答應助他取書，要是瞧得好了，難道老毒物不會
> 據為己有。⑨

雖說「言為心聲」，行為舉止亦取決於心，但不可諱言的是，言語、行動都可能有偽裝的成分存在，唯思緒是最忠實的。因此歐陽鋒不動聲色的內心獨白，正是真實性格的呈現。

楊康曾有機會殺死完顏洪烈為父母報仇，但卻不下手，當時交織在他腦海中的思緒是：

> 這時只須反手幾拳，立時就報了我父母之仇，但怎麼下得
> 了手？那楊鐵心雖是我的生父，但他給我過甚麼好處？媽
> 媽平時待父王也很不錯，我若此時殺他，媽媽在九泉之
> 下，也不會喜歡。再說，難道我真的就此不做王子，和郭
> 靖一般流落草莽麼？……以大金國兵威，滅宋非難。蒙古
> 只是一時之患，這些只會騎馬射箭的蠻子終究成不了氣
> 候。父王精明強幹，當今金主那能及他？大事若成，我豈
> 不成了天下共主？⑨

透過這段心理語言，我們便可以明瞭楊康的是非不明：因為他不

清楚楊鐵心之所以沒給他所謂的好處，是由於完顏洪烈剝奪了楊
鐵心的機會；他不了解包惜弱平時待完顏洪烈不錯，是緣自包惜
弱根本不知道完顏洪烈是使她家庭破裂的元兇，只道他是救命恩
人。而最後披瀝出的，則是楊康貪圖富貴、嚮往權力的心態。

　　《神鵰俠侶》的楊過，情感豐富、個性偏激，對於事情的判
斷往往流於主觀，他時常疑心別人，卻很少檢討自己，金庸為了
加深他這種形象，曾經安排他的內心語言：

> 楊過呆呆的出神：「她何以待我如此好法？我雖遭際不
> 幸，自幼被人欺辱，但世上真心待我之人卻也不少。姑姑
> 是不必說了，如孫婆婆、洪老幫主、義父歐陽鋒、黃島主
> 這些人，又如程英、陸無雙，以及此間公孫綠萼這幾位姑
> 娘，無不對我極盡至誠。我的時辰八字必是極為古怪，否
> 則何以待我好的如此之好，對我惡的又如此之惡？」⑰

其後，金氏評述楊過的想法：「他卻想不到自己際遇特異，所逢
之人不是待他極好，便是極惡，乃是他天性偏激使然，心性相投
者他赤誠相待，言語不合便視若仇敵，他待別人如是，別人自然
也便如是以報了。」楊過對於與己心意相合者的待遇確實甚厚，
譬如：見到武三通要捨命為武修文、武敦儒吮毒時，他心想：
「再過五日，我身上的情花劇毒便發，在這世上多活五日，少活
五日，實在沒甚麼分別。武氏兄弟人品平平，但這位武老伯卻是
至性至情之人，和我心意相合，他一生不幸，罷罷罷，我捨卻五
日之命，讓他父子團圓，以慰他老懷便了。」
　　《倚天屠龍記》的張無忌心地仁慈善良、性格優柔寡斷，通

過心理語言來刻劃之例，有如：當他與周芷若、趙敏、殷離、小昭同時乘船出海時，心中曾經不止一次思索：「這四位姑娘個個對我情深愛重，我如何自處才好？不論我和那一個成親，定會大傷其餘三人之心。到底在我內心深處，我最愛的是那一個呢？」不明白自己的最愛究是誰人，正表出他的優柔寡斷；擔心選擇一人會使另外三人傷心，正說明他的仁慈善良。

《天龍八部》之例，譬如：鳩摩智扼住段譽的咽喉，王語嫣急聲哀求慕容復救段譽。慕容復面對王語嫣的請求，心中的想法是：「段譽這小子在少室山打得我面目無光，令我從此在江湖上聲威掃地，他要死便死他的，我何必出手相救？何況這兇僧武功極強，我遠非其敵，且讓他二人鬥個兩敗俱傷，最好是同歸於盡。我此刻插手，殊為不智。」據此，我們便可以了解慕容復是一個心胸狹隘、自私自利的人，他壓根忘了段譽曾經在他神智迷亂時，不顧危險地阻止他自殺。慕容復的自以為聰明，藉由內心語言表現者，有如：當他聽見段譽因王語嫣之故，願意放棄向西夏公主求婚的機會，他想：「看來這書獃子獃氣發作，果然不想去做西夏駙馬，只一心一意要娶我的表妹，世界上竟有這等胡塗人，倒也可笑。」殊不知世間最可貴者，乃在於真情，並非富貴榮華。

《笑傲江湖》之例，譬如：令狐沖對師父岳不群十分敬重，但是當他以獨孤九劍擊退十五名蒙面劍客，引起岳不群相詢劍法是從何處學來時，令狐沖為了遵守與風清揚的約定，即使岳不群出言冷諷，仍然不肯吐露：

　　令狐沖不敢答話，只是磕頭，心中思潮起伏：「我若不吐

露風太師叔傳授劍法的經過,師父師娘終究不肯見諒。但
男兒須當言而有信,田伯光一個採花賊,在身受桃谷六仙
種種折磨之時,尚自決不洩露風太師叔的行蹤。令狐沖受
人大恩,決不能有負於他。我對師父師娘之心,天日可
表,暫受一時委屈,又算得甚麼?」㊙

分析這段內心獨白,便可以體會到令狐沖擁有寧可自己受委屈,
也絕不肯負人的高尚品格。當時令狐沖是如此堅持,直至後來岳
不群因而懷疑他偷盜「避邪劍譜」,而對他神色不善、百般冷
淡,甚至派師弟、師妹暗中加以監視,他仍然不肯說出風清揚教
劍之事,由此可見,他是重承諾、有擔當的好漢。

　　《鹿鼎記》之例,譬如:甫出場的韋小寶見到茅十八、史松
與吳大鵬三人遭到清兵圍捕,害怕得躲到數丈外的一株樹後:

心想:「我快快逃走呢,還是在這裡瞧著?茅大哥他們只
三個人,定會給這些官兵殺了。這些軍爺會不會又來殺
我?」轉念又想:「茅大哥當我是好朋友,說過有難同
當,有福共享。我若悄悄逃走,可太也不講義氣。」㊚

韋小寶最初的選擇是逃之夭夭,這是他原始性格的展現;在略經
思索後,他選擇留下,這便披露出他重義氣的一面。至於在歸辛
樹夫婦面前藉著冒充吳三桂之姪來保命時,他心裡想的是:「老
子曾對那蒙古大鬍子罕帖摩冒充是吳三桂的兒子,兒子都做過,
再做一次姪兒又有何妨?下次冒充是吳三桂的爸爸便是,只要能
翻本,就不吃虧。」這就道出韋小寶的做人理念──「留得青

山在，不怕沒柴燒」，只要保得性命，其他都可以放在一旁；同時亦可窺出他的賭癖，沒有永遠的輸家，下回仍可翻本。

康熙初聞己父順治在五台山出家，己母孝康皇后當年是被現今太后害死時，原本打算立即傳喚侍衛，將太后捉來審問，但想到順治未死之事，一旦洩漏，必然聳動朝野，只好作罷；至於意欲在第二天清早就親往五台山一探究竟的計劃，也在多方考慮下取消：

> （康熙）隨即想到皇帝出巡，十分隆重，至少也得籌備布置好幾個月，沿途百官預備接駕保護，大費周章，決不能說走就走；又想自己年幼，親政未久，朝中大臣未附，倘若太后乘著自己出京之機奪政篡權，廢了自己，另立新君，卻是可慮；又如父皇其實已死，或者雖然尚在人世，卻不在五台山上，自己大張旗鼓的上山朝見，要是未能見到，不但為天下所笑，抑且是貽譏後世。㊻

這段描寫就刻劃出康熙的冷靜沈著與思慮周詳，否則說做就做，那裡顧慮得了那麼多。

透過金庸刻劃人物的技巧分析，我們可以了解到金庸的小說人物之所以令讀者印象深刻之因。

綜合本章所述，便可以察覺金庸筆下的人物形象是多樣多彩、身姿各異，有逐漸成長且正義凜然外帶缺點的男性主要人物，有才貌雙全深情不移的女性主要人物；在次要人物的名門正派之中，有純然的正派好人也有自以為是以及分明不善的惡人；而在邪魔外道之中，固然有心狠手辣的惡人，也有一心向善的好

人，更有亦邪亦正之人。透過觀察與分析，我們看見金庸在這些
人物身上，貫注了他的熱情摯愛與思想觀念，他傾盡筆力地通過
這些人物的刻劃，企圖傳達出人情世態與人性之美善與卑污，以
及人物在正常環境與變動狀況中靈魂的不同展現，這就使得讀者
在閱讀金庸小說時，感受到人生的真實以及無限的啟示。而每一
個生動人物的形象塑造，則往往是通過人物之肖像、行為、語言
以及心理等多項描寫技巧刻劃而成的。

註　釋

① 金庸，《書劍恩仇錄》，（臺北：遠流出版事業有限公司，民國八十五
　　年二月），上冊，頁二。

② 陳墨，《形象金庸》，（臺北：雲龍出版社，一九九八年一月），頁三。

③ 丁永強，〈新派武俠小說的敘事模式〉，（瀋陽：《藝術廣角》，一九八
　　九年六月），頁一九。

④ 陳墨，《金庸小說之謎》，（臺南：祥一出版社，民國八十四年六月），
　　頁一七。

⑤ 吳靄儀，《金庸小說的男子》，（臺北：遠流出版事業股份有限公司，
　　一九九八年二月），頁二九。

⑥ 陳曉林，〈天殘地缺話神雕——論「神雕俠侶」中悲劇情境的形成與超
　　脫〉，（臺北：《中國論壇》，民國七十三年一月），十七卷第八期，頁
　　二二。陳氏之文雖是針對楊過、小龍女而發，但證諸他書之受難人物，
　　也是如此。

⑦ 同註④，頁五二。

⑧ 陸離紀錄，〈金庸訪問記〉，收錄於翁靈文等著《諸子百家看金庸》，
　　（臺北：遠景出版事業公司，民國七十四年五月），第三輯，頁三六。

⑨ 龔鵬程、林保淳編，《二十四史俠客資料匯編》，（臺北：臺灣學生書局，民國八十四年九月），序文之頁二。

⑩ 盧美杏記錄整理，〈大俠金庸答客問〉，（臺北：《中國時報》，民國八十六年三月六日），第三十一版。

⑪ 金庸，〈男主角的兩種類型〉，本文為吳靄儀《金庸小說的男子》之小序，同註⑤，頁一。

⑫ 同註⑤，頁三。

⑬ 金庸，《雪山飛狐》，（臺北：遠流出版事業有限公司，民國八十四年十二月），頁七九二。

⑭ 同註⑤，頁四。

⑮ 金庸，《鹿鼎記》，（臺北：遠流出版事業有限公司，民國八十五年一月），第五冊，頁二一〇五。

⑯ 崔奉源，《中國古典短篇俠義小說研究》，（臺北：聯經出版事業有限公司，民國七十五年三月），頁一四六。

⑰ 林芳玫，《解讀瓊瑤愛情王國》，（臺北：時報文化出版企業有限公司，民國八十四年一月），頁二七。

⑱ 吳宏一，〈從武俠觀念到武俠風貌〉，本文收錄於《武俠小說論卷》，（臺北：遠流出版事業有限公司，尚未出版），頁一七四。

⑲ 金庸，《神鵰俠侶》，（臺北：遠流出版事業有限公司，民國八十四年十二月），第一冊，頁一七〇。

⑳ 金庸，《飛狐外傳》，（臺北：遠流出版事業有限公司，民國八十四年十二月），上冊，，頁三三五～三三六。

㉑ 倪匡，《再看金庸小說》，（臺北：遠流出版事業有限公司，民國八十四年十二月），頁六八七。

㉒ 金庸，《倚天屠龍記》，（臺北：遠流出版事業有限公司，民國八十五

年二月），第三冊，，頁九二八。

㉓ 金庸，《俠客行》，（臺北：遠景出版事業有限公司，民國八十四年十二月），上冊，頁二六五。

㉔ 鄺健行，《武俠小說閒話》，（臺北：幼獅文化事業公司，民國八十三年十二月），頁一二四。

㉕ 鄭樹森，〈大眾文學・敘事・文類——武俠小說札記三則〉，（臺北：《人文天地》，民國八十年四月），第四期，頁一一四。

㉖ 劉經瑤，〈俠女、美女與妖女——金庸武俠小說的性別政治〉，（香港：《明報月刊》，一九九六年二月），第三十一卷第二期，頁二九。

㉗ 同註⑳，頁三七一。

㉘ 吳靄儀，《金庸小說的女子》，（臺北：遠流出版事業有限公司，民國八十七年二月），頁三一。

㉙ 同註㉓，頁二九六。

㉚ 金庸，《俠客行》，（臺北：遠流出版事業有限公司，民國八十四年十二月），下冊，，頁五八九～五九〇。

㉛ 同註㉘，頁二二五。

㉜ 同註⑤，頁一～二。

㉝ 金庸，《射鵰英雄傳》，（臺北：遠流出版事業有限公司，民國八十五年一月），第三冊，頁八八〇。

㉞ 金庸，《笑傲江湖》，（臺北：遠流出版事業有限公司，民國八十五年二月），第三冊，頁一一一九～一一二〇。

㉟ 曹正文，《金庸小說人物譜》，（上海：學林出版社，一九九六年一月），頁六三。

㊱ 陳墨，《金庸小說人論》，（南昌：百花洲文藝出版社，一九九五年十一月），頁八四。原文為，「《書劍恩仇錄》的真正成就，在於對哈合台

這一反派人物和對余魚同這一正面人物的描寫。哈合台是『關東六魔』之一，既稱一個『魔』字，自是壞人無疑，但小說中的哈合台卻似是魔中之俠，是壞人群中的好人。」

㊲ 金庸，《書劍恩仇錄》，（臺北：遠流出版事業有限公司，民國八十五年二月），下冊，頁六七八。

㊳ 金庸，《射鵰英雄傳》，（臺北：遠流出版事業有限公司，民國八十四年十二月），第四冊，頁一三五三。

㊴ 倪匡，《四看金庸小說》，（臺北：遠景出版事業公司，民國七十五年六月），頁一〇一。

㊵ 同前註，頁一一二。

㊶ 同註㉒，頁一〇八八。

㊷ 王東升，〈奇俠只應書中有——武俠小說的人物性格〉，（武漢：《通俗文學評論》，一九九七年四月），頁四七。

㊸ 金庸，《天龍八部》，（臺北：遠流出版事業有限公司，民國八十四年十二月），第三冊，頁一〇二四。

㊹ 白羽之語，係轉引自葉洪生，《武俠小說談藝錄第一——葉洪生論劍》，（臺北：聯經出版事業公司，民國八十三年十一月），頁二〇〇。

㊺ 佟碩之（梁羽生），〈金庸梁羽生合論〉，本文收錄於費勇、鍾曉毅合著之《梁羽生傳奇》，（廣東：人民出版社，一九九六年一月），頁三三四。

㊻ 葉洪生，〈觀千劍而後識器——淺談近代武俠小說之流變〉，（臺北：《聯合文學》，民國七十五年九月），第二卷第十一期，頁一五。

㊼ 傅騰霄，《小說技巧》，（臺北：洪葉文化事業有限公司，民國八十五年四月），頁六一～六二。

㊽ 同註㊲，頁五四一。

㊾ 同註㊲，頁五四二。

(50) 同註㊲，頁五四六。

(51) 金庸，《射鵰英雄傳》，（臺北：遠流出版事業有限公司，民國八十四年十二月），第一冊，頁三二七。

(52) 同註㊳，頁一三七二。

(53) 金庸，《鹿鼎記》，（臺北：遠流出版事業有限公司，民國八十五年二月），第三冊，頁八九八～八九九。韋小寶對於方怡與沐劍屏之貌的形容是，「麗春院那有這等俊俏小娘。」

(54) 同前註，頁九〇九。

(55) 劉世劍，《小說概說》，（高雄：麗文文化事業股份有限公司，民國八十三年十一月），頁九八。

(56) 同註(51)，頁五三。

(57) 同註⑯，頁一六二。

(58) 同註(55)，頁一〇一。

(59) 同註㊲，頁七六七。

(60) 金庸，《碧血劍》，（臺北：遠流出版事業有限公司，民國八十五年一月），上冊，頁二五七。

(61) 同註㉒，頁一〇五五。

(62) 倪匡，《五看金庸小說》，（臺北：遠景出版事業有限公司，民國七十五年六月），頁六一。倪匡認為，「郭芙是個一無是處的女人，或許除了美貌。但一個女人模樣再美麗，如果像郭芙那樣，真是可以休矣。郭芙最不堪之處，是她笨，笨得要死，並不是笨的程度之最。像郭芙那樣，笨得不知自己是個笨人，那才真正無可救藥的笨到頂點。」

(63) 金庸，《碧血劍》，（臺北：遠流出版事業有限公司，民國八十五年一月），下冊，頁六九〇。

64 同註47，頁七三。

65 金庸，《連城訣》，（臺北：遠流出版事業有限公司，民國八十五年一月），頁二三七。

66 同註19，頁二七五。

67 金庸，《天龍八部》，（臺北：遠流出版事業有限公司，民國八十四年十二月），第二冊，頁八三四～八三五。

68 同註1，頁二三。

69 同註60，頁二二六。

70 金庸，《笑傲江湖》，（臺北：遠流出版事業有限公司，民國八十五年一月），第四冊，，頁一三二七～一三二八。

71 金庸，《鹿鼎記》，（臺北：遠流出版事業有限公司，民國八十五年二月），第四冊，，頁一六〇四。

72 同註67，頁四七九。

73 參見倪匡，《再看金庸小說》，（臺北：遠景出版事業公司，民國七十三年十月），頁九六。

74 同註30，頁五八四。

75 金庸，《射鵰英雄傳》，（臺北：遠流出版事業有限公司，民國八十五年一月），第二冊，頁四四六～四四七。

76 金庸，《神鵰俠侶》，（臺北：遠流出版事業有限公司，民國八十五年二月），第四冊，頁一三四〇。

77 同註23，頁二七二。

78 同註67，頁七〇一。

79 同註43，頁一一七七。

80 金庸，《笑傲江湖》，（臺北：遠流出版事業有限公司，民國八十五年二月），第二冊，頁五八一。

㊛ 同註㊲，頁八五八。

㊜ 同註㊿，頁六七三。

㊝ 金庸，《神鵰俠侶》，（臺北：遠流出版事業有限公司，民國八十五年
　一月），第三冊，頁八三八。

㊞ 同註⑮，頁一八五一。

㊟ 同註㊻，頁一一四。

㊠ 吳功正，《小說美學》，（江蘇：江蘇人民出版社，一九八五年），頁二
　五一～二五三。

㊡ 同註㊲，頁八一六。

㊢ 同註㊿，頁六七九。

㊣ 同註㊺，頁六九八。

㊤ 同註㉝，頁九〇〇。

㊥ 同註㊺，頁六四三。

㊦ 金庸，《神鵰俠侶》，（臺北：遠流出版事業有限公司，民國八十四年
　十二月），第二冊，，頁七三七。

㊧ 同註㊽，頁五三一。

㊨ 金庸，《鹿鼎記》，（臺北：遠流出版事業有限公司，民國八十四年十
　二月），第一冊，頁六八。

㊩ 金庸，《鹿鼎記》，（臺北：遠流出版事業有限公司，民國八十五年一
　月），第二冊，，頁五九六。

第四章

情節藝術

　　羊列容在《中國通俗小說理論綱要》中，曾經說過：「通俗小說最重要的特點就是具有較大密度的情節，一般說來，通俗小說都是情節小說。這是一個比較明顯的文體特徵，因此，情節也就成為人們認識通俗小說的最初切入點。」①而王常新也曾說，通俗文學的魅力所在，「正是具有引人入勝的情節」②。根據筆者對同列於通俗小說之流的金庸武俠小說加以考察後，發現書中之情節設計確有突出表現；若非如此，其讀者即不可能多有通宵達旦、廢寢忘食的閱讀經驗。嚴家炎曾經為文指出，金庸小說之所以吸引人，「靠的是藝術想像的大膽、豐富而又合理，情節組織的緊湊、曲折而又嚴密。」③這便是肯定它的情節藝術。至於一般論者，也多以為金書情節是既曲折且動人。

　　金庸小說的情節既是如此吸引人，那麼何謂「情節」呢？英國小說家佛斯特在《小說面面觀》中，對「情節」所下的定義為：「是事件的敘述，但重點在因果關係上」④；同屬英國小說家的毛姆認為：「情節是一條指導讀者興趣的線索。指導讀者的興趣可能是小說中最重要的事，因為藉著指導興趣，作者才一頁一頁地把讀者帶過去」⑤；劉世劍則云：「情節必須體現故事與故事，場面與場面的因果聯繫，也就是說，情節是一個根據某種因果必然性而運動的過程」⑥。透過上述說法，我們可以說，情

節就是為了引發讀者閱讀興趣，而在作品中設下的一連串具有因果關係的事件描寫組合。據此，筆者認為金庸小說的情節藝術，便可以從兩方面進行析述：一是從微觀的角度來看情節內容的設計，一是從宏觀的角度來看情節結構的安排，試析述之。

第一節　情節內容的設計

觀察金庸對於書中情節內容之設計，其中表現最為突出者，即在於某些情節內容的或真摯深刻、或詼諧戲謔、或緊張波折、或奇異巧合。其中或是因為描寫入微，而帶給讀者以無限的感動與高度的愉悅；或是因為突破前人敘事的窠臼、超乎讀者想像預期，而予人耳目一新之感。這便與伏爾泰在《論史詩》中，對情節所提出的要求相合：「對於每一個醉心於那些超越日常生活範圍之外的事物的人，情節越帶有鼓舞性就越能使他感到愉悅。同時，情節必須是動人的，因為一切的心靈都要求受到感動。」⑦這些引人的情節內容，便是帶領讀者閱讀及玩味作品的動力，茲分項舉例析述如下。

一、真摯深刻

曾昭旭曾經說：「如所周知，金庸是新派武俠小說的大宗師；而且他的作品之最感人處，尚不是俠而更是情，或更確切地說就是愛情。」⑧誠如曾氏所言，在金庸小說中，有關真摯深刻的情節描寫，確實就在於情感的刻劃。如果沒有這些感人至深的情感表現，可看性恐怕必須大打折扣。由於這些盪氣迴腸的愛情，常帶著悲涼意味，因此更增加了文學氣息。

　　在金庸的第一部作品《書劍恩仇錄》中，主要人物陳家洛與香香公主的愛情並不圓滿。為了讓乾隆願意重振漢家天下，陳家洛不惜割捨心中最愛的香香公主，勸她順服乾隆。當香香公主察覺乾隆有心傷害陳家洛，為了讓陳家洛知道乾隆的惡意，在無計可施的情況下，她選擇在宮外的清真寺內自殺，心想只要自己一死，死訊必然會傳進陳家洛耳中，陳家洛便能提高警覺而逃避危難。是故，儘管因為想到自己所尊奉的《可蘭經》中，有「你們不要自殺。阿拉確是憐憫你們的。誰為了過份和不義而犯了這嚴禁，我要把誰投入火窟」之語，而感到莫大恐懼；但為了陳家洛的安危，她仍然用顫抖的手摸出袖中短劍，在地磚上劃下「不可相信皇帝」的警語，然後將短劍刺入胸膛。如果她不是如此深愛陳家洛，怎肯付出生命的代價。

　　金庸筆下最動人的愛情故事，應是小龍女與楊過的師徒戀。由於楊過的個性是深情狂放，所以在愛情中所表現出的激情，就遠較生性淡漠的小龍女來得令人印象深刻。而其中尤為真切深刻、感人肺腑、令人讀之鼻酸的一段情節，就在楊過與小龍女分別十六年後，依約來到絕情谷，等待與小龍女重會的情景。由於情深，楊過在約期前五日（即三月初二）便抵達絕情谷：

　　　此刻再臨舊地，但見荊莽森森，空山寂寂，仍是毫無曾經有人到過的跡象，當下奔到斷腸崖前，走過石樑，撫著石壁上小龍女用劍尖劃下的字跡，手指嵌入每個字的筆劃之中，一筆一筆的將石縫中的青苔指去，那兩行大字小字顯了出來。他輕輕的唸道：「小龍女書囑夫君楊郎，珍重萬千，務求相聚。」一顆心不自禁的怦怦跳動。這一日中，

　　他便如此痴痴的望著那兩行字發獃，當晚繩繫雙樹而睡。

⑨

當楊過撫著小龍女留在石壁上的字跡，低聲輕唸時，那是什麼樣
的深情？想來應是唯恐驚動小龍女溫柔婉約的款款深情，是愛到
極切的濃濃蜜意。而「一顆心不自禁的怦怦跳動」，就彷彿是仍
舊停留在最初的愛戀時刻，而非長久之後的餘溫微暖。「繩繫雙
樹而睡」之舉，亦有深意，因為小龍女素向就是以繩為床。在楊
過的心裡，模仿小龍女的一切，應該就是他發抒相思之鬱的最佳
方式：在字跡的輕撫中，楊過必然是碰觸到了小龍女的纖纖素
手；在以繩為床的動作裡，楊過肯定是見到了小龍女的輕盈身
姿，聽見小龍女輾轉反側的喟歎。在三月初七還未來臨時，楊過
尚能從容地細思前情；當三月初七來到時，楊過是如何呢？試看
金庸如何在娓娓道來之中，表出楊過如天如地的激情：

　　……到了三月初七，他已兩日兩夜未曾交睫入睡，到了這
　　日，更是不離斷腸崖半步。自晨至午，更自午至夕，每當
　　風動樹梢，花落林中，心中便一跳，躍起來四下裡搜尋·
　　觀望，卻那裡有小龍女的影蹤？……眼見太陽緩緩落山，
　　楊過的心也是跟著太陽不斷的向下低沈。當太陽的一半被
　　山頭遮沒時，他大叫一聲，急奔上峰。身在高處，只見太
　　陽的圓臉重又完整，心中略略一寬，只要太陽不落山，三
　　月初七這一日就算沒過完。可是雖然登上了最高的山峰，
　　太陽最終還是落入地下。……再過多時，半輪月亮慢慢移
　　到中天，不但這一天過去，連這一夜也快過去了。小龍女
　　始終沒有來。他便如一具石像般在山頂上呆立一夜，直到

紅日東昇。⑩

楊過為日落西山所發出的吶喊，令人聞之驚心動魄；而他的追日行動，則又令人為之深感淒涼酸楚，倘若紅日有心，必然肯為他駐足，只可惜風月無情。此刻心如寒冰的楊過，終於明白小龍女早已自盡，他如行屍走肉般的遊走，臨水見影，驀地想起蘇軾為亡妻王弗所填之〈江城子〉，在慟於小龍女的魂魄不曾來入夢後，再也無法保持緘默：

> 猛地裡一躍而起，奔到斷腸崖前，瞧著小龍女所刻下的那幾行字，大聲叫道：「『十六年後，在此重會，夫妻情深，勿失信約！』小龍女啊小龍女！是你親手刻下的字，怎地你不守信約？」他一嘯之威，震獅倒虎，這幾句話發自肺腑，只震得山谷皆鳴，但聽得群山響應，東南西北，四週山峰都傳來：「怎地你不守信約？怎地你不守信約？不守信約……不守信約？……」⑪

人窮呼天，但楊過卻是向小龍女大聲地做最悲切的抗議，群山雖亦替楊過大鳴不平，但小龍女仍是默默無語。生性激烈的楊過，在經過十六年的煎熬之後，得到這樣的結果，情何以堪，只覺自己多活這十六年，真是無謂之至：

> 仰起頭來，縱聲長嘯，只吹得斷腸崖上數百朵憔悴的龍女花飛舞亂轉，輕輕說道：「當年你突然失蹤，不知去向，我尋遍山前山後，找不到你，那時定是躍入了這萬丈深谷

之中,這十六年中,難道你不怕寂寞嗎?」淚眼模糊,眼
前似乎幻出了小龍女白衣飄飄的影子,又隱隱似乎聽得小
龍女在谷底叫道:「楊郎,楊郎,你別傷心,別傷心!」
楊過雙足一登,身子飛起,躍入了深谷之中。⑫

在長嘯之後,楊過死意已決,浮躁的心因此得到寧定,所以他重
新拾起對小龍女的溫柔,輕聲地對小龍女說話;在極度悲傷之
中,他似乎看見小龍女的身影,並聽見小龍女的溫言勸慰。終
於,楊過也踏上了小龍女當年選擇的道路,躍入深谷,完成了他
深情狂放的激烈形象。對於常人而言,十六年足以淡忘一切;但
楊過卻用十六年來苦思小龍女,而在十六年後將這段感情發揮至
極致,箇中滋味,若不是金庸以生花妙筆寫出,讀者委實難以想
像。

　　如果說楊過與小龍女最終之得以相知相守的安排,是在於肯
定深情的最終歸向;那麼阿朱的魂斷青石橋,是在說明什麼呢?
筆者認為金庸對蕭峰太過殘忍,同樣是其筆下的男性主要人物,
蕭峰竟必須因生為胡虜賤種遭人唾棄,竟必須在最終時刻以死作
結,而其中幸得阿朱為侶相伴,卻又在轉眼間,因誤會而無辜地
失去。為了成就蕭峰悲劇英雄的形象,阿朱不得不死,阿朱之死
就書中事實真相來看,當然不值得;但若就阿朱的深情立意來
看,卻是令人感動,試看金庸是如何描寫蕭峰與阿朱的訣別:

　　便在此時,閃電又是一亮。蕭峰伸手到段正淳臉上一抓,
著手是一堆軟泥,一揉之下,應手而落,電光閃閃之下,
他看得清楚,失聲叫:「阿朱,阿朱,原來是你!」只覺

自己四肢百骸再也無半點力氣，不由自主跪了下來，抱著阿朱的雙腿。……阿朱斜倚在橋欄干上，身子慢慢滑了下來，跌在蕭峰身上，低聲說：「大哥，我……我……好生對不起你，你惱我嗎？」蕭峰大聲道：「我不惱你，我惱我自己，恨我自己。」說著舉起手來，猛擊自己腦袋。阿朱左手動了一動，想阻止他不要自擊，但提不起手臂，說道：「大哥，你答允我，永遠永遠，不可損傷自己。」蕭峰大叫：「你為甚麼？為甚麼？為甚麼？」……阿朱道：「我翻來覆去，思量了很久，大哥，我多麼想能陪你一輩子，可是那怎麼能夠？我能求你不報這五位親人的大仇麼？就算我胡裡胡塗的求了你，你又答允了，那……那終究是不成的。」她聲音愈說愈低，雷聲仍是轟轟不絕，但在蕭峰聽來，阿朱的每一句話，都比震天響雷更是驚心動魄。……阿朱道：「我要叫你知道，一個人失手害死了別人，可以全非出於本心。你當然不想害死我，可是你打了我一掌。我爹爹害死你的父母，也是無意中鑄成的大錯。」蕭峰一直低頭凝望著她，電光幾下閃爍，只見她眼色中柔情無限。蕭峰心中一動，驀地裡體會到阿朱對自己的深情，實出於自己以前的想像之外，心中陡然明白：「段正淳雖是她生身之父，但於她並無養育之恩，至於要自己明白無心之錯可恕，更不必為此而枉送了性命。」顫聲道：「阿朱，阿朱，你一定另有原因，不是為了救你父親，也不是要我知道那是無心鑄成的大錯，你是為了我！你是為了我！」抱著她身子站起來。阿朱臉上露出笑容，見蕭峰終於明白了自己的深意，不自禁的歡喜。她明知自

己性命已到盡頭，雖不盼望情郎知道自己隱藏在心底的用意，但他終於知道了……蕭峰道：「你完全是為了我，阿朱，你說是不是？」阿朱低聲道：「是的。」蕭峰大聲道：「為甚麼？為甚麼？」阿朱道：「大理段家有六脈神劍，你打死了他們鎮南王，他們豈肯干休？大哥，那易筋經上的字，咱們又不識得……」蕭峰恍然大悟，不由得熱淚盈眶，淚水跟著便直洒了下來。⑬

為了使蕭峰無憾，阿朱不敢央求他放棄對自己生父段正淳的報復；為了使蕭峰免於日後會因為打死了鎮南王段正淳，而遭到大理段家的復仇，以致有性命之危，阿朱忍痛選擇以自己的死亡來儆醒蕭峰。就這樣，阿朱違背了自己曾經對蕭峰的承諾：願永永遠遠、生生世世陪伴蕭峰，和蕭峰一同抵受患難屈辱、艱難困苦。阿朱的深情愛意、勇於赴死，令人無法不動容。

阿朱雖然不幸卻又有幸，因為她至少得到了蕭峰的愛，然而程靈素雖亦是為胡斐而死，但若袁紫衣願意還俗，胡斐也就同著他深愛的袁紫衣過著幸福快樂的日子，當然在偶爾偶爾的時候，胡斐也會想起曾經為他捨命的程靈素而發出一聲長歎。得其所愛之愛的人，縱死無悔；不得其所愛之愛的人，臨死時是什麼滋味呢？程靈素見到胡斐身中劇毒，柔腸寸斷，眼淚如珍珠斷線般落下，決意捨身相救：

程靈素取出一枚金針，刺破他右手手背上的血管，將口就上，用力吮吸。胡斐大吃一驚，心想：「毒血吸入你口，不是連你也沾上劇毒了麼？」可是四肢寒氣逐步上移，全

身再也不聽使喚，那裡掙扎得了。程靈素吸一口毒血，便
吐在地下，若是尋常毒藥，她可以用手指按捺，從空心針
中吸出毒質，便如替苗人鳳治眼一般，但碧蠶毒蠱、鶴頂
紅、孔雀膽三大劇毒入體，又豈是此法所能奏效？她直吸
了四十多口，眼見吸出來的血液已全呈鮮紅之色，這才放
心，吁了一口長氣，柔聲道：「大哥，你和我都很可憐。
你心中喜歡袁姑娘，那知道她卻出家做了尼姑……我…我
心中……」她慢慢站起身來，柔情無限的瞧著胡斐，從藥
囊中取出兩種藥粉，替他敷在手背，又取出一粒黃色藥
丸，塞在他口中，低低的道：「我師父說中了這三種劇
毒，無藥可治，因為他只道世上沒有一個醫生，肯不要自
己的性命來救活病人。大哥，他不知我……我會待你這樣
……」⑭

程靈素以死來解脫她浮沈情海的苦楚，她是心甘情願的；這樣真
切的深情，在「天涯何處無芳草」之人的眼中看來，固是愚不可
及；但在對愛專一執著之人的心底所激起的，卻是無盡的感動。
俠情小說雖非金庸首創，而是自武俠小說的雛型唐傳奇〈虯髯客
傳〉即有之，清朝文康之《兒女英雄傳》亦有發揮，乃至於民國
王度廬更是以其作品之「悲劇俠情」特色，奠下當時武俠宗師地
位。但細品金庸筆下的悲劇愛情之情節刻劃，較諸王度廬是有過
之而無不及。在金庸筆下有許多與愛無緣的女子，通過情節的描
寫，她們都很可憐，不論是像何紅藥或李莫愁這般因愛生恨的變
態女子，或者宛如程英、陸無雙以及儀琳那樣默默在痛苦中掙扎
的女子。她們都只享受了短暫的或者想像的愛情樂趣，卻要以終

生來面對漫漫長夜的悲涼酸楚。

　　阿朱、程靈素都是為己所愛、自願就死，所以了無遺憾；而岳靈珊卻是被她深愛的林平之殺害，但她心中的感受，竟亦是毫無怨懟。令狐沖要為她手刃林平之，她不但為林平之盡力開脫、堅持不允外，還要求令狐沖照顧林平之，這段情節的描寫，令讀者在無奈之餘，也不免鼻酸而流下同情之淚：

　　　岳靈珊道：「大師哥，你一直待我很好，我……對你不起。我……就要死了。」令狐沖垂淚道：「你不會死的，咱們能想法子治好你。」岳靈珊道：「我……我這裡痛……痛得很。大師哥，我求你一件事，你……千萬要答允我。」令狐沖握住她左手，道：「你說，你說，我一定答允。」岳靈珊嘆了口氣，道：「你……你……不肯答允的……而且……也太委屈了你……」聲音越來越低，呼吸也越是微弱。令狐沖道：「我一定答允的，你說好了。」……岳靈珊道：「大師哥，我的丈夫……平弟……他……他……瞎了眼睛……很是可憐……你知道麼？」令狐沖道：「是，我知道。」岳靈珊道：「他在這世上，孤苦伶仃，大家都欺侮……欺侮他。大師哥……我死了之後，請你盡力照顧他，別……別讓人欺侮了他……」……「大師哥，平弟……平弟他不是真的要殺我……他怕我爹爹……他要投靠左冷禪，只好……只好刺我一劍……」令狐沖怒道：「這等自私自利、忘恩負義的惡賊，你……你還念著他？」岳靈珊道：「他……他不是存心殺我的，只不過……只不過一時失手罷了。大師哥……我求求你，求求你照顧他

……」……（令狐沖）眼見岳靈珊這等哀懇的神色和語氣，當即點頭道：「是了，我答允便是，你放心好了。」⑮

岳靈珊得到令狐沖的允諾，眼睛放出光采，嘴角露出微笑，一副心滿意足的模樣。忽然之間，她輕輕唱起當年林平之教她唱的福建山歌，歌聲愈唱愈低，終於停住呼吸。此時，令狐沖的心情是，「似乎整個世界忽然間都死了，想要放聲大哭，卻又哭不出來」。當讀者看到這段情節時，除了感動於岳靈珊的真情摯愛以外，恐怕也要大呼：「愛，真不公平！」令狐沖如此深愛著岳靈珊，而岳靈珊卻偏偏對林平之一往情深。感情的事就是那麼難以捉摸：受苦的，永遠是想不開的一方；逍遙的，永遠是心無掛礙的一方。羅曼羅蘭曾經說：「世界上的愛情只有三種：你愛他，他不愛你；他愛你，你不愛他；而相愛的終究都要分手。」佛偈亦云：「一切恩愛會，無常難得久。生世多畏懼，命危於晨露。由愛故生憂，由愛故生怖。若離於愛者，無憂亦無怖。」依此想來，世人對愛實在不必太過執著，只是世人生而有欲，痴情男女要想超脫情海，豈是易事？

關於愛情，狹義上是指男女之情，廣義來看，則可以包括所有愛的情感，君臣、父子、師徒、兄弟、朋友之情，乃至於對家國或事物的情感，皆在其中。在《鹿鼎記》第四十四回，有一段關於陳近南臨死前與韋小寶的訣別場面，除了有師徒情的真切流露外，尚有陳近南對故主鄭成功的感激，以及英雄「壯志未酬身先死」的恨然，讀來令人感動，茲引述如下：

　　韋小寶微一定神，喘了幾口氣，搶到陳近南身邊，只見鄭
克塽那柄長劍穿胸而過，兀自插在身上，但尚未斷氣，不
由得放聲大哭，抱起他的身子。陳近南功力深湛，內息未
散，低聲說道：「小寶，人總是要死的。我……我一生為
國為民，無愧於天地。你……你……你也不必難過。」韋
小寶只叫：「師父，師父！」他和陳近南相處時日其實甚
暫，每次相聚，總是擔心師父查考自己武功進境，心下惴
惴，一門心思只是想如何搪塞推委，掩飾自己不求上進，
極少有甚麼感激師恩的心意。但此刻眼見他立時便要死
去，師父平日種種不言之教，對待自己恩慈如父的厚愛，
立時充滿胸臆，恨不得代替他死了，說道：「師父，我對
你不住，你……你傳我武功，我……我……我一點兒也沒
學。」陳近南微笑道：「你只要做好人，師父就很喜歡，
學不學武功，那……那並不打緊。」韋小寶道：「我一定
聽你的話，做好人，不……不做壞人。」陳近南微笑道：
「乖孩子，你向來就是好孩子。」韋小寶咬牙切齒的道：
「鄭克塽這惡賊害你，嗚嗚，嗚嗚，師父，我已制住了
他，一定將他斬成肉醬，替你報仇，嗚嗚，嗚嗚……」邊
哭邊說，淚水直流。陳近南身子一顫，忙道：「不，不！
我是鄭王爺的部屬。國姓爺待我恩重如山，咱們無論如
何，不能殺害國姓爺的骨肉……寧可他無情，不能我無
義，小寶，我就要死了，你不可敗壞我忠義之名。你……
千萬要聽我的話……」他本來臉含微笑，這時突然面色大
為焦慮，又道：「小寶，你答應我，一定要放他回台灣，
否則，否則我死不瞑目。」韋小寶無可奈何，只得道：

「既然師父饒了這惡賊，我聽你……聽你吩咐便是。」陳近南登時安心，吁了一口長氣，緩緩道：「小寶，天地會……反清復明的大業，你好好幹，咱們漢人齊心合力，終能恢復江山，只可惜……可惜我見……見不著了……」聲音越說越低，一口氣吸不進去，就此死去。韋小寶抱著他身子，大叫：「師父，師父！」叫得聲嘶力竭，陳近南再無半點聲息。⑯

陳近南雖為鄭克塽所殺，但是為了報答昔日故主鄭成功的知遇之情，他堅持不讓韋小寶替自己報仇，他所說的「寧可他無情，不可我無義」，正是「寧可人負我，不可我負人」的傳神寫照。而所謂「壯志未酬身先死，長使英雄淚滿襟」的情感，也在上述引文有深刻的揭示，陳近南一生為匡復漢家天下努力，至死仍然未成，心中不能無憾。至於他與韋小寶有如父子的師徒之情，表現在訣別的時刻，尤為動人：韋小寶哭著坦承沒把功夫學好，其實以陳近南之智，早是心知肚明，但因陳近南了解韋小寶的個性，所以總是加以包容，臨死也只是殷切叮嚀韋小寶做個乖孩子。

關於師徒之情的深刻真切刻劃，又如：張三丰對張翠山的愛憐，當張翠山久離中土十年之後，等在張三丰行將出關的門前，張三丰推門而出，一眼看見張翠山時：

他一搓眼睛，還道是看錯了。張翠山已撲到他懷裡，聲音嗚咽，連叫：「師父！」心情激盪之下竟忘了跪拜。宋遠橋等五人齊聲歡叫：「師父大喜，五弟回來了！」張三丰活了一百歲，修煉了八十幾年，胸懷空明，早已不縈萬

物，但和這七個弟子情若父子，陡然間見到張翠山，忍不
住緊緊摟著他，歡喜得流下淚來。⑰

由於張三丰將張翠山視如己出，因此久違重逢的歡喜之情是難以
言喻。只是造物弄人，才過一日，張翠山竟因自愧於俞岱巖的殘
廢與殷素素有關，且不願向眾豪吐露謝遜的下落，因而在張三丰
等人面前自殺。當時張三丰的悲痛是心如刀割，而在無法保住張
翠山唯一骨血張無忌的性命時，他的感覺更是「生不如死」：

> 張三丰……老淚縱橫，雙手抱著無忌，望著張翠山的屍
> 身，說道：「翠山，翠山，你拜我為師，臨去時重託於
> 我，可是我連你的獨生愛子也保不住，我活到一百歲有甚
> 麼用？武當派名震天下又有甚麼用？我還不如死了的
> 好！」眾弟子盡皆大驚。各人從師以來，始終見他逍遙自
> 在，從未聽他說過如此消沈哀痛之言。⑱

老人因痛苦而流下的眼淚是最淒涼、最酸楚的，更何況張三丰的
個性原來是豁達開朗。張三丰在面對無法保有生命中最珍貴的人
時，對於名譽、對於自我所產生的質疑，正是真愛的最高表現。
君不見，每有「白髮人送黑髮人」的天倫悲劇發生時，為人父母
者除了悲痛欲絕之外，總不免有寧可以身代子的想法。

　　大體而言，金庸小說情節中的情感描寫，最為動人的，還是
在於男女之情的刻劃；至於其他，或是因為金庸著墨較少，或是
囿於武俠小說而難以涵蓋，自不能苛求。但以男女之情而言，金
庸小說的表現，確實妙筆生花，真摯深刻。

二、詼諧戲謔

　　詼諧戲謔，是一種愉快的表現，在金庸小說中，固然有悲傷動人的情節描寫，卻也有輕鬆活潑、趣味橫生的情節刻劃。詼諧戲謔，雖是引人發笑，但笑可以分為很多種，有時是會心一笑、不禁莞爾，有時是捧腹大笑、痛快暢意，有時也可能是諷刺性的譏笑，在金庸小說之中，我們都可以感受到。

　　金庸在袁承志與溫青青相戀之初，安排了一段袁承志為了轉移溫青青的怒氣，佯稱自幼只要見人發脾氣，便會心痛肚痛；溫青青見袁承志痛得厲害之下，一時心急便對袁承志吐露愛意的情節。這段內容十分生動並且有趣，茲引錄於下：

> 　　青青哭道：「你不能死，你不知道，我生氣是假的，我是故意氣你的，我心裡……心裡很是喜歡你呀。你要是死了，我跟你一起死！」袁承志心頭一驚：「原來她是愛著我。」他生平第一次領略少女的溫柔，心頭一股說不出的滋味，又是甜蜜，又是羞愧，怔怔的不語。青青只道他真的要死了，緊緊的抱住他，叫道：「大哥，大哥，你不能死呀。」袁承志只覺她吹氣如蘭，軟綿綿的身體依偎著自己，不禁一陣神魂顛倒。青青又道：「我生氣是假的，你別當真。」袁承志哈哈一笑，說道：「我生病也是假的，你別當真！」青青一呆，忽地跳起，劈臉重重一個耳光，拍的一聲大響，只打得他眼前金星亂冒。青青掩臉就走。袁承志愕然不解：「剛才還說很喜歡我，沒有我就活不成，怎麼忽然之間又翻臉打人？」他不解青青的心事，只

得跟在後面。⑲

溫青青在騙局中，意外洩露自己的深情，難免是既羞且怒，所以才會打下那一巴掌；至於袁承志則因為是初入情場的懵懂少年，根本不了解少女情懷，所以才會有哈哈大笑的直言之舉，是故也不明白為什麼挨打。當讀者看見袁承志為自己的挨打而愕然不解時，心中自不免要笑他是不解風情的傻子。

黃蓉一向聰明伶俐，即便在重傷的情況下，仍是絲毫不減。在《射鵰英雄傳》第三十回中，郭靖背著被裘千仞打成重傷的黃蓉去向一燈大師求醫，其間曾遭到一燈大師四位弟子「漁、樵、耕、讀」的為難，其中書生所出的三道試題十分有趣，而黃蓉的妙答，也令讀者不亦樂乎。第一道試題是書生將自己來歷隱於其間的謎詩：

> 那書生撚鬚吟道：「六經蘊藉胸中久，一劍十年磨在手……」黃蓉伸了伸舌頭，說道：「文武全才，可了不起！」那書生一笑接吟：「杏花頭上一枝橫，恐洩天機莫露口。一點纍纍大如斗，卻掩半床無所有。完名直待掛冠歸，本來面目君知否？」黃蓉心道：「『完名直待掛冠歸，本來面目君知否？』瞧你這等模樣，必是段皇爺當年朝中大臣，隨他掛冠離朝，歸隴山林，這又有何難猜？」便道：「『六』字下面一個『一』一個『十』，是個『辛』字。『杏』字上加橫、下去口，是個『未』字。半個『床』字加『大』加一點，是個『狀』字。『完』掛冠，是個『元』字。辛未狀元，失敬失敬，原來是位辛未科的狀元爺。」

⑳

當黃蓉迅速答出第一道試題後，這位辛未狀元再也不敢小覷黃蓉，決定要出個極難的題目來為難。他放眼向四下一望，即景生情，立刻說出「風擺棕櫚，千手佛搖摺疊扇」的上聯，要黃蓉做出下聯：

> 黃蓉心道：「我若單以事物相對，不含相關之義，未擅勝場。」遊目四顧，只見對面平地上有一座小小寺院，廟前有一荷塘，此時七月將盡，高山早寒，荷葉已然凋了大半，心中一動，笑道：「對子是有了，只是得罪大叔，說來不便。」那書生道：「但說不妨。」黃蓉道：「你可不許生氣。」那書生道：「自然不氣。」黃蓉指著他頭上戴的逍遙巾道：「好，我的下聯是：『霜凋荷葉，獨腳鬼戴逍遙巾』。」這下聯一說，那書生哈哈大笑，說道：「妙極，妙極……」㉑

書生見黃蓉敏捷對出對子後，想起年少讀書時，私塾老師提起的一個絕對，便又出下題目，「琴瑟琵琶，八大王一般頭面」：

> 黃蓉聽了，心中大喜：「琴瑟琵琶四字中共有八個王字，原是十分難對。只可惜這是一個老對，不是你自己想出來的。爹爹當年在桃花島上閒著無事早就對出來了。我且裝作好生為難，逗他一逗。」於是皺起眉頭，作出愁眉苦臉之狀。那書生見難倒了她，甚是得意，只怕黃蓉反過來問他，於是說在頭裡：「這一聯本來極難，我也對不工穩。

不過咱們話說在先，小姑娘既然對不出，只好請回了。」
黃蓉笑道：「若說要對此對，卻有何難？只是適才一聯已
得罪大叔，現在這一聯是口氣要得罪漁樵耕讀四位，是以
說不出口。」那書生不信，心道：「你能對出已是千難萬
難，豈能又同時嘲諷我師兄弟四人？」說道：「但求對得
工整，取笑又有何妨？」黃蓉笑道：「既然如此，我告罪
在先，這下聯是：『魑魅魍魎，四小鬼各自肚腸』。」那
書生大驚，站起身來，長袖一揮，向黃蓉一揖到地，說
道：「在下拜服。」㉒

事實上，這三道有趣的試題並非金庸個人所擬，根據梁守中的考
證㉓，乃是出自馮夢龍《古今笑》之〈談資部〉第二十九。但是
三道試題原是分散而並非連貫，且由於原文只是以極簡單幾句交
代，不像書生與黃蓉尚有即景生情或心思靈巧的描寫，因此顯得
較為遜色。此外，先前黃蓉所言之「孔門七十二弟子，有冠者三
十人、童子四十二人」的妙答；以及最後「孟老夫子最愛胡說八
道」的嘲弄，也都是出自《古今笑》，而分見於〈巧言部〉第二
十八與〈文戲部〉第二十七。金庸這種引古為己用的作法，不但
賦予了原文新生命，也帶給讀者無限樂趣。

　　如果說，前引之例能使人產生會心微笑的話，那麼現述之
例，就令人捧腹了。在《笑傲江湖》第十五回，令狐沖在服用了
祖千秋從老頭子那兒偷來的「續命八丸」後，得知此丸是老頭子
為其重病女兒老不死所精心製煉，老不死若不服此丸便有性命之
危。令狐沖為了挽救老不死的性命，又恐祖千秋與老頭子會出手
阻止，因此先將兩人緊緊縛住，再到老不死的房裡割腕放血於碗

中，逼老不死服下：

> 令狐沖見碗中鮮血將滿，端到那姑娘（老不死）床前，就在她嘴邊，柔聲道：「快喝了，血中含有靈藥，能治你的病。」那姑娘道：「我……我怕，我不喝。」令狐沖流了一碗血後，只覺腦中空盪盪地，四肢軟弱無力，心想：「她害怕不喝，這血豈不是白流了？」左手抓過尖刀，喝道：「你不聽話，我便一刀殺了你。」將尖刀刀尖直抵到她喉頭。……令狐沖見她喝乾一碗血……當下再割右手腕脈，放了大半碗鮮血，又去餵那姑娘。那姑娘皺起了眉頭，求道：「你……你別迫我，我真的不行了。」令狐沖道：「不行也得行，快喝，快。」那姑娘勉強喝了幾口，喘了一會氣，說道：「你……你為甚麼這樣？你這樣做，好傷自己身子。」令狐沖苦笑道：「我傷身子打甚麼緊，我只要你好。」㉔

沒想到令狐沖與老不死的對話，從老不死密不通風的房內隱約傳出，聽在桃枝仙、桃實仙、岳不群、老頭子及祖千秋的耳裡，因不明白令狐沖究竟在房內做什麼，五人竟將之想像成令狐沖在非禮老不死，而最後老不死在失身的情況下，還對令狐沖心生愛慕：

> 桃枝仙道：「令狐沖一個大男人，走到人家閨女房中去幹甚麼？」桃實仙道：「你聽！那姑娘害怕之極，說道：『我……我怕！』令狐沖說：『你不聽話，我便一刀殺了

你。』他說『你不聽話』，令狐沖要那姑娘聽甚麼話？」桃枝仙道：「那還有甚麼好事？自然是逼迫那姑娘做他老婆。」……桃實仙道：「啊喲！你聽，你聽！那肥女求饒了，說甚麼『你……你別迫我，我真的不行了。』」桃枝仙道：「不錯。令狐沖這小子卻是霸王硬上弓，說道：『不行也得行，快，快！』」……老頭子和祖千秋給縛在椅上，又給封了穴道，聽得房中老姑娘驚呼和哀求之聲，二人面面相覷，不知如何是好。二人心下本已起疑，聽得桃谷二仙在院子中大聲爭辯，更無懷疑。……祖千秋道：「你聽，你聽。你的不死姑娘對他生了情意，她說道：『你這樣做，好傷自己身子。』令狐沖說甚麼？你聽到沒有？」老頭子道：「他說：『我傷身子打甚麼緊，我只要你好！』他奶奶的，這兩個小傢伙。」祖千秋哈哈大笑，說道：「老兄，恭喜，恭喜！」……岳不群身在牆外樹上……桃谷二仙和老祖二人的說話不絕傳入耳中，只道令狐沖當真乘人之危，對那姑娘大肆非禮，後來再聽老祖二人的對答，心想令狐沖瀟灑風流，那姑娘多半與乃父相像，是個胖皮球般的醜女，則失身之後對其傾倒愛慕，亦非奇事，不禁連連搖頭。㉕

若拿令狐沖與老不死的對話來和桃枝仙等五人所聞加以比對，其中也只是漏了最初令狐沖所言的柔聲之語，「快喝了，血中含有靈藥，能治你的病」，以及後續之有關「喝」之一字。沒想到就因為如此，桃枝仙等人只憑耳聞、未曾親見，竟會產生如此荒謬可笑的奇想，使讀者為之捧腹。但在捧腹之後，不禁也讓人省思

到，在未弄清楚事情真相前，絕不可妄下斷語，以免自誤誤人。

在《鴛鴦刀》中，威信鏢局的總鏢頭周威信，接受川陝總督之請，負責秘密護送鴛鴦寶刀入京。為了寶刀的安全，周威信不但明保鹽鏢、暗藏寶刀，甚至不讓與他同行的眾鏢師們知道，他身上藏有寶刀。因此，周威信認為眾鏢師均不知有鴛鴦刀，沒想到眾鏢師竟皆知悉：

> 周總鏢頭聲音發顫，忙問：「是誰說的？」張鏢師道：「哈哈，還能有誰？是你自己。」周總鏢頭更急了，道：「我幾時說過了？張兄弟，今日你不說個明明白白，咱哥兒不能算完。我姓周的平素待你不薄啊……」只聽另一人道：「總鏢頭，你別急。張大哥的話沒錯。是你自己說的。」周總鏢頭道：「我？我？我怎麼會？」那人道：「咱們鏢車一離西安，每天晚上你睡著了，便儘說夢話，翻來覆去總是說：『鴛鴦刀，鴛鴦刀！這一次送去北京，可不能出半點岔子，得了鴛鴦刀，無敵於天下……』」周威信又驚又愧，那裡還說得出話來？……他向眾鏢師團團一揖，低聲道：「各位千萬不可再提『鴛鴦刀』三字。從今晚起，我用布包著嘴巴睡覺。」㉖

俗云：「日有所思，日有所夢」，周威信自認口風極緊，卻沒想到竟會在睡夢之中，吐露護送鴛鴦刀一事，還緊張兮兮、氣急敗壞地質問他人，何以得知此事。在明白自己就是吐露者後，他只好決定用布包著嘴巴睡覺，十分有趣。

包不同因為聽不慣星宿派弟子對丁春秋的大肆阿諛，所以出

言譏刺，說星宿派功夫最厲害的有三項，分別為馬屁功、法螺功以及厚顏功。包不同本以為此話一出，將使星宿派弟子對他憤而出手，卻沒想到：

> ……星宿派弟子聽了這番話後，一個個默默點頭。一人道：「老兄聰明得緊，對本派的奇功倒也知之甚深。不過這馬屁、法螺、厚顏三門神功，那也是很難修習的。尋常人於世俗之見沾染甚深，總覺得有些事是好的，有些事是壞的。只要心中存了這種無聊的善惡之念、是非之分，要修習厚顏功便是事倍功半，往往在要緊關頭，功虧一簣。」包不同本是出言譏刺，萬萬沒想到這些人安之若素，居之不疑，不由大奇，笑道：「貴派神功深奧無比，小子心存仰慕，還要請大仙再加開導。」那人聽包不同稱他為「大仙」，登時飄飄然起來，說道：「你不是本門中人，這些神功秘奧，自不能向你傳授。不過有些粗淺的道理，跟你說說倒也不妨。最重要的秘訣，自然是將師父奉若神明，他老人家便放一個屁……」包不同搶著答：「當然也是香的。更須大聲呼吸，衷心讚頌……」那人道：「你這話大處甚是，小處略有缺陷，不是『大聲呼吸』，而是『大聲吸，小聲呼』。」包不同道：「大仙指點得是，倘若是大聲呼氣，不免似嫌師父之屁……這個不大香。」那人點頭道：「不錯，你天資很好，倘若投入本門，該有相當造詣，只可惜誤入歧途，進了旁門左道的門下。……」包不同連連點頭，道：「聞君一席話，勝讀十年書。在下對貴派心嚮往之，恨不得投入貴派門下，不知大

仙能加引薦麼？」那人微微一笑，道：「要投入本門，當
真談何容易，那許許多多艱難困苦的考驗，諒你也無法經
受得起。」另一名弟子道：「這裡耳目眾多，不宜與他多
說。姓包的，你若真有投靠本門之心，當我師父心情大好
之時，我可為你在師父面前說幾句好話。本派廣收徒眾，
我瞧你根骨倒也不差，若得師父大發慈悲，收你為徒，日
後或許能有些造就。」包不同一本正經的道：「多謝，多
謝。大仙恩德，包某沒齒難忘。」⑦

星宿派弟子不明白包不同言下的譏刺與逗引之意，反而慎重其事
地為包不同講解星宿派的「神功」，而在講解當中所表露的寡廉
鮮恥，不免讓讀者嗤之以鼻。而包不同故作莊嚴的引逗，則令讀
者不禁莞爾。這段情節描寫，對於讀者情緒的引發十分特別，也
許可以用「五味雜陳」來形容，因為其中有關諂媚功夫的修煉說
明，正是深得箇中三昧，不禁使我們在聯想到在真實世界裡，果
真存有飛黃騰達的阿諛者，而深感無奈。

　　段譽在《天龍八部》中是個不諳世務，帶有幾分痴憨的人
物，說起話來，有時饒富趣味。例如：他見龔光傑使出狀似跌跤
的「跌撲步」時，因不懂武功而發出嗤笑聲，故而引起左子穆的
不悅。當左子穆要龔光傑向段譽領教功夫時：

……龔光傑……當下抽出長劍，往場中一站，倒轉劍柄，
拱手向段譽道：「段朋友，請！」段譽道：「很好，你練
罷，我瞧著。」仍是坐在椅中，並不起身。龔光傑登時臉
皮紫脹，怒道：「你……你說甚麼？」段譽道：「你手裡

拿了一把劍這麼東幌來西幌去，想是要練劍，那麼你就練罷。我向來不愛瞧人家動刀使劍，可是既來之，則安之，那也不妨瞧著。」龔光傑喝道：「我師父叫你這小子也下場來，咱們比劃比劃。」段譽輕搖摺扇，搖了搖頭，說道：「你師父是你的師父，你師父可不是我的師父。你師父差得動你，你師父可差不動我。你師父叫你跟人家比劍，你已經跟人家比過了。你師父叫我跟你比劍，我一來不會，二來怕輸，三來怕痛，四來怕死，因此是不比的。我說不比，就是不比。」㉘

一方是劍拔弩張、怒氣騰騰，一方竟是風言風語、大繞口令，兩者相形之下，如何使人不發噱。而在面對假扮西夏武士李延宗之慕容復的嘲諷時，段譽也有別出心裁的驚人之語，令人讀之不禁大笑：

李延宗冷笑道：「你這人武功膿包，倒是個多情種子，對王姑娘這般情深愛重。」段譽搖頭道：「非也非也。王姑娘是神仙般的人物，我段譽一介凡夫俗子，豈敢說甚麼情，談甚麼愛？她瞧得起我，肯隨我一起出來去尋她表哥，我便須報答她這番知遇之恩。」李延宗道：「嗯，她跟你出來，是去尋她的表哥慕容公子，那麼她心中壓根便沒你這號人物。你如此痴心妄想，那不是癩蛤蟆想吃天鵝肉嗎？哈哈，哈哈！笑死人了！」段譽並不動怒，一本正經的道：「你說我是癩蛤蟆，王姑娘是天鵝，這比喻很是得當。不過我這頭癩蛤蟆與眾不同，只求向天鵝看上幾

眼，心願已足，別無他想。」㉙

金庸的才思果然不凡，竟能為段譽擬出，「我這頭癩蛤蟆與眾不同，只求向天鵝看上幾眼，心願已足，別無他想」之語，以收雙重效用，一方面表達了段譽對王語嫣的極端仰慕，一方面贏得了讀者的愉悅掌聲。

同樣與段譽一樣不諳世務的《俠客行》主角石破天，因為自幼只與養母梅芳姑隱居山林，所以心思單純、傻頭傻腦。當他與誤認他為石中玉的丁璫成婚後，因不懂夫妻之事，所以始終對丁璫相待以禮，使得丁璫在其父丁不三的譏諷下，忍不住想殺了他。後來，丁璫因為聽見石破天的夢囈，一時心軟，非但沒下手殺害，反而拿出自己的薄被蓋在他身上，才又回到船艙中去睡：

但睡不多時，便給石破天的聲音驚醒，只聽得他在後梢頭大聲嚷道：「咦，這可奇了！叮叮噹噹，你的被子，半夜裡怎會跑到我身上來？難道被子生腳的麼？」丁璫大羞，從艙中一躍而起，搶到後梢，只聽石破天手中拿著那張薄被，說道：「叮叮噹噹，你說這件事奇怪不奇怪？這被子……」丁璫滿臉通紅，夾手將被子搶了過來，低聲喝道：「不許再說了，被子生腳，又有甚麼奇怪？」石破天道：「被子生腳還不奇怪？你說被子的腳在那裡？」丁璫一側頭，見那老梢公正在拔篙開船，似笑非笑的斜視自己，不由得一張臉更是羞得如同紅布相似，嗔道：「你還說？」左手便去扭他的耳朵。㉚

古語有云:「巧妻常伴拙夫眠」,但丁璫卻因受不了石破天太過愚拙,而有殺夫的想法。而在一時心軟的情況下,所做的蓋被之舉,竟又為她自己惹來一肚子氣。在丁璫惱羞成怒之中,讀者卻早已因石破天的痴傻及爭辯之語,笑破了肚皮。

閱讀《鹿鼎記》是一件很快樂的事,因為男性主要人物韋小寶用現代慣用之俗語來形容,是一個很會「耍寶」的人。為什麼韋小寶的會耍寶能夠使情節具有趣味呢?因為金庸構思情節的基本方針,是「以主角為中心,先想幾個主要人物的個性是如何,情節也是配合主角的個性,這個人有怎麼樣的性格,才會發生怎麼樣的事情」㉛;且「有時想到一些情節的發展,明明覺得很不錯,再想想人物的性格可能配不上去,就只好犧牲這些情節,以免影響了人物個性的完整」㉜。基於這樣的考量,在與韋小寶此人有關的情節設計上,自然會朝詼諧方向發揮。例如:韋小寶因意外殺死鰲拜而被迫擔任天地會青木堂堂主,當他聽見陳近南說,如果他違反會規,就要廢了他香主之位時,心中甚是不服,於是:

大聲道:「師父,我不當香主!」陳近南一愕,問道:「甚麼?」韋小寶道:「我不會當,也不想當。」陳近南道:「不會當,慢慢學啊。我會教你,李關二位又答應了幫你。香主的職位,在天地會中位份甚高,你為甚麼不想當?」韋小寶搖頭道:「今天當了,明天又給你廢了,反而丟臉。我不當香主,甚麼事都馬馬虎虎;一當上了,人人都來雞蛋裡尋骨頭,不用半天,馬上完蛋大吉。」陳近南道:「雞蛋裡沒骨頭,人家要尋也尋不著。」韋小寶

道：「難蛋要變小雞，就有骨頭了。就算沒骨頭，人家來尋的時候，先把我蛋殼打破了再說，搞得蛋黃蛋白，一塌子胡塗。」眾人忍不住都笑了起來。陳近南道：「咱們天地會做事，難道是小孩子兒戲嗎？你只要不做壞事，人人敬你是青木堂香主，那一個會得罪你？就算不敬重你，也得敬你是我的弟子。」韋小寶想了一想，道：「好，咱們話說明在先。你們將來不要我當香主，我不當就是。可不能亂加罪名，又打又罵，甚麼割耳斬頭，大解八塊。」陳近南皺眉道：「你就愛討價還價。你不做壞事誰來打你殺你？韃子倘若打你殺你，大夥兒給你報仇。」㉝

就因為有了這樣的約定，韋小寶才接受了青木堂香主之職。在這段情節當中的趣味性，全是憑藉韋小寶精湛的語言而生，而金庸幽默的才情，也因此發揮得淋漓盡致、表露無遺，令讀者在大笑之餘，無不稱許拜服。與韋小寶有關的詼諧情節，又如：在少林寺內，他對擄來的阿珂逼問姓名之經過：

韋小寶……道：「……你叫甚麼名字？」那女郎（阿珂）搖了搖頭，眼淚更加流得多了。韋小寶道：「原來你名叫搖頭貓，這名字可不大好聽哪。」那女郎睜開眼來，嗚咽道：「誰叫搖頭貓？你才是搖頭貓。」韋小寶聽她答話，心中大樂，笑道：「好，我就是搖頭貓。那麼你叫甚麼？」那女郎道：「不說！」韋小寶道：「你不肯說，只好給你起一個名字。叫做……叫做啞巴貓。」那女郎怒道：「胡說八道，我又不是啞巴。」韋小寶坐在一疊高高堆起的少

林武學典籍之上，架起了二郎腿，輕輕搖幌，見她雖滿臉怒色，但秀麗絕倫，動人心魄，笑道：「那麼你尊姓大名哪？」那女郎道：「我說過不說，就是不說。」韋小寶道：「我有話跟你商量，沒名沒姓的，說起來有多別扭。你既不肯說，我只好跟你取個名字了。嗯，取個甚麼名字好呢？」那女郎連聲道：「不要，不要，不要！」韋小寶笑道：「有了，你叫做『韋門搖氏』。」那女郎一怔，道：「古裡古怪的，我又不姓韋。」……韋小寶道：「我姓韋，因此你已經命中註定，總之是姓韋的了。我不知你姓甚麼，你只是搖頭，所以叫你『韋門搖氏』。」㉞

從「搖頭貓」到「啞巴貓」再至「韋門搖氏」，無一不使讀者懷抱大暢，如果讀者能閉上眼睛想像一下，阿珂猛搖頭，小寶猛取名的情狀，就會發出更過癮的笑聲。而阿珂在尚未理解「韋門搖氏」之名，是取意於韋小寶欲娶她為妻，還楞楞地評述此名是「古裡古怪」時，更使讀者為之捧腹。

　　快樂的情緒，是每一個人都喜愛獲得的。在金庸小說之中，由於有了詼諧戲謔的情節安排，讀者在閱讀的當兒，便獲得了愉悅之情。

三、緊張與波折

　　因為武俠小說的讀者多為男性，所以作者在考慮到男性讀者大多喜歡緊張、波折之情節的狀況下，往往就會特意安排，以震撼讀者心靈。在此，先論金庸小說情節中緊張之安排，再述波折之表現。

㈠緊張

金庸筆下有許多緊張的情節表現，它們通常與書中人物之生死有關，例如：在《白馬嘯西風》之中，臨死的瓦耳拉齊因為擔心黃泉路上無人相陪，所以意欲害死自己的弟子李文秀：

> 瓦耳拉齊道：「我要你永遠在這裡陪我，永遠不離開我……」他一面說，右手慢慢的提起，姆指和食指之間握著兩枚毒針，心道：「這兩枚毒針在你身上輕輕一刺，你就永遠在迷宮裡陪著我，也不會離開我了。」輕聲道：「阿秀，你又美麗又溫柔，真是個好女孩，你永遠在我身邊陪著。我一生寂寞孤單得很，誰也不來理我……阿秀，你真乖，真是個好孩子……」兩枚毒針慢慢向李文秀移近，黑暗之中，她甚麼也看不見。瓦耳拉齊心想：「我手上半點力氣也沒有了，得慢慢的刺她，出手快了，她只要一推，我就再也刺她不到了。」毒針一寸寸的向著她的面頰移近，相距只有兩尺，只有一尺了……李文秀絲毫不知道毒針離開自己已不過七八寸了，說道：「師父，阿曼的媽媽，很美麗嗎？」㉟

當讀者閱及這段情節時，心中必然為李文秀感到萬分緊張：因為李文秀根本沒想到瓦耳拉齊會害她，況且身處黑暗之中，她也沒有機會發現正逐漸刺向自己的毒針，所以始終以慣有的溫柔善良對待瓦耳拉齊。所幸，最後瓦耳拉齊因為聽見李文秀提到阿曼的母親，心頭一震，耗去了全身僅存的一點氣力，李文秀才得已逃

過死劫。附帶一提的是,其實如果李文秀真被刺死,對她而言未必不是一種幸福,因為以她的個性來看,不能得到蘇普的愛,生命對她而言只是折磨。

《越女劍》裡武功奇高的阿青,因為愛上了范蠡,所以決定殺死西施。當她的吶喊聲——「范蠡!你叫你的西施出來,我要殺了她!」、「范蠡,范蠡,我要殺了你的西施,她逃不了的。我一定要殺了她!」,在深夜裡忽東忽西地傳進身處館娃宮內的范蠡與西施之耳時,那種陰森森的感覺,真叫人不寒而慄。在經過漫長靜默的等待之後:

> 驀地裡宮門外響起一陣吆喝聲,跟著嗆啷啷、嗆啷啷響聲不絕,那是兵刃落地之聲。這聲音從宮門外直響進來,便如一條極長的長蛇,飛快的遊來,長廊上也響起了兵刃落地的聲音。一千名甲士和一千名劍士阻擋不了阿青。只聽得阿青叫道:「范蠡,你在那裡?」范蠡向西施瞧了一眼,朗聲道:「阿青,我在這裡。」「裡」字的聲音甫絕,嗤的一聲響,門帷從中裂開,一個綠衫人飛了進來,正是阿青。她右手竹棒的尖端指住了西施的心口。㊱

失戀女子的反應,在金庸的筆下可以大分為兩類,一是以個性溫和的程英為代表,自我隱忍、默默承受;一是以個性偏激的李莫愁為代表,恣意發洩、胡亂作為。按照阿青在書中的表現,她的個性是比較傾向李莫愁,這可以從她因為一隻老山羊之死,而將八名吳國劍士的眼睛刺瞎而得知。因此,當她揚言要殺西施,書中人物與讀者莫不心下惴惴,尤其她的武功是那麼高強,而西施

卻是極為柔弱。

在《倚天屠龍記》第三十九回中，謝遜與成崑的打鬥是一段緊張的情節，當奸惡的成崑在久戰之後，仍無法打敗昔日弟子謝遜時，他便以無聲無息的招術來對付盲眼的謝遜，使得謝遜無法抵禦：

> 成崑久戰不勝，心中早便焦躁……心念一動，移步換形，悄沒聲息的向斷松處退了兩步。謝遜連發三拳，搶上兩步，成崑又退兩步，想要引他絆倒在斷松之上。謝遜正待上前追擊，張無忌叫道：「義父，小心腳下。」謝遜一凜，向旁跨開，便這麼稍一遲疑，成崑已找到空隙，一拳無聲無息的拍到，正印在謝遜胸口，掌力吐處，謝遜向後便倒。成崑提腳向他頭蓋踹落。謝遜一個打滾，又站了起來，嘴角邊不住流出鮮血。謝遜與他相鬥，全仗熟悉招數，輔以聽風辨形，此刻成崑這一掌不按常法，慢慢移到謝遜面門，突然拍落，打在他的肩頭。謝遜身子幌了幾下，強力撐住。㉛

謝遜的雙親與妻兒慘遭成崑殺害，因此謝遜與成崑有血海深仇。此外，在成崑之惡行並非僅是殺害謝遜家人的情況下，謝遜的遭遇便更令人同情；而根據書中所敘，謝遜的命運似乎一向坎坷，因此很難擔保他不會與成崑同歸於盡。基於上述，讀者當然會為謝遜大捏冷汗，擔心謝遜時常怒罵的「賊老天」又不開眼，而使謝遜的復仇行動不能完滿達成。

阿紫在金庸迷的心中是最討厭的人物之一，因為她不但自私

蠻橫、不知輕重,而且心狠手辣、行事歹毒。為了希望蕭峰能永遠與她相守,她竟然在蕭峰靠近她時,對蕭峰突然發出毒針。蕭峰在倉促之際,不加思索地對阿紫拍出驚人的掌力:

> 蕭峰於千鈞一髮中逃脫危難⋯⋯不由得心中怦怦亂跳。待見阿紫給自己一掌震出十餘丈,不禁又是一驚:「啊喲,這一掌她怎經受得起?只怕已經給我打死了。」身形一幌,縱到她身邊,只見她雙目緊閉,兩道鮮血從嘴角流了出來,臉如金紙,這一次是真的停了呼吸。蕭峰登時呆了,心道:「我又打死她了,又打死阿朱的妹妹。她⋯⋯她臨死前叫我照顧她的妹妹,可是⋯⋯可是⋯⋯我又打死了她。」這一怔本來只是霎息之間的事,但他心神恍惚,卻如經歷了一段極長的時刻。他搖了搖頭,忙伸掌按住阿紫的後心,將真氣拼命送將過去。過了好一會,阿紫的身子微微一動。㊳

以讀者對阿紫厭惡的程度來看,阿紫的生死,讀者是不甚在意的,那麼讀者心中何以又有緊張之感呢?其實,讀者所擔心的是蕭峰,因為一旦阿紫果真死去,讀者不敢想像蕭峰將如何自處?蕭峰會不會在有違阿朱臨終所託的自責中,做出傷害自己的舉動?當筆者讀到這段情節時,腦海所浮現的是《倚天屠龍記》中的張翠山,因有愧俞岱巖而自刎的情節。這樣的想法便使筆者感到莫大驚懼,唯恐蕭峰也會走上這一條路。更何況一如謝遜的是,在金庸筆下,蕭峰的「命」實在不太好。

㈡波折

　　小說情節的波折表現，足以形成美感，一如觀賞山勢的起伏，所以前人有「文似看山不喜平」之語。在金庸小說中，情節波折的設計十分常見。筆者曾在第三章中說明，金庸小說的敘事模式是男主角必定要經歷某些過程，從而終成為武林高手，並和全書中最美麗可愛的女性結為伴侶。那麼只要讀者掌握住此一模式，自然就可以知道主角之結局為何。當然，有些讀者並不明白金庸小說的敘事模式，但是當他們習慣了中國小說特有之「大團圓」結局，自也能料想到結局會如何；此外，據筆者的了解，甚至有些讀者會因為急於知道小說結局，索性直接翻到書末查看。在既已知悉結局為愉快結尾（Happy ending）的情況下，值得關注的便是情節發展的過程了，因此過程的迤邐與否，就成為吸引讀者目光的焦點所在，而其中的悲喜驚怒，則時時牽動讀者心靈。

　　按照金庸小說的敘事模式來考察《射鵰英雄傳》，其中最美麗可愛的女性，非黃蓉莫屬，那麼郭靖最後要娶的女子，顯見就是黃蓉。但仔細翻閱全書，兩人自相遇、相識、相戀，直至鴛盟得諧，其間多歷風雨。首先是郭靖在與黃蓉尚未結識之前，即已奉成吉思汗之命與華箏有了婚約；接著是楊鐵心在臨死前，央請丘處機要讓郭靖與穆念慈成親；而後是程遙珈因感念郭靖相救之情，也對郭靖心生好感；再又有郭靖因誤會江南五怪為黃藥師所殺，而無法與黃蓉繼續維持情侶關係；最終是黃蓉因郭靖未曾向成吉思汗辭婚，所以憤而出走。當然，一切都要感謝金庸，他將這種種的疑難都排除了：華箏因為向成吉思汗告密，說李萍私拆

錦囊，造成李萍自刎，等於是間接殺了李萍，如此一來，郭靖就絕不可能娶華箏；穆念慈則因先前就已經喜歡上無行的楊康，所以並未涉入郭靖與黃蓉之間；程遙珈也因後來在黃藥師的主婚下，與陸冠英締結良緣，不再戀慕郭靖；至於殺害江南五怪的兇手，則在黃蓉的憚智竭慮、不惜性命下找出；而關於黃蓉對郭靖的氣苦，也在郭靖的求懇下輕易地煙消雲散。

郭靖與黃蓉的愛情道路是如此曲折，楊過與小龍女的愛情更有過之，最初是小龍女失貞於尹志平，卻誤以為是楊過所為，因此她要楊過娶己為妻，由於楊過不肯，所以小龍女出走。接著是，楊過與小龍女在武林群豪面前直言兩人雖有師徒名份，但因彼此愛慕，所以無視當時禮教大防便要結成夫妻，而引起軒然大波；黃蓉為了阻撓兩人成婚，特地與小龍女商談：

（黃蓉心想）他二人師徒名份既定，若有男女之私，大乖倫常，有何臉面以對天下英雄？當下嘆了口氣，說道：「妹子，世間有很多事情你是不懂的。要是你與過兒結成夫妻，別人要一輩子瞧你不起。」小龍女微笑道：「別人瞧我不起，那打甚麼緊？」黃蓉……於是說道：「過兒呢？別人也要瞧他不起。」小龍女道：「他和我一輩子住在誰也瞧不見的地方，快快活活，理會旁人作甚？」……黃蓉道：「過兒從小在外邊東飄西蕩，老是關在一座墳墓之中，難道不氣悶麼？」小龍女笑道：「有我陪著他，怎會氣悶？」黃蓉嘆道：「初時自是不會氣悶。但多過得幾年，他就會想到外邊的花花世界，他倘若老是不能出來，就會煩惱了。」㉙

小龍女聞言後去問楊過，楊過坦承深居古墓日久，會有氣悶之時。小龍女在心傷之餘，復想起黃蓉曾說，楊過會因為娶她而受人歧視等語，因此留下「善自珍重，勿以為念」，再度離去。當楊過再與小龍女重逢時，小龍女正準備嫁給絕情谷谷主公孫止，為了讓楊過對自己徹底忘懷，小龍女故意裝作不認識楊過。直至楊過性命有危，小龍女決意與楊過同死，兩人才又相聚。只是，此後楊過又中了情花劇毒，命在旦夕。接著又是小龍女誤信楊過為化解武氏兄弟兩人紛爭時，所說之郭靖與黃蓉已將郭芙許配予他等語，黯然離去。後來，郭芙斬斷楊過右臂，楊過返回古墓，路經重陽宮，聽見傳來兵刃相交之聲，一時好奇，循聲而至，方又見到小龍女，但此時小龍女已是傷重得氣息奄奄了。楊過好不容易想出逆轉經脈之法，讓小龍女療傷，小龍女卻又在療傷的緊急關頭，被郭芙發出的毒針射中。小龍女自料傷病難癒，未免楊過為己殉情，她在崖壁上留下十六年後相見的誑語，毅然跳下絕情谷。十六年後，楊過依約來到絕情谷，意會到小龍女早已跳崖，因此也躍入絕情谷。楊過墜谷不死，在谷底四處尋找，終與小龍女相見，兩人從此隱居相守。

　　通俗小說在中國古代一向注有「勸使為善、誡使勿惡」的價值觀，而武俠小說的基本意識型態，則在於結局的「邪不勝正」。準此，讀者便可以明瞭，凡書中之奸惡者最後均不得善終。即便如此，讀者在閱讀中間看見奸惡者得意洋洋、肆意地欺負好人時，仍然無法發出「善惡到頭終有報」的冷笑，而是深深氣憤於惡人之惡，極度同情於善人之苦，必須一直等到「善得善報、惡得惡報」的結果出現時，才能緩下心中不平。一般而言，

最受通俗大眾歡迎的情節安排是：情節發展過程中，壞人千方為惡，好人萬般受苦；情節結束時，壞人下場極慘，好人非常幸福。因為透過兩者極端的對比，讀者能夠獲得較大的心理滿足。在金庸小說中，對於與壞人有關的情節描寫，也有曲盡其惡以及不得善終的設計。以下試舉二例說明之。

《書劍恩仇錄》中的張召重出身名門正派，但為了功名利祿，不惜投靠清廷，惡事做盡。先是在追捕文泰來時，對十歲小兒周英傑使出激將法，而得以逮捕到文泰來；接著又是因不讓文泰來脫逃而與紅花會為敵，紅花會群豪將他制伏後，交予其師兄馬真管教，不料張召重卻乘馬真熟睡時，挖去馬真的雙眼，砍去馬真的左腳，使馬真在對衛春華留下：「要陸師弟和魚同給我報仇」之語後，憤而撞牆自殺。此後，張召重又陸續有為難紅花會之舉，例如：讓兆惠派遣軍隊圍捕紅花會群豪；對相救他於狼群之中的陳家洛施奸計，欲置陳家洛於死地。當陳家洛以新學之「庖丁解牛拳」將他打敗後，余魚同將他丟入餓狼群中，以慰馬真在天之靈。陸菲青顧念昔日同門之誼，想再給他一次自新機會，因此出手相救，豈料他竟強拉著陸菲青同歸於盡，實在奸惡至極。這樣陰險毒辣的人物，當然不會有好下場，因此張召重最後是遭群狼亂嚼亂咬而死，讀者之心為之大快。

《飛狐外傳》中的鳳天南是廣東佛山鎮的惡霸，平日為惡多端：又是強暴少女、又是坐地分贓、又是開設賭場。他為了替小妾建屋而向鍾阿四購地，由於鍾阿四是依靠此地種菜維生，所以不肯出售。鳳天南便以家中所養肥鵝失蹤一隻為由，誣指鵝隻為鍾阿四之子小二、小三所偷。年幼的鍾小三面對鳳天南的質問，所回答之應為「吃螺」的「吃我，吃我」，在被誤會成是「吃鵝」

的情況下，鍾阿四便被官府衙役逮捕入獄。鍾四嫂前去探監，發現鍾阿四全身上下被打得血肉模糊，心下一急，便拖了兒子小三，央請左右鄉鄰，一齊前往北帝廟，剖兒腹以明冤。鍾四嫂將小三的肚子剖開後，自然沒有發現鵝肉，而全是一顆顆未消化的螺肉。胡斐聽聞此事，大感不平，於是將鳳天南之獨生子抓入北帝廟，鳳天南聞訊趕到，而鍾阿四、鍾四嫂與鍾小二亦聞訊來到此處。胡斐在制伏鳳天南之後，因遭人以調虎離山之計引開，故而使鳳天南乘機洩憤而屠戮鍾家三口。胡斐為了替鍾阿四全家報仇，一路追殺鳳天南。雖然後來因為答應了袁紫衣，要讓袁紫衣手刃鳳天南以報母親被淫之仇而罷手，而袁紫衣卻又因故未能殺死鳳天南，但鳳天南最終仍然不脫慘死的下場。

前述之波折是情節結局在人意中而發展過程一波三折者，而下述之波折，乃是作者精心的安排，是讀者所想不到的發展。而這份意外的前提，在於必須合乎情理，否則就會因為失真而流於荒誕。

《神鵰俠侶》裡的周伯通，在擔心瑛姑對己痴纏，以及自認愧對段皇爺的情況下，對於兩人總是多方迴避、絕不肯見。楊過與郭襄受瑛姑之託，前去央請周伯通與瑛姑相見，周伯通執意不肯。即使楊過以「黯然銷魂掌」之招式相誘，好武成癡的周伯通也只願跪下求楊過收他為徒，而絕不與瑛姑重會。楊過不願相強，只告訴周伯通，瑛姑曾為他生下一子，接著便使出全套的「黯然銷魂掌」，並講解此掌法其中蘊藏個人對小龍女的無限相思，即與郭襄一同離去。沒想到周伯通突然尾隨而來，對楊過與郭襄說道：「你們走後，我想著楊兄弟的話，越想越是牽肚掛腸。倘若不去見她，以後的日子別想再睡得著，這句話非要親口

問她個清楚不可。」當讀者看見周伯通願意去見瑛姑,心中必定認為周伯通是因為聽了楊過提起對小龍女的苦思,因而憐憫瑛姑亦是如此苦思自己,故有此舉。至於他要問瑛姑什麼話,雖不可知,但總不是一樁小事,約莫是一縷情思難以忘懷之種種,卻沒想到:

> 周伯通走到瑛姑身前,大聲道:「瑛姑,咱們所生的孩兒,頭頂心是一個旋兒呢,還是兩個旋兒?」瑛姑一呆,萬沒想到少年時和他分手,暮年重會,他開口便問這樣不相干的一句話,於是答道:「是兩個旋兒。」周伯通拍手大喜,叫道:「好,那像我,真是個聰明娃兒。」跟著嘆了口氣,搖頭道:「可惜死了!」⑩

周伯通的問題,雖然使書中人與讀者意外,但卻與他的頑童思路相合。

郭芙的名字之所以不被讀者遺忘,一方面是因為她曾經砍斷楊過的手臂,並誤發毒針使小龍女傷重不治;另一方面則是因為她在表面上與內心中一直顯示出的厭惡楊過,居然不是她內心底層的聲音。她不明白自己的潛意識,讀者當然更不懂。直到耶律齊遇險,楊過應郭芙之請冒險救出耶律齊,金庸才以神來之筆,向讀者揭發郭芙心中對楊過潛藏已久的愛意。這個秘密的揭開,是天外飛來之筆。它震撼了每一個讀者,原來我們所熟知的「愛恨之間乃一線之隔」,亦可說成「恨愛之間乃一線之隔」。郭芙因為不清楚自己的心事,不清楚她對楊過之愛的希冀,而在得不到楊過的關注以獲得滿足的情況下,內心深處就總有一股說不出的

遺憾。這樣奇異的心理，約莫只有心理學家才可以通過郭芙先前的表現剖析得出，至於一般讀者就得等待金庸的正式揭出，而在揭出的文字中，大感意外之餘，又恍然大悟。

溫瑞安曾經說，《鴛鴦刀》是一部「反武俠」小說的小說，並加以解釋道：「這兒指的『反武俠』，不是反『武俠精神』，例如：好打不平、行俠仗義等抱負與實踐的『反』，而是『反』一種武俠小說約定俗成的規矩與情節。」㊶因此，當讀者在閱讀此書時，便常有意料之外的驚奇，例如：皇帝與武林眾人所爭奪之「一短一長，刀中藏著武林的大秘密，得之者無敵於天下，刀刃耀眼」的鴛鴦刀，其所藏之密並非是像倚天劍或屠龍刀那樣，有武林秘笈或兵書，而只是刀刃刻有顯而易見的「仁者無敵」四字耳。這樣的情節安排，雖然是讀者始料未及的，但卻是合乎情理的。只是，唯一有憾的是，既然如此，原來擁有寶刀之袁姓及楊姓兩位英雄，何必寧可犧牲性命，也不願向皇帝道出寶刀下落？也許是因為皇帝是滿清韃子之故，袁楊兩位英雄不肯讓清帝憑藉此法得以長期統治漢人吧！

《倚天屠龍記》第二十三回〈靈芙醉客綠柳莊〉中，寫及趙敏用計騙得張無忌落入鋼牢之內，張無忌為了脫困以搶救中毒之楊逍等人，先是用手扠住趙敏的咽喉，後又用濕綢封住她的口鼻，但趙敏卻不肯屈服，堅持不放張無忌出牢。直到張無忌用了第三個法子，趙敏迫不得已地放人。張無忌的法子很特別，是出乎讀者意料地搔趙敏的腳丫子，使她在難耐之餘，只得屈服。這段情節的安排，不但有趣而且令人意外。至於趙敏因而墜入情海，對張無忌心生愛慕，雖然出人意表，但仍可由情理推出，一是因為趙敏先前即對面貌英俊的張無忌頗有好感，二是緣於趙敏

認為自此與張無忌有肌膚之親。趙敏在書中是個機靈刁鑽的人物，曾經以七蟲七花膏之解毒藥方與黑玉斷續膏的相贈，使張無忌答應為她做三件不違反武林俠義之事，前兩件都使張無忌極端為難。因此，當她對張無忌提出第三件要求時，張無忌與讀者都不免有些憂心，豈料趙敏的要求，竟是無限旖旎，充滿情趣的「畫眉」。雖然趙敏的要求出乎讀者意料，但是仔細推想卻是合乎情理。因為趙敏是如此深愛張無忌，為了張無忌，她可以輕生赴死，也可以不惜與父兄絕裂，是故當塵埃落定，自別無所求。所以第三件要求，即是「畫眉」，其實與其說是畫眉，不如更貼切地說是在暗示張無忌與她締結良緣。

《天龍八部》的蕭峰費了九牛二虎之力，兜了無數圈子，最後透過阿朱，終於從康敏口中問出「大惡人」乃是段正淳，但蕭峰那裡想得到康敏會撒謊？段正淳會是阿朱的親生父親？阿朱會喬裝段正淳來受自己一掌？至於，他千辛萬苦所尋找之殺養父母、弒恩師、戮趙錢孫與譚公、譚婆的嫁禍者，竟又是自己的生父蕭遠山，父債子償、父做子受，兇手竟然就等同於自己。雖然，這一切都出乎蕭峰與讀者的意料之外，但仔細推敲情節之發展以及人物之個性，卻又合情入理。且世事原本難料，誠如金庸為黃蓉所擬之言，「天下的事難說得很……你想得好好的，老天偏偏盡跟你鬧彆扭」⑫。

《俠客行》裡的梅芳姑，始終不明白石清當年為何不喜歡自己而要選擇閔柔，後來有機會向石清問明此事，她自然不肯錯過，但石清的答案竟是：「梅姑娘，我不知道。你樣樣比我閔師妹強，比我也強。我和你在一起，自慚形穢，配不上你。」在石清未說明何以不愛梅芳姑之前，筆者曾經揣度石清的答案，應是

梅芳姑的溫柔不及閔柔，沒想到答案竟是石清不愛女強人。這答案雖然令人意外，卻十分容易理解，因為中國傳統男性的想法中，男尊女卑；直至今日，作風過於強勢或能力卓越的女子，也仍然使男子望而生畏。由此觀之，金庸為石清所安排的這個意外而合情理的答案，正是中國傳統大男人的由衷心聲。

　　《鹿鼎記》的韋小寶，周旋在康熙與天地會之間，深得兩方信任。書中第四十三回寫及歸辛樹夫婦及其子歸鍾進清宮行刺康熙，在韋小寶刻意誤導的情況下，竟意外地為太后打死藏身轎內的反賊毛東珠與瘦頭陀。康熙為此召來韋小寶，幾句嘉勉之後，在大笑聲中，對韋小寶問起歸辛樹的武功如何，借以表明已經得知歸辛樹三人是經韋小寶指點入宮的事實：

> 　　韋小寶耳邊便如起了個霹靂，身子連幌，只覺兩條腿中便似灌滿了醋一般，又酸又軟，說道：「這……這……」康熙冷笑道：「天父地母，反清復明！韋香主，你好大的膽子哪！」韋小寶但覺天旋地轉，腦海中亂成一團，第一個念頭便想伸手去拔匕首，但立即想起：「他甚麼都知道了！既然問道這句話來，就是翻牌跟我比大小。……」⑱

在金庸筆下，康熙是一代明君，他行事不衝動，能夠盱衡大局，如何可能長久為韋小寶所欺。因此，金庸在這段情節中，便安排康熙揭穿韋小寶在天地會青木堂香主的身分，雖然令讀者意外，但卻也在讀者意中。至於奉康熙之命，在青木堂中臥底之人，竟又是沈默寡言、模樣老實，舉止宛如呆頭木腦鄉巴佬般的風際中，而非是口齒靈便、有如市儈的錢老本，非是舉止輕捷、精明

乖巧的徐天川，非是辦事周到、能幹練達的高彥超，非是脾氣暴躁、好酒貪杯的玄貞道人，這不就正是符合了「人不可貌相」的世態箴言嗎？

「意料之外，情理之中」的情節設計，可以使讀者因為情節發展的突如其來，而獲得心理上某種程度的震撼，這份震撼可能是喜悅，可能是酸楚，可能是訝異，可能是啼笑皆非，也可能是氣憤。總之，它是能使情節更具張力以引人入勝的手筆。

四、奇異與巧合

奇異與巧合的情節安排，與前述之緊張與波折的情節相同，它們都是屬於武俠小說類型的本質特色。不同的是緊張與波折是合乎情理，而奇異與巧合則不然。作者在敘述奇異與巧合的情節時，即已明白它們是有違常理且極不可能發生；讀者在閱讀時，心中自也清楚此類情節係純屬虛構，但仍然接受它，並從中享受趣味。在作者存心「欺人」，讀者寧願「被欺」的情況下，這種奇異與巧合的情節普遍出現在武俠小說之中，也因此成為武俠小說被人詬病的原因之一。不過，既然武俠小說的作者已經「癡」寫，而讀者又都「解其中味」，我們不妨來觀察金庸是如何在作品中，安排或奇異、或巧合、或兼而有之的情節。

奇異的情節設計，部分是來自於作者的巧思，而其中有時尚含哲思，這可以經由金庸在安排其筆下幾位男性主要人物之學武經過中窺知。茲以陳家洛學「庖丁解牛拳」、張無忌學「太極劍」，以及令狐沖學「獨孤九劍」之情節加以說明。《書劍恩仇錄》第十七回，陳家洛與霍青桐、喀麗絲進入古城，陳家洛在阿里的骸骨旁邊撿到一綑竹簡，拾起細看原來是《莊子》，而其中

在〈養生主〉「庖丁解牛」的文字旁都加有密圈，並以回文在旁註道，「破敵秘訣，都在這裡」：

> 陳家洛一怔，道：「這是甚麼意思？」霍青桐道：「瑪米兒的遺書中說，阿里得到一本漢人的書，懂得了空手殺敵之法，難道就是這些竹簡？」陳家洛道：「莊子教人達觀順天，跟武功全不相干。」丟下竹簡……霍青桐忽問：「那篇『莊子』說些甚麼？」陳家洛道：「說一個屠夫殺牛的本事很好，他肩和手的伸縮，腳與膝的進退，刀割的聲音，無不因便施巧，合於音樂節拍，舉動就如跳舞一般。」香香公主拍手笑道：「那一定很好看。」霍青桐道：「臨敵殺人也能這樣就好啦。」陳家洛一聽，頓時呆了。「莊子」這部書他爛熟於胸，想到時已絲毫不覺新鮮，這時忽被一個從未讀過此書的人一提，真所謂茅塞頓開。「庖丁解牛」那一段中的章句，一字字在心中流過：「方今之時，臣以神遇，而不以目視，官知止而神欲行，依乎天理，批大郤，導大窾，因其固然……」再想到：「行為遲，動刀甚微，謋然已解，如土委地，提刀而立，為之四顧，為之躊躇滿志。」心想：「要是真能如此，我眼睛瞧也不瞧，刀子微微一動，就把張召重那奸賊給殺了……」霍青桐姊妹見他突然出神，互相對望了幾眼，不知他在想甚麼。陳家洛忽道：「你們等我一下！」飛奔入內，隔了良久，仍不出來。兩人不放心了，一同進去，只見他喜容滿面，在大殿上的骸骨旁手舞足蹈。……霍青桐聽他在舉手投足之中勢挾勁風，恍然大悟，原來他是在鑽

研武功。㊹

就這樣，陳家洛自創出「庖丁解牛拳」，後來也果真在余魚同以笛吹奏的「十面埋伏」中，打敗惡賊張召重。這段情節的安排，在離奇之外，尚有哲思蘊涵其中，例如：我們往往因為太熟悉某樣事物，而無法從中挖掘出新意；而慣性的思惟模式，亦時常局限我們的想法。因此，陳家洛在滿心認定《莊子》是文人典籍、是教人「達觀順天」時，便不能將它與武功聯想在一起，而必須透過從未讀過《莊子》的霍青桐予以提示。至於經由「庖丁解牛」之理，是否真能創出不世神功，筆者認為師其「意」的可能性，遠比師其「法」的成功率來得大，畢竟「庖丁解牛」的故事，原本就是內含寄託之意的寓言。

陳家洛自創的「庖丁解牛拳」是緣於《莊子‧養生主》，而張無忌所學之「太極劍」與《莊子》亦有相通處，即「忘」之妙道。在《莊子》「痀僂承蜩」與「梓慶為鐻」等技藝的出神入化中，所強調的是以凝神專注之「忘物」、「忘我」臻於至善；而在張無忌學習太極劍時，張三丰在對他傳完第一次劍法時，也提出了「忘」：

> 張三丰問道：「孩兒，你看清楚了沒有？」張無忌道：「看清楚了。」張三丰道：「都記得了沒有？」張無忌道：「已忘記了一小半。」張三丰道：「好，那也難為你了。你自己去想想罷。」張無忌低頭默想。過一會，張三丰問道：「現下怎樣了？」張無忌道：「已忘記了一大半。」周顛失聲叫道：「糟糕！越來越忘記得多了。張真

人，你這路劍法是很深奧，看一遍怎能記得？請你再使一
遍給我們教主瞧瞧罷。」張三丰微笑道：「好，我再使一
遍。」提劍出招，演將起來。眾人只看了數招，心下大
奇，原來第二次所使，和第一次使的竟然沒一招相同。周
顛叫道：「糟糕，糟糕！這可更叫人胡塗啦。」張三丰畫
劍成圈，問道：「孩兒，怎樣啦？」張無忌道：「還有三
招沒忘記。」張三丰點點頭，放劍歸座。張無忌在殿上緩
緩踱了一個圈子，沈思半晌，又緩緩踱了半個圈子，抬起
頭來，滿臉喜色，叫道：「這我可全都忘了，忘得乾乾淨
淨的了。」張三丰道：「不壞，不壞！忘得真快，你這就
請八臂神劍指教罷！」說著將手中木劍遞給了他。張無忌
躬身接過，轉身向方東白道：「方前輩請。」周顛抓耳搔
頭，滿心擔憂。㊺

其後，張無忌即以木劍使出現學之太極劍法，打敗了手持倚天寶
劍的方東白。但招式既已全然忘記，要如何克敵致勝呢？原來，
在「太極劍」的使用上，所注重者乃在其「神」、乃在其「意」，
而非是招數，這聽起來既奇且玄，不過其中深藏哲思。要了解這
一點，不妨再回到前述《莊子》之「痀僂承蜩」與「梓慶為鐻」
上來看，倘若痀僂老人不是忘了手臂與竹竿的不同，焉能將兩者
合而為一，達到捕蟬與拾蟬同等容易的境界；倘若梓慶為鐻之
時，心縈「慶賞爵祿」、「非譽巧拙」、「四肢形體」，焉能使內
之「神」與外之「木」相合，而削刻出如鬼斧神工之形似夾鐘的
樂器「鐻」。以此推之，張無忌若不是將劍招盡數忘卻，心便有
滯於「招」，劍法即不能精純；而唯有無招，才能得其神髓，臻

於千變萬化、無窮無盡的武藝至境。

　　張無忌的「太極劍」是以講究「劍意」、崇尚「神髓」來自由揮灑，而風清揚在對令狐沖教劍時，所說「活學活使」亦有類於此，且看他對令狐沖的指點：

> 風清揚又道：「……招數是死的，發招之人卻是活的。死招數破得再妙，遇上了活招數，免不了縛手縛腳，只有任人屠戮。這個『活』字，你要牢牢記住了。學招時要活學，使招時要活使。倘若拘泥不化，便練熟了幾千萬手絕招，遇上了真正高手，終究還是給人破得乾乾淨淨。」㊻

以「死招」與「活招」相抗，無庸置疑，當然是使「活招」者得勝。金庸在透過風清揚之口提出「活學活使」的說法後，更進一步讓風清揚闡發先前即已在《神鵰俠侶》中所提，有關獨孤求敗於劍塚石刻上的「無劍勝有劍」論點，喻示令狐沖「無招勝有招」之理：

> 風清揚道：「活學活使，只是第一步。要做到出手無招，那才真是踏入了高手的境界。你說『各招渾成，敵人便無法可破』，這句話還只說對了一小半。不是『渾成』，而是根本無招。你的劍招使得再渾成，只要有跡可尋，敵人便有隙可乘。但如你根本並無招式，敵人如何來破你的招式？」令狐沖一顆心怦怦亂跳，手心發熱，喃喃的道：「根本無招，如何可破？根本無招，如何可破？」斗然之間，眼前出現了一個生平從所未見、連做夢都做不到的新

天地。風清揚道：「要切肉，總得有肉可切；要斬柴，總得有柴可斬；敵人要破你劍招，你須得有劍招給人家來破才成。一個從未學過武功的常人，拿了劍亂揮亂舞，你見聞再博，也猜不到他下一劍要刺向那裡，砍向何處。就算是劍術至精的人，也破不了他的招式，只因並無招式，『破招』二字，便談不上了。只是不曾學過武功之人，雖無招式，卻會給人輕而易舉的打倒。真正上乘的劍術，則是能制人而決不能為人所制。」他拾起地下的一根死人腿骨，隨手以一端對著令狐沖，道：「你如何破我這一招？」令狐沖不知他這一下是甚麼招式，一怔之下，便道：「這不是招式，因此破解不得。」⑪

「無招勝有招」是金庸小說武學之最高境界，乃於一九六七年提出；而古龍在一九六四年寫作《浣花洗劍錄》時，則有「無招破有招」的無上劍道奧旨。根據上述之說，金庸正式提出「無招勝有招」的說法就晚於古龍，但是從金庸可以想到「無劍勝有劍」來看，「無招勝有招」之說應亦是早在胸臆。因此，葉洪生認為，古龍之說是向金庸所著《神鵰俠侶》獨孤求敗「無劍勝有劍」之說借出，進而闡發者⑱。曹正文認為，在古龍看來，「真正的武林高手是沒有招式的，無便是有，無招便是最絕的招」，並加以評述道：「這其中的奧妙，其實很有點科學性，因為任何一家最厲害的招式，都有天生的剋星。只有達到『無便是有，有便是無』，才可以稱得上武學的顛峰。」⑲金庸的武學觀點，也是如此。此外，如果通過「庖丁解牛掌」與「太極劍」之均與道家《莊子》有關，來觀察「無招勝有招」之理，筆者認為「無招勝

有招」和《老子》亦有相涉。《老子》第十四章提到，道是「歸於無物」，「是謂無狀之狀，無物之象，是謂忽恍。迎之不見其首，隨之不見其後。執古之道，以御今之有」。是故，我們可以了解因「無」是如此難以捉摸，所以便能夠御「有」。王國維在《人間詞話》中，曾說：「詞至李後主而眼界始大，感慨遂深」；筆者認為，或許我們也可以據王氏之說，依樣畫葫蘆，而有「武論至金庸而眼界愈大，哲理遂深」之評。

前述人物所學之武功均有哲理可循，但無理可說的武功則更多，例如：《笑傲江湖》中一分為二的「葵花寶典」與「辟邪劍法」，其練法實在是匪夷所思，因為練功的第一步，便須「揮刀自宮」。此後，學武者心性逐漸改變，且不說林平之與岳不群，僅看有關東方不敗學成「葵花寶典」功夫後的情節刻劃。當楊蓮亭在任我行的逼迫下，帶著任我行等人走進一間精雅小舍去見東方不敗：

> 一進門，便聞到一陣濃冽花香。見房中掛著一幅仕女圖，圖中繪著三個美女，椅上鋪了繡花錦墊。令狐沖心想：「這是女子閨房，怎地東方不敗住在這裡？是了，這是他愛妾的居所。他身處溫柔鄉中，不願處理教務了。」只聽內室一人說道：「蓮弟，你帶誰一起來了？」聲音尖銳，嗓子卻粗，似是男子，又似女子，令人一聽之下，不由得寒毛直豎。楊蓮亭道：「是你的老朋友，他非見你不可。」內室那人道：「你為甚麼帶他來？這裡只有你一個人才能進來。除了你之外，我誰也不愛見。」最後這兩句話說得嗲聲嗲氣，顯是女子聲調，但聲音卻明明是男人。任我

行、向問天、盈盈、童百熊、上官雲等和東方不敗都甚熟悉，這聲音確然是他，只是恰如捏緊喉嚨學唱花旦一般，嬌媚做作，卻又不像是開玩笑。各人面面相覷，盡皆駭異。楊蓮亭嘆了一口氣道：「不行啊，我不帶他來，他便要殺我。我怎能不見你一面而死？」房內那人尖聲道：「有誰這樣大膽，敢欺侮你？是任我行嗎？你叫他進來！」任我行……示意各人進去。……房內花團錦簇，脂粉濃香撲鼻，東首一張梳妝檯畔坐著一人，身穿粉紅衣衫，左手拿著一個繡花繃架，右手持著一枚繡花針，抬起頭來，臉有詫異之色。但這人臉上的驚訝神態，卻又遠不如任我行等人之甚。除了令狐沖之外，眾人都認得這人明明便是取了日月神教教主之位、十餘年來號稱武功天下第一的東方不敗。可是此刻他剃光了鬍鬚，臉上竟然施了脂粉，身上那件衣衫式樣男不男、女不女，顏色之妖，便穿在盈盈身上，也顯得太嬌艷、太刺眼了些。這樣一位驚天動地、威震當世的武林怪傑，竟然躲在閨房之中刺繡！⑳

這樣奇異的情節，若不是金庸擁有過人的想像力，如何能構思得出！在東方不敗未出場時，筆者曾經透過任我行提及他篡奪日月神教教主之位的經過 料想他應是智計過人；也曾透過他對任盈盈的尊重，揣度他也許心儀盈盈，所以應該是極富男子氣概者。那裡想得到，東方不敗非但是一名同性戀者，甚至連行為舉止都模仿女性。東方不敗這般妖裡邪氣所表現出的情狀，實在頗為詭異。而後來他之所以會在任我行等人的圍攻下落敗，則完全是因為任盈盈在危急中折磨楊蓮亭，分散了他的心神。至於《天龍八

部》的童姥，因為修練「八荒六合唯我獨尊功」，所以每三十年
便會返老還童的情節，也相當離奇：

> 童姥說道：「返老還童之後，功力全失。修練一日後回復
> 到七歲時的功力，第二日回復到八歲之時，第三日回復到
> 九歲，每一日便是一年。每日午時須得吸飲生血，方能練
> 功。……這返老還童，便如蛇兒脫殼一般，脫一次殼，長
> 大一次，但如脫到一半給人捉住了，實有莫大的凶險。倘
> 若再耽擱一二日，我仍喝不到生血，無法練功，真氣在體
> 內脹裂出來，那是非一命嗚呼不可了。……」[51]。

童姥在回復功力的過程中，必須吸飲生血，吃不得素；而《神鵰
俠侶》的公孫止所練的「閉穴之功」，則是絕不能飲食半點葷
腥，否則就會「破功」，兩者都是奇思異想的武功。

除了與武功相關的奇異情節之外，在武俠小說當中，也常出
現一種比較不合邏輯或極為巧合的情節，例如：書中人物因食得
某物而功力大增，或身上所中奇毒因「以毒攻毒」而解，或因意
外得到武林密笈而練成不世奇功……等等。試舉例說明之。

因服食某物而功力大增之例，例如：《俠客行》中的雪山派
掌門白自在之所以功力深厚，是因為機緣巧合地服食雪山上異蛇
的蛇膽、蛇血。又如：《射鵰英雄傳》的郭靖因服食蝮蛇寶血而
功力大增。此蝮蛇乃梁子翁千辛萬苦花費二十年時間，以珍貴藥
物養成，且是遠從遼東帶至燕京者。至於郭靖誤食蝮蛇寶血的經
過，則是陰錯陽差、巧合之至，當時郭靖為了替王處一解毒，來
到梁子翁房內盜藥，不小心撞倒身旁的大竹簍，殷紅的大蝮蛇隨

即竄出，並纏住郭靖的身體，使他登時動彈不得：

> 郭靖被大蛇纏住，漸漸昏迷，忽覺異味斗濃，藥氣充鼻，
> 知道蛇嘴已伸近嘴邊，若是給蛇牙咬中，那還了得？危急
> 中低下頭來，口鼻眼眉都貼在蛇身之上，這時全身動彈不
> 得，只賸牙齒可用，情急之下，左手運勁托住蛇頭，張口
> 往蛇頸咬下，那蛇受痛，一陣扭曲，纏得更加緊了。郭靖
> 連咬數口，驀覺一股帶著藥味的蛇血從口中直灌進來，辛
> 辣苦澀，其味難當，也不知血中有毒無毒，但不敢張口吐
> 在地下，生怕一鬆口後，再也咬牠不住；又想那蛇失血多
> 了，必減纏人之力，當下盡力吮吸，大口大口吞落，吸了
> 一頓飯時分，腹中飽脹之極。那蛇果然漸漸衰弱，幾下痙
> 攣，放鬆了郭靖，摔在地下，再也不動了。㊿

郭靖初喝蛇血畢，只覺全身猶如火烤；待與楊康交手，「只覺腹
中炎熱異常，似有一團火球在猛烈燃燒，體內猶如滾水沸騰，熱
得難受，口渴異常，周身欲裂，到處奇癢無比。」此後，除了功
力增添，更是百毒不侵。更神奇的是，連周伯通被毒蛇咬中，郭
靖甚至還能用己血來為周伯通解去蛇毒。

　　以毒攻毒的奇異情節，例如：《神鵰俠侶》中的楊過身中情
花毒，若不能在十八日內服下解藥便將殞命，但因他好意為武修
文與武敦儒兩人吸吮毒質，所以死期雖至，卻仍然活著。書中精
通治傷療毒的天竺僧對此事的解釋，即為：「以毒攻毒，兩般劇
毒相侵相剋」，故也。附帶一提的是，情花毒的毒性也十分特
別，乃是「毒與情結，害與心通」，若是情根深重，即便能得解

藥，也未必能完全清除毒性；但如能斬斷情絲，毒性則不藥自解。又如：《天龍八部》中的段譽，被司空玄強迫服下七日斷腸散，在得不到解藥的情況下，原本難逃一死，卻因為被有毒的閃電貂咬中，張口僵倒在地，此際適逢莽牯朱蛤因貪食一條紅黑斑斕之蜈蚣，而鑽入段譽口腹。在「以毒攻毒」的武俠小說敘事理論下，段譽身上之毒便因此而解。只是未免過於巧合，當張口僵倒之際，竟會有毒蜈蚣、毒蛤蟆由口鑽入腹內，而此人身上原先又已中了劇毒。

　　楊過與段譽都是在死期之前，透過「以毒攻毒」的方式，在機緣巧合中逃過死劫。而張無忌身上之寒毒，則是因為墜谷後，意外地在猿腹中得到《九陽真經》，通過勤修而消解。其情節亦是既奇異又巧合：一隻天天與張無忌玩耍的小猴，帶來一隻腹痛的白色大猿來讓張無忌醫治。張無忌翻開白猿肚腹上的長毛，大吃一驚，原來猿腹上凸起的四邊，竟是以針線縫合，顯是出於人手；待取出猿腹中所藏之物，竟又是《九陽真經》。原來在九十餘年前，瀟湘子與尹克西於華山頂，為躲避覺遠大師的追索，倉皇中藏入猿腹者。張無忌墜谷不死是一奇，白猿壽命能達九十餘年也是一奇；兩者得以相遇，則又是一奇。而此後，張無忌修成「九陽神功」，也是一項巧遇：當時張無忌被彭和尚裝入真氣充沛的乾坤袋，其體內積蓄的「九陽真氣」因此被激發，在內外真氣的激盪下，張無忌身上各處玄關一一打通，是故練成神功。

　　《倚天屠龍記》中的張無忌，一生際遇有不少奇異、巧合；而《俠客行》的石破天則有過之而無不及，我們幾乎可以說，石破天的一生就是由奇異與巧合組成。例如：石破天因為要找媽媽，所以流浪到侯監集，在極度饑餓的情況下，撿起掉落在水溝

旁的燒餅來吃，沒想到燒餅內，竟藏有武林眾人爭奪之有求必應的「玄鐵令」。玄鐵令主人謝煙客希望石破天能對自己有所要求，以完成昔年有求必應的誓言，那裡知道石破天自幼即被養母教成不可出口向人求懇。謝煙客企圖讓石破天因練功走火入魔而死，但石破天在走火入魔之際，卻又被通曉醫術的貝海石救去充當長樂幫幫主。在丁璫與展飛同樣誤認石破天即石中玉的情況下，丁璫讓石破天所服下的冰火酒，以及展飛對石破天所踹出的致命一腳，竟然使石破天不但解除了走火入魔的危機，反而成就了深厚無比、神妙莫測的內功。丁璫因惱石破天之愚而欲殺之，石破天偏又在此時夢話連連，表示自己對丁璫戀戀情深，使得丁璫不忍殺他。至於石破天與白阿綉的相遇，則是因為他被丁璫以船帆捲身，不偏不倚地拋進阿綉所乘之船中。這些發生在石破天身上的情節，可說是無一不奇，無一不巧。乃至於石破天能夠解通俠客島上，眾人百思不解之以李白〈俠客行〉詩和註解，以及用蝌蚪文寫成的《太玄經》等石壁圖譜，而學成絕世神功，竟又是一奇：

> 龍島主……說道：「石幫主，我兄弟悶在數十年的大疑團，得你今日解破，我兄弟實在感激不盡。」……石破天甚是惶恐：「小人不敢，小人不敢。」龍島主道：「這石壁上的蝌蚪古文，在下與木兄弟所識得的還不到一成，不知石幫主肯予賜教麼？」石破天瞧瞧龍島主，又瞧瞧木島主，見二人臉色誠懇，卻又帶著幾分患得患失之情，似乎怕自己不肯吐露秘奧，忙道：「我跟兩位說知便是。我看這條蝌蚪，『中注穴』中便有跳動，再看這一條蝌蚪，

『太赫穴』便大跳一下……」他指著一條條蝌蚪，解釋給
二人聽。他說了一會，見龍木兩人神色迷惘，似乎全然不
知，問道：「我說錯了麼？」龍島主道：「原來……原來
……石幫主看的是一條條……一條條那個蝌蚪，不是看一
個字，那麼石幫主如何能通解全篇『太玄經』？」石破天
臉上一紅，道：「小人自幼沒讀過書，當真是一字不識，
慚愧得緊。」龍木二島主一齊跳了起來，同聲問道：「你
不識字？」……㊿

因為不識字而方能解開文字之謎，這樣的構思委實不凡；且事實
上其中尚有寄意，即「各種牽強附會的注釋，往往會損害作者的
本意，反而造成嚴重的障礙」㊿。由此看來，這段情節除了奇
異、巧合之外，還引人深思。附帶一提的是，《鹿鼎記》韋小寶
之際遇亦屬於既奇且巧，除了能夠不時地逢凶化吉之外，凡事也
多是心想事成。

　　奇異、巧合的情節設計，不但為作品帶來神秘、奇怪、詭
異、巧合的色彩，也使讀者在驚異於此等氛圍時，享受到更多的
閱讀趣味。武俠小說素來就有提供讀者以想像之桃花源的空間，
其中如果少了奇異與巧合的情節，對於企圖在桃花源內昂首闊步
的讀者而言，似乎就不是那麼過癮。因此，儘管有人質疑武俠小
說中奇異、巧合的情節，但筆者仍認為應該保留。更何況絕大多
數的讀者，是分得清書中想像世界與現實環境之不同，因此對於
奇巧情節的取捨與批評，不宜以因噎廢食的態度對待。

第二節　情節結構的安排

作家對於情節結構所做的精心安排，能使作品呈現出較高的藝術性，也能使讀者獲得閱讀上較高的美感享受。關於金庸小說情節結構的巧妙安排，筆者擬分兩方面進行析述，一是伏筆、懸疑與高潮迭起，一是複雜情節整合。

一、伏筆、懸疑與高潮

伏筆與懸疑是作者為了使讀者在閱讀小說時，不至於對情節產生突兀或平直之感，所運用的手法。而所謂的「高潮」，則是指情節結構的節節生奇，一波才平一波又起。伏筆的情節結構，帶給讀者以真實流暢之感；懸疑的情節結構，則予讀者以濃烈趣味；高潮迭起的情節結構，則令讀者非讀完全書、不忍釋卷。

㈠伏筆

在情節結構中的伏筆設計，所要求的是，讓作家「把各情節故事天衣無縫地銜接起來」⑮。而要達到情節過渡的天衣無縫，「不僅僅是文字的功夫，更重要的是，作者要能準確地把握情節轉變的必然性，善於為情節轉變提供必然性依據。」⑯，讓情節發生時，讀者不至於有突兀之感；亦即毛宗崗所謂：不覺「平空生出一人，無端造出一事」的技巧。「有了伏筆，才能使各情節羅絡鉤連，前後映帶，有機地組合成一個藝術整體」⑰；並呈現出「層層相因，節節貫注」的邏輯連繫，而讓讀者在感受到「前因後果，入情入理」時，自然而然地接受情節的發展。《寒夜三

部曲》的作者李喬，曾經在〈「伏筆」的研究〉一文中，說道：

> 「伏筆」是小說中高度技巧的展露，是極有效用的技巧之
> 一。在章回小說中，伏筆是最常見的技巧，例如：《紅樓
> 夢》、《三國演義》，可謂是伏筆手法的經典之作，我們只
> 要細讀品味，其中奧妙自然有會於心。……所謂「伏
> 筆」，在小說而言是：為未來情節發展，預示其因素、形
> 跡之技法。也就是說：在情節進行中（現在），對於未來
> 的可能發展，處處留下因素。㊳

在金庸小說中，我們可以觀察到金庸非常擅長使用伏筆，來使情
節的發展呈現出自然性。以下，試舉例加以說明。

例如：《書劍恩仇錄》第四回，金庸單是從敘及霍阿伊因無
法從錢正倫口中逼問出經書下落中，就使讀者在閱及未來情節之
有霍青桐以智計領軍攻打清兵，以及香香公主喀麗絲的出現，不
致有突兀之感：

> 霍阿伊將他（錢正倫）一把拖過，說道：「朋友，你要死
> 還是要活？」錢正倫閉目不答，霍阿伊怒火上升，伸手又
> 要打人。霍青桐輕輕一拉他衣角，他舉起的一隻手慢慢垂
> 了下來，原來是霍阿伊雖然生性粗暴，對兩個妹子卻甚是
> 信服疼愛。大妹子就是霍青桐。她不但武功較哥哥好，更
> 兼足智多謀，料事多中，這次東來奪經，諸事都由她籌
> 劃。小妹子喀麗絲年紀幼小，不會武功，這次沒有隨來。
> ㊴

此處因為說明了武功好的霍青桐，「足智多謀，料事多中」，且
負責策劃奪經，就足見霍青桐才幹不凡，所以一旦有外敵來侵，
霍青桐必以智計操得勝算的情節，就有邏輯可循，而使讀者認為
順理成章。而以閒閒一筆交代之「小妹子喀麗絲年紀幼小，不會
武功，這次沒有隨來」，雖然在細閱作品的讀者心中留下模糊印
象，但對於流讀作品的讀者而言，卻如春夢無痕。不論是有模糊
印象或春夢無痕都沒關係，因為金庸在考慮到喀麗絲此一角色的
重要性，在第八回中，不但安排了木卓倫進獻畫有喀麗絲肖像的
玉瓶給乾隆，更安排紅花會奪此玉瓶。在透過陳家洛的眼光，寫
出瓶上美人是「長辮小帽，作回人少女裝束，美艷無匹，光采逼
人，秋波流繪，櫻口欲動」以後，又再以陳家洛與凱別興的對
話，帶出喀麗絲：

> 陳家洛道：「請問貴使，瓶上所畫美人是何等樣人。不知
> 是古人今人？還是出於畫師的意象？」凱別興道：「那是
> 敝族最出名的畫師斯英所繪。這對玉瓶本屬木老英雄的三
> 小姐喀麗絲所有，畫中美人就是她的肖像。」周綺不禁插
> 嘴道：「那麼她是霍青桐姑娘的妹妹？」⑳

為了加深讀者的印象，金庸在第十二回又安排駱冰為了讓文泰來
了解玉瓶上的喀麗絲是如何美麗，所以特地冒險到巡撫衙門偷出
玉瓶給文泰來欣賞。有了這些關於喀麗絲的伏筆，再加上陳家洛
以為霍青桐與女扮男裝李沅芷是情侶的誤會，一直懸而未決。一
旦喀麗絲出現，並與陳家洛意外相識、進而相戀的情節發生時，

就顯得十分自然。

記得曾經有人批評《碧血劍》的結束過於草率，竟是在袁承志與玉真子大打一場之後。事實上，在舊版的《碧血劍》當中，玉真子更是在結束中平空冒出的人物，因為在此之前，他從未被書中人物提及或被作者為文交代過。如此一來，就使得情節的結束，除了草率之外，又增加了突兀的缺點。金庸有鑒於此，便先後兩度埋下伏筆，一是在第三回，一是在第九回。第三回是透過木桑與穆人清的談話帶出：

> 說了一陣話，穆人清問道：「那人近來有消息沒有？」木桑道人原本滿臉笑容，聽他提起「那人」，不由得嘆了口氣，神色登時不愉，說道：「不瞞你說，這傢伙不知在甚麼地方混了一段日子，最近卻又在山海關內出沒。老道不想見他，說不得，只好避他一避。來到華山，老道是逃難來啦。」穆人清道：「道兄何以長他人志氣，滅自己威風？憑道兄這身出神入化的功夫，難道會對付他不了？」木桑搖了搖頭，神色甚是沮喪……㉑

也許是緣於這段伏筆距離第二十回太遠之故，金庸唯恐讀者會忘記此事，而在面對袁承志與玉真子的打鬥時失去線索。是故，此處除了上述引文之外，還提到玉真子誤入歧途、學得邪派功夫，但始終未把玉真子之名表出。及至第九回，除了仍未道出玉真子之名外，伏筆因距二十回較近之故，寫得更為隱祕，那是伏在木桑與袁承志兩人下棋時的談話內：

又下數子，木桑在西邊角上忽落一子，那本是袁承志的白棋之地，黑棋孤子侵入，可說是干冒奇險。他道：「承志，我這一手是有名堂的。老道過得幾天，就要到西藏去。這一子深入重地，成敗禍福，大是難料。」袁承志道：「去找一件東西。那是先師的遺物。這物事找不到，本也不打緊，但若給另一人得去了，那可是大大的不妥。好比下棋，這是搶先手。老道若是失先，一盤棋就輸得乾乾淨淨。原來對方早已去了幾年，我這幾天才知，現下馬上趕去，也已落後。」⑰

也許是金庸仍然憂心，必須擔當情節結束重任的玉真子，在所設伏筆恐怕過早的情況下，屆時易被讀者拋諸腦後，索性在修訂時新寫之有關袁承志行刺皇太極的過程中，讓玉真子與袁承志正面相鬥，而在不言玉真子與木桑道長的關係下，只安排玉真子熟稔袁承志由木桑道長處學來的「神行百變功夫」，以及玉真子對袁承志問道：「你叫甚麼名字？是木桑道人的弟子嗎？」、「你怎地會鐵劍門的步法？」有了前述三處與玉真子相關之筆墨後，讀者在閱至第二十回有關木桑道長為何要與玉真子相鬥，而玉真子在相鬥中，取出從西藏尋獲的鐵劍門掌門之寶，挾掌門之名，將不能還手的木桑打成重傷，以及袁承志不得已出面與玉真子打鬥時，讀者心中才不致有突兀之感。透過金庸在修訂《碧血劍》的舊版所增設之伏筆來看，我們更可以理解金庸十分注重伏筆的技巧，並深刻明白伏筆的效用。

同樣是在修訂時，才增加的伏筆，又如在《射鵰英雄傳》中，有關預示周伯通與瑛姑兩人感情糾葛的一段情節。第一次增

設的伏筆,是在第十七回周伯通被毒蛇咬中,因而神思恍惚之際。郭靖「只聽他喃喃的道:『四張機,鴛鴦織就欲雙飛……』郭靖問道:『你說甚麼?』周伯通嘆道:『可憐未老頭先白』郭靖見他神智糊塗,不知所云」;第二次補出的伏筆,亦是在第十七回,當郭靖對周伯通表示,要娶黃蓉為妻時:

> 周伯通道:「當年我若不是失了童子之身,不能練師兄的幾門厲害功夫,黃老邪又怎能將囚禁我在這鬼島之上?你瞧,你還只是想想老婆,已就分了心,今日的功夫是必定練不好的了。若是真的娶了黃老邪的閨女,唉,可惜啦可惜!想當年,我只不過……唉,那也不用說了,總而言之,若有女人纏上了你,你練不好武功,固然不好,還有對不起朋友,得罪師哥,而且你自是忘不了她,不知道她現今……總而言之,女人的面是見不得的,她的身子更加碰不得,你教她點穴功夫,讓她撫摸你周身穴道,那便上了大當……要娶她為妻,更是萬萬不可……。㊿

第三次伏筆的增補是在第二十三回,當黃蓉笑問周伯通何以不娶妻時,周伯通在側頭尋思,答不上來之後,「臉上紅一陣,白一陣,突然間竟似滿腹心事。黃蓉難得見他如此一本正經的模樣,心下倒感詫異。」讀者在注意到作者透過周伯通的反應所設之伏筆後,再閱到第二十九回,瑛姑面對郭靖救黃蓉心切時,所自然流露之似無意實有意的表情與話語時,便能接受相關情節的正式敘出。茲將金庸在瑛姑面對靖蓉二人時,所表現之神情與話語而埋下的伏筆,引述如下:

> 瑛姑回過頭來,見他(郭靖)滿頭大汗,狼狽之極,心中
> 酸痛:「我那人對我只要有這傻小子十分之一的情意,
> 唉,我這生也不算虛度了。」輕輕吟道:「四張機,鴛鴦
> 織就欲雙飛。可憐未老頭先白,春波碧草,曉寒深處,相
> 對浴紅衣。」郭靖聽她唸了這首短詞,心中一凜,暗道:
> 「這詞好熟,我聽見過的。」可是曾聽何人唸過,一時卻
> 想不起來,似乎不是二師父朱聰,也不是黃蓉,於是低聲
> 問道:「蓉兒,她唸的詞是誰作的?說些甚麼?」黃蓉搖
> 頭道:「我也是第一次聽到,不知是誰作的。嗯,『可憐
> 未老頭先白』,真是好詞!鴛鴦生來就白頭……」說到這
> 裡,目光不自禁的射向瑛姑的滿頭花白頭髮,心想:「果
> 然是『可憐未老頭先白』!」⑭

倘若金庸事先不曾埋有伏筆,而讀者又已認定周伯通的頑童性
格。那麼,當讀者在閱及第三十一回,有關一燈大師說明周伯通
與瑛姑之事時,恐怕心中就不免有唐突之感。因此,伏筆的安
排,在讀者不易接受或相信的事件中,對於提高可接受度或可信
度,具有一定程度的效果。

關於「君子劍」岳不群之偽君子身分的揭發,也是利用伏筆
的設置,以使讀者在面臨此段情節的發展時,雖感意外,但在細
心檢索書中前述內容時,卻又發現是合情合理,絕非是天外飛來
之筆。首先是在第一回,岳不群以察看青城派與福威鏢局兩造將
起紛爭的名義,派遣勞德諾與岳靈珊至福州城外開設小店,乘機
了解福威鏢局林家世傳之「辟邪劍法」的威力究竟如何。其次是

在第五回，作者安排岳不群從木高峰手中救出林平之，此時木高峰對岳不群曾有譏刺之語：「岳兄放心，駝子便有天大的膽子，也不敢得罪了這位……你這位……哈哈……我也不知是你這位甚麼，再見，再見，真想不到華山派如此赫赫威名，對這『辟邪劍譜』卻也會眼紅。」再者是在第十三回安排岳不群見到令狐沖使出高明的劍法之後，神色不善地誤認令狐沖得到「辟邪劍譜」，因此遣門下弟子暗中監視令狐沖。然後，是在第二十七回當中，讓任我行對岳不群奚落道：「明槍易躲，暗劍難防。真小人容易對付，偽君子可叫人頭痛得很」。此後，在第三十回中則又透過沖虛道人對令狐沖說出：「令師岳先生不動聲色，坐收巨利」之語，引導令狐沖思考岳不群的所作所為，並使讀者藉由令狐沖的想法逐漸懷疑岳不群的人格，不再被作者刻意描寫岳不群是如何君子、如何正義的大篇筆墨瞞過；而在撕破岳不群假面具時，有情節想當然耳的自然感受。

上述所舉，當然只是金庸小說中的幾個例子。事實上，金庸在小說中用的伏筆極多，幾乎是信手翻之，即有所得。只不過有的伏筆只是閒閒幾筆，有的伏筆卻是屢次埋設，這必須視書中人、書中事的重要性而予以恰當安排。馮其庸曾經認為，金庸小說的結構，「是前後呼應，細針密線，因果相連而又相隔，敘事無意而實有意」⑯，這份成功正是來自伏筆的細心安排。溫瑞安對於金庸小說中的伏筆，曾經如此稱許：

> 金庸小說的伏筆，常教人嘆為觀止。往往一記伏筆，隱於前文，過了數十萬字，甚至百萬言之後，才發揮了它的作用，就像棋子的伏子，又像兩國的間諜，無孔不入，無處

> 不在，有讓你隱隱感覺到「它」的存在，但未到底牌揭露
> 之前，卻完全不知「它」的用意；有時候你就算眼見「它」
> 的存在，但毫不為意，一直到「它」發揮其用途時，你才
> 大呼：原來如此！⑥

溫氏所謂的「隱隱感覺」與「原來如此」，正是使情節結構呈現
自然流暢的關鍵所在，倘若不是先前有所計畫的埋下伏筆，一旦
有某人或某事驟然出現或發生時，就不免讓讀者有「天外飛來一
筆」或「戲不足臨時湊」的粗糙唐突之感，而無法使情節在發展
過程中具有內在邏輯可循。金庸小說中每一人或每一事的帶出，
就是透過先出現之人與事，來伏設後出現之人與事，以達成情節
結構之自然感的。

㈡懸疑

「懸疑」或稱「懸念」，簡單地說，就是「一暫時未解之情
節，讀者看了之後，心中有所掛念，直到後段才得開解」⑥的安
排。作者之所以要在情節結構中運用「懸疑」，目的是為了「使
讀者不斷對情節進行假設，經過一番將信將疑之後豁然開朗，達
到一種『山窮水盡疑無路，柳暗花明又一村』的境界。」⑧至於
所用手法，譬如：改變事件發展的順序，或有意割斷情節的線
索。「懸疑」與「伏筆」的不同，是在於前者是作家特意引起讀
者之注意，使讀者急於知道某段情節後續發展者；而後者則是作
家在實有意似無意之間，自然安排與後出之某段情節有關的提
示，對不甚細心的讀者而言，伏筆是極容易被忽略的，而懸疑則
是顯而易見的。小說中因為有了懸疑，便具有了曲折緊張的藝術

氣氛。在中國章回小說中，回與回之間的「欲知後事如何，請看下回分解」，就是懸疑技巧的表現，由此可知懸疑筆法淵源已久。

《書劍恩仇錄》的懸疑筆法，譬如：第一回中即安排乾隆頒下特旨，遣人捉拿文泰來。至於何以要追捕文泰來，則直到第九回，才經由文泰來在緊急情況中，對陳家洛做大略說明；並在第十二回以作者口吻對讀者進行詳細交代。在未正式揭示原因之前，讀者只知道文泰來是因為獲知皇帝的某項重大陰私而被追捕。又如：陳正德、關明梅與袁士霄三人情感糾葛的情節，也是以設置懸念的方式表出，最先是在第二回當中，由陸菲青對霍青桐問道：「你師公（陳正德）還在跟你師父（關明梅）為喝醋而爭吵嗎？」中間則是道出陳正德對袁士霄素有心病，以及陳正德與關明梅為袁士霄時有爭執。最後，才在第十五回說明三人早年的一段情緣。又如：陳家洛最初並不明白，為什麼其母當年安排自己捨棄江南富家生活，跟隨于萬亭浪跡江湖；而袁士霄也不清楚，于萬亭當年為什麼會被逐出少林。這些疑惑，直到陳家洛至少林寺通過三層關卡的考驗，取得于萬亭當年留在少林寺的悔過書後才得以解開，而讀者也才知悉這些「悶人之筆」的箇中原委。

在《碧血劍》中，關於溫儀之其人其事、溫青青之身世，安大娘與其夫的糾葛、何紅藥的面貌毀壞等情節，亦都是以顛倒事件發展順序的手法表現。例如：溫儀的名字，第一次是出現在金蛇郎君所遺留之「重寶之圖」的背面：「得寶之人，務請赴浙江衢州石樑，尋訪女子溫儀，贈以黃金十萬兩。……此時縱聚天下珍寶，亦焉得以易半日之聚首？重財寶而輕別離，愚之極矣，悔

甚悔甚！」此後故事又發展四萬餘字，作者才正式敘及溫儀其人
其事。而溫青青的身世，也是先由榮彩對溫青青的怒罵中隱約帶
出：

> 那老者（榮彩）道：「你別抬出你那幾個爺爺來壓人。你
> 爺爺便怎麼樣？他們真有本事，也不會讓女兒給人蹧蹋，
> 也不會有你這小雜種來現世啦！」溫青慘然變色，伸手握
> 住了劍柄，一隻白玉般的手不住抖動，顯是氣惱已極。那
> 大漢和婦人卻大笑起來。袁承志見溫青臉頰上流下兩道清
> 淚……那老者向溫青側目斜視，冷笑道：「果然是龍生
> 龍，鳳生鳳，烏龜原是王八種。有這樣的老子，就生這樣
> 的小畜生，……」⑩

此後，情節繼續發展兩萬餘字，作者又安排溫青青嗚咽地對袁承
志吐露身世：「我媽媽做姑娘的時候，受了人欺侮，生下我來。
我五位爺爺打不過這人，後來約了十多個好手，才把那人打跑，
所以我是沒爸爸的人，我是個私生……」，但這也只是概略而模
糊的交代。直至情節再進行兩萬餘字的發展，作者始正式細說溫
青青的身世。

　　《雪山飛狐》是金庸小說中懸念運用最多的一部，書首即是
疑陣遍布：天龍門南宗之阮士中、曹雲奇、田青文、周雲陽偕同
天龍門掌門人殷吉，欲從陶百歲、陶子安父子和以劉元鶴為首的
兩方手中奪回本門至寶，而至寶為何則是未知；陶子安是天龍門
南宗掌門人田歸農之女田青文的未婚夫，卻被指為是謀殺田歸農
的兇手；田青文既有婚約在身，卻又與曹雲奇有某種曖昧關係；

三方為至寶展開激烈的廝殺時，卻又出現滿口污言穢語、名叫寶樹的和尚，將三方人馬挾至位於絕頂的山莊內。這些懸念尚未解開，卻又安排寶樹在山莊內，說起當年胡一刀與苗人鳳比武的經過。當讀者已然接受其說法時，偏偏又有苗若蘭指出，寶樹所言有關胡一刀之死與其父苗人鳳所言者出入極大。當苗若蘭說完她所知悉的情況時，「忽然旁邊一個嘶啞聲音道：『兩位說的經過不同，只因為有一個人是在故意說謊。』」此一臉有刀疤、貌似奴僕的說話人，並未直接指出說謊者究竟是寶樹或苗若蘭，只是自顧自地說出他當年所見。依理而言，此等環環相套的複式懸疑，將推動滿腹狐疑的讀者在急欲了解結果或真相的狀況中向下閱讀。但是過多的懸疑，恐怕適得其反，因為筆者在初讀《雪山飛狐》時，就有被懸疑壓得透不過氣而想放棄不讀的想法。因此，雖說「文字不險不快」、「險能生妙」，但也必須適可而止。

另外一部在書首亦即安排懸疑的作品是《笑傲江湖》，該書第一回為〈滅門〉：福威鏢局的林平之在小酒店內，仗義阻止他人欺侮一名賣酒少女時，意外殺死一個姓余的四川漢子。此後，首先是福威鏢局的趟子手白二似乎是因患急症而死，陸續又有幾位鏢頭被殺。為了明白事情真相，林震南帶著林平之重回小酒店，想看是否有線索可循，但小酒店卻已人跡杳然。當林氏父子返回鏢局，鏢局的旗桿竟被人砍倒在地；當夜，鏢局又死了二十三人。帳房先生奉命買棺殮屍，也一命嗚呼。眾人正惶恐不安時，鏢局大門外的青石板上，又被人以淋漓鮮血寫上：「出門十步者死」。林震南因此不得不舉家遷逃，途中卻又被青城派門人俘虜，林平之則被不知何許人所救。這一連串的懸念，就吸引了讀者的閱讀欲望，並發展出日後與此有關之情節。

　　利用有意割斷情節線索來造成懸疑的手法，是在某段情節發展至緊張時，戛然而止，轉而去提另外一段尚未交代清楚的事體。例如：在《神鵰俠侶》第二十四回當中，寫到郭芙因氣憤楊過欺騙武氏兄弟，逼得武氏兄弟不再與她見面，所以故意提起小龍女為尹志平所污之事。楊過聞言大怒，一掌打在郭芙臉上。郭芙氣憤之餘，順手拔出腰間佩劍，卻又被楊過伸手奪過：

> 郭芙連敗兩招，怒氣更增，只見床頭又有一劍，搶過去一把抓起，拔出劍鞘，便往楊過頭上斬落。楊過眼見寒光閃動，舉起淑女劍在身前一封，那知他昏暈了七日之後出手無力，淑女劍舉到胸前，手臂便軟軟的提不起來。郭芙劍身一斜，嗆的一聲輕響，淑女劍脫手落地。郭芙憤恨那一掌之辱，心想：「你害我妹妹性命，卑鄙惡毒已極，今日便殺了你為我妹妹報仇。爹爹媽媽也不見怪。」但見他坐倒在地，再也無力抗禦，只是舉起右臂護在胸前，眼神中卻殊無半分乞憐之色，郭芙一咬牙，手上加勁，揮劍斬落。⑦

　　金聖嘆在評述《水滸傳》第三十九回時，曾經提出「寫急事須用緩筆」之說，因為如此一來，讀者就將在作者極力搖曳險蕩的氛圍中，心癢難耐。金庸深諳此理，因此除了在郭芙對楊過揮劍前，細細著墨兩人的一舉一動以及郭芙之心理與所見外；又在讀者急於知道楊過命運究竟如何時，竟轉而去提「那日小龍女騎了汗血寶馬追尋楊過與金輪法王，卻走錯了方向」之如何如何。直到情節發展至第二十六回，才藉著受重傷的小龍女央請突然現身

的楊過抱住她時,寫道:

> (小龍女)說道:「過兒,你抱住我!」楊過的左臂略略
> 收緊,把她摟在胸前,百感交集,眼淚緩緩流下,滴在她
> 臉上。小龍女道:「你抱我,用⋯⋯用兩隻⋯⋯兩隻手!」
> 一轉眼間,突見他右手袖子空空蕩蕩,情狀有異,驚呼:
> 「你的右臂呢?」楊過苦笑,低聲道:「這時候別關心
> 我,你快閉上了眼,一點兒也別用力,我給你運氣鎮
> 傷。」小龍女道:「不!你的右臂呢?怎麼沒了?怎麼沒
> 了?」⑰

讀者在聞至小龍女一聲聲「怎麼沒了」的質疑時,即便是楊過後
來仍舊不回答,也會明白是被郭芙斬斷了。從郭芙揮劍,直至寫
出楊過斷臂,其中約有六萬餘字之隔,而讀者是否一直牽掛著楊
過的遭遇呢?那也全然未必,因為金庸新寫的內容又已抓住了讀
者的注意力。此類之例,又如《天龍八部》第四回,南海鱷神以
擄走木婉清要脅留處高崖且已經中毒的段譽,在七日七夜內前往
遠處峰頂拜他為師。段譽在無可奈何之餘,「頹然坐倒,腹中又
大痛起來。」此後,並不繼續寫段譽如何如何,而是改敘木婉清
被南海鱷神帶走後,遇見四大惡人中的葉二娘與雲中鶴,由於葉
二娘有日殺一嬰的恐怖行徑,以及雲中鶴企圖非禮木婉清的狀況
發生,因此讀者對於段譽的注意力不但被轉移,且心中又產生了
新的懸念——即葉二娘為何嗜殺小兒?

　　金庸對於懸疑的設計,有一種情形是不斷地提示讀者,使懸
疑性節節升高,當讀者透過這不斷的提示,都已能掌握大概時,

金庸才緩緩寫明此事原委。例如：在《天龍八部》中，有關段正
淳與甘寶寶的陳年韻事，就是先在鍾靈要段譽至萬劫谷向其母甘
寶寶求救時，先設出小小的懸念：

> 鍾靈待他走出十餘步，忽然想起一事，道：「喂，你回
> 來！」段譽道：「甚麼？」又轉身回來。鍾靈道：「你別
> 說姓段，更加不可說起你爹爹會使一陽指。因為……因為
> 我爹爹說不定會起別樣心思。」段譽一笑，道：「是了！」
> 心想這姑娘小小年紀，心眼兒卻多，當下哼著曲子，揚長
> 而去。⑫

待段譽來至萬劫谷谷口，依照鍾靈的指示進入谷中，金庸又設下
衝擊性較強的懸念：

> （段譽）走過草地，只見一株大松上削下了丈許長、尺許
> 寬的一片，漆上白漆，寫著九個大字：「姓段者入此谷殺
> 無赦」。八字黑色，那「殺」字卻作殷紅之色。段譽心
> 想：「這谷主幹麼如此恨我姓段的？就算有姓段之人得罪
> 了他，天下姓段之人成千成萬，也不能個個都殺。」其時
> 天色朦朧，這九個字又寫得張牙舞爪，那個「殺」字下紅
> 漆淋漓，似是灑滿鮮血一般，更是慘厲可怖。⑬

直至段譽見了甘寶寶，忘了鍾靈囑咐他不可說出姓段，而直言姓
段時，甘寶寶的反應先是奧妙的「一怔」，而後是莫測的「神色
恍惚」；待段譽說出他與鍾靈相識、遇難，並自責此禍全是因己

而起時：

> 鍾夫人怔怔的瞧著他，低低的道：「是啊，這原也難怪，
> 當年…當年我也是這樣……」段譽道：「怎麼？」鍾夫人
> 一怔，一朵紅雲飛上雙頰，她雖人至中年，嬌羞之態卻不
> 減妙齡少女，忸怩道：「我……我想起另外一件事。」⑭

當鍾萬仇從發現段譽，再聽見段譽姓段時，其言行更是奇怪：
「鍾萬仇提起右掌，怒喝：『你這小子也姓段？又是姓段的，又
……又是姓段的！』說到後來，憤怒之意竟爾變為淒涼，圓圓的
眼眶中湧上了淚水。」此後，段譽說出其父段正淳之名，鍾萬仇
的舉動更加詭異，時是臉色青紅交加，時是眼露兇光，時是踢毀
椅子，時是嗚咽傷心地對段譽說：「我不是怕鬥不過你爹爹，我
……我是怕……怕你爹爹知道……知道阿寶住在這裡……」，再
是奪門而出。此後，金庸除了安排甘寶寶與鍾萬仇又有多方涉及
段正淳的懸疑交談之外，更有甘寶寶拿出鍾靈的生辰八字給段
譽，囑咐段譽交給段正淳，並一再叮嚀段譽要對段正淳說：「請
他出手救我們的女兒。」至此，讀者方知原來鍾靈為段正淳與甘
寶寶之女。但兩人究竟如何結緣仍是謎團，直須到情節又進行了
五回之後，才正式由段正淳的睹物思情揭出。

　　至於可以透過金庸對舊版小說之修訂，證明金庸重視懸疑處
理之例，則如：《倚天屠龍記》舊版對於屠龍刀的秘密，原本是
在第五回中，就已藉由德成之口揭出，修訂時卻被刪去，茲將刪
去之文引錄於下：

（德成）突然放低聲音，說道：「俞老弟，這屠龍寶刀之中，藏著一部武學秘笈，有人說是九陽真經，有人說是九陰真經。只須取出來照著經書一練，那時候武功蓋世，他說出來的話，有誰能違抗得？」九陰九陽兩部寶笈祕籙的名字，俞岱巖也曾聽師父說過，只是當年覺遠大師圓寂之後，少林、武當、峨嵋三派分得九陽真經中的若干章節，全書早已失傳，至於九陰真經，更是數十年來少人提起，空餘想像，當作是武林中一個可信可不信的傳說而已。德成見俞岱巖臉上有不信之意，說道：「咱們長白三禽盜得寶刀，要用爐火鎔開它來，取出刀中藏經，只是事機不密，大功未成，而覬覦寶刀之徒紛紛沓來。俞老弟，你去盜了解藥來解得我體內之毒，咱哥兒倆找了人跡不到的隱僻之處，鎔刀取經，數年之後，武林中只容咱哥兒倆稱霸，除了德成和俞岱巖，再也沒第三個人，你說妙也不妙？」俞岱巖搖頭道：「此事絕不可信，別說刀中無經，即使藏得有經書，刀尚未鎔，裡面的紙張早已成灰。」德成道：「此刀堅硬無比，任你用多鋒利的鋼鑿尖鑽，對付不了它分毫，連一條細紋也劃不出來，除了以火鎔鍊，休想剖得它開。」⑮

這段引文除了指出屠龍刀中藏有武林秘笈之外，俞岱巖所言不可用火鎔開之說，也隱伏有屠龍刀必須與倚天劍對砍之秘。刪除此段引文後，「武林至尊，寶刀屠龍，號令天下，莫敢不從，倚天不出，誰與爭鋒」的謎面，便令讀者與書中人百思不解，直至第二十七回才經由滅絕師太之語點明。這便與先前所引之相對修訂

版而言被刪文字所在的第三回，相去豈止千里之遙。附帶一提的
是，金庸對《鹿鼎記》「四十二章經」的處理，亦有類於屠龍
刀，它也是眾人爭奪之物，但其中到底有什麼可貴之處，卻得在
經過情節的大段發展後，作者才加以說明，讀者也至其時才得知
謎底。又如：《笑傲江湖》舊版寫任我行在朝陽峰頂上，話說到
一半，突覺胸口抽搐、頭腦暈眩，眼前陽光耀眼之後，曾繼續寫
出任我行的死亡：

> 諸教眾聽他一句話沒說完，忽然聲音嘶啞，都是吃了一
> 驚，抬起頭來，只見他臉上肌肉扭曲，顯得極是痛楚，身
> 子一晃，一個倒栽蔥直摔下來。向問天叫道：「教主！」
> 盈盈叫道：「爹爹！」一齊搶上，雙雙接住。任我行身子
> 抖了一抖，便即氣絕。自古英雄豪傑、元惡大憝、莫不有
> 死。⑯

但金庸在修訂時，卻刪去上引文字以造成懸疑，使讀者不知一世
梟雄任我行「胸口抽搐、頭腦暈眩」後，究竟如何？而在莫明所
以的情況下，繼續為令狐沖憂心任我行將前來攻打恆山派。

　　金庸除了在情節發展過程中，屢用懸疑之外，在情節結束
時，也有以懸疑做結而成為所謂的開放性小說者，其中一部是
《雪山飛狐》，它的結局是停頓在胡斐究竟是要選擇劈傷苗人鳳而
終生不與苗若蘭相見，或者讓苗人鳳將他擊下山崖而死的抉擇
中。這樣懸疑的結束非常特別，不但可能是中國武俠小說的特
例，恐怕也是中國通俗小說的特例。雖然金庸認為如此的結尾，
可以提供讀者想像的空間，但許多讀者仍然希望金庸做出肯定的

結尾⑦；另外一部，也是屬於以懸疑結尾的是《俠客行》，當眾人得知死去的梅芳姑仍是處女之身時：

> 眾人的眼光一齊都向石破天射去，人人心中充滿疑竇：「梅芳姑是處女之身，自然不會是他母親。那麼他母親是誰？父親是誰？梅芳姑為甚麼要自認是他母親？」石清和閔柔均想：「難道梅芳姑當年將堅兒擄去，並未殺他？後來她送來的那具童屍臉上血肉模糊，雖然穿著堅兒的衣服，其實不是堅兒？這小兄弟如果不是堅兒，她何以叫他狗雜種？何以他和玉兒這般相像？」石破天自是更加一片迷茫：「我爹爹是誰？我媽媽是誰？我自己又是誰？」梅芳姑既然自盡，這許許多多疑問，那是誰也無法回答了。⑦⑧

不過，由於此一懸疑只是書中人物心中的懸疑，而明眼的讀者早已看出石破天即是石清、閔柔之子，是石中玉的雙胞兄弟，是故並未對讀者產生急欲明白下情的效果。至於《倚天屠龍記》在結尾所呈現的小小餘波，也是屬於懸疑筆法：張無忌在屋內正要替趙敏畫眉，周芷若推開窗子，叮嚀張無忌別忘了他曾答應要替自己做一件事，並言此時還想不到，也許在張無忌與趙敏成親時，她可能就會想到了。這便帶給讀者想像的空間。

　　由此可見，金庸不但喜歡在作品中設置懸疑，而且往往是環環相套，一疑未解、一疑又起，甚至直至書末仍然留有懸疑。這環環相套的懸疑設計，就使得情節結構產生曲折性，使讀者在牽腸掛肚的情緒中，獲得更高的閱讀趣味，而達到引人入勝的藝術

目的。值得一提的是，懸疑的設計固然是使情節結構具有曲折性，但同時也能使情節結構具有自然性，因為若不是有懸疑生於前，即不能將後續有關之情節帶出。

三高潮

曹正文在比較金庸武俠小說與古龍武俠小說的情節結構時，說道：「金庸既擺脫了舊武俠小說的陳舊寫法，又繼承了傳統文學的嚴謹的結構」⑦。曹氏所謂的「傳統文學的嚴謹的結構」，是指具有開端、發展、高潮、結尾的整體性之情節結構而言。而情節結構的「整體性」，所強調的是「藝術作品作為一個有機體而存在，而不是由局部機械地拼合而成」⑧；其主要表現是在於作品必須要有完整的情節敘述與設置，有時在「開端」之前尚有「端引」，在「結尾」之後尚有「餘波」。

在整體性情節結構中，「高潮」的定義是指「矛盾與衝突達到最緊張、最尖銳的程度，接近解決但尚未解決的瞬間」⑧，但除了此一瞬間之外，在情節發展的過程中，仍有其他「緊張、尖銳」之處，當作者在小說中時而加入一些「緊張、尖銳」的情節時，就有一般所謂「高潮迭起」的狀況發生。事實上，武俠小說原本就是以緊張的氣氛來吸引讀者不忍釋卷，因此如果全書只有一處高潮，如何能吸引讀者，更何況金庸所著之精彩好看的武俠小說往往是動輒百萬言。所以，更必須要是高潮不斷。金庸是設計情節的巨匠，當然明白箇中道理，因此便在作品中，安排了一波又一波「緊張、尖銳」的情節，使得情節結構呈現出波瀾壯闊的「高潮迭起」之勢。茲以《神鵰俠侶》、《倚天屠龍記》、《天龍八部》以及《笑傲江湖》四部作品分析為例，以見金作之情節

結構的「高潮迭起」。

在《神鵰俠侶》中，讀者首度感受到的緊張，是來自李莫愁對陸立鼎一家的遷怒仇殺；其次是柯鎮惡因無法從楊過口中逼問出歐陽鋒的下落，而揮杖朝楊過怒劈而下；再者有楊過因被趙志敬欺侮，又被鹿清篤毒打而逃入全真教禁地——古墓；接著為孫婆婆帶楊過回全真教，郝大通出掌打死孫婆婆，小龍女以武功降服郝大通後，逼迫郝大通自刎。之後，陸續是小龍女因練功走火而吐血，李莫愁突然來襲；小龍女之清白為尹志平所污；洪七公與歐陽鋒兩人比武七夜七日。接著是郭靖得知楊過違反禮教、愛戀小龍女，意欲打死楊過；小龍女黯然出走。此後是楊過身中情花劇毒，欲殺害郭靖夫婦以換取解藥；小龍女得知尹志平是污她清白之人，因而離開楊過；郭芙在憤怒之中，砍斷楊過的手臂；一燈大師捨身渡化裘千仞；黃蓉不閃不格，任裘千尺對她連打三枚棗核釘以了前怨；公孫綠萼因不得楊過之愛而自殺；小龍女自料傷重難治，為免楊過殉情，在設下騙局之後，躍入絕情谷。最高潮則在十六年後，楊過依約來到絕情谷，在久候小龍女不至的情況下，也躍谷自殺。高潮過後，則有郭襄被金輪法王綁在高臺上受火焚的危機。

《倚天屠龍記》的第一波緊張氣氛，是張君寶因為護師（覺遠大師）情切，所以在少林寺眾僧眼前，出手與何足道拼鬥，使何足道服輸離去。不料卻因此惹下大禍，因為張君寶的武功是照著郭襄送他的鐵羅漢自行習練，違反了少林寺中一條為人淡忘的規定（不得師授而自行偷學武功，發現後重則處死，輕則挑斷全身筋脈）。覺遠不忍見愛徒張君寶因此受死或殘廢，便帶著張君寶在少林眾僧的追逐下逃亡。第二波則為張三丰之弟子俞岱巖因

意外得到屠龍刀,故而引起天鷹教覬覦,以致手足殘廢、全身癱瘓;而得到屠龍刀的天鷹教在王盤山島上揚刀立威時,金毛獅王謝遜突然出現奪刀,並以精湛武功在頃刻間連斃數位武林高手,為了不使奪刀之事為外界所知,他打算殺害島上所有的人,其中包括張翠山與殷素素。第三波是在張翠山與殷素素攜張無忌自冰火島返回中土,在武當山上,俞岱巖指出殷素素是十年前害他手足折斷的兇手。張翠山既慟於妻子當年的不義,又要面對中原武林人士對他逼問謝遜的下落,因此自殺,殷素素亦隨之自刎。陸續出現的波峰是紀曉芙在不願傷害楊逍的情況下,被滅絕師太一掌打死;張無忌在朱長齡的追趕下,跳入山谷;張無忌出面平息中原武林六大門派與明教的紛爭;趙敏設計將中原武林六大門派門人擄至萬法寺,張無忌在火場中搶救六大門派之人;金花婆婆騙回住在冰火島上的盲眼謝遜,並在謝遜因不肯借出屠龍刀時,設下毒企圖加害。此後,陸續有張無忌意外地被宋遠橋、俞蓮舟等人誤會為殺害莫聲谷的兇手;趙敏在張無忌與周芷若的婚禮上,以謝遜之髮逼迫張無忌不得和周芷若成婚,並要求張無忌隨她出走。最大的高潮,則在張無忌為了救出被少林寺困在洞穴中的謝遜,與少林高僧激烈拼鬥;謝遜找出害他一家的仇人成崑後,在比武當中、漸落下風;謝遜自願負起當年所犯之罪責,接受仇家的任何懲罰。

《天龍八部》是金書中字數最多的一部,粗略估計約有一百四十萬字,因此如果沒有不斷的「緊張」與「尖銳」,恐怕很難吸引大數量的讀者。茲將該書之波瀾分析如下,依序為:身無武功且不諳武林規矩的段譽,在因直言不諱而挨打後,仍然肆無忌憚地說話;段譽被迫服下七日斷腸散;段譽為躲避干光豪的追

趕，不慎掉入懸崖；心狠手辣的木婉清凌虐段譽；段譽與木婉清冒充靈鷲宮聖使，欲從司空玄手中救回鍾靈；王夫人派人追殺木婉清，段譽亦受牽連；葉二娘日殺一小兒；雲中鶴企圖非禮木婉清；雲中鶴企圖搶奪木婉清；木婉清與鎮南王段正淳、鎮南王妃、段譽正言笑晏晏時，因得知鎮南王妃為刀白鳳，旋即對刀白鳳射出兩枝見血封喉的毒箭；彼此相愛的段譽與木婉清竟為同父異母之兄妹；南海鱷神擄走段譽；段延慶為報復段正明與段正淳兄弟，在段譽與木婉清之飲食中摻入陰陽和合散，欲讓兩人亂倫；段譽被鳩摩智擄走；王夫人下令砍斷阿朱與阿碧的右手；風波惡被丐幫陳長老所飼彩蝎咬中，性命垂危；丐幫幫主喬峰是契丹人的身世被揭發，引起幫內軒然大波；假扮西夏武士、化名為李延宗的慕容復，企圖殺害段譽；蕭峰欲向相關人士詢問己之身世，但每至一處總是慢一步，相關人士已遇害；阿朱在少林寺受傷，命在旦夕；中原武林眾豪為殺蕭峰舉辦英雄宴，蕭峰為請神醫薛慕華醫治阿朱之病而赴宴；蕭峰在英雄宴中，因終不敵而束手待斃；段延慶要取段正淳性命；阿朱為免蕭峰向段正淳尋仇後，將引起段氏家族之追殺，喬裝成段正淳赴蕭峰之約來受死；康敏在段正淳中毒後，舉刀殺之；康敏說出為何揭發蕭峰身世；星宿派門人奉丁春秋之命處決阿紫；蕭峰為閃避阿紫突然向他發出的毒針，出掌將阿紫打得心脈、氣息皆止；遼帝耶律洪基外出打獵，其皇太叔在京自立為帝，並遣大軍圍攻耶律洪基；丁春秋使出幻術讓慕容復與段延慶自殺；丁春秋出手殘殺逍遙派門人；丁春秋嚴懲阿紫；丁春秋與慕容復做生死之鬥；段譽在三十六洞七十二島的重圍中捨命搶救王語嫣；虛竹遭手段惡毒的童姥挾持；李秋水砍斷童姥左腿，在虛竹面前折磨童姥；童姥在虛竹身

上種下生死符；童姥與李秋水進行慘烈廝殺；三十六洞、七十二島眾人攻打縹緲峰靈鷲宮；鳩摩智打敗少林高僧，少林數百年聲譽毀於一旦；丁春秋與游坦之激鬥；慕容復提掌對準段譽面門直劈而下；虛竹與丁春秋惡鬥；蕭遠山逼迫葉二娘當眾指出虛竹之父為少林寺住持玄慈大師；無名老僧在慕容復與蕭峰以及眾人面前，先後打死慕容博與蕭遠山；王語嫣為慕容復跳崖自殺；段譽被慕容復摔入井中；段譽一行人遭王夫人設計俘擄；段譽聞知王語嫣是自己同父異母之妹；段延慶舉杖直刺全身不得動彈之段譽；慕容復為強迫段正淳答應在繼承大理王位後，立即讓位給段延慶，陸續殺死阮星竹、秦紅棉、甘寶寶、王夫人；段正淳與刀白鳳自殺而死；段延慶因段譽不肯與他父子相認而欲下殺手；蕭峰因拒絕為耶律洪基攻宋，在中毒之後被捕入獄；段譽、虛竹及中原群雄為救蕭峰與遼兵展開慘烈之廝殺；蕭峰挾持耶律洪基；蕭峰持箭自殺，阿紫挖眼後，抱蕭峰之屍跳崖殉情。附帶一提的是，《鹿鼎記》的字數，雖然是僅次於《天龍八部》，但由於它已類似歷史小說，且書中大事均合乎史實，因此尖銳緊張之處比較少，讀者之所以有興趣閱讀，主要原因恐怕都只是因為韋小寶此一人物實在有趣，所以使讀者在迫不及待想看韋小寶又將如何耍寶的心理下，產生向下閱讀的強烈欲望。

　　《笑傲江湖》書首的滅門事件，就是該書的第一波高潮，福威鏢局的少鏢頭林平之在仗義直言與人發生衝突而誤殺一人後，福威鏢局上上下下陸續被殺；接著是令狐沖為了保全儀琳的清白，被田伯光殺成重傷；衡山派劉正風欲金盆洗手，卻因其與魔教長老曲洋交遊之事被嵩山派左冷禪得知，因此全家被殺。然後，又有岳靈珊移情林平之，令狐沖落寞；令狐沖被成不憂打成

重傷，又因桃谷六仙、不戒大師的胡亂救治而內力全失、命在旦夕；岳不群帶領華山派門人遠行，途遇十五名蒙面高手襲擊，寧中則與岳靈珊險被羞辱；令狐沖所使出之「獨孤九劍」被眾人誤會是偷盜「辟邪劍譜」所練成。此後，又有任盈盈負著重傷的令狐沖上少林寺求醫，令狐沖拒絕以改投少林派來換得醫治機會；令狐沖在傷重外加內力全失的情況下，不自量力地幫助被正邪兩方圍殺的魔教向問天；向問天為救出任我行，將令狐沖陷入湖底黑牢；令狐沖被誣陷偷盜「辟邪劍譜」，並殺害華山派同門師弟；令狐沖聞知任盈盈因他之故，被困少林寺，於是率領群豪前去相救，不料反而與群豪被困在少室山上；令狐沖、任盈盈、向問天為助任我行前往黑木崖，要從東方不敗手中奪回日月教主之位，激戰中令狐沖不但左眉被刺、身上又受針傷，而任盈盈的臉頰也被劃破，至於向問天與任我行，則是一伏倒在地、一右目被刺瞎。接著又是左冷禪企圖將泰山、華山、衡山、恆山以及嵩山等五派合為一派；在比武奪取掌門之位時，令狐沖因眷戀前情，自願被岳靈珊手中飛落的長劍插成重傷。林平之揮刀自宮，練成「辟邪劍法」，為了報復余滄海，以殘忍手段屠戮青城派眾人；為了報復岳不群，取信左冷禪，林平之不惜殺害新婚妻子岳靈珊。當令狐沖與任盈盈被儀琳之母吊在靈龜閣時，奉岳不群之命前來為惡的游迅等八人，出手加害令狐沖與任盈盈。後又有令狐沖與任盈盈在黑漆漆的山洞中，遭到左冷禪等人的攻擊。最後是，任我行因令狐沖不肯加入日月教而揚言要在一個月內血洗恆山，一月之期既至，任教主依約率眾前來。

此等一波又一波的緊張與尖銳，是分佈在書中各處。若以節奏名之，每一波的緊張尖銳，即是節奏緊湊處。但值得注意的

是，緊湊的情節節奏固然十分引人，但也必須做適切地安排，即在緊湊過後加入舒緩的情節，以收雙重之效：一方面讓讀者有輕鬆的時刻，另一方面在一張一弛的對比下，讀者也才更能感受到強烈的心跳。正如俞汝捷在《小說二十四美》中所提出的：

> 矛盾的推出，是『起』，矛盾的緩解，便是『伏』。只起不伏，甚不足取。特別是長篇小說，弦始終繃得緊緊的，反使讀者感到疲勞，變得麻木，好像一根拉得過分的彈簧，失去了彈性。高明的作家，總是讓節奏一張一弛，起起伏伏，伏中有起，起中有伏。⑧

在經過仔細地觀察後，筆者發現金庸對於情節節奏的處理，正符合了這樣的要求，故也達到中國古典小說美學所謂「笙簫夾鼓、琴瑟間鐘之妙」⑧的層次。因此，讀者在閱讀金書時，便能感受到情節的起伏之美。

由於先前提到了情節結構的整體性，因此也想附帶談論有關金庸小說情節的「開端」與「結尾」。所謂的「開端」，根據傅騰霄的定義，「是矛盾發展的起因，或是作品所描寫的正式開展的事件，也是後來一系列事件的起點。」所謂的「結尾」則是指，「故事的收場，是在矛盾解決以後，人物和事件都得到了相應的結果。它的重要意義，不僅僅使得作品的內容完整，而且在於解決作品中提出的衝突，用形象來回答作品所涉及的各種問題。」⑧

在金庸小說中，有些並不是開門見山地就寫出情節矛盾的發展起因，而是有所謂的「端引」在前，具體標出「端引」以引發

開端者，有《倚天屠龍記》舊版的「引子」與《天龍八部》的
「釋名」。《倚天屠龍記》舊版第一回〈崑崙三聖〉之前有〈引
子〉，但在修訂版已被取消，內容則與舊版第一回文字合併；
《天龍八部》第一回之前則有〈釋名〉，舊版與修訂版皆同。仔細
分析金庸的每部作品，可以發現有不少作品，雖無「端引」之
名，卻有「端引」之實的內容存在，例如：《書劍恩仇錄》之李
沅芷從陸菲青讀書，發現陸菲青身懷高深武功，再隨其學武，直
至在塞外古道上與紅花會眾人相遇以前，皆可以視為該書之「端
引」。又如：《碧血劍》端引於西南海外浡泥國國王麻那惹加那
乃曾來中國朝見大明成祖皇帝，萬歷年間浡泥國國王去世，因無
嗣而造成族人爭立的流血事件，最後立王女為主。張那督之女因
精神錯亂而向女王妄言其父謀反，造成張那督被殺。張那督之子
數傳後為張信，張信之子為張朝唐。張朝唐帶僮兒張康隨西席前
往中土應試，不料初至中土即遇盜賊，西席慘遭盜賊殺害，張朝
唐與張康則僥倖逃出。張朝唐見時局混亂決定與張康先從陸路西
赴廣州，再乘船出洋返回浡泥，豈知途中又遇公差搶劫。直至張
朝唐主僕被楊鵬舉仗義相救，巧合逃至袁承志居處，才正式開始
情節的「開端」。《射鵰英雄傳》端引於張十五說書，《神鵰俠
侶》端引於李莫愁尋仇，《笑傲江湖》端引於福威鏢局的滅門事
件，而《鹿鼎記》第一回所敘的文字獄也是端引。

　　值得一提的是，端引並不能決定情節發展，它的作用只是在
創造背景，輾轉帶出主要人物出場，有時進而幫助讀者了解作品
主題，例如：《書劍恩仇錄》的端引之用，就是在創造背景——
清乾隆十八年六月，並輾轉帶出主要人物出場；《天龍八部》的
〈釋名〉，則是用以幫助讀者了解該書的主題為「塵世的歡喜與悲

苦」；至於《神鵰俠侶》的端引，則是兼而有之，既帶出「時當
南宋理宗年間」以及楊過的出場，又以李莫愁的因愛生恨而點出
作品之旨是「情為何物」。此外，《鹿鼎記》的端引則更有寓意
存焉，即以滿腹經綸的讀書人之生不逢時、動輒得咎，對比出反
倒是韋小寶此等不學無術、阿諛諂媚者，能夠飛黃騰達、大行其
道。當然，金書也有開門見山直指情節開端者，例如：《連城訣》
一開始寫的就是狄雲進城、入獄，《鴛鴦刀》一開始寫的就是
「鴛鴦刀」。

關於金庸小說的結尾，除了先前在述及懸念部分，即已提出
的《雪山飛狐》、《俠客行》以及《倚天屠龍記》，並未達到所謂
「封閉性結尾」的要求之外，其他均有具體之收束，皆符合中國
傳統敘事文體「首尾大照應」的審美標準。比較值得一提的是，
有些作品中的人物因為也在他書中出現，所以又有了繼續發展的
空間。例如：由於《射鵰英雄傳》、《神鵰俠侶》與《倚天屠龍
記》三書之人物情節有連繫，而合稱「射鵰三部曲」，因此《射
鵰英雄傳》的許多人物都出現在《神鵰俠侶》之中，例如：郭靖
與黃蓉在《神鵰俠侶》內就佔有相當份量，尤其郭靖愛國愛民的
大俠形象，更是完成於《神鵰俠侶》。而黃蓉少女時的形象，也
與她在《神鵰俠侶》中為人妻、為人母的形象不同。甚至周伯通
與瑛姑的感情糾葛，也是在《神鵰俠侶》裡才塵埃落定。在《神
鵰俠侶》的結尾中，黯然神傷的郭襄以及覺遠大師與其弟子張君
寶，也都在《倚天屠龍記》內有了新的結局。此外，兩書之間並
無連續性質，人物卻互見者，則如：紅花會眾人之於《書劍恩仇
錄》和《飛狐外傳》，阿九、何惕守、歸辛樹夫婦與其子歸鍾之
於《碧血劍》和《鹿鼎記》。前者為紅花會眾人在破壞福康安為

顛覆中原武林所舉辦的天下掌門人大會之後，仍然退隱回疆；後者為阿九仍是苦戀袁承志，何惕守在偶然現身後，重返來處。至於，歸辛樹夫婦與其子歸鍾則以隕命告終。

二、複雜情節的整合

金庸在《鹿鼎記》的〈後記〉中，曾經如此說道：「我相信自己在寫作的過程中有所進步：長篇比中篇短篇好些，後期比前期好些」。就筆者的非正式調查，在金庸全集中，受多數讀者喜愛者，確實在是長篇，尤其是：《射鵰英雄傳》、《神鵰俠侶》、《倚天屠龍記》、《天龍八部》、《笑傲江湖》以及《鹿鼎記》，至於短篇與中篇，或是因為係金庸之早期創作，或是因為篇幅太短之故而未能做適當的發揮，所以時常被讀者忽略。就小說創作實務觀之，短篇小說因為容量有限，人物較少，人物關係也較不複雜之故，所以情節往往是呈單線發展；而中篇小說雖然容量較大，但情節仍然傾向單線發展，所以短、中篇的情節都比較容易做到集中、縝密的要求。至於長篇小說則因容量龐大，所以比較難做到，但金庸卻能夠將長篇小說的情節結構整合得集中、縝密而不流於鬆散，實在非常難得。那麼，金庸是如何做到這一點的呢？根據筆者的觀察與分析，主要原因有二：一是掌握作品主旨整合情節；一是追隨主要人物的成長敘事模式整合情節，而兩者之間存有互用關係，試析述如下。

㈠掌握主旨

王常新曾說：「人物、情節，都要為表現主旨而服務。所以，選擇情節，也要考慮到表現主旨的需要。」⑯主旨是作家企

圖通過作品的內容所反映之主要思想，或稱為主題。不可諱言的是，文學作品的主題有時會有難以拿捏而難以統一的情況發生，尤其以詩為最。因為這牽涉到「仁者見仁、智者見智」的問題，不過對於小說此一體裁而言，若能細心考察作品的情節主線發展再下判斷，便不至於太過偏離。關於金庸武俠小說的主旨，有時因為金庸會在作品的〈後記〉中指明，故較能清楚得知。

關於《神鵰俠侶》的主旨，倪匡在《我看金庸小說・逐部說》中，曾經說得很清楚：

> 《神鵰》從頭到尾，整部書，都在寫一個「情」字。「問情是何物」，是全書的主旨。書中所寫的各種男女之情，各種不同性格的人所遇到的不同愛情，有的成為喜劇，有的成為悲劇，可以說從來沒有一部小說中，有這麼多關於愛情的描寫。《神鵰》中不但有「情花」，可以致人於死，也有「黯然銷魂掌」，成為至高無上的武功。甚至到結尾時，還有郭襄暗戀楊過的小女兒之情。《神鵰》是一部「情書」，對愛情描述之細膩，在金庸其他作品之中，甚至找不到差可比擬的例子。⑱

在《神鵰俠侶》中，最引人注目的愛情故事，自然是屬楊過與小龍女彼此的兩情相悅，但楊過與小龍女又分別為他人所愛。單戀楊過的女子，就包括：陸無雙、完顏萍、程英、公孫綠萼、郭襄，以及後知後覺的郭芙；喜歡小龍女的男子，則有尹志平、霍都王子以及公孫止。至於其他人物，也都有屬於自己的愛情，試以人物之愛某人為目，細列出每人的情感發展，以明此書如何成

為一部超級「情」書：

1.楊過愛小龍女，小龍女也愛楊過。

2.小龍女愛楊過，楊過也愛小龍女。

3.郭芙曾經愛武敦儒、武修文、耶律齊、楊過，武敦儒、武修文、耶律齊也都愛郭芙，只有楊過不愛郭芙。郭芙最後嫁給耶律齊。

4.武敦儒曾經愛郭芙、完顏萍，郭芙、完顏萍也都愛武敦儒。武敦儒最後娶了完顏萍。

5.武修文曾經愛郭芙、耶律燕，郭芙、耶律燕也都愛武修文。武修文最後娶了耶律燕。

6.耶律齊愛郭芙，郭芙也愛耶律齊。

7.陸無雙愛楊過，楊過愛小龍女。

8.程英愛楊過，楊過愛小龍女。

9.公孫綠萼愛楊過，楊過愛小龍女。

10.郭襄愛楊過，楊過愛小龍女。

11.完顏萍曾經愛楊過、武敦儒，武敦儒愛完顏萍，楊過愛小龍女。

12.尹志平愛小龍女，小龍女愛楊過。

13.霍都王子愛小龍女，小龍女愛楊過。

14.公孫止曾經愛柔兒、小龍女、李莫愁。柔兒愛公孫止，小龍女愛楊過，李莫愁愛陸展元。

15.裘千尺愛公孫止，公孫止愛柔兒。

16.柔兒愛公孫止，公孫止也愛柔兒。

17.李莫愁愛陸展元，陸展元愛何沅君。

18.陸展元愛何沅君，何沅君也愛陸展元

19.何沅君愛陸展元，陸展元也愛何沅君。

20.武三通曾經愛武三娘、何沅君，武三娘愛武三通，何沅君愛陸展元。

21.郭靖愛黃蓉，黃蓉也愛郭靖。

22.黃蓉愛郭靖，郭靖也愛黃蓉。

22.林朝英愛王重陽，王重陽不愛林朝英。

24.瑛姑愛周伯通，周伯通不愛瑛姑。

25.段皇爺愛瑛姑，瑛姑愛周伯通。

由此可知，《神鵰俠侶》的情感線路極為複雜，在全書之情節不論是主線或其他支線均多是不脫「情」字來發展的情況下，金庸幾乎寫盡了世間所有的愛情悲歡，而情節結構也因集中表現主旨之故，顯得十分緊密。至於全書之以情場失意的武三通、李莫愁開啟；以郭襄之情傷流淚作結，尤見匠心。此外，由於一部作品的主旨，可以透過情節直接指出；也可以利用書中的某一情景、或某一具有象徵性之物帶出。因此，金庸在《神鵰俠侶》中，除了藉由情節說明「情為何物」之外，還利用公孫綠萼為楊過介紹絕情谷內的情花、情果來表出主旨：

> 楊過接過花來……也吃了幾瓣，入口香甜，芳甘似蜜，更微有醺醺然的酒氣，正感心神俱暢，但嚼了幾下，卻有一股苦澀的味道，要待吐出，似覺不捨，要吞下肚內，又有點難以下咽。他細看花樹，見枝葉上生滿小刺，花瓣的顏色卻是嬌艷無比，似芙蓉而更香，如山茶而增艷，問道：「這是甚麼花？我從來沒見過。」那女郎（公孫綠萼）道：「這叫做情花，聽說世上並不多見。你說好吃麼？」

楊過道：「上口極甜，後來卻苦了。這花叫做情花？名字倒也別致。」說著伸手去又摘花。那女郎道：「留神！樹上有刺，別碰上了！」楊過避開枝上尖刺，落手更是小心，豈知花朵背後又隱藏著小刺，還是將指頭刺損了。……但見果子或青或紅，有的青紅相雜，還生著茸茸細毛，就如毛毛蟲一般。楊過道：「那情花何等美麗，結的果實卻這麼難看。」女郎道：「情花的果實是吃不得的，有的酸，有的辣，有的更加臭氣難聞，中人欲嘔。」楊過一笑，道：「難道就沒甜如蜜糖的麼？」那女郎向他望了一眼，說道：「有是有的，只是從果子的外皮上卻瞧不出來，有些長得極為醜怪的，味道倒甜，可是難看的又未必一定甜，只有親口試了才知。十個果子九個苦，」⑧

如此安排，《神鵰俠侶》之主旨更為清楚，這便使得讀者在閱讀此書有重心可循，所以金庸為表現主旨所精心設計的情節，就為作品結構帶來集中縝密的成效。除此之外，該書之以楊過成長的敘事手法發展情節，也能使讀者在覺得情節發展總是不離楊過本人或與楊過有關之人時，感受到其結構之謹嚴。

　　陳世驤在寫給金庸的一封信中，曾經提示過《天龍八部》的讀法：「讀《天龍八部》必須不流讀，牢記住楔子一章，就可見『冤孽與超度』都發揮盡致。書中的人物情節，可謂無人不冤，有情皆孽，」⑧由此可知，《天龍八部》之主旨就在於「冤孽與超度」。因為「冤孽」是來自於人之「貪、嗔、癡」，所以《天龍八部》的情節，便是繞著「貪、嗔、癡」的世間悲歡來發展。

　　首先看蕭峰的悲劇。若不是慕容博意圖匡復大燕王室，想挑

起宋遼武人的爭鬥以便從中取利，就不會以假傳契丹國派出大批武士要偷襲少林寺，並奪取少林寺中秘藏數百年的武功圖譜，使得玄慈以「帶頭大哥」之名帶領中原群豪伏在雁門關外襲擊，造成蕭遠山之妻死與子散。如果蕭遠山一家人安然無事，還在襁褓中的蕭峰也不會被玄慈帶回中土，交給喬三槐夫婦養育，更不會有在契丹人身份被揭發時，從英雄豪傑的丐幫幫主之尊，淪為人人唾棄的契丹賤種。而若不是康敏氣憤蕭峰無視她的美色，蕭峰的契丹身份也永無人知。如果蕭峰不知自己背負有血海深仇，他自不會去向喬三槐夫婦、玄苦大師、單正、譚公夫婦、趙錢孫、智光大師等人追問「帶頭大哥」究是何人，喬三槐、玄苦大師、單正、譚公夫婦、趙錢孫等人就不會因此被蕭遠山害死，智光大師也不會因此坐化。阿朱也不會想去向康敏套問「帶頭大哥」的身份，而被康敏騙稱「帶頭大哥」即段正淳，使得阿朱在得知自己是段正淳的私生女後，在一方面不願段正淳被蕭峰打死，一方面又擔心段正淳若果真被蕭峰打死，蕭峰將無法應付段氏家族的復仇，所以易容成段正淳的模樣而讓蕭峰將自己一掌打死。蕭峰亦要因阿朱之死，痛苦終生。或者蕭峰能夠捨棄心中嗔恨、根本不報仇，那麼這些慘劇也不會發生，無奈命運弄人，一切都發生了。且其中讓蕭峰背負弒養父母、弒師罪名的，竟然還是出於其父蕭遠山的安排。最後，蕭峰甚至還賠上一條性命。

其次看慕容復的悲劇，慕容復因為身負匡復大燕王業之重責大任，故而辛苦地練功，辛苦地四處奔波。王語嫣對他的深情，他無心去體會；阿碧對他的愛戀，他更是渾然不覺。他的言行思想，都只是為了匡復大燕，例如：他想與三十六洞、七十二島眾人結交，為的是匡復大燕；他想娶西夏公主，為的是匡復大燕；

他拜「天下第一大惡人」段延慶為父，為的是匡復大燕；他之所以向對他忠心耿耿的包不同，以及其舅媽王夫人痛下毒手，為的是匡復大燕；乃至於最後他的發狂，也是為了匡復大燕的夢想落空之故。如果他不執著於匡復大燕，其人生必然有所不同。

蕭峰與慕容復因過於執著而一死一瘋，他們的父親若不是有幸得到無名老僧對他們做出「由生而死、由死而生」的開示，恐怕也仍然必須浮沈苦海。蕭遠山繼續為愛妻之死、獨子之散而終生憤恨不平；慕容博繼續苦於王圖霸業之未成，而必須過著隱匿身份的日子，兩人的心靈永遠得不到平靜。必得等到他們想通了血海深仇、王圖霸業都是空之後，才能達到無嗔無欲的境界，恬淡地過自在的生活。

在情愛中掙扎的人都很苦，因為他們染上了「癡」毒，在《天龍八部》中，這類人物極多，例如：刀白鳳、秦紅棉、甘寶寶、阮星竹、王夫人、康敏之於段正淳，鍾萬仇之於甘寶寶；王語嫣之於慕容復，段譽之於王語嫣，木婉清、鍾靈之於段譽；玄慈之於葉二娘，葉二娘之於玄慈；蕭峰之於阿朱，阿朱之於蕭峰；游坦之之於阿紫，阿紫之於蕭峰；童姥、李秋水之於逍遙子，逍遙子之於李秋水的小妹子；趙錢孫之於譚婆小娟，譚婆小娟之於趙錢孫⋯⋯等等，莫不是「有情皆孽」。其中尤以玄慈與葉二娘的愛情，最令人意外，因為玄慈不但是和尚，且是少林寺住持；而葉二娘則是在「四大惡人」中排行第二「無惡不作」的壞人。葉二娘受人之欺引誘玄慈，玄慈勘不破情關，葉二娘生下一子。而此子卻在蕭遠山的報復行動中被強抱至少林寺取名為虛竹，因此玄慈雖日見虛竹，卻不知其為己子，故而日夜為子之生死掛心；而葉二娘為了報復他人奪走己子，竟每日胡亂搶一小兒

撫弄,撫弄之後又狠下毒手。最後,玄慈在面對蕭遠山對葉二娘的逼問時,挺身承認並坦然接受寺規懲戒,受杖完畢:

> 玄慈伸出手去,右手抓住葉二娘的手腕,左手抓住虛竹,說道:「過去二十餘年來,我日日夜夜記掛著你母子二人,自知身犯大戒,卻又不敢向僧眾懺悔,今日能一舉解脫,從此更無掛罣恐懼,心得安樂。」說偈道:「人生於世,有欲有愛,煩惱多苦,解脫為樂!」說罷慢慢閉上眼睛,臉露詳和微笑。⑧

玄慈所說之偈,正與該書主旨「冤孽與超度」呼應,因此葉二娘見玄慈死去,亦旋即自殺。超度的方式當然不限一種,只需要從禁錮生命的深淵中跳出即可,但因世人多半都缺乏跳出的能力,所以死亡便成了另一條路徑。

生命當然不會只是響著悲歌,在傷悲之前往往曾有喜悅存在,例如:蕭峰若不是先前享受過與阿朱相戀的美好,又怎會在阿朱死時痛苦不堪?段正淳的眾情人若不是曾經有過幸福的滋味,又何以在段正淳離開之後,飽嚐相思之苦?所以段譽與王語嫣、虛竹與西夏公主的看似好結局,最後也將成為痛苦的負擔,只是金庸還沒來得及寫到那裡,全書便已結束。無怪乎陳墨要說:「小說《天龍八部》給我們展示的,是一個悲劇的宿命世界,其間許多悲慘哀傷的故事似乎只能歸因於宿命。在這樣一個世界之中,甚至無分善、惡、正、邪,不論是情聖、情魔,都難以逃脫最終的悲劇的命運。」⑩

透過上述對《天龍八部》的情節分析,便可以發現該書情節

多是因主旨「冤孽與超度」而設，雖然因情節複雜而顯得結構有些鬆散，但如果讀者緊抓住「冤孽與超度」的主旨來閱讀，就可以發現其情節結構雖看似鬆散實不鬆散，因為金庸已利用了緊扣主旨的方式來整合。

金庸在《笑傲江湖》的〈後記〉中，曾經提起他寫《笑傲江湖》的因緣與立意。由於透過這段話，我們可以了解到《笑傲江湖》的主旨，因此將之引錄於下：

> 我寫武俠小說是想寫人性，就像大多數小說一樣。寫「笑傲江湖」那幾年，中共的文化大革命奪權鬥爭正進行得如火如荼，當權派和造反派為了爭權奪利，無所不用其極，人性的卑污集中地顯現。我每天為明報寫社評，對政治中齷齪行徑的強烈反感，自然而然反映在每天撰寫一段的武俠小說之中。這部小說並非有意的影射文革，而是通過書中一些人物，企圖刻劃中國三千年來政治生活中的若干普遍現象。影射性的小說並無多大意義，政治情況很快就會改變，只有刻劃人性，才有較長期的價值。不顧一切的奪取權力，是古今中外政治生活的基本情況，過去幾千年是這樣，今後幾千年恐怕仍會是這樣。任我行、東方不敗、岳不群、左冷禪這些人，在我設想時主要不是武林高手，而是政治人物。林平之、向問天、方證大師、沖虛道人、定閒師太、莫大先生、余滄海等人也是政治人物。這種形形色色的人物，每一個朝代中都有，大概在別的國家中也都有。……人生在世，充份圓滿的自由根本是不可能的。解脫一切欲望而得以大徹大悟，不是常人之所能。那些熱

中於政治和權力的人，受到心中權力欲的驅策，身不由
己，去做許許多多違背自己良心的事，其實都很可憐。⑨

準此，我們便可清楚得知《笑傲江湖》的主旨，是「政治中的人
性卑污」。金庸為了表現「政治中的人性卑污」，特地安排了「內
鬨」與「外鬥」的情節。「內鬨」的紛爭，一在邪派日月教之
中，一在正派的華山派之中。在邪派方面，是任我行與東方不敗
的爭奪教主之位：任我行曾為教主，在位期間作威作福、禦下極
嚴，因過於信任野心勃勃的東方不敗，所以遭東方不敗篡位，被
囚於西湖地牢內。但十二年的牢獄，並沒有讓他看淡名利權位，
反而愈老愈是心熱。在尚未奪回教主寶座之前，他對於東方不敗
定下的朝見教主之阿諛口號頗為鄙夷，然一旦奪回教主之位卻又
甘之如飴，這是權力使人腐化。至於東方不敗在處心積慮地奪到
教主寶座之後，不但一如任我行的寵信奸佞，更剷除教中異己之
元老，繼而是什麼都不理會，所以最後不但失去教主之位，也丟
掉了性命。不論是東方不敗的篡奪教主之位，或者是任我行的重
奪教主之位，兩人所用的手段都極為殘忍。在正派方面，是華山
派兩度的劍宗與氣宗之爭，前一次是氣宗設計將劍宗高手風清揚
滯留江南，再將劍宗打得一敗塗地、傷亡殆盡；後一次是劍宗捲
土重來要向氣宗奪回華山派掌門人之位，表面上是因武功路數不
同而引起紛爭，事實上根本就是爭奪權位。

關於「外鬥」的情節，除了邪派日月教的任我行，在重獲教
主之位以後，又欲吞併正教諸派之外；正派的嵩山派掌門左冷禪
因欲合併華山、泰山、恆山、衡山為五嶽劍派，而無所不用其
極，又是偷襲暗殺，又是挑撥離間；而華山派的岳不群，則是暗

地裡以卑鄙手段壯大自身實力，待左冷禪將併派之路鋪妥，他再從左冷禪手中將五嶽劍派掌門人之位一舉奪來。至於青城派松風觀觀主余滄海之所以搶奪福威鏢局的「辟邪劍譜」，也是為了能練成絕世武功，以謀取更大的權力。既要爭權奪位，自然是為達目的不擇手段，在無所不用其極的情況下，人性的卑污表露無遺。那麼男主角令狐沖的不慕權位與全書主旨「政治中的人性卑污」又有什麼關連呢？筆者認為那是對比的設計，若不是有這麼一位因不慕權位而保有人性高潔的角色存在，豈能對比出左冷禪等人的卑污。而令狐沖最後的隱退，則寓有不卑污之人是不能生存於政治圈，正與「政治中的人性卑污」之旨遙遙呼應。

　　根據上述分析，便可以明瞭《笑傲江湖》全書之情節就是以「政治中的人性卑污」來構思，而發展出明爭暗鬥的幾條情節線，並以清流令狐沖與濁流左冷禪等人的對比，使得結構呈現出謹嚴性。

　　由於上述所舉之三部作品都是屬於長篇鉅作，是以也選取一部短篇作品《白馬嘯西風》加以分析。關於《白馬嘯西風》的主題，簡而言之，即是「天不從人願，事與願違」。透過情節的分析，我們可以發現該書之中有四樁感情都是朝著此一主題發展，一是女主角李文秀愛上了哈薩克的少年蘇普，但蘇普所喜歡的卻是阿曼；二是假扮計老人的馬家駿愛上了李文秀，但李文秀所喜歡的卻是蘇普；三是化名華輝的瓦耳拉齊愛上了阿曼的母親雅麗仙，但雅麗仙所喜歡的卻是車爾庫；四是史仲俊愛上了上官虹，但上官虹所喜歡的卻是白馬李三。至於結局則因個人性格不同而有異：李文秀選擇成全蘇普，黯然離開；馬家駿選擇為保護李文秀而犧牲性命；瓦耳拉齊選擇毒死雅麗仙；史仲俊則邀人一齊殺

害白馬李三，而上官虹則與史仲俊同歸於盡。李文秀、馬家駿、瓦耳拉齊、史仲俊都希望自己所愛之人能夠愛自己，但是偏偏他們所愛的人都愛上了別人。而書中的尋寶情節也是如此，大家都想得到寶藏，但始終卻得不到；此外，唐太宗之欲以書籍文物漢化高昌國，高昌國卻不願意接受漢化，也是此一主題的發揮。

曹正文曾經說：「金庸有些小說，長達五卷，有一百多萬字，可自始自終主題鮮明，構思嚴密，可見其紮實的藝術功力。」⑫筆者認為鮮明的主題與嚴密的構思，就是金庸用以整合其長篇小說中龐大情節的方式之一，而經過了這樣的整合，情節結構便不至於產生鬆散。

㈡追隨人物

在金庸小說當中，有不少部是以男性主要人物的成長經歷來貫穿全書之情節者，例如：郭靖之於《射鵰英雄傳》，楊過之於《神鵰俠侶》，張無忌之於《倚天屠龍記》，石破天之於《俠客行》，韋小寶之於《鹿鼎記》等等。當書中情節是以男性主要人物之人生經歷為核心來加以統籌時，金庸在寫作上至少就可以得到四項便利：一是只要情節跟著主要人物之本身或與主要人物相關之人來發展，就不至有蕪雜的情況發生；同時情節也因此易於開端、易於發展、易於掀起高潮、易於結束。二是作品主題可以不再限於單一，而可以朝多元化展開，作者意欲在作品中所呈現的自我理念，諸如：反戰、恕道、有情皆孽、人性善惡……等等，便都可以利用不同事件之安插得到發揮，而使作品之思想內涵更加豐富或更為深刻。三是作品中主要人物的形象將可以更為鮮明，扁平人物可以透過不止一樁事件的發生以不斷加刻形象，

圓形人物也可以有合理化的表現、或逐步化的轉變以完成形象。四是可以將各種不同的敘事模式鎔於一爐，不再只是局限在某一種故事內容之中，可以讓人物去復仇，可以讓人物去奪寶，可以讓人物去行俠仗義……等等。在此，試以《射鵰英雄傳》、《倚天屠龍記》二書為例，析述金庸如何利用以筆下男性主要人物之人生經歷來處理作品情節，使情節結構謹嚴。

　　《射鵰英雄傳》所寫為主人翁郭靖之成長故事，在郭靖還未出現（按：被李萍生下）之前，寫的也是與郭靖有關的人與事，那或是為了迎接郭靖此一角色的出現，或是由於在文後將和郭靖產生關連，譬如：郭嘯天與楊鐵心的交往，以及兩人與丘處機的結識，是因為文後郭靖會與楊康相交，以及丘處機需因此去尋找郭嘯天與楊鐵心兩人之子，並和江南七怪打賭，讓江南七怪遠赴大漠教導郭靖武功。待郭靖正式出場，整個情節更是主要不脫郭靖之成長，次要則及與郭靖有關之人物來著墨發展。譬如：郭靖資質駑鈍，學不好江南七怪所教的功夫，便有丘處機之師兄馬鈺的登場教之；馬鈺教了郭靖之後，郭靖的內力雖然深厚了，但手腳功夫還是不行，因此便有洪七公的對其傳授「降龍十八掌」。至於洪七公之所以願意教郭靖武功，則又是經由先前出現之黃蓉所安排；而黃蓉的登場，則又是為了與郭靖相戀，使郭靖有更豐富的人生經歷。

　　《射鵰英雄傳》以郭靖作為主要人物，該書之主要情節就在郭靖身上，至於其他人物亦大多與郭靖有不同程度的關連。試略舉數例，以明書中人物大多都與郭靖有過正面接觸，而且多可以憑著羅絡鉤連的方式與郭靖產生關連。例如：曲傻姑，傻姑之父為曲靈風，曲靈風之師為黃藥師，黃藥師之女為黃蓉，黃蓉與郭

靖為相知相戀的愛侶。當郭靖被歐陽鋒打成重傷時，他和黃蓉就
是躲在傻姑家的密室內療傷。例如：瑛姑，瑛姑深愛周伯通，周
伯通曾經教會郭靖「空明拳」與《九陰真經》上的武功；當郭靖
與黃蓉從鐵掌幫逃出時，兩人曾躲在瑛姑家逃避鐵掌幫的追捕。
又如：歐陽克，歐陽克見黃蓉絕色，因此託其叔父歐陽鋒向黃藥
師求親，而由於郭靖也愛慕黃蓉，洪七公亦為郭靖向黃藥師求
婚，所以歐陽克便有與郭靖共同接受黃藥師所出之三道試題比試
的接觸發生。而在每一個與郭靖直接有關或間接有關之人，亦都
有自己的一些遭遇時，就使得情節結構龐大。這些次要人物的遭
遇敘述，一方面可以豐富作品的內容，因為郭靖一個人不可能有
太多的遭遇；一方面由於著墨之份量得當，所以不但不會搶去郭
靖的戲份，反而更能襯托出郭靖做為主要人物的重要性，因為他
們都是依附郭靖而存在的。關於《射鵰英雄傳》這種情節的結構
方式，陳墨也曾有所說明：

　　這一小說構成的新的方法和形式是，將主人公郭靖的人生
　經歷的敘述作為全書的中心線索。即一切故事都圍繞著郭
　靖展開，凡與郭靖有關的人或事便說，凡無關的人和事便
　不說，這使整部小說重點突出，中心分明。而故事具體展
　開的方法是，隨郭靖的具體經歷和遭遇的展開而展開。作
　者的敘事視點始終盯在主人公郭靖身上，作者的視線也就
　是郭靖的視線，就像一臺攝像機，一直盯著郭靖。他走到
　哪裡，攝像機就跟到哪裡，拍到哪裡。這使小說內容豐富
　卻不零亂，結構龐大而不鬆散，情節曲折而不失控。一以
　貫之，神氣充沛。㊲

　　人物與事件之於郭靖是如此延伸與發展，作者的思想也是透過郭靖所見所聞或親身體驗的言行舉止來反映，例如：悲天憫人的反戰精神，就是通過郭靖為成吉思汗征服撒麻爾罕城後，眼見蒙古軍的屠城之舉而心生悲憫，因此他懇求成吉思汗饒恕該城數十萬居民的性命來反映。又如：儒家「知其不可而為之」的精神，以及「為國為民，俠之大者」的意義，也是通過郭靖死守襄陽表出。由此可見，以主要人物之人生經歷來統籌情節加以結構，不但能使情節結構謹嚴，亦可豐富作品內涵。

　　一如《射鵰英雄傳》，金庸也在《倚天屠龍記》中運用了主要人物的人生經歷來整合全書之情節結構。關於《倚天屠龍記》的寫作重點，我們可以經由該書之〈後記〉窺出，金庸云：

　　……張無忌的個性卻比較複雜，也是比較軟弱。他較少英雄氣概，個性中固然頗有優點，缺點也很多，或許，和我們普通人更加相似些。……張無忌的一生卻總是受到別人的影響，被環境所支配，無法解脫束縛。在愛情上，……張無忌卻始終拖泥帶水，對於周芷若、趙敏、殷離、小昭這四個姑娘，似乎他對趙敏愛得最深，最後對周芷若也這般說了，但在他內心深處，到底愛那一個姑娘更加多些？恐怕他自己也不知道。……像張無忌這樣的人，任他武功再高，終究是不能做政治上的大領袖。當然，他自己根本不想做，就算勉強做了，最後也必定失敗。中國三千年的政治史，早就將結論明確的擺在那裡。中國成功的政治領袖，第一個條件是「忍」，包括克制自己之忍、容人之

忍、以及對付政敵的殘忍。第二個條件是「決斷明快」。
第三個是極強的權力欲。張無忌半個條件也沒有。周芷若
和趙敏卻都有政治才能，因此這兩個姑娘雖然美麗，卻不
可愛。……這部書的情感重點不在男女之間的愛情，而是
男子與男子間的情義，武當七俠兄弟般的感情，張三丰對
張翠山、謝遜對張無忌般的摯愛。⑭

根據這段文字，我們就可以明白金庸寫作《倚天屠龍記》所欲表
現之內涵，至少有三：一是張無忌此一人物的形象塑造，二是中
國政治領袖應具有之條件特質，三是男子間的情義表現；而〈後
記〉所提到之有關張無忌的愛情，就是為刻劃張無忌優柔寡斷之
形象的情節之一。如此看來，《倚天屠龍記》的情節發展自然就
有複雜之勢，但仔細加以分析，上述情節在無一不與張無忌此人
有直接或間接的關連下，結構已無鬆散之虞。其中「武當七俠兄
弟般的感情」以及「張三丰對張翠山的摯愛」之所以與張無忌有
關，主要是因為身為武當七俠之一的張翠山係張無忌之父，在張
翠山自刎之後，武當六俠除了萬分悲痛之外，基於故人之情，便
對張無忌百般愛護視同己出；而張三丰更因張無忌是愛徒張翠山
的獨生子而疼惜有加。而該書之主要情節發展，則是張無忌個人
的經歷，例如：身受玄冥神掌，從胡青牛學醫，送楊不悔至坐忘
峰，先後與周芷若、殷離、小昭、趙敏相處，平息明教與中原武
林六大門派之爭，相救謝遜……等等。當張無忌未出場前，情節
的發展則是放在張無忌之父張翠山與母殷素素，以及文後將與張
無忌有涉之人、事、物上，其人有如謝遜、張三丰等，其事有如
張翠山與殷素素之正邪相合，其物有如九陽真經、倚天劍、屠龍

刀等。

　　透過如此之結構情節的方式，金庸亦在其中貫注了個人的理念與看法，例如：以漢族為中心之民族主義的發揚，就是經由張無忌率領明教義軍與蒙古王室的對抗來表現；而中國政治首領所需具有的「殘忍」與「權力欲」，就是通過張無忌墮入朱元璋這一代梟雄的奸謀之中而悄然離去來反映。在以主要人物做為情節結構之依歸的方式下，在《倚天屠龍記》中，金庸將敘事視角隨著張無忌之移動而移動，結構在「千枝不脫一樹，萬派不離一源」的董理下自然謹嚴，即便是無單一主題，金庸亦能自由揮灑筆墨。

　　當金庸在尚未以主要人物的人生經歷或單一的主題來整合情節結構時，其作品的情節結構是鬆散的，例如：《書劍恩仇錄》，既要寫漢族與滿族間的鬥爭，又分別要安排回族與滿族間的衝突，乾隆與陳家洛的兄弟關係，陳家洛與霍青桐、喀麗絲姊妹的愛情，余魚同與駱冰、李沅芷的糾葛……等等，這一大堆的人與事在要湊成有機體，卻又缺乏取捨標準的狀況下，情節之結構便無法井然有序而流於雜亂。倪匡曾經說《書劍恩仇錄》為「群戲」，如此多的人物戲於情節之間，主從難分，焉有不亂之理？至於《碧血劍》與《雪山飛狐》，雖然分別寫了袁承志與胡斐的成長，但由於兩部書皆處於嘗試階段，因此也都有不足之處。金庸在《碧血劍》的〈後記〉中曾經說：「《碧血劍》的真正主角其實是袁崇煥，其次是金蛇郎君，兩個在書中沒有正式出場的人物。袁承志的性格並不鮮明。不過袁崇煥也沒有寫好，」儘管金庸如此說道，但觀諸全書之情節，讀者卻又必定以為主角為袁承志，而非袁崇煥或夏雪宜，在此矛盾之下，情節結構便顯

得十分雜亂，時而是金蛇郎君的愛恨情仇，時而是袁崇煥的壯志未酬、含冤而死。而《雪山飛狐》之情節結構的失敗也類於《碧血劍》，苗人鳳與胡一刀的比武情節，在金庸以類於日本芥川龍之介名作〈竹籔中〉的手法來表現後，便奪去了主要人物胡斐的風采，情節結構亦因此缺乏集中感。

綜合本章所述，便可以明瞭金庸武俠小說的情節藝術。在微觀的情節內容設計上，由於金庸在不同作品中，穿插了或真摯深刻、或詼諧戲謔、或緊張波折、或奇異巧合等悲喜驚疑以引人入勝的情節，便使得讀者在閱書時，能夠享受到不同情緒的滿足。至於通過宏觀角度的觀察，則可得知，金庸在情節結構上的煞費苦心，不但運用「伏筆」使結構產生自然感，也運用「懸疑」來使結構產生曲折性，更以一波又一波的「緊張、尖銳」，營造出情節結構的高潮不斷。而掌握作品主旨與以追隨主要人物之人生經歷來整合情節的方式，就為情節結構帶來謹嚴而不流於鬆散。

註　釋

①周啟志、羊列容、謝昕合著，《中國通俗小說理論綱要》，（臺北：文津出版社，民國八十一年三月），頁九四。

②王常新，《文學評論發凡》，（臺北：文史哲出版社，民國八十五年一月），頁一六九。

③嚴家炎，〈論金庸小說的情節藝術〉，（武漢：《通俗文學評論》，一九九七年一月），頁六九。

④佛斯特著、李文彬譯，《小說面面觀——現代小說寫作的藝術》，（臺北：志文出版社，民國八十四年十二月），頁一一四。

⑤毛姆著、陳蒼多譯，《毛姆寫作回憶錄》，（臺北：志文出版社，民國六
　十六年一月），頁一九〇。

⑥劉世劍，《小說概說》，（高雄：麗文文化事業股份有限公司，民國八十
　三年十一月），頁一四二。

⑦伏爾泰之語係轉引自王常新，《文學評論發凡》。同註②，頁一七六。

⑧曾昭旭，〈論金庸書中的愛情——以《射鵰》、《神鵰》為中心〉，該文
　收入《縱橫武林，中國武俠小說國際學術研討會論文集》，（臺北：臺
　灣學生書局，民國八十七年九月），頁一。

⑨金庸，《神鵰俠侶》，（臺北：遠流出版事業股份有限公司，民國八十五
　年二月），第四冊，頁一五五八。

⑩同前註，頁一五五八～一五五九。

⑪同註⑨，頁一五六〇。

⑫同註⑨，頁一五六〇～一五六一。

⑬金庸，《天龍八部》，（臺北：遠流出版事業股份有限公司，民國八十四
　年十二月），第三冊，頁九六四～九六八。

⑭金庸，《飛狐外傳》，（臺北：遠流出版事業股份有限公司，民國八十四
　年十二月），下冊，頁七五九～七六〇。

⑮金庸，《笑傲江湖》，（臺北：遠流出版事業股份有限公司，民國八十五
　年一月），第四冊，頁一四八二～一四八三。

⑯金庸，《鹿鼎記》，（臺北：遠流出版事業股份有限公司，民國八十五年
　一月），第五冊，頁一八五〇～一八五一。

⑰金庸，《倚天屠龍記》，（臺北：遠流出版事業股份有限公司，民國八十
　五年二月），第一冊，頁三五九。

⑱同前註，頁三九四。

⑲金庸，《碧血劍》，（臺北：遠流出版事業股份有限公司，民國八十五年

二月），上冊，頁二六〇～二六一。

⑳金庸，《射鵰英雄傳》，（臺北：遠流出版事業股份有限公司，民國八十五年一月），第三冊，頁一一七九～一一八〇。

㉑同前註，頁一一八〇～一一八一。

㉒同註⑳，頁一一八一。

㉓梁守中，《武俠小說話古今》，（臺北：遠流出版事業股份有限公司，民國七十九年十二月），頁八一。

㉔金庸，《笑傲江湖》，（臺北：遠流出版事業股份有限公司出版，民八十五年二月），第二冊，頁六二九。

㉕同前註，頁六三〇～六三一。

㉖金庸，《鴛鴦刀》附於《雪山飛狐》，（臺北：遠流出版事業股份有限公司，民國八十五年二月），頁二七〇。

㉗金庸，《天龍八部》，（臺北：遠流出版事業股份有限公司，民國八十四年十一月），第四冊，頁一三〇九～一三一〇。

㉘金庸，《天龍八部》，（臺北：遠流出版事業股份有限公司，民國八十四年十二月），第一冊，頁一四。

㉙金庸，《天龍八部》，（臺北：遠流出版事業股份有限公司，民國八十四年十一月），第二冊，頁七二五。

㉚金庸，《俠客行》，（臺北：遠流出版事業股份有限公司，民國八十四年十二月），上冊，頁二三四～二三五。

㉛黃里仁，〈掩映多姿，跌宕風流的金庸世界〉，收錄於《諸子百家看金庸》第三輯，沈登恩主編、翁靈文等著，（臺北：遠景出版事業公司，民國七十四年五月），第三輯，頁一二一。

㉜陸離紀錄，〈金庸訪問記〉，收錄於《諸子百家看金庸》第三輯。同註前註，頁三五。

㉝金庸，《鹿鼎記》，（臺北：遠流出版事業股份有限公司，民國八十四年十二月），第一冊，頁三一三～三一四。

㉞金庸，《鹿鼎記》，（臺北：遠流出版事業股份有限公司，民國八十五年二月），第三冊，頁九三五～九三六。

㉟金庸，《白馬嘯西風》附於《雪山飛狐》。同註㊱，頁四二一。

㊱金庸，《越女劍》附於《俠客行》，（臺北：遠流出版事業股份有限公司，民國八十四年十二月），下冊，頁六九〇。

㊲金庸，《倚天屠龍記》，（臺北：遠流出版事業股份有限公司，民國八十五年二月），第四冊，頁一五八三～一五八四。

㊳同註⑬，頁一〇八七。

㊴金庸，《神鵰俠侶》，（臺北：遠流出版事業股份有限公司，民國八十四年十二月），第二冊，頁五六六。

㊵同註⑨，頁一四二一。

㊶溫瑞安，《析「雪山飛狐」與「鴛鴦刀」》，（臺北：遠景出版事業公司，民國七十四年四月），頁一六八。

㊷金庸，《射鵰英雄傳》，（臺北：遠流出版事業股份有限公司，民國八十四年十二月），第四冊，頁一三一〇。

㊸同註⑯，頁一七七五。

㊹金庸，《書劍恩仇錄》，（臺北：遠流出版事業股份有限公司，民國八十五年二月），下冊，頁七二〇～七二一。

㊺金庸，《倚天屠龍記》，（臺北：遠流出版事業股份有限公司，民國八十五年二月），第三冊，頁九九三。

㊻金庸，《笑傲江湖》，（臺北：遠流出版事業股份有限公司，民國八十五年二月），第一冊，頁三九六。

㊼同前註，頁三九七。

㊽葉洪生，《葉洪生論劍——武俠小說談藝錄》，（臺北：聯經出版事業公司，民國八十三年十一月），頁九二。

㊾曹正文，《古龍小說藝術談》，（臺北：知書房出版社，民國八十五年十月），頁一六一。

㊿同註⑮，頁一二七三～一二七四。

51同註㉗，頁一五〇六。

52金庸，《射鵰英雄傳》，（臺北：遠流出版事業股份有限公司，民國八十四年十二月），第一冊，頁三五七。

53金庸，《俠客行》，（臺北：遠流出版事業股份有限公司，民國八十四年十二月），下冊，頁六三六。

54同前註，頁六五八。

55同註①，頁一〇〇。

56同註①，頁一〇〇。

57同註①，頁一〇一。

58李喬，《小說入門》，（臺北：時報文化出版企業有限公司，民國七十五年三月），頁二〇三。

59金庸，《書劍恩仇錄》，（臺北：遠流出版事業股份有限公司，民國八十五年二月），上冊，頁一七二。

60同前註，頁三四三。

61同註⑲，頁九〇。

62同註⑲，頁三三七。

63金庸，《射鵰英雄傳》，（臺北：遠流出版事業股份有限公司，民國八十五年一月），第二冊，頁七〇二。

64同註㉓，頁一一五一。此段引文中，關於郭靖有曾經聽過〈四張機〉詞的想法，在舊版中原來是一漏洞，因為舊版先前並不曾安排周伯通有吟

此詞的舉動。

(65)馮氏之文，係為曹正文《金庸小說人物譜》之〈序言〉，（上海：學林出版社，一九九六年一月），頁三。

(66)同註㊶，頁一二一。

(67)舒國治，《讀金庸偶得》，（臺北：遠景出版事業公司，民國七十三年十月），頁二〇九。

(68)同註①，頁一〇〇。賢淑按，陸游原詩應為「山重水複疑無路，柳暗花明又一村。」

(69)同註⑲，頁一三六。

(70)金庸，《神鵰俠侶》，（臺北：遠流出版事業股份有限公司，民國八十五年一月），第三冊，頁九六〇。

(71)同前註，頁一〇五五。

(72)同註㉘，頁四八。

(73)同註㉘，頁七七。

(74)同註㉘，頁八〇。

(75)金庸，《倚天屠龍記》，（香港：武史出版社出版，一九六一年九月一日），合訂本第二集，頁一〇六。賢淑按：俞岱巖，舊版原作俞岱岩。

(76)金庸，《笑傲江湖》，（香港：武功出版社，未註出版年月），第六集，頁一八八七。

(77)金庸，《雪山飛狐》，（臺北：遠流出版事業股份有限公司，民國八十五年二月），頁二四五。金庸在《雪山飛狐·後記》中說，「這部小說於一九五九年發表，曾有好幾位朋友和許多不相識的讀者希望我寫個肯定的結尾。」

(78)同註(53)，頁六五七。

(79)同註㊾，頁二一六。

⑧同註①，頁九五～九六。

⑧同註②，頁一七八。

⑧俞汝捷，《小說二十四美》，（臺北：淑馨出版社，民國七十八年三月），頁二三九。

⑧孫遜、孫菊園編，《中國古典小說美學資料匯粹》，（臺北：大安出版社，民國八十年一月），頁二〇八。

⑧傅騰霄，《小說技巧》，（臺北：洪葉文化事業有限公司，民國八十五年四月），頁一一五。

⑧同註②，頁一七四。

⑧倪匡，《我看金庸小說》，（臺北：遠流出版事業股份有限公司出版，民國八十六年七月），頁四一。

⑧同註㊴，頁六六四～六六六。

⑧金庸，《天龍八部》，（臺北：遠流出版事業股份有限公司，民國八十五年一月），第五冊，頁二一二七。

⑧同前註，頁一七八七。

⑨陳墨，《金庸小說之謎》，（臺南：祥一出版社，民國八十四年六月），頁一一六。

⑨同註⑮，頁一六八二～一六八三。

⑨同註㊽，頁二一七。

⑨陳墨，《藝術金庸》，（臺北：雲龍出版社出版，民國八十七年元月），頁六一～六二。

⑨同註㊲，頁一六六一～一六六二。

第五章

結論

　　金庸武俠小說的內容十分豐富，可以切入研究的層面頗多，但因畢竟屬於文學作品，所以本論文的探討，主要是針對它在文學方面的表現來進行析述。至於它之所以深受海內外讀者歡迎，更受到學界廣泛的重視，則應歸功於它對讀者具有正面影響，因此，本章第一節要析論的是金庸小說對讀者的影響。而本論文第二、三、四章對金氏之作做出各層面剖析，因此，本章第二節嘗試評定它在中國文學史上應有之地位。

第一節　對讀者的影響

　　金庸小說之所以能對讀者產生影響，是因為它具有相當大的社會功能。筆者認為金書的社會功能，至少具有三項：一是娛樂，二是教化，三為認知，試分述如下。

一、娛樂功能

　　現實世界是不圓滿的，因為它總是未能如人所願、盡如人意。為了補償與宣洩現實世界所造成的失落，人們便會有自覺或無意識地轉向想像空間以尋求慰藉，而想像空間的其中之一，就包括了敘事文學的閱讀，尤其是通俗的敘事文學。因為通俗的敘

事文學，總是苦盡甘來，善惡到頭終有報，所以對於一般市井小民而言，便有撫慰不平心理的功效。鄭樹森曾經在〈大眾文學‧敘事‧文類——武俠小說札記三則〉中，提到美國當代馬克思文論大師詹明信（F. Jameson）對大眾文化的獨特見解，即大眾文化作為一種商品，「有時也深藏某些理想成分，暗含烏托邦的元素，透過作品的熱鬧情節，在消閒上吸引讀者，但同時也反照出讀者內心無意識的渴求，間接滿足群眾混藏期望美好的欲求。」①詹氏所謂的烏托邦就相當於中國的桃花源，因此作為大眾商品的金庸武俠小說便也具有相同的娛樂性功能，提供讀者短暫的桃花源，以逃避現實中的不平或缺憾。

一般而言，武俠小說的讀者在閱讀作品時，通常會對書中的主要角色產生移情作用，男性讀者將自己代入男主角，女性讀者將自己視為女主角。因此，當男主角苦盡甘來、行俠仗義、抱得美人歸；女主角歷盡千辛萬苦、排除其他情敵，終與男主角長相廝守的幸福時刻來臨，讀者便會在「此身已非我所有」，全然化為書中人物的情況下，內心滿溢甜蜜感受。是故，現實中的不完美或不滿，就被暫時拋諸腦後。金庸十分了解讀者這樣的心理，因此他所寫的小說幾乎都有這樣的安排，例如：袁承志與溫青青、郭靖與黃蓉、楊過與小龍女、張無忌與趙敏、狄雲與水笙、段譽與王語嫣、虛竹與夢姑、石破天與白阿綉、令狐沖與任盈盈等，都是如此。所以當金庸寫下不能讓男性讀者代入的韋小寶時，就曾說道：「有些讀者不滿『鹿鼎記』，為了主角韋小寶的品德，與一般價值觀念太過違反。武俠小說的讀者習慣於將自己代入書中的英雄，然而韋小寶是不能代入的。在這方面，剝奪了某些讀者的若干樂趣，我感到抱歉。」②除了男性讀者不願將自

己幻想成韋小寶之外，筆者認為大概也沒有女性讀者想成為韋小寶的七位妻子之一吧？至於對那些不把自己代入書中角色的超然讀者而言，金庸之作仍然具有娛樂功能，即「期待視野」的心理、滿足，此乃緣於故事情節之有模式可循，是故當讀者意想結局為何，結局竟也為何時，便能得到滿足。

此外，除了「桃花源」的提供與「期待視野」的滿足之外，另一個娛樂的角度，則是來自感官的刺激，即在刀光劍影的慘烈廝殺，以及情節的懸疑跌宕，在在享受到心驚動魄的閱讀快感。

二、教化功能

金庸武俠小說四十年來風靡海內外，其流行程度正如遠流出版公司在「金庸作品集」之封底所擬的宣傳詞，它是「全世界華人的共同語言」，「從台北到紐約，從香港到倫敦，從東京到上海，中國人在不同的地方，可能說不同的方言，可能吃不同的菜式，也可能有不同的政治立場，但他們都讀——金庸作品集」。金氏作品之所以如此盛行，除了因為具有閱讀趣味與文學魅力之外，由於其中人物之作為還表現出中國傳統的忠孝節義等日漸式微之道德精神，因此對於端正人心，亦有潛移默化之功。雖然金庸曾說，他的作品「不想載甚麼道」③，但卻絕對不離正道，只是並不板起面孔說教而已。

在中國的傳統裡，文學一向負有教化重任，所謂「詩以成教」就是這個道理，文人作品是如此，通俗作品也不能例外。周啟志認為通俗小說必須具有教化性，是因為：「通俗小說歷來地位低下，既要生存，不能不舉起教化的旗幟；既要發展，又不能不掙脫教化的束縛，於是就選擇了與教化相近但又不盡相同的『勸善

懲惡』說作為自己的價值標準」④。儘管金庸小說有「邪不勝正」的「勸善懲惡」，以及「說忠講孝」、「論仁道義」等傳統倫理之道德色彩，但由於人物表現自然，情節推演合理，因此非但不會使讀者覺得老套而心生抗拒，反而能得到讀者的認同與接受，進而在生活中企圖模仿並實踐之。金庸作品的道德提示，例如：李萍與郭靖母子的愛國精神，李萍為了不讓郭靖迫於她的安危，勉強答應成吉思汗攻打宋朝而壞了民族大義，因此選擇從容捨生；而郭靖則以「為國為民，俠之大者」的格言自勉，死守襄陽。又如：楊過因為答應洪七公，在洪七公睡覺時守上三天三夜，所以儘管肚餓難耐，還得面對藏邊五醜的挑釁，卻仍然不肯離去，堅持信守承諾；令狐沖為了救助從未謀面的儀琳脫離採花大盜田伯光的魔掌，即便身受重傷，還是苦苦支撐；張無忌為營救義父金毛獅王謝遜甘冒奇險、九死一生；胡一刀與胡夫人鶼鰈情深……等等。此外，就連韋小寶這樣的小滑頭，也得要講義氣，才能立足於讀者心中。

由於讀者在欣賞小說時，常會被作者或書中人物之真情感動，因而心靈受到影響，所以當金庸小說慣性有勸善懲惡及忠孝節義等精神，且又廣受讀者閱讀、接受時，對於現今社會的紛亂人心，多少就產生了淨化作用。

三、認知功能

金庸的武俠小說充滿了中國味，不但有中國儒、釋、道三家精神的融入，亦有書、畫、琴、棋、詩、酒、花……等文化知識的添加。因此，讀者透過披閱便能對中國傳統文化有所認識。此外，讀者在經由書中人物之言行舉止與人際關係的處理，以及書

中情節的安排，也可以了解到世道人心、是非善惡、愛恨情仇、
卑污醜惡、人生無常……等現象，因為金庸的作品也提供了與現
實人生若合符節的描寫，所以能幫助讀者了解社會、人生以及人
性。

　　關於金氏之作能夠做為讀者認識中華文化的津梁，根據梁守
中的說法是，在國外就有華僑用金庸小說當教本，使子女認識中
國傳統文化：

> 曾聽一些留學生說，不少世代旅居外國的華僑子女，由於
> 從小便學當地語言，因此對居住國的語言文字頗為熟悉，
> 但對中文卻比較陌生。他們的父母便用金庸、梁羽生的武
> 俠小說來吸引他們，讓他們在閱讀中提高中文水平，不忘
> 祖國的燦爛文化。……如儒家思想、老莊哲學、佛經道
> 藏、詩詞曲賦、琴棋書畫、醫卜星相、陰陽八卦、五行生
> 剋等等內容。⑤

雖然我們不能確定華僑子女是否有能力領會，金庸小說中比較深
奧的佛、道思想；反倒是可以理解，對於現今身在西風鼎盛的兩
岸三地之中國子民而言，是一定可以從中汲取到中國傳統文化的
基礎認識。對此，陳平原也曾點出：

> ……金庸的《天龍八部》和《笑傲江湖》，佛道思想已滲
> 入小說中並成為其基本的精神支柱，高僧聖道也真正成為
> 有血有肉的藝術形象，不再是簡單的文化符號。在二十世
> 紀的中國，佛、道因其不再在政治、文化生活中起重要作

用而逐漸為作家所遺忘。……倒是在被稱為通俗文學的武俠小說中，佛道文化仍在發揮作用，而且取得了前所未有的成就。以致可以這樣說，倘若有人想借助文學作品初步了解佛道，不妨從金庸的武俠小說入手。⑥

佛道思想是如此，其它文化知識也不例外。不過，值得注意的是，由於金庸小說的最主要人物乃純屬虛構，在為了呈現出作品的真實感、或使情節生動的設計下，而與歷史人物或真相捏合時，就不免有穿鑿附會的情形發生。若讀者不明究裡信以為真的照單全收，恐怕就會吸取到錯誤資訊，譬如：華書顗就曾經有「金庸害我扣三分」⑦的經驗，她因為讀了金庸小說誤推出，宋人抵抗蒙古人堅守襄陽城係達十六年之久，而忘了課本所寫的時間是六年，所以在某次段考歷史科目時，被扣了三分；又如：尹志平實為全真教奉教謹嚴、品行高潔之道士，卻被安排成強暴小龍女的失德者。

第二節　在中國文學史上應有之地位

若就武俠文學的發展來看，金庸的武俠小說基本上還是繼承了古代俠義小說的傳統——仗義行俠。此外，透過金庸對於唐傳奇〈虯髯客傳〉的解析，亦可得知其作品曾受影響：

〈虯髯客傳〉一文虎虎有生氣，或者可以說是我國武俠小說的鼻祖。我一直很喜愛這篇文章……這篇傳奇為現代的武俠小說開了許多道路。有歷史的背景而又不完全依照歷

史；有男女青年的戀愛；男的是豪傑，而女的是美人
（「乃十八九佳麗人也」）；有深夜化妝的逃亡；有權相的
追捕；有小客棧的借宿與奇遇；有意氣相投的一見如故；
有尋仇十年而終於得其心肝的虯髯漢子；有神秘而見識高
超的道人；有酒樓上的約會和坊曲小宅中的密謀大事；有
大量財富和慷慨的贈送；有神氣清朗、顧盼煒如的少年英
雄；有帝王和公卿；有驢子、馬匹、匕首和人頭；有弈棋
和盛宴；有海船千艘甲兵十萬的大戰；有兵法的傳授……
所有的這一切，在當代的武俠小說中，我們不是常常讀到
嗎？⑧

根據前述來檢視金庸作品，便可發現其中確實運用有〈虯髯客傳〉
的寫作手法與素材。而在金庸的巧思奇想和精心結構下，便又化
可觀的傳奇為迷人的武俠小說。

金庸作品除了師法古代俠義小說之外，也受到民初「舊派」
武俠小說的啟迪，例如：向愷然的強調民族氣節；文公直的鎔歷
史、野史和當代風俗民情於一鑪；還珠樓主的儒、釋、道三家精
神融入；白羽的「好人也許做壞事，壞人也許做好事」⑨；鄭證
因的「武藝文學化」⑩；王度廬的「俠義英雄與紅粉佳人種種慷
慨俠烈、纏綿悱惻，並適時穿插若干類似平劇丑角的逗樂場面」
⑪；以及朱貞木「眾女倒追一男」⑫的情海波濤……等等。金庸
在繼承、師法前代武俠作家作品之上，後加以個人才華之盡力揮
灑，因此成為「武林宗師」。以金庸之宗師地位而言，自然對於
和他同時以及在他之後的武俠作家有所影響，例如：古龍、溫瑞
安與黃易就自承，他們在創作武俠小說時，曾經學步於金庸。

　　金氏之作既有出色的文學藝術造詣，又有豐富的文化質素，
那麼當代學者或作家對其作品之看法究竟如何呢？早年夏濟安在
看了《書劍恩仇錄》、《碧血劍》與《射鵰英雄傳》後，就評以
「極好」⑬；陳世驤則在寫給金庸的信中嘆道：「弟嘗以為其精
英之出，可與元劇之異軍突起相比。既表天才，亦關世運。所不
同者今世猶只見此一人而已」⑭；而倪匡也曾以「古今中外，空
前絕後」⑮做出總評；葉洪生則說：「回顧半個世紀以來中國武
俠小說發展史，無疑金庸是最輝煌的一座里程碑」⑯。至於在武
俠小說的寫作上另闢蹊徑的怪傑古龍，在〈談我看過的武俠小說〉
中，也如此言道：

　　　　我本不願討論當代的武俠小說作者，但金庸卻可以例外。
　　　因為他對這一代武俠小說的影響力，是沒有人能比得上
　　　的，近十八年來的武俠小說，無論是誰的作品，多多少少
　　　都難免受到他的影響。他融合了各家各派之長，其中不僅
　　　是武俠小說，還融會了中國古典文學和現代西洋文學，才
　　　形成了他自己獨特的風格，簡潔、乾淨、生動！他的小說
　　　結構嚴密，局面雖大，但卻能首尾呼應，其中人物更是躍
　　　躍如生，呼之欲出。……最重要的是他創造了這一代武俠
　　　小說的風格……我自己在開始寫武俠小說時，就幾乎是在
　　　拼命模倣金庸先生，寫了十年後，在寫「名劍風流」、
　　　「絕代雙驕」時，還是在模倣金庸先生。我相信武俠小說
　　　作家中，和我同樣情況的人並不少。這一點金庸先生也無
　　　疑是值得驕傲的。⑰

曾昭旭則主張：「在現代武俠小說家中，金庸無疑地具有宗師的身份」⑱；方瑜亦云：「以中國傳統小說的觀點而言，不論是寫作意圖、人物刻劃與思惟模式方面，金庸的武俠作品都確實是一種傑出的創新」⑲；陳墨更稱譽道：

> 金庸的武俠小說已不在是一般意義上的武俠小說，更不是一般人心目中的武俠小說，而是一個奇蹟。一個中國通俗文學史、中國白話文學史以及中國文學史上的奇蹟。一個歷史上不多見的、自元曲及《紅樓夢》以及中國文學的奇蹟。金庸的作品意義已遠遠超越了武俠小說，甚至超越了小說或「文學」，它同時也是一種文化史中的奇蹟。正如《紅樓夢》遠遠超越了「言情小說」的意義範疇之外一樣。對此我深信不疑。⑳

　　根據上述各家所言，我們可以發現，不論是僅就武俠小說的角度、或從較廣的小說、乃至整個中國文學的角度來考察，金庸作品皆已受到肯定。當然倪匡的「絕後」之說，以及陳墨的「奇蹟」之說，都還有商榷的空間。但以金庸武俠小說上承司馬遷游俠、刺客列傳；繼之以古代俠義小說及近世「舊派武俠」作品，鎔歷史、愛情、俠義、宗教於一爐；並融入中國傳統文化知識與道德精神的表現觀之，確實大有過人之處。因此，無庸置疑的是，金庸作品在武俠小說的領域中，除了目前是正處於鰲頭地位，日後在中國文學史上，也必將佔有一席之地。

註　釋

①鄭樹森，〈大眾文學‧敘事‧文類——武俠小說札記三則〉，（臺北：
《人文天地》，民國八十年四月），第四期，頁一一四。

②金庸，《鹿鼎記》，（臺北：遠流出版事業有限公司，民國八十五年一
月），第五冊，頁二一二○。

③金庸，《書劍恩仇錄》，（臺北：遠流出版事業有限公司，民國八十五年
二月），上冊，〈「金庸作品集」台灣版序〉，頁一。

④周啟志、羊列容、謝昕合著，《中國通俗小說理論綱要》，（臺北：文津
出版社，民國八十一年三月），頁八二。

⑤梁守中，《武俠小說話古今》，（臺北：遠流出版事業有限公司出版，民
國八十六年一月），頁二○六。

⑥陳平原，《千古文人俠客夢——武俠小說類型研究》，（臺北：麥田出
版有限公司出版，民國八十四年四月），頁一一四～一一五。

⑦華書顜：〈金庸害我扣三分〉，（《中時晚報》），第八版，民國八十六年
十二月十五日）。金庸曾對此事有所回應：「關於宋人到底守襄陽城多
少年？我肯定不是六年。根據史書記載，蒙古人攻打襄陽城，最早是在
公元一二三四年，即宋朝理宗端平元年……蒙古人……採取兩邊夾攻，
這才攻破襄陽，當時是公元一二七三年。因此，宋兵在襄陽城共守了三
十九年之久，絕對不止十六年，當然也就不是六年。」見羅賢淑記錄整
理：〈金庸答客問——宋人到底堅守襄陽城幾年之久〉，（臺北：《中
國時報》，民國八十七年十一月十六日，第三十六版）。根據筆者推測，
華書顜所謂的「六年」，應是指從宋度宗咸淳五年（西元一二六八年）
至咸淳九年（一二七三年），也就是襄樊守將呂文煥堅守期間，而與金
庸之從南宋理宗端平元年（西元一二三四年）起算，有所不同。

⑧金庸，〈虯髯客〉，本文收錄於金庸，《俠客行》，（臺北：遠流出版事業股份有限公司，民國八十四年十二月），下冊，頁七三五～七三六。

⑨此為白羽之語，係轉引自葉洪生，《葉洪生論劍——武俠小說談藝錄》，（臺北：聯經出版事業公司，民國八十三年十一月），頁二〇〇。

⑩葉洪生，《葉洪生論劍——武俠小說談藝錄》，同前註，頁五三。

⑪葉洪生，〈王度廬作品分卷說明〉，本文收錄於王度廬原著、葉洪生批校，《鶴驚崑崙》，（臺北：聯經出版事業公司，民國七十四年四月），第一冊，頁四。

⑫葉洪生，〈朱貞木作品分卷說明〉，本文收錄於朱貞木原著、葉洪生批校，《虎嘯龍吟》，（臺北：聯經出版事業公司，民國七十四年四月），第一冊，頁四。

⑬夏濟安之語，見夏志清，《愛情·社會·小說》，（臺北：純文學出版社有限公司，民國七十四年十月），頁二三七。

⑭陳世驤之語，見金庸，《天龍八部》，（臺北：遠流出版事業股份有限公司，民國八十五年一月），第五冊，〈附錄〉，頁二一二九。

⑮倪匡，《我看金庸小說》，（臺北：遠流出版事業股份有限公司，民國八十六年七月），頁二。

⑯葉洪生，〈論金庸小說美學及其武俠原型〉，該文為一九九八年五月，美國科大波德校區所舉辦之「金庸小說與二十世紀文學」國際學術研討會會議論文。

⑰古龍，〈談我看過的武俠小說㈡〉，（臺北：《聯合月刊》，民國七十二年三月），第二十期，頁七四。

⑱曾昭旭：〈金庸筆下的性情世界——論《神鵰俠侶》中的人物型態〉，本文收錄於羅龍治等著，《諸子百家看金庸》，（臺北：遠景出版事業公司，民國七十四年五月），第二輯，頁一〇九。

⑲方瑜，〈金庸武俠小說中的正與邪——以《倚天屠龍記》與《笑傲江湖》為例〉，（臺北：《當代》，民國七十八年七月），第三十九期，頁一一二。

⑳陳墨，《金庸小說賞析》，（臺南：祥一出版社，民國八十二年二月），頁二四一。

主要參考書目（按作者姓氏筆劃為序）

壹、書籍部份

一、金庸作品

㈠舊版（按創作先後排序）

金　庸　《書劍恩仇錄》第一集～第八集　香港　三育圖書文具
　　公司　一九五九年一月～九月

金　庸　《碧血劍》第一集～第五集　香港　三民圖書公司　未
　　註出版年月

金　庸（作者易為綠文）　《射鵰英雄傳》（易名為《萍蹤俠影
　　錄》）第一～三十二集　臺北　慧明文化事業公司　民國四十
　　七年～四十八年

金　庸　《神鵰俠侶》第一集～第一百一十集　香港　武史出版
　　社　未註出版年月

金　庸　《飛狐外傳》第一集～第十三集　香港　胡敏生書報社
　　未註出版年月

金　庸　《倚天屠龍記》第一集～第二十八集　香港　武史出版
　　社　一九六一年八月～一九六三年九月

金　庸　《素心劍》第一集～第六集　香港　武史出版社　未註

出版年月

金　庸　《天龍八部》第一集～第一四〇集　香港　武史出版社
　　一九六三年九月～一九六六年六月

金　庸　《笑傲江湖》第一集～第十六集　香港　大華出版社
　　未註出版年月

金　庸　《笑傲江湖》第二集～第六集　香港　大華出版社　未
　　註出版年月

金　庸（易名為司馬翎）《鹿鼎記》（易名為《小白龍》分正集
　　上、中、下，續集上、中、下）　臺北　南琪出版社　民國六
　　十八年五月～六十八年十月

（二）**修訂版（按遠流出版之「金庸作品集」號次排序）**

金　庸　《書劍恩仇錄》　臺北　遠流出版事業股份有限公司
　　民國八十五年二月

金　庸　《碧血劍》　臺北　遠流出版事業股份有限公司　民國
　　八十五年二月

金　庸　《射鵰英雄傳》　臺北　遠流出版事業股份有限公司
　　民國八十四年十二月

金　庸　《神鵰俠侶》　臺北　遠流出版事業股份有限公司　民
　　國八十四年十二月

金　庸　《雪山飛狐》（內附《鴛鴦刀》與《白馬嘯西風》）　臺
　　北　遠流出版事業股份有限公司　民國八十五年二月

金　庸　《飛狐外傳》　臺北　遠流出版事業股份有限公司　民
　　國八十四年十二月

金　庸　《倚天屠龍記》　臺北　遠流出版事業股份有限公司
　　民國八十五年二月

金　庸　《連城訣》　臺北　遠流出版事業股份有限公司　民國
　　八十五年一月

金　庸　《天龍八部》　臺北　遠流出版事業股份有限公司　民
　　國八十四年十二月

金　庸　《俠客行》（內附《越女劍》）　臺北　遠流出版事業股
　　份有限公司　民國八十四年十二月

金　庸　《笑傲江湖》　臺北　遠流出版事業股份有限公司　民
　　國八十五年二月

金　庸　《鹿鼎記》　臺北　遠流出版事業股份有限公司　民國
　　八十四年十二月

二、其他書籍

三毛等著　《諸子百家看金庸》　臺北　遠景出版事業公司　民
　　國七十三年九月

方祖燊　《小說結構》　臺北　東大圖書股份有限公司　民國八
　　十四年十月

王常新　《文學評論發凡》　臺北　文史哲出版社　民國八十五
　　年一月

王海林　《中國武俠小說史略》　山西　太原北岳文藝出版社
　　一九八八年十月

毛姆著、陳蒼多譯　《毛姆寫作回憶錄》　臺北　志文出版社
　　民國六十六年一月

皮師述民　《短篇小說構成論例》　新加坡　南洋大學創作社
　　一九七四年四月

皮師述民等著　《二十世紀中國新文學史》　臺北　駱駝出版社

一九九七年八月

古遠清 《香港當代文學批評史》 湖北 教育出版社 一九九七年五月

冷 夏 《金庸傳》 香港 明報出版事業公司 一九九五年二月

李 喬 《小說入門》 臺北 時報文化出版企業有限公司 民國七十五年三月

杜南發等著 《諸子百家看金庸》第四輯 臺北 遠景出版事業公司 民國七十四年四月

吳功正 《小說美學》 江蘇 江蘇文藝出版社 一九八五年六月

吳禮權 《中國言情小說史》 **臺灣** 商務印書館股份有限公司 民國八十四年三月

吳靄儀 《金庸小說的男子》 臺北 遠流出版事業股份有限公司 民國八十七年二月

吳靄儀 《金庸小說的女子》 臺北 遠流出版事業股份有限公司 民國八十七年二月

吳靄儀 《金庸小說看人生》 臺北 遠流出版事業股份有限公司 民國八十七年五月

吳靄儀 《金庸小說的情》 臺北 遠流出版事業股份有限公司 民國八十七年五月

佛斯特著、李文彬譯 《小說面面觀》 臺北 志文出版社 民國八十四年十二月

林芳玫 《解讀瓊瑤愛情王國》 臺北 時報文化出版企業有限公司 民國八十四年一月

周鈞韜主編　《中國通俗小說家》　河南　中州古籍出版社　一九九三年九月

周啟志、謝昕、羊列容合著　《中國通俗小說理論綱要》　臺北　文津出版社　民國八十一年三月

金庸、池田大作　《探求一個燦爛的世紀》　臺北　遠流出版事業股份有限公司　民國八十七年十月

金健人　《小說結構美學》　臺北　木鐸出版社　民國七十七年九月

范伯群　《民國通俗小說——鴛鴦蝴蝶派》　臺北　國文天地雜誌社　民國七十九年三月

俞汝捷　《小說二十四美》　臺北　淑馨出版社　民國七十八年三月

侯　健　《中國小說比較研究》　臺北　東大圖書股份有限公司　民國七十二年十二月

韋勒克・華倫著　王夢鷗、許國衡譯　《文學論——文學研究方法論》　臺北　志文出版社　民國八十五年十一月

夏志清　《愛情、社會、小說》　臺北　純文學出版社　民國七十四年十月

夏志清　《中國現代小說史》　臺北　傳記文學出版社　民國八十年十一月

倪　匡　《我看金庸小說》　臺北　遠流出版事業股份有限公司　民國八十六年七月

倪　匡　《再看金庸小說》　臺北　遠景出版事業公司　民國七十三年十月

倪　匡　《三看金庸小說》　臺北　遠景出版事業公司　民國七

十三年十月

倪　匡　《四看金庸小說》　臺北　遠景出版事業公司　民國七
十五年六月

倪匡、陳沛然　《五看金庸小說》　臺北　遠景出版事業公司
民國七十五年六月

翁靈文等著　《諸子百家看金庸》第三輯　臺北　遠景出版事業
公司　民國七十四年五月

孫楷第　《中國通俗小說書目》　臺北　木鐸出版社　民國七十
二年九月

梁啟超　《中國之武士道》　臺北　臺灣中華書局　民國四十八
年

梁守中　《武俠小說話古今》　臺北　遠流出版事業股份有限公
司　民國七十九年十二月

淡江大學中文系編　《俠與中國文化》　臺北　臺灣學生書局
民國八十二年四月

淡江大學中文系編　《縱橫武林——中國武俠小說國際學術研討
會論文集》　臺北　臺灣學生書局　民國八十八年九月

康師來新　《晚清小說理論研究》　臺北　大安出版社　民國七
十九年八月

崔奉源　《中國古典短篇俠義小說研究》　臺北　聯經出版事業
公司　民國七十三年三月

張志和、鄭春元　《中國文史中的俠客》　北京　中國社會科學
出版社　一九九四年十月

張振軍　《傳統小說與中國文化》　廣西　桂林廣西師範大學出
版社　一九九六年一月

陳　山　《中國武俠史》　上海　上海三聯書店　一九九五年十二月

陳平原　《中國小說敘事模式的轉變》　臺北　久大文化出版事業有限公司　民國七十九年五月

陳平原　《千古世人俠客夢——武俠小說類型研究》　臺北　麥田出版有限公司　民國八十四年四月

陳平原　《小說史：理論與實踐》　臺北　淑馨出版社　民國八十七年十月

陳佐才　《武俠人生——金庸筆下的人性》　臺北　宇宙光出版社　民國八十一年一月

陳沛然　《情之探索與神鵰俠侶》　臺北　遠景出版事業公司　民國七十四年六月

陳　洪　《中國小說理論史》　安徽　合肥安徽文藝出版社　一九九二年九月

陳　墨　《新武俠二十家》　北京　文化藝術出版社　一九九二年六月

陳　墨　《海外新武俠小說論》　雲南　人民出版社　一九九四年八月

陳　墨　《金庸小說賞析》　臺南　祥一出版社　民國八十二年九月

陳　墨　《金庸小說之謎》　臺南　祥一出版社　民國八十四年六月

陳　墨　《金庸小說人論》　江西　南昌百花洲文藝出版社　一九九五年十一月

陳　墨　《金庸小說與中國文化》　江西　南昌百花洲文藝出版

社 一九九五年十二月

陳 墨 《金庸小說情愛論》 江西 南昌百花洲文藝出版社
一九九六年五月

陳 墨 《金庸小說之武學》 江西 南昌百花洲文藝出版社
一九九六年五月

陳 墨 《形象金庸》 臺北 雲龍出版社 民國八十七年元月

陳 墨 《藝術金庸》 臺北 雲龍出版社 民國八十七年元月

陸志平、吳功正 《小說美學》 臺北 五南出版有限公司 民
國八十二年十一月

陸 草 《中國武術與武林氣質》 河南 新鄭河南人民出版社
一九九六年九月

孫遜、孫菊園編 《中國古典小說美學資料匯編》 臺北 大安
出版社 民國八十年一月

曹正文 《中國俠文化史》 上海 文藝出版社 一九九四年四
月

曹正文 《金庸小說人物譜》 上海 學林出版社 一九九六年
一月

曹正文 《古龍小說藝術談》 臺北 知書房出版社 民國八十
五年十月

曹亦冰 《俠義小說史話》 瀋陽 遼寧教育出版社 一九九三
年九月

黃永林 《中西通俗小說比較研究》 臺北文津出版社有限公司
民國八十四年十月

項 莊 《金庸小說評彈》 香港 明窗出版社 一九九五年八
月

費勇、鍾曉毅編著 《金庸傳奇》 廣州 廣東人民出版社 一
九九五年一月

舒國治 《讀金庸偶得》 臺北 遠景出版事業公司 民國七十
三年十月

傅凌霄 《小說技巧》 臺北 洪葉文化事業有限公司 民國八
十五年四月

葉洪生 《綺羅堆裡埋神劍》 臺北 天下圖書公司 未註出版
年月

葉洪生 《葉洪生論劍——武俠小說談藝錄》 臺北 聯經出版
事業公司 民國八十三年十一月

葉 朗 《中國小說美學》 臺北 里仁書局 民國八十三年十
一月

楊興安 《漫談金庸筆下世界》 臺北 遠景出版事業公司 民
國七十三年十月

楊興安 《金庸小說十談》 臺北 遠流出版事業股份有限公司
民國八十七年七月

楊 照 《文學、社會與歷史想像：戰後文學史散論》 臺北
聯合文學出版社 民國八十四年十月

楊 義 《中國敘事學》 嘉義 南華管理學院 民國八十七年
六月

溫瑞安 《談笑傲江湖》 臺北 遠景出版事業公司 民國七十
四年五月

溫瑞安 《析雪山飛狐與鴛鴦刀》 臺北 遠景出版事業公司
民國七十四年四月

詹宏志 《閱讀的反叛》 臺北 遠流出版事業股份有限公司

民國七十九年九月

魯　迅　《中國小說史略》　臺北　風雲時代出版有限公司　民
　　國八十一年十月

劉天賜　《韋小寶神功》　臺北　遠景出版事業公司　民國七十
　　四年三月

劉世劍　《小說概說》　高雄　麗文文化事業股份有限公司　民
　　國八十三年十一月

劉若愚著　周清霖、唐發饒譯　《中國之俠》　上海　三聯書店
　　上海分店　一九九一年九月

潘國森　《雜論金庸》　香港　明窗出版社　一九九五年九月

潘國森　《話說金庸》　臺北　遠流出版事業股份有限公司　民
　　國八十七年三月

潘國森　《總論金庸》　臺北　遠流出版事業股份有限公司　民
　　國八十七年七月

餘子等著　《諸子百家看金庸》第五輯　臺北　遠景出版事業公
　　司　民國七十六年十二月

薛興國　《通宵達旦讀金庸》　臺北　遠景出版事業公司　民國
　　七十四年五月

戴　俊　《千古世人俠客夢——武俠小說縱橫談》　臺北　商務
　　印書館　民國八十三年十二月

顏景常　《古代小說與方言》　瀋陽　遼寧教育出版社　一九九
　　三年九月

鄭健行　《武俠小說閒話》　臺北　幼獅文化事業公司　民國八
　　十三年十二月

羅立群　《中國武俠小說史》　瀋陽　遼寧人民出版社　一九九

〇年十月

羅貫中著、金聖嘆批　《三國演義》　臺北　三民書局股份有限公司　民國七十九年一月

羅師敬之　《蒲松齡及其聊齋志異》　臺北　國立編譯館　民國七十五年二月

羅龍治等著　《諸子百家看金庸》第二輯　臺北　遠景出版事業公司　民國七十五年三月

蘇墱基　《金庸的武俠世界》　臺北　遠景出版事業公司　民國七十四年五月

龔鵬程　《大俠》　臺北　錦冠出版社　民國七十六年十月

龔鵬程、林保淳編　《二十四史俠客資料匯編》　臺北　臺灣學生書局　民國八十四年九月

貳、論文部份

一、學位論文

王子彥　《南朝游俠詩之研究》　臺北　淡江大學中文所碩士論文　民國八十四年一月

李漢濱　《金聖嘆小說美學研究》　高雄　師範大學國文系碩士論文　民國八十三年十二月

陳宏銘　《金元全真教道士詞研究》　高雄　師範大學國文學系博士論文　民國八十六年六月

陳葆文　《中國古典短篇文言愛情小說女性主角形象結構研究》　臺北　東吳大學中文所博士論文　民國八十六年六月

許彙敏　《金庸武俠小說敘事模式研究》　嘉義　中正大學中文所碩士論文　民國八十六年七月

楊丕丞　《金庸小說《鹿鼎記》研究》　臺中　東海大學中文所碩士論文　民國八十四年六月

劉淑娟　《馮夢龍通俗志業之研究》　嘉義　中正大學中文所碩士論文　民國八十六年一月

羅賢淑　《莊子書寓言故事研究》　臺北　中國文化大學中文所碩士論文　民國八十四年六月

二、期刊論文

丁永強　〈新派武俠小說的敘事模式〉　沈陽《藝術廣角》　一九八九年　第六期

王東升　〈痴心誰解俠客行——武俠小說的接受心理和解讀原則〉　武漢《通俗文學評論》　一九九七年　第四期

王東升　〈奇俠只應書中有——武俠小說中的人物性格〉　武漢《通俗文學評論》　一九九七年　第四期

方　忠　〈臺灣武俠小說的歷史流變〉　北京《臺灣研究》　一九九八年　第一期

古　龍　〈談我看過的武俠小說〉（一～七）　臺北《聯合月刊》民國七十二年二～八月　第十九期～二十四期

安　凌　〈金庸小說與中華民族文化心理批判〉　新疆《新疆大學學報》　一九九六年　第二十四卷四期

伍浩威　〈金庸小說進入西方文學殿堂〉　香港《明報月刊》一九九八年八月　第三十三卷八期

金　庸　〈小說創作的幾點思考〉　香港《明報月刊》　一九九

八年八月　第三十三卷八期

呂宗力　〈《鹿鼎記》中的粗口與韋小寶的形象塑造〉　臺北「金庸小說國際學術研討會」會議論文　民國八十七年十一月

吳宏一　〈漫談武俠與武俠小說〉　臺北《中國論壇》　民國七十三年一月　第十七卷八期

洪師順隆　〈北宋傳奇小說論〉　臺北《中國文化大學中文學報》　民國八十三年六月　第二期

金光裕　〈英雄的一千面〉　香港《明報月刊》　一九九六年二月　第三十一卷二期

侯　健　〈中西武俠小說之比較〉　臺北《聯合文學》　民國七十七年一月　第四卷三期

胡萬川　〈關於俠和武俠小說的認識〉　臺北《幼獅文藝》　民國八十一年七月　第七期

林悟殊　〈金庸筆下的明教與歷史的真實〉　臺北《歷史月刊》　民國八十五年三月　第六十七期

林翠芬　〈金庸談武俠小說〉　香港《明報月刊》　一九九五年一月　第三十卷一期

林保淳　〈民國以來武俠小說研究評議〉　臺北《古典文學》　民國八十四年　第十三集

林保淳　〈救救臺灣的武俠小說——解構金庸及走出金庸體系的迷思〉　香港《明報月刊》　一九九六年二月　第三十一卷二期

胡小偉　〈顯性與隱性：金庸筆下的兩重社會〉　臺北「金庸小說國際學術研討會」會議論文　民國八十七年十一月

計璧瑞　〈從人物性格與文學傳承話金庸〉　臺北《中國現代文

學理論季刊》 民國八十五年九月 第三期

徐淑卿 〈金庸出巡轟動武林〉 臺北《中國時報》 民國八十六年三月六日三十五版

孫立川 〈金庸、梁羽生之後武俠凋零——新武俠小說成為絕響〉 香港《明報月刊》 一九九六年二月第三十一卷二期

張師大春 〈離奇與鬆散——從武俠衍出的中國小說敘事傳統〉 臺北「金庸小說國際學術研討會」會議論文 民國八十七年十一月

張瀛太 〈俠之變，俠之反〉 臺北《中國時報》 民國八十七年十一月二十日 第三十七版

陳 銘 〈自由的追求：武俠小說鑑賞的新視角〉 杭州《探索》 一九八九年 第四期

陳曉林 〈天殘地缺話神雕——論神雕俠侶中悲劇情境的形成與超脫〉 臺北《中國論壇》 民國七十三年一月 第十七卷八期

陳曉林 〈奇與正——試論金庸與古龍的武俠世界〉 臺北《聯合文學》 民國七十五年九月 第二卷十一期

陳 墨 〈金庸小說主人公的人格模式及其演變〉 武漢《通俗文學評論》 一九九三年 第四期

陳 墨 〈金庸小說中的愛情景觀〉 武漢《通俗文學評論》 一九九四年 第二期

陳 墨 〈金庸小說與中國文化的反思〉 武漢《通俗文學評論》 一九九四年 第三期

陳 墨 〈金庸小說的情節結構與藝術功能〉 武漢《通俗文學評論》 一九九四年 第一期

陳　墨　〈金庸的產生與意義〉　武漢《通俗文學評論》　一

曾慧燕　〈金庸準備改寫越女劍〉　臺北《聯合報》　民國八十
七年五月二十二日　第十四版

葉洪生　〈觀千劍而後識器〉　臺北《聯合文學》　民國七十五
年九月　第二卷十一期

葉洪生　〈論當代武俠小說的「成人童話」世界〉　上海《上海
文論》　一九九二年第五期

葉洪生　〈淺談武俠小說的來龍去脈〉　臺北《歷史月刊》　民
國八十五年十一月第七十五期

葉洪生　〈論金庸小說美學及其武俠原型〉　美國科州「金庸小
說與二十世紀文學國際研討會」會議論文　民國八十七年五月

鄭樹森　〈大眾文學‧敘事‧文類──武俠小說札記三則〉　臺
北《人文天地》　民國八十年四月　第四期

鄭旭玲　〈誰與爭鋒──《縱橫書海》訪金庸〉　臺北《聯合文
學》　民國八十四年六月　第十卷八期

劉再復　〈金庸小說在廿世紀中國文學史上的地位〉　香港《明
報月刊》　一九九八年八月　第三十三卷八期

劉智揚　《新武俠小說與讀者心理瑣談》　南昌《創作評譚》
一九八八年　第三期

劉經瑤　〈俠女、美女與妖女──金庸武俠小說中的性別政治〉
香港《明報月刊》　一九九六年二月　第三十一卷二期

鄧仕樑　〈說俠義──試論中國文學裡的俠義精神〉　臺北《國
文天地》　民國八十年七月　第七卷二期

盧美杏　〈大俠金庸答客問〉　臺北《中國時報》　民國八十六
年三月六日　第三十一版

盧敦基 〈論金庸武俠小說創作過程中的重要轉變〉 浙江《浙江學刊》 一九九七年 第一期

鑒 春 〈金庸：從大眾讀者走進學術講壇——杭州大學金庸學術研討會縱述〉 浙江《杭州大學學報》 一九九七年 第四期

瞿 湘 〈新武俠與「超新武俠」〉 武漢《通俗文學評論》 一九九四年 第一期

羅賢淑 〈問世間情是何物——試論與楊過無緣的女子〉 臺北《中國文化大學中文學報》 民國八十七年三月 第四期

羅賢淑 〈金庸答客問——宋人堅守襄陽城幾年之久？〉 臺北《中國時報》 民國八十七年十一月十六日 第三十六版

羅賢淑 〈金庸答客問——黯然銷魂掌共有幾招？〉 臺北《中國時報》 民國八十七年十一月二十三日 第三十六版

嚴偉英 〈金庸小說創作的思想歷程〉 武漢《通俗文學評論》 一九九七年 第一期

嚴家炎 〈論金庸小說的情節藝術〉 武漢《通俗文學評論》 一九九七年 第一期

嚴家炎 〈新派武俠小說的現代精神〉 香港《明報月刊》 一九九六年二月 第三十一卷二期

龔鵬程 〈論俠客崇拜〉 臺北《中國學術年刊》 民國七十八年第七期

龔鵬程 〈俠骨與柔情〉 臺北《中國學術季刊》 民國七十九年三月第十一期

國家圖書館出版品預行編目資料

劍光俠影論金庸／羅賢淑著. —初版. --臺
北市：萬卷樓, 民 92
面；　　公分
參考書目：面
ISBN 957-739-426-4(平裝)

1 金庸－作品評論. 2.武俠小說－評論

857.9　　　　　　　　　　　　91024426

劍光俠影論金庸

著　　　　者：	羅賢淑	
發　行　人：	楊愛民	
出　版　者：	萬卷樓圖書股份有限公司	
	臺北市羅斯福路二段 41 號 6 樓之 3	
	電話(02)23216565．23952992	
	FAX(02)23944113	
	劃撥帳號 15624015	
出版登記證：	新聞局局版臺業字第 5655 號	
網　　　址：	http://www.wanjuan.com.tw	
E - m a i l：	wanjuan@tpts5.seed.net.tw	
經　銷　代　理：	紅螞蟻圖書有限公司	
	臺北市內湖區舊宗路二段 121 巷 28 號 4F	
	電話(02)27953656(代表號)　傳真 (02)27954100	
E - m a i l：	red0511@ms51.hinet.net	
承　印　廠　商：	晟齊實業有限公司	
定　　　價：	320 元	
出　版　日　期：	民國 92 年 1 月初版	